Städte in Ketten

Ein Apokalyptischer LitRPG-Roman

Buch 4 der System-Apokalypse

Von

Tao Wong

Copyright

Dieses Buch ist ein fiktionales Werk. Namen, Charaktere, Firmen, Orte, Ereignisse und Vorfälle sind entweder Produkte der Fantasie des Autors oder werden fiktiv eingesetzt. Jede Ähnlichkeit mit tatsächlichen Personen, lebendig oder tot, oder wirklichen Ereignissen, ist reiner Zufall.

Dieses Buch ist nur für den persönlichen Gebrauch lizenziert. Dieses Buch darf weder weiterverkauft noch an andere verschenkt werden. Wenn Sie dieses Buch einer anderen Person schenken wollen, kaufen Sie bitte eine weitere Kopie für jeden Empfänger. Wenn Sie dieses Buch lesen und es nicht gekauft haben (oder es nicht für Ihre alleinige Nutzung gekauft wurde), besuchen Sie bitte Ihren Buch-Händler und erwerben Sie eine eigene Kopie. Danke, dass Sie die harte Arbeit dieses Autors respektieren.

Städte in Ketten

Copyright © 2021 Tao Wong. Alle Rechte vorbehalten.

Copyright © 2021 Sarah Anderson Cover-Designer

Übersetzung: Frank Dietz

Lektorat: Michelle Brändle

Ein Buch von Starlit Publishing

Veröffentlicht durch Starlit Publishing

69 Teslin Rd

Whitehorse, YT

Y1A 3M5

Kanada

www.starlitpublishing.com

E-Book ISBN: 9781989994627

Taschenbuch ISBN: 9781989994634

Gebundene Ausgabe ISBN: 9781989994641

Bücher im System-Apokalypse-Universum

Haupthandlung

Das Leben im Norden

Erlöser der Toten

Der Preis des Überlebens

Städte in Ketten

Die brennende Küste

Die befreite Welt

Stars Awoken

Rebel Star

Stars Asunder

Broken Council

Forbidden Zone

System Finale

Anthologien

System-Apokalypse Kurzgeschichten-Anthologie Band 1

Comic-Serie

Die System-Apokalypse

Inhalt

Was bisher geschah

Vor über dreizehn Monaten kam das System zur Erde und brachte Monster, Aliens und leuchtend blaue Bildschirme mit Benachrichtigungen über das Leben in diesem neuen galaktischen System hervor. Die Menschen wurden gezwungen, sich zu entwickeln. Ihre Leben wurden von Statistik-Bildschirmen, Klassen und Skills beherrscht, die ihnen ungewöhnliche Stärken und Fähigkeiten verliehen, um ihnen dadurch eine reelle Überlebenschance zu bieten. Dennoch führte die Apokalypse zum Tod von beinahe 90 % der Menschheit, dem Ausfall aller elektronischen Geräte und einer neuen, blutigen Existenz.

John Lee campierte im Yukon-Gebiet, als sich alles veränderte. Mit neu erhaltenen Fähigkeiten, die weit über das Normale hinausgingen, reiste er nach Whitehorse und half beim Aufbau der Siedlung, die unter der Herrschaft des außerirdischen Truinnar Lord Graxin Roxley stand. Mit Hilfe anderer Überlebender bot das Dorf Whitehorse bald eine stabile Umgebung, in der Wachstum möglich war. Aber man hatte es auch mit gefährlichen Dungeons, Monsterhorden und wahnsinnigen Menschen zu tun.

Nachdem die Manapegel der Erde und das System sich stabilisierten, erschienen neue außerirdische Bedrohungen, die diese Siedlung in ihren Besitz bringen wollten. Nach heftigen Kämpfen und politischen Manövern konnte John die Pläne der Gesandten der Truinnar-Herzogin und ihres Waffenmeisters vereiteln, wurde aber schlussendlich von Lord Roxley verraten.

Da Whitehorse sich damit fest in den Händen der Herzogin befand, verließ John mit seinem Team das stabile, aber von Aliens kontrollierte Dorf und reiste nach Süden, um den überlebenden Menschen dort Hilfe zu leisten.

Kapitel 1

Die Welt hat sich verändert. Vor über einem Jahr erschienen eine Reihe blauer Textfelder, die der Menschheit mitteilten, dass wir nun zum Galaktischen Rat gehörten. Zudem erhielten wir das System, das unsere Realität veränderte und uns über die menschlichen Normen hinausgehende Stärke, Ausdauer, Skills und Heilung verlieh. Das neue System ähnelte mit seinen Zaubersprüchen und Fertigkeiten einem Videospiel, aber das Sterben war immer noch sehr echt.

Die Welt hat sich verändert. Verstanden.

Das erklärt aber immer noch nicht den hochentwickelten Tiger, der mir gerade den Kopf abreißen will.

„Das ist doch ein Tiger, oder? Und wo sind wir genau? Gute hundert Kilometer südlich des Yukon?", sage ich und halte das Monster mit einer Hand am Hals, weil es versucht, zu entkommen und mich zu zerfleischen. Die gelegentlichen Kratzer sind schmerzhaft und lästig, aber alles andere als lebensbedrohlich.

„Halte ihn noch etwas länger", sagt Lana und legt etwas von mir entfernt ein Stück Steak auf den Boden. Die üppige Rothaarige ist im Abenteurerlook gekleidet – ein hautenger, gepanzerter Jumpsuit mit Waffenweste, sowie entsprechenden Waffen und Riemen an ihrem durchtrainierten Körper. „Und ja, es ist ein Tiger."

„Was? Sind meine Statusinformationen nicht gut genug für dich?", ruft Ali, mein neunzig Zentimeter großer Begleitergeist, der im Schneidersitz neben mir schwebt. Er sieht aus, als ob er aus dem Nahen Osten stammt, aber Ali ist mit dieser Bevölkerungsgruppe so nahe verwandt, wie ich mit einer Amöbe. Da es momentan keine großen Bedrohungen gibt, hat Ali beschlossen, sichtbar zu bleiben.

Ich sehe mir erneut die Statusinformationen an, die über dem Tiger schweben.

Weiterentwickelter Tiger (Level 27)
HP: 358/478
MP: 275/349
Zustand: Wütend

Natürlich lässt sich der Tiger nicht kampflos aufhalten. Er schlägt mit dem Schwanz, beginnt zu glühen und aktiviert wieder seinen Skill Scharfe Klauen. Okay, ich habe das Scharfe Klauen genannt, weil ich keinen Zugriff auf das Skill-Menü des Tigers habe. Das Biest dreht sich herum, mit den Beinen am Boden scharrend, und erwischt mich. Inzwischen verheilte Kratzwunden werden durch die neuen, stärkeren Angriffe wieder aufgerissen. Wir schlagen uns nur mit der verdammten Katze herum, weil Lana verlangt hat, sie hierher zu treiben, sobald Ali das Tier entdeckt hat.

„Auuu! Bist du endlich fertig, Lana?"

„Ja. Tu ihm nicht weh!", ruft Lana.

Ich verdrehe die Augen und werfe das Kätzchen in Lanas Richtung. Das Tier dreht sich und landet graziös, während es seine Beinmuskeln anspannt und mich anfaucht. Bevor der Tiger zum Sprung ansetzen kann, umgeben Lanas Tiere ihn und die Rothaarige stellte sich direkt vor ihn. Wenn man in Betracht zieht, dass die Huskys mit ihrer Ponygröße fast so groß sind, wie der weiterentwickelte Tiger, wäre das nicht einmal ein ungleicher Kampf. Natürlich genügt ein einziger Blick des Tigers und aus Anna brechen Flammen aus, so dass das Feuer über ihren schlanken Fuchskörper tanzt. Elsa, Lanas Schildkröte, ist nicht mehr bei uns. Da sie nie Schritt halten konnte, wurde sie einem Kind als Haustier geschenkt. Es sagt schon etwas über unsere Welt aus, wenn eine feuerspeiende Schildkröte von einer freudigen Mutter als passendes Geschenk angesehen wird.

„Immer schön ruhig, mein Junge. Wir haben was Leckeres für dich ...", sagt Lana zum Tiger und hält ihm das Stück Fleisch hin. Ihre Stimme klingt leise, sanft, beschwichtigend, fast verführerisch.

Ich drehe mich von Lana und ihrer seltsamen Zähmungsaktion weg und stelle die Frage, die mir seit einer Weile durch den Kopf geht. „Wie kommt ein Tiger nur so weit nach Norden? Ich meine, klar, hier hätte zwar ein Monster spawnen können. Aber ein Tiger?"

„Vielleicht hielt ihn jemand als illegales Haustier?", sagt Ingrid. Die dunkelhaarige Frau aus den First Nations sitzt auf dem Dach des am Straßenrand geparkten Trucks und sonnt sich, während sie darauf wartet, dass Lana endlich fertig ist. Wer hätte gedacht, dass diese Frau eine Sonnenanbeterin ist, wenn sie einer Mischung aus Assassinen-, Diebinnen- und wer weiß, was für einer verstohlenen Klasse angehört?

„Ein Zoo?", fragt Mikito. Die zierliche Japanerin lässt ihre Füße vom Rand des Mechs baumeln, den sie fährt. Mikitos persönliches Kampffahrzeug unterscheidet sich etwas von Sabre, da es leichter und wendiger ist, dafür aber mit deutlich weniger Panzerung. Außerdem ist es billiger. Ich bin nur froh, dass das von Mikito gekaufte Englisch-Sprachpaket ihr einen leichten japanischen Akzent gibt, statt etwas wie Australisch oder Irisch. Es ist sehr, sehr bizarr, einem enormen, grünen Alien mit Stoßzähnen zu begegnen, der mit einem deutlich australischen Akzent spricht.

„Möglich." Ich beobachte, wie Lana mit dem Tiger ringt. Ich hatte nicht miterlebt, wie sie Anna zähmte, deshalb habe ich keine Ahnung, ob dieser Kampf zum Zähmungsprozess gehört. „Glaubst du, das dauert lange?"

Als Antwort erhalte ich ein Schulterzucken, daher hole ich mir einen Schokoriegel heraus und knabbere daran. Kurz darauf verteile ich ein paar Riegel an die Damen. Ein netter Aspekt des Systems ist, dass man keine Diät mehr einhalten muss. Meistens müssen wir uns sogar anstrengen, genug

Kalorien aufzunehmen, um den Stress auszuhalten, dem unsere Körper ausgesetzt sind. Natürlich wird ein beträchtlicher Teil unseres Energiebedarfs vom Mana geliefert, dieser seltsamen, allumfassenden Substanz, die unsere Zaubersprüche und Skills ermöglicht, aber essen müssen wir trotzdem. Irgendwo da draußen gibt es bestimmt eine Fitnesstrainer-Klasse, deren Mitglieder die genauen Kalorien- und Manaanforderungen ausgerechnet haben, mit denen wir unseren Levelaufstieg und täglichen Skills optimal nutzen können. Ich weiß das einfach.

„Schafft sie es?", fragte Sam vom Fahrersitz seines Trucks her. Er hat sich unserer Gruppe erst angeschlossen, nachdem wir Whitehorse verlassen hatten.

Hinter ihm sitzt eine Gruppe von Jägern auf der Ladefläche und beobachtet aufmerksam die Umgebung, darauf achtend, nicht nur rundherum zu blicken, sondern auch nach oben. Weiter entfernt befindet sich noch ein Jäger auf dem Rückweg, der sich Ingrids Hover-Bike geborgt hatte.

Ich hätte ihnen ja sagen können, sie bräuchten sich keine Sorgen zu machen. Alis Fähigkeiten als Begleitergeist ermöglichen es ihm, Daten direkt aus dem System auszulesen und mein eigener Skill – Größere Entdeckung – meldet momentan keine relevanten Bedrohungen. Aber ich sage ihnen das aus einigen Gründen nicht. Ersten ist es gut, sich dauernde Wachsamkeit anzugewöhnen. Zweitens weicht das, was Ali und ich als relevante Bedrohungen betrachteten, von den Vorstellungen dieser Typen ab. Und drittens werden wir nicht immer bei ihnen sein.

„Oh, sie schafft das schon", sagt Ingrid leicht gähnend. „Lana hat einen grundlegenden Heilzauber, den sie einsetzen kann, sollte es haarig werden."

„Den sie jetzt auf den Tiger anwendet", sagt Sam verwundert, während sie aus dem Truck steigt. Sein graumeliertes Haar und sein Bart passen gut zu dem Mann, ebenso wie der abgenutzte Ledermantel und die Autorität, die er ausstrahlt. Natürlich hilft die Größe von einsachtzig zusätzlich. Vielleicht bin ich immer noch etwas neidisch auf großgewachsene Leute, auch wenn ich seit dem Erscheinen des Systems gar nicht mehr so kleinwüchsig bin. Was auch immer Sam in den Zeiten vor dem System war, er hatte sicher einen verantwortungsvollen Posten.

Ich sehe mir den Konvoi von Flüchtlingen an, die wir aufgenommen haben. Die meisten von ihnen flüstern heimlich, während sie Lana bei ihrer Ein-Frauen-Zähmungsshow beobachten. Der Konvoi stellt eine seltsame Mischung aus Fahrzeugen dar. Die meisten stammen aus dem frühen zwanzigsten Jahrhundert, weil diese nicht die Elektronik modernerer Modelle benötigen. Es gibt aber einige Ausnahmen – etwa einen Lamborghini, der mittels eines Skills als „Persönliches Fahrzeug" klassifiziert wurde, und einen Minivan, den sein Besitzer, ein Automechaniker, selbst modifiziert hat. Die meisten neueren Fahrzeuge funktionieren nicht, weil sie durch das uns alle umgebende Mana kurzgeschlossen wurden.

„Wahrscheinlich will sie ihn besänftigen", sage ich und beantworte damit Sams unausgesprochene Frage. „Wir dürften noch eine Weile hier sein. Du kannst ihnen sagen, sie sollen aussteigen, sich die Beine vertreten und etwas essen."

Sam ist de facto der Anführer der Flüchtlinge, da er einer der wenigen ist, die bereit sind, mit uns zu reden. Na ja, die Tatsache, dass sie mich vom Blut und den Eingeweiden der Monster bespritzt sahen, die ihre Stadt belagert hatten, dürfte etwas mit dieser Zurückhaltung zu tun haben. Manchmal habe ich das Gefühl, dass die Flüchtlinge uns genauso als Monster betrachten, wie die vom System geschaffenen Wesen. Aber sie sind bei uns, weil es einem Todesurteil gleichgekommen wäre, in ihren kleinen Städten zu bleiben.

„Du ...", fängt Sam an, spricht dann aber nicht weiter, weil Mikito leise kichert. Nach einem Moment beschließt Sam, meinem Vorschlag zu folgen und ruft der Gruppe Befehle zu.

Die Jäger springen von der Ladefläche und verlassen die anderen Fahrzeuge, wobei sie beide Seiten der Straße abdecken, während wir warten.

„Schöner Tag für ein Picknick", sagt Ingrid mit geschlossenen Augen. „Soll ich noch ein paar Monster für sie herziehen?"

„Sam hat uns gebeten, das nicht mehr zu tun." Ich gehe zum Straßenrand und hole einige Campingsachen heraus, darunter einen Campingtisch, den ich kürzlich gekauft habe. Während ich das Mittagessen vorbereite, höre ich das Fauchen, Knurren und gelegentlich schmerzliche Jaulen aus der Richtung von Lanas Handgemenge. „Es würde den Kindern Angst machen."

„Weicheier", meint Ingrid.

Mikito kommt und hilft mir bei der Vorbereitung, wobei ihr mehrere Leute neidische Blicke zuwerfen. Seit meine Fähigkeit Veränderter Raum mir im Grunde einen extradimensionalen Raum gibt, in dem ich alles lagern kann, kann ich viel mehr herumschleppen als die meisten Leute. Alle anderen müssen sich mit altmodischem Gepäck oder dem Systeminventar herumschlagen und das Inventar nimmt nur im System registrierte Objekte auf. Was den Flüchtlingen, die noch nie einen Shop besucht haben, überhaupt nichts bringt.

„Glaubst du, wir erreichen Fort Nelson bald?", fragt Mikito Ali.

„Wir sind noch etwa hundert Kilometer entfernt", meint Ali. „Bei guten Straßenbedingungen wäre das eine einstündige Fahrt. Vielleicht drei, mit den jetzigen Straßenbedingungen– wenn ihr aufhört, die Kinder so zu verwöhnen. Und wenn wir niemanden sonst finden, der sich dort versteckt."

„Sie benötigen die Erfahrung", bemerkte Mikito, das alte Argument wiederholend. „Danach lassen wir sie sowieso in Fort Nelson zurück."

„Wenn die Stadt noch steht", fügte ich hinzu und verzog dabei das Gesicht.

Dank Ali wissen wir, dass Fort Nelson einen Shop besitzt, weshalb es unwahrscheinlich ist, dort keine Überlebenden zu finden. Jeder Ort mit einem Shop besitzt einen deutlichen Vorteil. Die Möglichkeit, im System registrierte Waffen und Skills zu kaufen und Beute gegen Credits einzutauschen, macht einen enormen Unterschied. Die Tatsache, dass der Shop nach einem Jahr noch existiert, weist darauf hin, dass jemand genug Credits ausgegeben hat, denn sonst wäre die Verbindung nicht mehr vorhanden. Nicht alle Siedlungen, die einen Shop besaßen, schaffen es, diesen nach dem ersten Jahr noch zu behalten. Aus diesen Gründen dürfte die Stadt – und einige ihrer Einwohner – noch existieren.

Theoretisch. Schließlich leben wir in einer Apokalypse.

„Hey, pass auf das Fleisch auf", ruft Ingrid.

Ich drehe das Steak schnell um und merke, dass ich so in Gedanken versunken war, dass ich es fast zu sehr durchgebraten hätte. Klar. Zeit, mich auf die wichtigen Dinge zu konzentrieren. Wie das Mittagessen.

***

„Was war das nochmal?", sagt Lana und hebt die Gabel mit dem grünen Stück Steak, bevor sie es in die Soße tunkt. Der Tiger hat sich besitzergreifend neben ihr zusammengerollt und kaut an dem ein Meter langen Schenkel derselben Kreatur.

„Mer ... M'r ... diese Mischung aus grünem Wurm und Gottesanbeterin", sagt Ingrid und nimmt sich ein weiteres Stück des gebratenen Fleischs. Auf dem Tisch gibt es genug Essen, um ein Eishockey-Team nach dem Spiel zu sättigen, das sollte also etwa genug für uns sein.

Lana freut sich, während sie kaut und schluckt. „Ach ja. Glaubt ihr, dass wir noch mehr von denen finden?"

„Das hoffe ich doch. Das war der Rest von dieser Fleischsorte", sage ich. „Ich werde Ali bitten, Ausschau zu halten."

Ich sende Ali eine telepathische Botschaft. Seit meinen Levelaufstiegen funktioniert unsere Verbindung über eine beträchtliche Entfernung, so dass der kleine Geist viel mehr Aufklärungseinsätze für uns leisten kann. Da der Geist nicht essen kann, habe ich ihn auf eine Aufklärungsmission geschickt. Auch wenn keiner von uns wirklich erwartet, hier in der Wildnis Überlebende zu finden, geben wir die Hoffnung nicht auf. Außerdem muss ich diese Strecke ja schließlich nicht zurücklegen. *„Hey, Lana will, dass du nach diesen grünen Wurm-Gottesanbeterin-Wesen suchst. Vielleicht könntest du sie hierher locken, wenn du welche entdeckst."*

„Weißt du, Jungchen, ich glaube, dass ihr in letzter Zeit etwas zu nachlässig geworden seid", antwortet Ali telepathisch. *„Die M'rimul-Würmer sind Level-41-Monster und kämpfen in Zehnerschwärmen. Sie sind keine Snacks!"*

„Kann schon sein. Auf jeden Fall könnten wir die Erfahrungspunkte gebrauchen, wenn du sie findest. Wir sind kaum aufgestiegen, seit wir den Yukon verlassen haben."

Ich höre zur Bestätigung sein telepathisches Grunzen. Man sollte meinen, dass die Überlebensrate bei niedrigstufigen Monstern höher wäre, aber so läuft das eben nicht. Es ist egal, ob du einem Monster mit Level 10 oder mit Level 50 begegnest – auf Level 1 bist du so gut wie tot.

„Also ...", sagt Sam, als er sich unserer Gruppe nähert. Seine Stimme wird durch das Knallen von Gewehren und das Zischen von Strahlenwaffen unterbrochen, die am Ende der Kolonne feuern. „Die Leute fragen sich schon, wie lange wir noch hier bleiben. Wir haben ziemlich Aufmerksamkeit erregt ...“

Die Gruppe blickt mich an und ich überprüfe das kleine Monster-Radar in der Ecke meines Blickfelds. Da Ali nicht in der Nähe der Gruppe ist, kann er die Informationen nicht an alle übertragen. Es gibt da draußen aber auch nichts besonders Schlimmes – nur ein HaufenLevel-20-Monster, so wie es aussieht.

Ich sehe Sam achselzuckend an. „Wir sind noch zwei, vielleicht drei Stunden von der Stadt entfernt. Das Gebiet hier hat recht brauchbare Levels. Die Jäger sollten in der Lage sein, einige Erfahrungspunkte während der Beutejagd zu sammeln und falls sie einige der Monsterleichen an die Autos binden, könnten sie sogar welche mitnehmen.“

„Aber die Frauen ...“ Sam redet nicht weiter, als die drei um mich herum sitzenden Frauen ihn anstarren und praktisch herausfordern, den Satz zu beenden. Sam hustet und ändert seinen Ton. „Die Zivilisten sind etwas nervös.“

So diplomatisch er auch ist – wir wissen doch, dass er die kleine Gruppe von Frauen meint, die uns das Leben schwer gemacht hat. Irgendwie haben sie die welterschütternde Änderung der gesellschaftlichen Ordnung nicht mitbekommen. Sie scheinen manche Realitäten einfach ignorieren zu wollen – wie Gewalt und die Notwendigkeit des Levelaufstiegs.

„Die lassen sich nicht unterkriegen. Sie sind schließlich in Sicherheit“, sage ich tonlos. „Das ist die letzte Gelegenheit für ihre Jäger, problemlos Levels und Credits zu bekommen, also können die Frauen meinetwegen herumhocken und in ihrem eigenen Saft schmoren.“ Als ich Sams gequälten Gesichtsausdruck sehe, seufze ich und biete ihm etwas Trost. „Wir müssen in einer Stunde los, wenn wir die Stadt vor Einbruch der Dunkelheit erreichen wollen."

„Eine Stunde. Das schaffe ich", sagt Sam und nickt mehrmals. Er wirft dem Essen auf unserem Tisch einen hungrigen Blick zu, und Lana schickt ihn mit einem improvisierten Steak-Sandwich weg, das praktisch vor Soße und Monsterspeck trieft.

„Du bist zu nett zu ihm", sagt Ingrid.

„Das ist nicht seine Schuld", sage ich.

„Er sollte diese Idioten auffordern, dir das ins Gesicht zu sagen."

„Äh ... lieber nicht." Ich schneide eine Grimasse und erinnere mich an die ersten Tage.

Es war echt nervig gewesen, mit dieser Gruppe zu reden, vor allem mit Ms. Starling. Ich versuchte sogar, diesen Tussis zuzuhören, als sie über den Mangel geeigneter Unterkünfte meckerten – bis mir fast der Kragen platzte. Zum Glück griff Sam ein, bevor die Situation außer Kontrolle geriet, aber ich hatte ernsthaft überlegt, ob ich die Weiber verprügeln sollte, bis sie die Klappe hielten. Was eigentlich nicht gerade das zivilisierteste oder anständigste Verhalten wäre. Na ja, ich habe nur gesagt, ich hätte mir das überlegt– ich habe es ja nicht wirklich getan.

Lana räuspert sich leise, um unsere Unterhaltung wieder in die Bahn zu lenken. „Wie sieht denn nun unser Plan für Fort Nelson aus?"

„Äh ... Plan?"

„Ja, Plan. Die macht man nicht nur, um Dungeons zu säubern", meint Ingrid.

Ich starre die Frau aus den First Nations an. Nur weil ich nicht über meinen Plan rede, bedeutet das nicht, dass ich keinen habe. „Was gibt es da zu planen? Wir gehen rein, setzen die Leute ab und sehen, was los ist. Danach, na ja, gehen wir weiter."

„Oh, John ...", seufzt Lana. „Was wäre, wenn die Stadtverwaltung keine Flüchtlinge aufnehmen will? Was, wenn sie uns den Zugang verbietet? Oder wenn die Leute Hilfe benötigen? Wollen wir bleiben und ihnen helfen? Für sie ein paar Dungeons säubern, oder so?"

„Naja ..."

„Und was machen wir überhaupt hier draußen?", sagt Mikito mit ihren Essstäbchen auf mich gerichtet. „Das hast du uns noch gar nicht gesagt."

„Ich habe euch ja auch nicht direkt eingeladen", protestiere ich. Als Reaktion darauf erhalte ich nur ein Schnauben und rollende Augen, so dass ich mir mit der Hand über den Nacken streiche. „Nein, habe ich auch nicht ... aber ja, ich habe Pläne. Vor allem will ich sehen, wie es in der restlichen Welt so läuft. Vielleicht hier und da etwas Hilfe leisten ..."

Ehrlich gesagt habe ich ein Ziel. Sogar mehrere. Aber sie sind so nebulös, so weit entfernt, dass ich es gar nicht wage, sie auszusprechen. Ganz abgesehen davon, dass jedes meiner Worte vom System registriert wird und daher an jemand anderen verkauft werden könnte. Letztlich haben meine Pläne aber auch nichts mit dieser Diskussion zu tun. Wenigstens noch nicht.

„Fantastisch. Wir sind das A-Team", sagt Lana.

„Ich nehme die Rolle von Face", meint Ingrid.

„Dann wäre ich wohl Hannibal", antwortet Lana, was einen verwirrten Blick von Mikito nach sich zieht.

„Und John ist natürlich BA", sagt Ingrid, worauf Lana nachdenklich die Stirn runzelt.

„Ich weiß nicht. Er ist mehr Murdock als Mikito", erwähnt Lana.

Ich öffne den Mund, um zu protestieren, sage dann aber nichts. Wenn du es mit zwei sich streitenden Frauen zu tun hast, und mit einer von ihnen gelegentlich schläfst, wärst du verrückt, dich da einzumischen. Stattdessen erkläre ich Mikito, dass sie über die alte amerikanische Fernsehserie *Das A-Team* reden.

Kapitel 2

„Ahoi dort am Tor", rief ich Stunden später, als wir schließlich Fort Nelson erreichten. Oder, technisch gesehen, die äußeren Stadttore.

Unser Wunsch nach Mauern muss auf alte Instinkte zurückgehen, selbst wenn sie relativ nutzlos sind. Diese Mauern bestehen nicht aus normalen Ziegelsteinen – der leichte silbrige Glanz deutet an, dass sie zumindest systemunterstützt sind – aber ich könnte sie wahrscheinlich durchschlagen, wenn ich genug Zeit hätte. Oder, meine Güte, über die sechs Meter hohe Mauer springen.

Andererseits ist das nicht gerade fair. Ich vergleiche meine Stärke von 97, die auf einer Fortgeschrittenen Klasse Level 37 basiert, mit ihrer Mauer, wobei doch die umgebende Zone nur Level 15+ hat. Der gefährlichste Faktor in der Nähe ist ein Level-35-Dungeon, und der ist gut zwei Stunden Fußmarsch östlich von hier. Also ist die Mauer wohl gar nicht so unvernünftig.

„Wer seid ihr denn?", ruft eine Stimme, deren Besitzer hinter einem Gewehr verborgen ist.

Ich merke beiläufig, dass die Strahlenwaffe – ein ziemlich gutes Modell – auf mich gerichtet ist. Einen Moment später lässt Ali den Status des Wächters über seinem Kopf erscheinen.

Ian Crew (Level 24 Jäger)

HP: 280/280

MP: 180/180

Zustand: Verängstigt

„Jäger? Klingt ziemlich allgemein", sage ich telepathisch zu Ali.

„Der Dummkopf hat eine Basisklasse gewählt und seinen Bonus für ein seelengebundenes Strahlengewehr ausgegeben. Wenigstens hat er ein aufrüstbares Spielzeug

bekommen", sagt Ali. Eigentlich ist Ali gar nicht in meiner Nähe, sondern schwebt tiefer in der Stadt. Er sucht im System nach Informationen über diese Siedlung und sendet sie mir zurück.

„Besucher aus dem Norden. Wir bringen einige Flüchtlinge aus dieser Gegend", rufe ich zurück. „Wir haben auch Frauen und Kinder hier. Zusammen mit trainierten Kämpfern und jede Menge Beute."

Ich beobachte, wie der Wächter den Konvoi hinter mir anblickt, dann die Hover-Bikes. Interessanterweise hat er zwar Lanas Tiere bemerkt, richtet seinen Blick aber eher auf die Rothaarige selbst. Die meisten Leute finden ihre Tiermenagerie ziemlich beeindruckend.

„Tut mir leid! Ich kann euch nicht reinlassen. Ich muss es erst Arik sagen, und der muss zustimmen", sagt Ian. „Würdet ihr bitte warten?"

Ich nicke zustimmend und lehne mich zurück. Dabei sehe ich mir die anderen Wachen an, die sich etwas entspannt haben, da ich zufrieden damit bin, zu warten. Wie gesagt, könnte ich gewaltsam in die Siedlung eindringen, aber wozu denn? Einige Minuten zu warten, tut keinem weh.

„Ihr kommt aus dem Norden?", ruft Ian, nachdem er jemanden mit einer Botschaft losgeschickt hat. Seine Augen wandern über unsere Ausrüstung, verweilen dann bei Lana und schließlich starrt er mich an. Ich weiß, was er sieht – gepanzerter Jumpsuit, hochwertige Strahlenpistole, teures Hover-Bike – und ich sehe, wie er das im Kopf zusammenrechnet. „Dort muss es ja ziemlich gut laufen."

„Kann man so sagen", rufe ich zurück. Erinnerungen wirbeln durch meinen Kopf – die Kämpfe und die Verluste, die wir in Whitehorse erlebt haben. Richard, Ulric, Miranda. Roxley und sein Verrat. Meine Hände ballen sich zu Fäusten und ich unterdrücke den Schmerz.

Ich habe das Herumbrüllen satt und steige vom Motorrad, spanne meine Beinmuskeln an und springe auf die Mauer, wo ich neben dem überraschten Wächter lande. Ich sehe, dass mehrere Gewehre in meine Richtung schwingen und die anderen Wächter große Augen machen, aber niemand feuert. Sehr straffe Disziplin. Ich bin beeindruckt.

„Was–"

„Tut mir leid. Hatte es satt, immer brüllen zu müssen." Ich lehne mich gegen die Mauer und überkreuze absichtlich die Füße, so dass ich mich in einer ungünstigen Kampfposition befinde. Danach strecke ich die Hand aus. „Schokolade?"

„Du ..." Er starrt mich an, dann die Mauer hinab, und richtet seine Augen dann wieder auf mich. „Welchen Level hast du denn?"

„Das ist eine etwas unhöfliche Frage, oder?" Ich lächle ihn gedankenverloren an, während ich mir die Zeit nehme, die Nachricht zu lesen, die nach dem Überschreiten der Gemeindegrenze erschien. „Dafür solltest du mich wenigstens vorher zum Abendessen ausführen."

Du hast eine sichere Zone betreten (Das Dorf Fort Nelson)

In diesem Bereich wurden die Manaströme gewaltsam stabilisiert. Innerhalb der Siedlungsgrenzen werden keine Monster spawnen.

Diese sichere Zone umfasst:

- *Rathaus von Fort Nelson*
- *Shop*
- *Quest-Halle*
- *Mehr ...*

Ian schweigt betreten. Ich sehe, dass er überlegt, mich zum Gehen aufzufordern, aber dann diese Idee verwirft. Lustigerweise würde ich sogar gehen, da ich meinen Standpunkt vertreten habe. Das sollte sie von irgendwelchen Dummheiten abhalten. Aber da sie zögern, Flüchtlingen zu helfen, bin ich nicht gerade begeistert darüber, wie wir hier bisher empfangen wurden.

„Wir haben Leute nach Norden geschickt, aber sie sagten … na ja, es wird schwieriger", sagt Ian, um das Schweigen zu unterbrechen.

„Das stimmt. Im Yukon wird es ziemlich hart." Aus dem Augenwinkel bemerke ich, wie er zusammenzuckt. Ich esse den Schokoriegel, den er nicht wollte.

Hinter mir höre ich, wie sich meine Freunde während des Wartens im Flüsterton unterhalten und die Flüchtlinge einander überzeugen wollen, dass man sie in die Siedlung lassen wird. Die Wachen sind immer noch nervös und werfen mir besorgte Blicke zu.

„Du stammst aus dem Yukon-Territorium? Watson Lake oder …?"

„Whitehorse", antworte ich.

Ein weiterer Wachmann erscheint aus einem Gebäude und läuft zu Ian, der ihm zuhört.

„Arik kommt. Sie müssen draußen bleiben, bis sie den Eid abgelegt haben", sagt die Wache zu Ian, was ich durch Lippenlesen mitbekomme.

Ian nickt und kehrt zu mir zurück. Er lächelt etwas, um seine Nervosität zu verbergen. „Arik, der … äh … Eigentümer der Stadt wird euch persönlich begrüßen. Wenn ihr noch etwas warten könntet …"

„Ali, komm zurück. Und versuche herauszufinden, was sie mit dem Eid meinen", sage ich dem Geist telepathisch, bevor ich mich Ian zuwende und ihn schwach anlächle. „Sicher. Kann ich den anderen sagen, dass wir noch etwas warten müssen?"

„Selbstverständlich, aber er wird bald kommen", sagt Ian.

„Der Eigentümer der Siedlung wird uns persönlich begrüßen. Deshalb müssen wir noch warten", rufe ich der untenstehenden Gruppe zu.

Jetzt wünsche ich mir, dass wir vorher ein Signal für möglichen Ärger ausgemacht hätten, aber daran hatte ich einfach nicht gedacht. Ziemlich naiv, schätze ich. Oder, wie Ali sagen würde, zu selbstsicher. Aber meine Freunde haben seit über einem Jahr auf Messers Schneide gelebt, und ihre Instinkte sind so gut wie meine. Vielleicht sogar besser. Ich bemerke ihre subtilen Verhaltensänderungen, als sie sich auf einen potenziellen Konflikt vorbereiteten.

Während wir warten, plaudere ich etwas mit Ian. Wir tauschen Informationen über das System aus und ich erfahre etwas über ihre Erlebnisse. In den ersten Tagen wurde Fort Nelson schwer getroffen, da die Siedlung über ein ziemlich großes Gebiet verteilt ist. Zum Glück fand eine Gruppe von Überlebenden den Shop und sammelte andere um sich. Nach einer Weile gelang es ihnen, einige sichere Zonen in der Stadtmitte zu erwerben. Danach war es nur eine Frage der Zeit, bis sie das Dorf gründen konnten. Glücklicherweise war keine externe Gruppe daran interessiert, den Schlüssel zur Siedlung zu bekommen, daher konnten sie ihn selbst kaufen.

„Und jetzt beherrscht diese Herzogin die ganze Region Yukon/Alaska", sage ich, nachdem ich eine Zusammenfassung der Ereignisse unseres Jahres gegeben habe.

„Und sie ist eine Dunkelelfin. Aber nicht ...?", sagt Ian, dessen Stimme beim Wort Dunkelelfin etwas lauter wird.

Ich kann es ihm nicht vorwerfen. Das Konzept der Dunkelelfen ist in der Öffentlichkeit kaum bekannt. Dafür interessieren sich nur Geeks. Ich kenne sie auch nur aus einer Serie von Büchern, die meine Ex-Freundin so toll fand, und die ich selbst nie gelesen habe.

„Truinnar. Stell sie dir einfach als Truinnar vor. Dunkelhäutige, sehr attraktive Wesen, die Elfen ähneln und in einer komplexen und rücksichtslosen Gesellschaft leben", erkläre ich.

„Das ist verrückt", sagt Ian und dreht dann den Kopf, als mehrere Gestalten die Straße entlang laufen.

Ich beobachte die Gruppe – ein großer, blonder Fitness-Fanatiker vorne, gefolgt von einer Frau mittleren Alters und einem Teenager ganz hinten. Der blonde Muskeltyp ist offensichtlich ein Leibwächter der Art nach zu urteilen, wie er alles im Auge behält und sich bewegt

„Der Teenager ganz hinten ist Arik, stimmt's?"

„Das stimmt, Junge. Vergiss nicht, dass er möglicherweise eine Genbehandlung hinter sich hat", antwortet Ali und erinnert mich daran, dass es heutzutage viel schwieriger ist, das Alter einer Person zu erraten. Daher könnte er ein wirklich intelligenter Teenager wie Jason sein, der die Herrschaft über die Siedlung an sich gerissen hat. Oder er ist lediglich jemand, der seinen Körper vom System verjüngen ließ.

Nach einigen Minuten befindet sich die Gruppe auf der Mauerkrone und die Leute begrüßen uns. Oder zumindest eine Art der Begrüßung.

„Ich bin Arik Dorf", sagt Arik und bietet mir seine Hand und ein Lächeln. „Das sind Piotr und Min."

Sie sind als Level 31 Justiziar, Level 29 Leibwächter und Level 31 Administrator markiert. Ali schwebt für alle anderen unsichtbar hinter der Gruppe und starrt Arik wütend an. Er ignoriert meine Bitten um Informationen und schneidet Grimassen, was mir auf den Keks geht, weil ich wirklich wissen will, was für eine Klasse ein Justiziar ist.

„John Lee", sage ich. „Warum die Verzögerung? Die Sonne geht unter, und auch wenn es nach Einbruch der Dunkelheit nicht unbedingt gefährlicher ist, wird es auf jeden Fall ungemütlicher."

„Immer gleich zu Sache, was?", sagt Arik mit einem freundlichen Lächeln. Da er merkt, dass ich nicht anbeiße, fährt er fort. „Na ja, Mr. Lee, das Problem liegt daran, dass ihr eine große Zahl von Kämpfern habt. Und soweit ich weiß, sind viele davon fast so stark wie meine Wachen."

„Du fürchtest, dass wir die Siedlung übernehmen wollen?", sage ich etwas skeptisch.

Arik hebt eine Augenbraue. „Du bist wirklich sehr misstrauisch, oder? Nein, ich mache mir Sorgen, dass sie in der Stadt Ärger machen, wogegen wir wenig tun könnten. Wir hatten schon Zwischenfälle mit Überlebenden, die eben ... die gewalttätige Natur unserer jetzigen Existenz akzeptierten."

„Oh ...", sage ich und überlege, was er verschweigt. Klar. Idioten mit Macht, vor allem junge Idioten mit Macht, die den starken Mann markieren wollen. Ich erinnere mich daran, dass Amelia, die Ex-Polizistin, sich öfters darüber beklagt hat. „Was sollen wir tun?"

„Das ist eigentlich ganz einfach. Ich habe eine Systemfähigkeit, die es mir erlaubt, andere einen Eid schwören zu lassen. Eidbrüchige werden schwer bestraft, wodurch es viel einfacher ist, sie zu kontrollieren", sagt Arik.

„*Das ist äußerst interessant. Ich habe von derartigen Skills gehört – Lords, Könige und dergleichen besitzen diese oft – aber das ist das erste Mal, dass ich einem Justiziar begegnet bin*", kommentiert Ali telepathisch.

„*Hört sich wie ein Vertrag an*", antworte ich in Gedanken, während ich mit Arik spreche. „Und was für ein Eid ist das?"

„Ich schwöre, dass ich den Bürgern des Dorfs Fort Nelson keinen Schaden zufügen, den Befehlen der legitimen Ordnungshüter im Dorf Folge leisten und das Dorf nach Aufforderung verlassen werde", zitiert Arik. „Und um das eindeutig zu machen, tragen alle Ordnungshüter diese Abzeichen." Arik berührt eine kleine, längliche Anstecknadel mit einer Burg darauf, die sich wie ein Hologramm verschiebt. „Diese sind mit dem jeweiligen Individuum verbunden. Wenn man sie also mit Gewalt entfernt oder sie nicht mehr mit der Person in Kontakt sind, verlieren sie ihren Glanz und zerfallen."

„Das klingt sehr vernünftig." Ich muss zugeben, dass ich mir einen möglichen Missbrauch vorstellen kann, da dies zu einer Spaltung in Mächtige und Machtlose führt, aber ... „Du musst Sam und seine Leute selbst fragen. Was mich betrifft, will ich nicht lange bleiben. Ändere den Eid, so dass er zeitlich begrenzt und nur für das Dorf gilt, dann geht das in Ordnung."

Arik kneift die Augen zusammen, während der Fitnessfreak wütend über meinen Tonfall schnaubt. Die Administratorin lehnt sich vor und flüstert Arik etwas zu.

Er nickt und lächelt mich an. „Selbstverständlich. Wir werden festlegen, dass der Eid nur in der Siedlung gültig ist."

„Für zwei Wochen", sage ich mit einem Lächeln. „Ich werde schon vorher wieder gehen."

„Einen Monat."

„Abgemacht", sage ich.

Danach leiste ich gleich den Eid und schicke Ali nach unten, damit er das Team informiert. Arik geht ebenfalls und wartet am Tor, um die Flüchtlinge zu begrüßen und ihnen den Eid abzunehmen. Ich bemerke dabei, dass ihm niemand Ärger macht, außer Sam. Er weigert sich, bis Lana ihn zur Seite zieht und auf ihn einredet. Kurz darauf kehrt er zurück und hilft der Administratorin, die Flüchtlinge einzuweisen. Ich muss zugeben, dass das Dorf mit unserem kleinen Konvoi sehr effizient umgeht. Die meisten werden zu leeren Häusern geschickt, und die besonders Eifrigen zum Shop.

„Ali, was würde denn passieren, wenn man diesen Eid bricht?", frage ich während des Wartens den Geist.

„Das ist unterschiedlich und hängt meistens vom Skill-Level ab. Wenn man nur wenige Punkte hat, sinken die Levels wahrscheinlich zeitweilig", antwortet mir Ali telepathisch, während er vor sich hin starrt und liest, was er im System-Backend entdecken kann. *„Bei dir würde das keinen großen Unterschied machen, aber du solltest dich hüten, einem echten König einen Eid zu schwören."*

Als Lana und die Gruppe die Siedlung betreten, verabschiede ich mich von Ian, springe von der Mauer hinunter und gebe Sabre den Befehl, mir zu folgen. Ich höre, wie mehrere Leute erstaunt die Luft einziehen, als das PKF von selbst vorbeifährt.

„Zum Shop?" Ich grinse die Gruppenmitglieder an und alle nicken zustimmend.

Nach wochenlangen Kämpfen ohne Zugang zu einem Shop sind unsere Inventare bis an den Rand gefüllt. Wir hatten sogar schon einige der weniger wertvollen Dinge den Flüchtlingen geschenkt, nur um nichts zu verschwenden. Und natürlich habe ich einige Leichen in meinem Veränderten Raum, die unbedingt zu einem guten Metzger oder Sezierer gebracht werden mussten.

„Shop!", antwortet Mikito fröhlich und lässt den Motor ihres PKF aufheulen.

Wir folgen der jungen Japanerin bis zum zentralen Podest, auf dem eine Kugel aus Silberstahl ruht. Jede Person, die diese Kugel berührt, wird zu einem Shop transportiert – einem dimensionsübergreifenden Kaufhaus. Natürlich hängt der Shop, zu dem man teleportiert wird, von einer Reihe von Faktoren ab – persönliche Einladungen, Reputation, die Credits, die man bisher ausgegeben hat, all das.

Der Shop, in den ich teleportiert werde, ist grün. Alles, aber auch alles ist grün – von den schlichten Tischen in der Rezeption bis zu den Wartesofas und den persönlichen Einkaufsräumen. Einige Sekunden nach meinem

Erscheinen, eilt der anthropomorphe Fuchs, der mein persönlicher Einkäufer zu sein scheint, aus einem anderen Raum herbei und wirft mir ein strahlendes Lächeln zu.

„Erlöser!", begrüßt mich der Fuchs. Er trägt eine Weste und eine weitgeschnittene Hose. In seinen braunen Augen glitzert die Gier, als er mich in einen ruhigen Raum führt. „Es ist schon viel zu lange her."

Ali flitzt davon, um mit seinem eigenen Freund im Shop zu plaudern, und ich kümmere mich darum, unsere Beute zu verkaufen.

„Ich hatte keinen Zugang zum Shop", erkläre ich. „Heute muss ich nicht sehr viel kaufen. Ich muss nur einige meiner Verbrauchsgüter auffüllen."

„Ah ..." Der Fuchs lässt etwas den Kopf hängen, fängt sich dann aber wieder wie ein echter Profi. Ohne meinen hohen Wahrnehmungssinn hätte ich das wahrscheinlich nicht einmal bemerkt. „Vielleicht wären Sie an einer tragbaren Verbindung interessiert?"

Tragbare Shop-Verbindung (Einzelkanal)

Die tragbare Shop-Verbindung teleportiert eine Person zum damit assoziierten Shop. Kann nur außerhalb von Dungeons und auf der zugewiesenen Welt (Erde) eingesetzt werden.
Anwendungen: 3
Preis: 20.000 Credits

„Scheint recht billig zu sein", sage ich, nachdem ich mir die Informationen durchgelesen und den kleinen Chip des Geräts angesehen habe. Ich sehe, wie der Fuchs in der Ecke meine Bestellung verschiedener Patronen, Raketen und Granaten erledigt, mit denen ich mein Inventar auffülle.

„Der Shop subventioniert die Verbindung", erklärt der Fuchs. „Und natürlich erhalten nur unsere besten Kunden so etwas."

„Ich verstehe. Aber wahrscheinlich ist das für mich zu teuer. Ach ja, ich bin mit den letzten Büchern fertig, also brauche ich die nächsten fünf über die System-Quest", sage ich.

Der Fuchs nickt und tippt die Daten ein, während er die nächsten Bücher auf meiner nicht enden wollenden Liste besorgt. Es stellt keine Überraschung dar, dass jemand eine Leseliste zusammengestellt hat, die Erfahrungspunkte für den Abschluss kleiner Meilensteine in der System-Quest bietet. Aber obwohl jedes Buch unwesentliche Aspekte über das System und dessen Funktionen enthüllt, bleibt die wahre Frage unbeantwortet – was ist es? In vieler Hinsicht komme ich mir wie ein blinder Mann vor, der mit Büchern einen Elefanten abtasten will.

Soweit ich das verstehe, ist das System älter, als alle der Öffentlichkeit zur Verfügung stehenden Unterlagen des Galaktischen Rats. Zudem besitzt das System Verwaltungszentren – Kontrollbereiche in jeder Zone. Bringt man genug davon in seine Gewalt, kann man in der Welt dieser Zone kleinere Anpassungen am System durchführen, so ungefähr wie wir unsere Dörfer und Städte verändern könnten. Der Galaktische Rat besteht lediglich aus den Regierungen und Individuen, die eine beträchtliche Anzahl dieser Verwaltungszentren kontrollieren und zusammen die Regeln des Gesamtsystems bestimmen. Außerhalb der vom Galaktischen Rat durchgesetzten Regeln, kontrolliert und verändert das System alles in unserer Welt: das Upgraden, Leveln und Entwickeln materieller und organischer Objekte ohne Berücksichtigung „normaler" wissenschaftlicher Gesetze.

Das wird vor allem mittels Mana erreicht, welches durch die im System registrierten Welten fließt. Tatsächlich scheint das Mana die Kraft zu sein, die alles kontrolliert – quasi die Elektrizität des Systems.

Eine der wichtigsten Fragen in den Büchern, die ich gelesen habe, ist, ob das System selbst intelligent ist. Zahlreiche Tests haben bewiesen, dass die Menge des ins System eingeleiteten Mana – durch Zaubersprüche, Teleportation, Skills und ähnliches – immer höher ist, als die abgegebene Menge. Es scheint einen „Schwund" von 5 % zu geben, grob gerechnet. Es ist ein seltsam spezifischer Wert, den viele erwähnen, die das System als Software betrachten. Andere wiederum betonen, dass das System durchaus intelligent sein kann, auch wenn es Software darstellt. Da es eine Menge an Fluktuationen in der Gesamtmenge von Mana gibt, die ins System und aus diesem fließt, unterstützt dies die Theorie, dass es um mehr geht als nur um außer Kontrolle geratene Software.

„Erlöser? Erlöser?", ruft der Fuchs, und ich starre den Verkäufer an, der seit einer Weile meine Aufmerksamkeit auf sich ziehen will. Es mag zwar keine gute Verkaufstaktik sein, einen Kunden aus seinen Gedanken zu reißen, aber der Fuchs und ich kennen und schon lange genug, dass er sich in dieser Hinsicht keine Sorgen machen muss. „Haben Sie sonst noch etwas für mich?"

Ich schneide eine Grimasse, weil ich den Namen Erlöser nicht ausstehen kann. Diesen Titel, auch wenn die meisten Aliens meinen, dass ich darauf stolz sein sollte. Vom System generierte Titel sind sehr wichtig, da sie eine beträchtliche Leistung der jeweiligen Person markieren. Wie bedeutend diese ist, hängt natürlich von der Kultur ab, aber sie sind eben ein Zeichen der Hochachtung – wie Tätowierungen in früheren Kulturen oder Gefängnissen.

„Tut mir leid. Machen Sie weiter. Ich sehe mir einige Skills an, während ich auf Ali warte."

„Selbstverständlich. Rufen Sie mich, wenn Sie noch etwas brauchen." Der Fuchs nickt, verschwindet aus dem Raum und lässt mich allein.

Ich überlege, ob ich eines meiner neuen Bücher lesen soll, entscheide mich dann aber, mir meine Statuswerte anzusehen, um zu entscheiden, was ich kaufen soll.

Statusmonitor			
Name	John Lee	Klasse	Erethra-Ehrengarde
Volk	Mensch (M)	Level	37
Titel			
Monsterschreck, Erlöser der Toten			
Gesundheit	1700	Ausdauer	1700
Mana	1310	Mana-Regeneration	98 / Minute
Attribute			
Stärke	94	Beweglichkeit	161
Konstitution	170	Wahrnehmung	58
Intelligenz	131	Willenskraft	133
Charisma	16	Glück	30
Klassen-Fertigkeiten			
Mana-Erfüllung	2	Klingenhieb	2
Tausend Schritte	1	Veränderter Raum	2
Zwei sind Eins	1	Entschlossenheit des Körpers	3

Größere Entdeckung	1	Tausend Klingen	1
Seelenschild	2	Versetzungsschritt	2
Tech-Verbindung*	2	Sofort-Inventar*	1
Spalten*	2	Raserei*	1
Elementarhieb*	1 (Eis)		

Kampfzauber	
Verbesserter schwacher Heilzauber (II)	Größere Regeneration
Größere Heilung	Manatropfen
Verbesserter Manapfeil (IV)	Verbesserter Blitzschlag
Feuerball	Polarzone
Frostklinge	

Meine Konfiguration ist seltsam, wie mein Freund das ausdrücken würde. Ich bin teils Tank, teils DPS, teils Magier. Ich habe zwar Jason dafür kritisiert, dass er diese Welt wie eines seiner Computerspiele betrachtet, aber seit einer Weile muss ich darüber nachdenken, dass er in einer Hinsicht recht hat.

Falls man in einem Team arbeitet, ist eine Spezialisierung wahrscheinlich der richtige Weg. Auf diese Weise ist man generell stärker, vergleicht man sich mit einem generalisierten Charakter auf dem gleichen Level. Selbstverständlich sollte man das auf einer möglichst stabilen Basis aufbauen – mit 100 Punkten Gesundheit kratzt man schnell ab – aber ab einem bestimmten Niveau ist die Spezialisierung sinnvoll. Vor allem, da ich meine Freunde anscheinend nicht loswerden kann.

Mir ist allerdings bei einem Sparring mit Mikito oder Ingrid aufgefallen, dass Jason recht hat, weil sie mir in ihrem Spezialbereich deutlich überlegen sind. Ich kann im Kampf zwar mithalten, aber wenn ich fair spiele, fällt es mir meistens schwer, zu gewinnen. Mikito hat neben ihren Klassen-Fertigkeiten eine Reihe von Tempofähigkeiten, die sie zu einer gefährlichen Nahkämpferin machen. Ingrid hingegen ist mehr der Typ Glaskanone – sie kann wahnsinnig viel Schaden austeilen, ist aber defensivschwach.

Eines der Probleme, um in eine Fortgeschrittene Klasse zu springen, sobald das System erschien, war, dass der Fähigkeitenbaum der Erethra-Ehrengarde primär auf die Unterstützung anderer ausgelegt war. Die einzelnen Kampffertigkeiten befinden sich vor allem in der grundlegenden Erethra-Garde oder in der Erethra-Soldatenklasse. Deshalb habe ich mich auch in verschiedenen grundlegenden Fähigkeitenbäumen umgesehen und nach Dingen gesucht, die ich im Shop kaufen kann, um mir mehr Kraft zu geben. Das Problem dabei ist, dass Skills ganz nett sind, aber alle ihren Preis haben. Credits für den Kauf, dann laufende Kosten an Mana und Ausdauer für die Verwendung. Ich muss zugeben, dass mein Wunsch nach mehr Stärke mit der Tatsache zu tun hat, dass ich total vermöbelt wurde, bevor wir Whitehorse verließen.

Trotz der Argumente habe ich keine Ahnung, worauf ich mich spezialisieren sollte. Ich kann ein bisschen von allem tun, finde aber keine der Rollen besonders attraktiv. Ich wechsle gern je nach Situation zwischen der vordersten Front und Positionen weiter hinten. Diese völlige Selbständigkeit hat mich mehrmals gerettet. Aber jetzt bin ich Teil einer Gruppe ...

Ich sehe mir meinen Statusmonitor noch ein letztes Mal an, bevor ich mich wieder dem Inventar des Shops zuwende. Schluss mit den Gedankenspielen, ich habe Dinge zu erledigen. Ich habe seit Wochen keine Entscheidung getroffen, wieso sollte ich also jetzt dazu in der Lage sein? Besser konzentriere ich mich nun auf das, was ich im Moment tun kann. Vielleicht kann ich etwas finden, das meine Fernangriffe verbessert ...

***

Ich bin als Erster wieder zurück, habe aber aufgrund der größeren Zeitdilation in meinem Shop mehr Zeit beim Einkaufen verbracht. Da ich weiß, dass die anderen erst später kommen werden, besorge ich uns eine Unterkunft für die Nacht und weise Ali an, die Gruppe zu dem verlassenen Haus zu führen, das ich gefunden habe. Als sie schließlich kommen, habe ich bereits einige Teller auf den Tisch gestellt, der durch vom System gekaufte Lampen beleuchtet wird. Wir sind inzwischen alle irgendwie daran gewöhnt, so dass das Fehlen von Elektrizität kein großes Problem mehr darstellt. Aber der Mangel an fließendem Warmwasser ...

„Hättest du nicht ein Haus mit Warmwasser finden können? Ich hatte mich so auf ein Bad gefreut", knurrt Ingrid, und die anderen Frauen nicken ihr zu.

„Verwende einen Zauberspruch", sage ich. „In diesem Dorf haben sie nicht einmal genug renovierte Häuser für ihre eigenen Leute. Wieso sollten sie ausgerechnet einen Haufen Touristen in ein Haus mit Upgrades lassen?"

„Wir könnten dafür bezahlen", meint Ingrid.

„Klar. Willst du an die Türen klopfen?" Ich deute auf den Ausgang.

Ingrid stopft sich lieber den Mund voll, statt zu antworten. Ich habe gemerkt, dass Ingrid sich zwar gelegentlich sarkastisch und unhöflich benimmt, sie aber in Gegenwart von Fremden etwas schüchtern ist.

Lana, die den Rest der Mahlzeit zubereitet, bringt eine weitere Servierplatte mit Essen. „Ali hat erwähnt, dass es in der Nähe einen Dungeon gibt. Einer, der fast überläuft."

„Willst du, dass wir den Dungeon säubern?", frage ich, woraufhin Mikito interessiert den Kopf hebt.

„Das würde höchstens einen Tag dauern", meint Lana. „Und der Bonus für die erste Säuberung ist immer ganz nett."

Ich denke über ihren Vorschlag nach. Klar, der Bonus für die erste Säuberung bietet eine Menge Erfahrungspunkte. Das war eigentlich der einzige Faktor, der uns wirklich Erfahrung gebracht hat, seit wir das Yukon-Territorium verlassen haben. Der Rest tröpfelte in kleinen Mengen herein, die wir für niedrigstufige Monster bekamen. „Na gut. Ich bin dabei."

„Ja", sagt Mikito.

„Na schön. Ich bin auch dabei", sagt Ingrid.

Lana lächelt uns allen dankbar zu, bevor sie einen Karton mit Flaschen auf den Tisch stellt. Wir starren die bekannte Marke Apocalypse Ale ungläubig an. Seit dem Erscheinen des Systems ist das Bier einer der populärsten Exportartikel des Yukon, und wir wissen, wie teuer es ist.

„Wie ...?", fragt Mikito und Lana lacht leise.

„Was? Es bringt eben Vorteile, dass ich durch unsere Stiftung ein Teilhaber der Brauerei bin", sagt Lana und blickt mich dann an. „Wenn jemand sich das näher ansehen würde, wäre er überrascht, was er alles kriegen kann."

„Oh ...", sage ich, schnappe mir eine Flasche und drehe den Schraubverschluss auf. „Bei solchen Anreizen könnte ich direkt ..."

Lana grinst und nimmt sich eine Flasche, bevor wir alle mit dem Abendessen beginnen, und danach in richtigen Betten schlafen. Nachdem wir jetzt beschlossen haben, uns den Dungeon vorzunehmen, holen wir Ali und quetschen ihn nach Informationen aus. Er weiß zwar nicht viel darüber, aber unserer Erfahrung nach ist selbst das besser als gar nichts.

Kapitel 3

„Sieht nicht gerade nach einem Dungeon aus", murmle ich und sehe die Nachricht an, die vor mir erscheint, sobald ich den düsteren Schattenwald betrete. Die Änderung in der Ökologie ist subtil, aber vorhanden. Auf einer Seite der Barriere gibt es weniger Vegetation und mehr Schatten als auf der anderen.

„Er hat nur Level 35", sagt Lana und streckt sich etwas, so dass ihr hautenger Jumpsuit an all den richtigen Stellen noch etwas enger wird.

Als sie bemerkt, dass ich sie anstarre, grinst die Rothaarige und zwinkert mich an, woraufhin ich etwas erröte. Da wir als Gruppe reisen und campieren, hatten wir beide in letzter Zeit wenig Gelegenheit, miteinander allein zu sein, was ziemlich nervt. Außerdem wollen wir sicherstellen, dass ihre Optionen zur Geburtenkontrolle noch funktionieren. Seit wir entdeckt haben, dass das System gekaufte empfängnisverhütende Maßnahmen leider oft abschwächt, sind wir alle etwas paranoid geworden und überprüfen derartige Dinge.

„Stimmt", sagt Mikito, deren Naginata auf ihren Schultern ruht, während sie auf dem Motorrad sitzt. Die Stangenwaffe lässt die zierliche Asiatin noch kleiner erscheinen. Sie ist ähnlich wie Lana gekleidet, allerdings mit etwas mehr Panzerung. Wie ich, hat auch sie ihr PKF nicht in den Mech-Modus geschaltet. „Machen wir das zu Fuß?"

„Das wäre wohl die beste Option. Der Dungeon hat nur einen Radius von wenigen Kilometern. Ich nehme an, dass der Boss sich in der Mitte befindet", sage ich und betrachte die verschwommene Anzeige, die mir meine Minikarte bietet. Diese verdammten Dungeons und ihre seltsamen Regeln.

„Ingrid und die Hunde dienen als Späher. Zieht alles, was ihr findet, in unsere Richtung zurück ..." Ich sehe mich um und seufze, da ich merke, dass die Frau bereits verschwunden ist. „Was Tigger betrifft ..."

„Nein, kommt nicht in Frage", sagt Lana und starrt mich wütend an.

„Aber ..." Ich halte den Mund, als Lana mir weiterhin giftige Blicke zuwirft. „Na schön. Wie heißt er?"

„Roland", sagt Lana, kratzt den Tiger und drückt seinen Kopf gegen ihre Taille.

„Bleibt Roland bei uns, oder ...?" Bisher konnte ich nicht gerade sehen, was an dem Tiger so besonders sein sollte, außer seiner Größe. Andererseits hatte ich ihm auch nicht viel Aufmerksamkeit geschenkt. Da ich seine Besonderheiten nicht kenne, will ich auch nicht gerne Vorschläge machen.

„Momentan bleibt er bei Anna", sagt Lana, und der Rotfuchs trabt zufrieden neben der Rothaarigen.

Danach nicke ich und winke sie und Mikito nach vorn. Ich lasse meine Augen ein letztes Mal über die Informationen schweifen, bevor ich dann die Nachhut bilde.

Mikito Sato (Mittel-Samurai Level 3)
HP: 770/770
MP: 430/430
Zustand: Keiner

Lana Pearson (Tierbändigerin Level 49)
HP: 380/380
MP: 600/600
Zustand: Tiersinne, Verbunden x 4

Es dauert etwa zehn Minuten, bevor uns ein Wesen vor die Füße fällt – dunkelblaues Haar, Muskeln und Blut. Mikito zerschneidet den Körper, bevor er den Boden erreicht, und Lana hatte schon nach Sekunden ihr

Gewehr darauf gerichtet. Erst dann merken wir, dass das Wesen schon tot war. Einen Moment später höre ich ein Kichern neben uns, da Ingrid sofort die Position gewechselt hat.

„Ingrid ...", seufzt Lana und stupst dann die Leiche mit dem Fuß an.

Da wir uns nun keine Sorgen um unser Leben mehr machen, sehen wir die Monsterleiche genauer an. Größenmäßig ähnelt das Wesen einem Schimpansen, hat aber blaues Fell, ein paar Sekundärarme und einen Schwanz, der mehr zu einem Skorpion passen würde. Nachdem wir das Monster untersucht haben, gehen wir weiter.

Nach kaum zehn Schritten zuckt Lana zusammen und dreht sich nach links. Sie presst die Lippen zusammen, fällt auf ein Knie und hebt ihr Gewehr. Roland stößt ein tiefes Knurren aus und tapst zu ihrer Linken heran, wobei sein gesamter Körper schimmert. Einige Sekunden später kann man den Tiger kaum noch sehen, da sich sein Körper farblich an das Terrain angepasst hat. Anna nimmt eine sichere Distanz zu Lana ein, und dann schießen Flammen aus ihrem Körper und wabern über ihr Fell.

„Howard ist auf dem Rückweg und hat Begleitung", sagt Lana, während sie in Stellung geht.

Mikito macht ein zustimmendes Geräusch, bewegt sich aber nicht, sondern beobachtet immer noch ihre Seite des Waldes. Mit einem Grunzen gehe ich meine Optionen durch und ziehe dann ein Strahlengewehr aus meinem Inventar. Mein Lieblingszauber, Manapfeil, ist etwas zu niedrigstufig für diese Gegner und alles andere wäre zu zerstörerisch. Ein Feuerball ist im Wald eine schlechte Idee, vor allem da das Unterholz hier anscheinend seit Jahren keinen richtigen Waldbrand mehr mitgemacht hat. Hmm ... noch etwas, das man berücksichtigen muss. Wer hätte denn gedacht, dass das Bringen von Tod und Zerstörung so facettenreich ist?

Die Spannung steigt allmählich, aber wir müssen nicht sehr lange warten. Sekunden später hören wir das Geräusch brechender Zweige und das Getrampel eines Huskys von Ponygröße, und dann ist der große Hund da. Knapp dahinter folgen ein Dutzend der Affenkreaturen, die sich durch die Bäume schwingen und auf dem Boden mit einem seltsamen Gang auf Handknöcheln und Füßen bewegen. Der Übergang von Ruhe zu Gewalt ist ganz plötzlich und Roland zerfetzt dabei den ersten Gegner, bevor er sich direkt auf einen zweiten stürzt. Lana eröffnet das Feuer mit ihrem Gewehr und Anna erzeugt einen niedrigen Flammenwall, um die meisten Feinde fernzuhalten, während Howard herumwirbelt und den Kampf eröffnet.

Ich beteilige mich an dem Gemetzel und sehe, wie Ingrid aus dem Schatten erscheint und ihren Beitrag leistet. Das Gefecht ist wild und rasant, aber wir sind den Affen vom Level her deutlich überlegen. Wir haben ein stillschweigendes Abkommen, den Großteil der Arbeit Lana und ihren Tieren zu überlassen. Schließlich hat die Tierbändigerin die wenigsten Einsatzstunden und daher den niedrigsten Level.

Nach wenigen Minuten plündere ich die Leichen und schiebe sie in meinen Veränderten Raum, während Lana ihre Tiere heilt.

„Sollten wir nicht das Mittagessen zubereiten, solange Lana den Dungeon erledigt?", sagt die hinter mir stehende Ingrid.

Ich seufze und weigere mich, eine Reaktion zu zeigen, obwohl ihr plötzliches Erscheinen mich überrascht hat. Ich schiebe die Leiche ganz in meinen Veränderten Raum und drehe mich dann um. „Vielleicht ist das gar keine so schlechte Idee."

„Also, ihr …", faucht uns Lana verärgert an. „Ich bin nicht so weit hinter euch. Und der Boss könnte für mich und meine Jungs etwas schwierig sein. Und Anna."

„Etwas schwierig ist gut", sagt Mikito. „Gutes Training."

„Hört sich an, als ob wie uns entschieden hätten. Ich leihe dir Ali", sage ich, während ich den Picknicktisch aufstelle. „Ingrid, jetzt bist du dran."

„Hey!", knurrt Lana uns an.

„Na schön. Eintopf und Fladenbrot?", sagt Ingrid.

„Hört sich lecker an."

„Bitte auch Reis", meint fragt Mikito.

„Hey!", ruft Lana erneut.

„Bist du noch hier?" Ich sehe Lana mit vor Humor funkelnden Augen an, wie sie dasteht und die Hände an die Hüften stützt, während wir ihre Proteste ignorieren.

Sie wirft mir einen wütenden Blick zu und ihre Lippen formen die Worte „das wird dir teuer zu stehen kommen", bevor sie mit den Tieren davonstürmt. Nach wenigen Minuten ist sie verschwunden und ich strecke mich.

„Gehst du spazieren?", sagt Ingrid mit ironischer Stimme, während Mikito nur schnaubt.

Ich zucke mit den Achseln und verweigere die Antwort. Ingrid winkte mir mit dem Schöpflöffel zu und ich nickte, bevor ich Lana leise folge. Ich habe zwar nicht Ingrids Klassen-Fertigkeiten, aber ich schaffe doch einiges.

Wir sind vielleicht Idioten, aber wir werden einen Freund nicht allein und ohne Unterstützung in einen Dungeon gehen lassen.

✳✳✳

Die nächsten paar Stunden sind ziemlich langweilig. Aufgrund ihrer Fähigkeit Tiersinne und der Tiere selbst, muss ich ziemlich Abstand halten, damit sie mich nicht entdeckt. Wenn man dann noch bedenkt, dass ich auch weit genug weg sein muss, damit das System ihren Erfahrungszuwachs nicht zu sehr reduziert, dann wird das alles zu einem ziemlich öden Waldspaziergang. Dennoch höre ich gelegentlich eine schwere Explosion, brechende Bäume oder einen Schrei. Zum Glück werde ich durch einen laufenden Kommentar unterhalten, da Ali neben Lana schwebt.

Ooooh, das war ein toller Suplex-Wurf, John, und da sieht man ihre Beine echt gut ...

Was für eine Entscheidung, ihr Gewehr in sein Maul zu schieben ...

Also solche Ausdrücke sollte eine Dame doch nicht verwenden! Wer hätte das gedacht ...

Zwei Dutzend. Es könnte hier Ärger geben, Sportfans. Moment! Ist das ...? Ja! Das ist der typische Pearsons-Angriff – die Chaosgranate. Sie wird geworfen, sie fliegt, sie explodiert mit rosa Konfetti! Das könnte für unsere junge Heldin Ärger bedeuten!

... um Haaresbreite. Tigerhaare, aber so ist das eben. Das neueste Mitglied der Pearson-Bande zeigt bereits seinen Wert. Viel schneller als ein gewisser großgewachsener Asiate, würde ich sagen.

Und da ist der Boss. Meine Güte, ist der aber groß. Aber keine Sorge, Jungchen, sie wird schon mit ihm fertig. Na ja, nicht allein, aber in der Gruppe, da bin ich mir sicher ...

Und das ist die zweite Beschwörung. Wynn kämpft sich mit dem Dutzend anderer kleiner Bastarde herum. Lana wirft diese Granaten ohne Rücksicht auf Verluste, obwohl sie ihren Arm gebrochen hat. Aber der Rauchvorhang ermöglicht es unserer jungen Heldin, die Stellung zu wechseln, während Roland und Anna zusammen den Boss angreifen und Howard die anderen erledigt.

Er liegt am Boden! Unten. Der Boss ist besiegt und seine Diener fliehen.

***

Als Ali schließlich die Entwarnung sendet, lehne ich mich erschöpft gegen einen Baum in der Nähe. Der Geist ist ein guter Kommentator, auch wenn er alles etwas dramatischer erscheinen lässt, als notwendig wäre. Während Lana die restlichen Gegner eliminiert, laufe ich zu unserem momentanen Lager zurück. Es mag seltsam wirken, dass ich sie allein gehen ließ und ihr dann heimlich folgte. Aber ich weiß, dass Lana sich etwas deplatziert gefühlt hat, da sie uns vom Level und der Kampfkraft her unterlegen ist. Mikito hat jahrelang Kampfsport trainiert, Ingrid ist eine verdammte Assassine und ich, na ja, ich bin ich. Bis vor einigen Monaten hat Lana den Großteil ihrer Arbeitszeit mit der Verwaltung der Stiftung und mehrerer Unternehmen in Whitehorse verbracht. Selbst wenn ich sie für viel stärker halte, als sie das glaubt, vor allem mit der Unterstützung ihrer Tiere, muss sie das selbst erfahren. Indem wir sie den Boss im Alleingang besiegen lassen, stärken wir ihr Selbstbewusstsein deutlich.

Selbst wenn mir das etwas ans Herz geht.

Kapitel 4

Man sollte meinen, die Dorfbewohner wären über die Dungeon-Säuberung glücklich. Aber wenn ich eines über die Menschen gelernt habe, ist es, dass sie nie glücklich sind. Sie tun so, als ob wir sie vorher um Erlaubnis bitten sollten, die Monster zu töten. Das ist lachhaft, vor allem, da sie es selbst nicht schafften, den Dungeon zu säubern. Dennoch haben wir dadurch die Lust an Fort Nelson verloren und beschließen, am nächsten Tag zu gehen. Daher sind wir überrascht, Sam in seinem Truck warten zu sehen, als wir unsere geborgte Unterkunft verlassen.

„Was machst du hier?", frage ich Sam und bewundere den viel jünger aussehenden Gentleman. Ich muss ihm da zustimmen – die Gentherapie ist wahrscheinlich eines der besten Angebote im Shop. Dadurch wirkt Sams Gesicht nicht nur ein Vierteljahrhundert jünger – einige seiner körperlichen Werte dürften dadurch auch verbessert worden sein. Die Tatsache, dass Sam beschloss, sein graumeliertes Haar zu behalten, lässt ihn meiner Meinung nach sogar noch vornehmer aussehen.

„Das ist nicht der richtige Ort für mich", sagt Sam und sieht sich im Dorf um, wobei er den Blick auf die wenigen Einwohner richtet, die in aller Frühe schon auf sind. „Und ich mag es nicht sonderlich, Leuten verbindliche Eide zu schwören, die ich nicht kenne."

„Sam ..." Ich überlege, was ich ihm erwidern soll. Dabei nehme ich mir die Zeit, seine Statusleiste anzusehen.

Samuel K. Turner (Level 29 Technomant)
HP: 170/170
MP: 540/540
Zustand: Keiner

Sehr niedrige Gesundheit, was ich nicht im Geringsten als akzeptabel bezeichnen würde. Andererseits ist sein Manapool recht gut, vor allem für jemanden auf seinem Level. Wenn man in Betracht zieht, dass er eine ziemlich seltene Grundfähigkeit besitzt, mit der er Technologie manipuliert – momentan meist für sich selbst, aber letzten Endes wohl auch für andere – könnte er ein durchaus brauchbarer Unterstützungskämpfer der hinteren Linie werden.

Schließlich lasse ich ihn aus zwei Gründen mitkommen. Erstens ist Sam bereit, sich in den Kampf zu stürzen – was selbst manche Leute mit besseren Skills nicht tun – und zweitens ist es sein Leben. Und ich will ihm nicht vorschreiben, was er tun soll.

„In Ordnung", antworte ich und merke, wie Sam sich etwas entspannt.

Einen Moment später rutscht er in seinen Truck, und Ingrid bildet auf ihrem Motorrad die Nachhut. Mikito und ich fahren über die Brücke voraus, welche die beiden Teile der Siedlung verbindet. Es geht in Richtung Süden, nach Prince George. Hoffentlich werden wir dort etwas freundlicher empfangen.

✳✳✳

Auf dem Highway sind es 800 Kilometer bis Prince George. Trotz der Zerstörung nach dem Erscheinen des Systems und dem Mangel an Wartung bieten die Highways immer noch die schnellste Art der Fortbewegung. Niemandem aus Fort Nelson ist es gelungen, mit den Leuten im Süden Kontakt aufzunehmen, da Highway 97 nahe am Northern Rocky Mountains Provincial Park verläuft. Das verdammte System scheint jeden regionalen Park und jede Naturschönheit als idealen Ort für eine hochstufige Zone zu betrachten. An der Stelle, die am nächsten zum Park liegt, hat der Highway fast Level 50. Das ist für die Bewohner von Fort Nelson eindeutig zu hoch, und wäre selbst für uns eine Bedrohung, wenn wir allein unterwegs wären.

Daher einigen wir uns darauf, langsam vorzugehen. Wir schicken die Hunde voraus, damit sie Monster zu uns treiben, mit denen Sam spielen kann. Ich war sogar so nett, ihn auf Sabre fahren zu lassen, damit er nicht immer aus dem Truck springen musste, um die Monster zu töten. Man sollte meinen, dass er für all diese Unterstützung dankbarer wäre.

„Hilf mir!", schreit der am Boden liegende Sam, während er verzweifelt versucht, den mutierten Bären von seinem Gesicht fernzuhalten.

„Komm schon, das Biest hat doch nur Level 15", rufe ich zurück.

„Ich wette zwei Nächte Küchendienst, dass er unter 50 % gerät", meint Ingrid.

„Von wegen. Drei Nächte und 30 % seiner Gesundheit", kontert Ali.

„Ihr seid total übergeschnappt!", schreit Sam. Endlich bekommt er eine Hand frei, drückt die Strahlenpistole gegen die Seite des Bären und feuert.

Der Bär steckt die Schüsse einfach weg und beißt so kräftig in Sams Schulter, dass sich seine Hand zuckend öffnet.

„Hey! Schluss damit", sage ich und werfe Ali einen wütenden Blick zu. „Hör auf, für mich Wetten einzugehen. Schließlich machst du ja keinen Küchendienst, wenn du verlierst. Aber ich gehe die Wette ein."

„John ...", sagt Lana und blickt Ingrid und mich an. „Ich glaube nicht, dass sie einen guten Einfluss auf dich hat."

„Du wolltest doch, dass ich etwas lockerer werde ..."

„Genau. Lockerer. Nicht total zynisch", sagt Lana kopfschüttelnd.

„Ich darf anmerken, dass du auch nicht gerade hilfreich bist", erwidere ich.

Sam schreit. Ich sehe seine Gesundheitswerte an und rechne das schnell durch. Er kann noch einen Treffer einstecken, bevor ich ihn heilen muss.

Natürlich wird sein Erfahrungszuwachs reduziert, falls ich das tue – das System würde das als Unterstützung interpretieren, so dass diese ganze Übung den Zweck verfehlt hätte. Und selbst jetzt erhält er schon weniger Erfahrung. Aber ich will auch nicht, dass er stirbt. Ich passe etwas besser auf und bereite einen Teil des Heilzaubers vor, um ihn dann schneller einsetzen zu können.

Mikito tanzt in der Nähe mit einem weiteren Bären und greift das Monster mit den Fäusten statt mit ihrer Stangenwaffe an. Sie hat sogar einige Kratzer auf dem Gesicht, da sie übt, wie man seinen Pranken um Millimeter ausweicht. Wir haben die beiden Bären vor einigen Minuten zu uns gelockt, und Sam hat eine wichtige Lektion als Unterstützungskämpfer gelernt – lass die Monster nie zu nahe kommen.

Sam reißt seinen Kopf ruckartig zur Seite, um dem nächsten Biss zu entkommen und drückt mehrmals den Abzug der Pistole, die er nun wieder in der Hand hat. Man hört Fleisch brutzeln, dann kippt der Bär schließlich um und wälzt den armen Technomanten platt. Bevor wir eingreifen können, zerrt Howard die Bärenleiche von Sam herunter und fängt an, diese zu verspeisen. Ich aktiviere meinen Zauber, sobald ich Sam richtig sehen kann. Dann beobachte ich, wie alle Schäden in wenigen Sekunden geheilt werden.

„Ich sage ja nicht, dass das überflüssig wäre", sagt Lana und reibt sich über den Nacken. „Nur, weißt du, etwas grob."

„Sehr grob!", faucht Sam und kickt die Bärenleiche, nachdem er die Beute eingesammelt hat.

Howard knurrt Sam an, bevor er weiter am Bären knabbert, und bald darauf schließt sich auch Roland dem Festmahl an. Überraschenderweise scheint Howard das nicht zu stören. Nachdem Sam nun fertig ist, erledigt auch Mikito ihren Bären, so dass Shadow und Anna sich vollschlagen können.

„Du beschwerst dich, aber du wirst besser", sage ich und blicke den Mann an. „Aber echt, hättest du keine Körperpanzerung oder so etwas kaufen können?"

„Ich hatte nicht damit gerechnet, dass ich kämpfen muss!", raunzt Sam, überprüft den Ladestand seiner Pistole und wechselt die Manabatterie aus. „Ich repariere Autos und Waffen!"

„Und du wanderst in der Wildnis herum. Kauf dir wenigstens einige brauchbare Offensivzauber, okay? Vielleicht einige, um die Bewegung von Feinden einzuschränken. Das hält dich länger am Leben", empfehle ich.

Sam knurrt mich erneut an und stapft zu Sabre und dem Strahlengewehr, das er während des Kampfes fallen ließ.

In den nächsten Wochen erleben wir weitere derartige Zwischenfälle. Sobald aber die Zonenlevel allmählich höher werden, spielen wir nicht mehr herum. Jedenfalls, bis wir die Level-50-Zone erreichen, dann spucken wir in die Hände und strengen uns richtig an.

Am Ende verlieh ich während dieser Zeit Sabre in Mech-Form an Sam, und ich muss zugeben, dass ich etwas neidisch war. Dank seiner Fähigkeiten war Sam in der Lage, Sabre so gut nutzen, wie ich das mit meinen Skills und der Neuralverbindung konnte. Er besaß eine direkte Steuerverbindung und konnte so den Fernkämpfer spielen. Es gelang ihm sogar, eine höhere Effizienz aus dem Manamotor herauszuholen, und er hatte sein Strahlengewehr direkt mit dem PKF verbunden, damit er schießen konnte, ohne die Manabatterien wechseln zu müssen.

Wir verbrachten über eineinhalb Tage neben dem Highway in der Level-50-Zone, lockten Monster an und töteten sie. Sobald wir schließlich keinen Platz für die Beute mehr hatten und Sam Level 32 erreichte, machten wir Schluss und fuhren weiter.

Unsere gute Laune war ziemlich schnell vorbei, als wir das nächste Dorf erreichten. Da es sich so nahe an einer hochstufigen Zone befand, keinen Shop hatte und die nächste Siedlung für einen Fußmarsch zu weit weg war, gab es keine Überlebenden. Das war auch im nächsten Dorf nicht anders. Und dem übernächsten.

Trotz all der Witze und Scherze, ist das die Realität unserer Existent — weniger als zehn Prozent der Menschheit hatte den Wechsel zum System überlebt. Ganze Ortschaften sind ausgelöscht worden. Eine beträchtliche Anzahl der überlebenden Kinder und alten Menschen starben bald darauf. Diese neue Welt hat keinen Platz für die Schwachen. Vielleicht wäre es anders gewesen, wenn wir zu einer normalen Systemwelt geworden wären, aber als Dungeonwelt hatten wir nie die geringste Chance.

Wir halten nicht an, um diese Siedlungen zu durchsuchen. Das wäre überflüssig. Schließlich haben wir Ali. Und deshalb fahren wir an leeren Häusern und zurückgelassenen Fahrzeugen vorbei und lassen die Vergangenheit hinter uns, bis wir Fort St. John erreichen, eine Kleinstadt, die fast so groß wie Whitehorse ist. Sie hat keinen Shop, da die Siedlung zu klein ist, als dass sich eine Teleport-Verbindung lohnen würde, die einen Shop in unserer Welt verankert. Dennoch gibt es, trotz all dieser Nachteile, Überlebende. Wir finden einen Weg.

***

„Ahoi miteinander!", rufe ich.

„Ahoi? Im Ernst? Sprechen wir dann als Nächstes von Landratten?", witzelt Ali, der neben mir schwebt, während wir die befestigte Wohnanlage anstarren.

„Vielleicht sollte jemand mit ihnen sprechen, der weniger bedrohlich wirkt?", sagt Sam.

„Du meinst Lana."

„Ich meine Lana."

Ich seufze, da ich bemerkte, dass sich in der Wohnanlage immer noch nichts bewegt. Wenn ich nicht die vergitterten Türen und Fenster und die Punkte auf der Minikarte gesehen hätte, würde ich annehmen, dass alle weg sind. Ich bin froh, dass sie noch nicht auf mich geschossen haben, was in anderen Fällen passiert ist.

„Du bist dran, Lana", sage ich schließlich und gebe auf.

Die Rothaarige lacht und drückt kurz meine Hand, bevor sie dann zur Einfahrt schlendert. Hohes Charisma, eine atemberaubende Schönheit und gute sozialen Kompetenzen müssen doch zu etwas nützlich sein. Hoffe ich jedenfalls.

„Wir wollen euch nichts tun. Wir sind hier, um euch zu helfen!", ruft Lana und wartet dann.

„Kann ich jetzt reingehen und sie rauszerren?", sagt Ingrids Stimme über die knisternde Funkverbindung.

Um weniger bedrohlich zu wirken, haben wir sie, Mikito und die Tiere, außer Sichtweite um die Ecke warten lassen. Wir halten Roland vielleicht für eine niedliche, etwas alberne Miezekatze, das tun mit Sicherheit die meisten Leute wohl kaum.

„Nein", raunzt Sam.

Es gibt nur ein Dutzend Überlebende, daher könne Ingrid das mit Leichtigkeit erledigen, aber was dann? Wir wollen, dass sie mit uns kooperieren – sie sollen nicht zu unseren Sklaven werden.

„Wie wollt ihr uns denn helfen?", ruft schließlich eine Stimme. Sie klingt jung und aggressiv und fordert Lana und ihre verkündeten guten Absichten heraus. Ich kann das nachempfinden.

„Das hängt davon ab, was ihr braucht. Wir haben einige Waffen, Essen und Wasser – das können wir euch geben, wenn ihr nichts anderes akzeptieren wollt. Aber wir möchten euch lieber an einen Ort begleiten, der mehr Sicherheit bietet", antwortet Lana laut. Wir haben dieses Gespräch schon mehrmals geführt, und fast immer gibt es diese Skepsis.

„Sicherheit?" Wir hören ein bitteres Lachen.

Nun erklingt eine andere Stimme, eine ältere. „Was meint ihr mit mehr Sicherheit?"

„Es gibt sichere Zonen, Orte, an denen nicht plötzlich Monster erscheinen können", erklärt Lana. „Wenn ihr in einen Shop geht, könnt ihr ein Wohnhaus kaufen, in dem das Spawnen blockiert wird. Wenn genügend Grundstücke erworben werden, können ganze Städte zu einer sicheren Zone werden. Es gibt ein Dokument, ein Handbuch, das wir euch geben können."

Nach ihren letzten Worten herrscht Schweigen, aber ich kann auf meiner Minikarte sehen, wie die Punkte sich einander annähern.

Einige Minuten später ruft der ältere Mann: „Legt das Handbuch und die Vorräte vor die Tür und zieht euch zurück. Wir denken über euren Vorschlag nach."

Lana seufzt und winkt mich nach vorn. Sekunden später liegen die ausgedruckte Kopie von *Thrashers Leitfaden* und ein Stapel an Vorräten vor ihrer Tür. Dank meiner verbesserten Wahrnehmung kann ich hören, wie sie erstaunt einatmen, als ich das Papier und die Schachteln mit Lebensmitteln erscheinen lasse.

Nachdem wir ihnen gesagt haben, wo wir uns aufhalten, treffe ich den Rest der Crew. Dann wiederholen wir das Ganze bei einem weiteren vernagelten Gebäude. Wir tun das den Rest des Tages und spielen Diplomat und Gutmensch. Überraschenderweise – oder auch nicht, wenn man bedenkt, wie abgemagert diese Leute sind – schließt sich uns eine der Gruppen sofort an. Alle anderen sind viel zu vorsichtig oder paranoid, was mir etwas seltsam vorkommt. Wir haben zwar nicht erwartet, dass alle mit uns kommen würden, aber das Zahlenverhältnis passt nicht.

Das Abendessen wird mitten auf dem Highway abgehalten. Der junge Mann und die vier Teenager verschlingen das Essen geradezu und zucken nur etwas zusammen, wenn die Hunde oder Roland sich ihnen annähern. Anna, unser fauler Fuchs, rollt sich zusammen und wird von Ingrid gestreichelt, während Sam an den Schutzschilden herumhantiert, die wir um unser improvisiertes Lager herum aufgestellt haben. Wir hätten uns ein Haus aussuchen können, aber da Monster oft Wände durchbrechen, ist das hier sogar sicherer. Außerdem wollen wir, dass die Späher der anderen Gruppen klar sehen, was wir tun oder nicht tun.

Nach dem Essen zerre ich auf Sams Anfrage hin einen Truck hierher, und wir verbringen die nächsten Stunden damit, ihn gemeinsam zu reparieren. Ich sage wir, aber ich war ein Web-Programmierer, daher macht Sam die meiste Arbeit, während ich ihm Werkzeuge reiche und als improvisierter Wagenheber fungiere. Ich lerne auch einige Sachen, da Sam einer der Typen ist, die bei der Arbeit reden. Natürlich bin ich mir nicht ganz klar, was das eigentlich soll, da Verbrennungsmotoren heutzutage eine archaische Technologie darstellen.

„Also. Versuchen wir's mal", sagt Sam nach einer Stunde und rutscht unter dem Fahrzeug hervor, bevor ich es wieder auf den Boden setze.

Wir öffnen die Motorhaube und er legt seine Hand auf den Motor und kanalisiert seinen Skill.

Technikseher (III)

Diese Fertigkeit bietet dem Technomanten eine intuitive Einsicht in die Technologie, so dass er diese nach Belieben nutzen kann. Dieser Skill kann auch versuchen, Sicherheitssysteme in der jeweiligen Technologie außer Kraft zu setzen.

Level I Auswirkungen: +15 % Bonus für Verbindungen mit Technologie, +10 % Effizienz und Produktivität (falls relevant)

Level II Auswirkungen: Kann zeitweilig nicht zum System gehörige Technologie als Systemtechnologie klassifizieren mit den entsprechenden Bonuseffekten.

Level III Auswirkungen: Der Technomant kann 3 technologische Objekte wählen, die dann fernsteuerbar sind.

Manakosten: 20 Mana pro Minute bei aktiver Nutzung. Passive Nutzung (Effekte von Level II und III) 200 Mana pro Aktivierung. Pro Aktivierung Wirkungsdauer von 3 Stunden

Ich schüttle den Kopf, als ich die Details von Sams Klassen-Fertigkeit sehe. Echt fantastisch – sogar besser als die Neuralverbindung, die ich gekauft habe. Und ich bin etwas überrascht, dass er mir die Details so bereitwillig zeigt. Seit es Sam vor einigen Tagen gelang, seinen dritten Skillpoint zuzuweisen, kann er einige weitere Fahrzeuge als nutzbar markieren. Im Gegensatz zur Generalüberholung durch einen Mechaniker ist das nicht sehr dauerhaft, geht aber viel schneller.

„Hört sich gut an", sagte ich, als ich dem Geräusch des Motors lauschte. Wir hatten vor allem einige Anlasser ausgetauscht, verstopfte Kraftstoffleitungen entfernt und sichergestellt, dass der Benzinmotor funktioniert. Danach setzte Sam weitere Skills ein, um die elektronischen Chips zu reparieren, die der Truck benötigt. Das würde ohne seinen Skill nicht funktionieren, obwohl ein echter Mechaniker mit den richtigen Werkzeugen das wahrscheinlich viel leichter reparieren könnte. „Und jetzt?"

Sam nickt, und ich gehe zum Ausgang des Lagers und sehe die neben mir laufende Mikito an.

„Ist was?", frage ich sie.

„Nein, es ist nur zu eng, um da drinnen zu trainieren", sagte Mikito und ich nicke ihr verständnisvoll zu.

„Kommst du damit zurecht?" Ich schwenke meine Hände und zeige sowohl auf die Überlebenden, die wir mitnehmen, als auch auf die Zerstörung.

„Ja", antwortet Mikito, macht eine kurze Pause und blickt mich dann an. „Und du?"

„Das ist eben unser Job, oder?", sage ich. Bisher habe ich kaum darüber nachgedacht – das ist nur eine der Arten, wie wir Menschen helfen können. Und warum auch nicht? Es macht keine große Mühe, und selbst wenn das der Fall wäre, retten wir dadurch Leben. Und wie könnte das schlecht sein?

„Du scheinst etwas weniger wütend zu sein", meint Mikito.

Ich blinzle und denke über ihre Worte nach. Ich sondiere meine Emotionen und spüre immer noch das wogende Meer des Zorns in meinem Bauch. Aber ist es etwas friedlicher? Ruhiger? Keine Taifune, keine Tsunamis ...

„Vielleicht?", sage ich zögernd. „Manchmal bin ich noch wütend, aber es ist eben so, weißt du? Wir kämpfen nicht mehr so oft ums Überleben. Und selbst wenn die Lage schlecht ist, liegt das meistens hinter uns. Das hoffe ich zumindest. Und wie geht es dir?"

Das ist keine beiläufige Frage. Mikito hat mehr verloren als die meisten hier. Ihr Mann ist tot. Ihre Familie ist nicht nur auf der anderen Seite des

Ozeans, sondern höchstwahrscheinlich auch tot. Eine Weile lang wollte sie sterben, das weiß ich, aber jetzt ...

„Ich lebe", antwortet Mikito mit einem angespannten Lächeln. „Manchmal schmerzt es. Wenn ich mich erinnere. Aber wir tun etwas Gutes. Und wenn es an der Zeit ist, werde ich ihm vielleicht wieder begegnen."

Ich weiß wirklich nicht, was ich dazu sagen soll, daher nicke ich ihr nur lächelnd zu. Kurz darauf bricht Mikito auf und geht zu dem Park, den wir vorher entdeckt hatten. Als ich ihr nachsehe, weiß ich nicht genau, was ich von unserem vorigen Gespräch halten soll. Aber dann unterdrücke ich diese Frage und konzentriere mich auf meine Aufgaben.

****

Spät nachts liege ich im Bett und streichle gedankenverloren das Haar der neben mir schlafenden Rothaarigen. Lana murmelt leise und schmiegt sich an meine Brust, bevor sie wieder einschläft. Ich starre inzwischen den Bildschirm vor mir an. Seite 273 von *Eine mathematische Analyse von Klassen, Systemfertigkeiten und dem System*. Spannende Lektüre. Wirklich. Aber ich muss Dinge erledigen und Leute besuchen.

Ich schleiche mich aus dem Zelt und gehe zum Lagerfeuer, wobei ich den jungen Mann anblicke, der dort sitzt und einen improvisierten Speer auf dem Schoß hat. Er ist wahrscheinlich Anfang zwanzig und man spürt bei ihm die Vorsicht, die alle Überlebenden aufweisen. Er blickt auf und seine Hände packen den Speerschaft etwas fester, während er mich ansieht und gleichzeitig in die Ferne zu starren scheint.

„Du bist aber noch spät auf", sage ich und setze mich neben ihn.

„Du ja auch", antwortet er.

Ich muss lächeln, blicke den Jungen an und frage mich, wann ich angefangen habe, Leute als jung zu bezeichnen, die nur fünf Jahre nach mir geboren wurden. „Das ist ein Vorteil einer guten Konstitution. Ich brauche nicht sehr viel Schlaf." Oder überhaupt keinen, wenn es sein muss. Aber Experimente haben bewiesen, dass das menschliche Gehirn gerne gelegentlich eine Pause einlegt.

„Du bist ziemlich stark", sagt der junge Mann und blickt zu den Vans und Trucks, die ich herbeigeschleppt habe. Wir hatten kurz einen Bus in Erwägung gezogen, aber dann beschlossen, dass bei einem einzigen Fahrzeug das Ausfallrisiko zu hoch wäre.

„Danke. Du bist auch nicht schlecht", sage ich, worauf er zuckt und die Augen zusammenkneift. „Ohne gute Levels und Stärkewerte hättest du unmöglich so lange überlebt."

Selbstverständlich sage ich ihm nicht, dass ich die Statusleiste über seinem Kopf sehen kann.

Kyle Leeburn (Karateka Level 28)

HP: 340 / 340

MP: 180 / 180

Zustand: Erschöpft (-10 für alle Werte und Regenerationsraten)

„Nicht gut genug", sagt der Junge, und ich höre deutlich das Bedauern und die Selbstvorwürfe in seiner Stimme.

Ich werfe einen Blick auf das Zelt, das wir ihm und seinen Freunden zugewiesen haben – allen, die noch leben. Er bemerkt meinen Blick und nickt kurz. Ich weiß nicht einmal, was das Nicken bedeuten soll, aber ich bohre nicht nach.

„Hast du den Leitfaden gelesen?", frage ich, um das Schweigen zu beenden.

„Ja. Ich habe nicht viel Neues gefunden", sagt Kyle. „Ich will wissen, was ihr mit uns vorhabt."

„Genau das, was wir versprochen haben. Wir bringen euch in eine sichere Zone, am besten in eine Stadt mit einem Shop. Dann könnt ihr einen Teil eurer Beute verkaufen und euch klarwerden, was ihr tun wollt", antworte ich. „Keine Hintergedanken."

„Aber wenn das der Fall wäre, könne ich auch nichts dagegen tun, oder?", sagt Kyle verbittert.

„Nein, eigentlich nicht", sage ich ganz direkt.

Kyle blickt mich mit leuchtenden Augen an. „Ich bringe euch um, wenn ihr ihnen was antut. Egal wie, aber ich bringe euch um. Euch alle."

„Oh, mein Gott…", sagt Ali, der nun herabschwebt, nachdem er das alles von oben beobachtet hat. „Ihr seid ja beide gleich!"

„Witzig", sage ich, bevor Ali den Jungen ansieht und ihm zunickt. „Geh jetzt schlafen."

„Ich –"

„Du hast es selbst gesagt. Wenn ich dich töten wollte, kannst du nichts dagegen tun. Und wenn ich böse Absichten hätte, würde ich sowieso alle Überlebenden an einen Ort locken. Momentan wärst du vor allem als Köder nützlich."

Kyle zuckt zusammen, als er das hört, aber schließlich steht er auf und geht ins Zelt. Ich höre, wie er laut und unregelmäßig atmet. Er will wohl wach bleiben, für den Fall, dass ich einen Angriff plane, aber wenigstens habe ich jetzt meine Ruhe. Gewissermaßen.

„Du bist ganz schön raffiniert, Jungchen", sagt Ali, der im Schneidersitz vor mir schwebt.

„Hmmm...?“

„Die Idee, die Teenager als Köder zu verwenden. Eiskalt.“

„Ich habe nie behauptet, anders zu sein“, sagte ich mit einem grimmigen Lächeln.

Ich warte, während es dunkler wird und der junge Mann schließlich einschläft. Dann stehe ich auf und strecke mich, bevor ich zum Schutzschild laufe und mich nach draußen begebe. Ich schlendere schweigend durch die öden, verlassenen Straßen, die voller Unkraut und trockener Blätter sind, bis wir weit genug weg sind.

„Erzähle mir über die sechste Gruppe.“

„Da gibt es nicht viel zu erzählen“, sagt Ali und schwebt neben mir. „Sechs Kämpfer im Gebäude, alle zwischen Level 30 und 40. Drei Gefangene – sie wurden verstümmelt, um sie an der Flucht zu hindern. Du hast recht gehabt – diese Leute sind wahrscheinlich der Grund dafür, dass alle anderen so paranoid und schwer mitgenommen sind. Man kann nicht jagen oder richtig im Level aufsteigen, wenn die Zivilisten leichte Beute sind.“

„Waffen? Klassen? Skills?“

„Ein Dieb, ein Bandit, ein Wächter, ein Schamane und ein Revolverheld. Eine der Gefangenen ist auch eine Heilerin“, erklärt Ali. „Zwei im System registrierte Nahkampfwaffen. Alle ihre Schusswaffen sind systemregistriert, aber meistens basieren sie auf Schrotflinten und Jagdgewehren der Menschen.“

„Sollte ich sonst noch etwas wissen?“, frage ich mit eisiger Stimme, als ich auf die kleinen Leuchtpunkte auf der Minikarte zugehe.

„Nur keine Eile.“ Diesmal klingt Alis Stimme rau und zornig.

Das kann ich ihm auch nicht vorwerfen. Schließlich hat er diese Typen den ganzen Tag beobachten müssen, während er nicht bei uns war.

***

Die Gruppe hat sich in einer Bank verschanzt, unten, wo die Schließfächer sind. Das ist zumindest sicherer als ein normales Gebäude. Es gibt nur einen Eingang zu ihrer Unterkunft, der sich leicht gegen Angriffe verteidigen lässt. Solange sie nicht großes Pech haben und ein Monster direkt im Gebäude spawnt, befinden sie sich in einer guten Position. Selbstverständlich sind sie nicht total dumm und haben jemanden, der Wache steht – aber sie sind bequem geworden. Wahrscheinlich sind sie zu sehr daran gewöhnt, die anderen Gruppen hier zu dominieren. Wie der Hecht im Karpfenteich.

Ich nehme mir Zeit und schleiche mich an den Wächter an, sobald er nicht in meine Richtung blickt. Ich bewege mich durch die Schatten, bis ich nahe genug bin, um anzugreifen. Dank *Hast, Tausend Schritte* und einer Beweglichkeit von über 100 Punkten bringe ich die letzten paar Meter im Nu hinter mich. Die Instinkte des Banditen funktionieren ganz gut. Er dreht seinen Kopf in meine Richtung, aber er ist einfach nicht schnell genug. Meine Klinge gleitet leichter in seinen Nacken, als ich erwartet hatte, und ich muss den Körper mit meiner freien Hand auffangen, während der abgetrennte Kopf zu Boden fällt. Der gedämpfte, fleischige Aufprall hallte über den Marmorboden hinweg. Ich hielt den Atem an und fragte mich, ob er zu laut war.

Nichts. Ich atme erleichtert aus und schleiche zum Treppenhaus, wobei mein Schwert zurück in die Dimension verschwindet, in der es sich befindet, wenn ich es nicht beschwöre. Als ich mich der Treppe nähere, blicke ich nach unten. Ich entdecke einen primitiven Stolperdraht und steige über ihn hinweg.

Unten befindet sich ein einzelner Korridor und kleine Räume, die unterteilt sind, um mehr Privatsphäre zu bieten, sowie der anschließende große Raum mit den Schließfächern. Alis Beschreibung zufolge gehörten die Privaträume jeweils den Anführern, während die anderen sich eine Unterkunft teilen mussten. Natürlich hatte jeder der drei Anführer eine der Frauen für sich reserviert.

Ich überlegte, wie ich die Situation angehen sollte. Ein Nahkampf würde wahrscheinlich zum Tod der Frauen führen. Das ist einer der Gründe dafür, dass ich das selbst machen will. Außerdem will ich meinem Team etwas von dem ersparen, was ich erwarte. Ganz egal, was wir gesehen und getan haben, wie viele Albträume wir haben, wir müssen nicht noch weitere Schreckensvisionen erleben.

Unten begebe ich mich vorsichtig zu einer Stelle gegenüber des Warteraums und verstecke mich so gut wie möglich. Dann signalisiere ich Ali, dass ich für den zweiten Teil des Plans bereit bin.

„Es gibt Ärger!", ruft Ali von oben mit einer simulierten Stimme.

Da ich den Banditen nie sprechen gehört habe, weiß ich nicht, ob Ali ihn gut genug nachahmt. Aber das Knallen von Schüssen, als Ali die Waffe des toten Feindes einsetzt, reicht aus.

„Was ist los?", ruft einer der Männer, deren hektische Bewegungen ich in den Räumen höre.

„Sie greifen uns an!", schreit Ali.

Ich muss zugeben, dass diese Typen keine Vollidioten sind. Die meisten von ihnen rennen nach oben, aber sie lassen eine Wache bei den Frauen zurück. Da ich mir nicht viel Mühe gegeben habe, die Leiche dort oben zu verstecken, habe ich höchstens eine Minute, bevor sie die Täuschung bemerken. Aber das reicht vollkommen aus.

Ich stürze los, sprinte durch den Raum und werfe mich gegen den Körper des Diebs. Ich pralle wie ein Güterzug gegen ihn, so dass seine Rippen hörbar brechen und sein Atem keuchend aus der Lunge fährt. Ich halte nicht an, sondern knalle ihn gegen die nächste Wand, worauf der Beton um uns herum zerbricht – ich drücke ihn praktisch hindurch. Dann lehne ich mich zurück, packe seinen Oberarm und breche ihn, bevor ich ihn zu Boden schleudere. Dennoch gelingt es dem Dieb, einen rot leuchtenden Dolch zu formen, der sich in meinen Oberkörper rammt, den Jumpsuit durchdringt und Schmerzen durch mein Bewusstsein bohrt.

Bevor er das wiederholen kann, schlage ich seine Hand weg. Dann blicke ich zurück in Richtung der Frauen und verschwende einige kostbare Sekunden darauf, auf alle drei Seelenschild zu wirken. Die leuchtenden Energieschirme erscheinen um ihre Körper herum und schützen sie gegen Kollateralschäden. Natürlich gelingt es dem Dieb in der Zwischenzeit mehrmals auf mich einzustechen, und ein Angriff schneidet mir fast die Kehle durch. So schmerzhaft es auch ist, ist es doch nicht tödlich.

Geräusche aus dem Treppenhaus weisen darauf hin, dass ich bald Gesellschaft bekomme. Daher packe ich den Dieb am Nacken. Eine Sekunde später renne ich zum Treppenhaus, wo der Revolverheld sich umdreht, welcher zwei Pistolen in den Händen hält. Er feuert, wobei es ihm egal ist, ob er den Dieb trifft, den ich als improvisierten Schild einsetze. Ich drehe mich und werde von zwei Kugeln im Unterleib getroffen, bevor der kreischende Dieb durch die Luft fliegt. Der Revolverheld ist schnell, sehr schnell. Er stürmt die Treppe hoch und drängt seine Freunde weg, um der neuen Leiche auszuweichen.

Ich fauche, als eine weitere Kugel meinen Helm trifft und meinen Kopf zurückwirft. In Gedankenschnelle halte ich das Schwert in der Hand und der Klingenhieb schleudert eine rotblau leuchtende Linie von der Schneide, während Tausend Klingen das mit einem Paar duplizierter Waffen wiederholt. Die Angriffe fliegen die Treppe hoch, und diesmal können die Feinde nicht ausweichen. Im Gegensatz zu ihren Angriffsfähigkeiten ist mein seelengebundenes Schwert mit mir im Level aufgestiegen und wird von zwei Skills unterstützt. Von der Schadenswirkung her ist das, als ob man eine Luftpistole mit einer echten 9-mm-Waffe vergleichen würde.

Schreie, Rufe und Flüche ertönen, als die Gruppe sich nach oben müht und dabei Schüsse in meinen Körper feuert. Ich stecke sie alle ein und erzittere leicht unter dem Kugelhagel. Aber ich habe 1700 Gesundheitspunkte und eine entsprechende Regenerationsrate. Sicherlich könnte ich nicht den ganzen Tag einen derartigen Beschuss absorbieren, aber es reicht für die paar Sekunden, bis die Feinde oben an der Treppe sind und die Tür zuschlagen.

Dann verwende ich Versetzungsschritt und lege mit Hilfe von Alis Blickpunkt meinen Zielpunkt so fest, dass ich hinter der Gruppe erscheine. Ich erledige den Schamanen zuerst, während er eine Reihe von Zaubersprüchen vorbereitet, um mich zu verlangsamen, zu vergiften und zu töten. Ein einziger konzentrierter Schlag genügt. Diese dummen Zauberer mit ihren minimalen Gesundheitswerten.

Dann kommt der Bandit an die Reihe, der mit einem Schwert nach oben schlägt, das vor grüner Energie leuchtet. Er verwendet Spalten oder Hieb oder Machtschlag oder einen derartigen Skill. Er konzentriert alle seine Kraft auf diesen Angriff. Ich drehe mich zur Seite und fange den Schlag mit dem Schwert ab, welches ich in meiner Hand erscheinen lasse. Das überrascht ihn. Dennoch schleudert mich die Wucht seines Hiebs so stark zurück, dass meine Füße einen Moment lang von Boden abheben.

Der Wächter greift als nächstes an, rennt vor und packt meinen Arm. Er verdreht ihn und ruft „Entwaffnen“, und dann hält er mein Schwert, das dieser Skill meiner Hand entrissen hat. Ich rutschte rückwärts und löse mich von ihm, bevor er angreifen kann. Gleichzeitig nähert sich der Bandit und der Revolverheld bewegt sich, um mich in Schusslinie zu bekommen.

Sie kommen auf mich zu, ganz vorne der Wächter – was bewacht er denn, seine schmierigen Lüste? Er schwingt das mir entwendete Schwert und will mir damit den Garaus machen. Aber leider ist es eine seelengebundene Waffe. Ich lasse sie durch Gedankenbefehl verschwinden und beschwöre dann andere, die ihn aufspießen. Ich will nicht, kann nicht aufhören. Ich tanze an ihm vorbei und zeige dem Banditen, was passiert, wenn man Spalten, eine seelengebundene Waffe und fast hundert Punkte Stärke kombiniert. Er steckt drei Treffer ein, bevor er schließlich tot zu Boden fällt. Danach ist es eine Kleinigkeit, den Revolverhelden zu eliminieren.

Erst als ich in der Mitte der Bank stehe, mit Blut und Fleischfetzen bedeckt, als mein Puls wieder langsamer wird und die alles überwältigen Wut verebbt, wird mit klar, welche Probleme ich habe. Vor allem wie ich den anderen erklären kann, was ich getan habe.

„Du solltest wirklich nicht den ganzen Spaß für dich behalten", ruft Ingrid, die sich gegen den Türrahmen lehnt und ihre Fingernägel mit einem Dolch säubert.

Ich rolle mit den Augen, weil ich weiß, dass sie das nur zur Schau tut. Natürlich sage ich ihr nicht, dass das wirklich so cool aussieht, wie sie denkt.

„Was machst denn du hier?", sage ich und sehe meine Minikarte an, auf der sich weitere Punkte langsam nähern.

„Du musst noch an deinem Pokergesicht arbeiten", meint Ingrid, deren Augen amüsiert funkeln. „Und du bist so subtil wie ein Vorschlaghammer. Uns war allen klar, dass du etwas verbergen wolltest."

„Ja, so unauffällig wie ein Panzer, der die Straße runterfährt", sagt Lana, die mit den Hunden ankommt. Auf einem Dach in der Nähe sehe ich Roland, der alles beobachtet. „Also, was ist denn da drin?"

Ich verziehe das Gesicht, blicke nach unten und sehe sie dann wieder an. Ein weiterer Grund für mein Vorgehen war, dass ich ihnen die Szenen und den Gestank dort unten ersparen wollte. Die Erinnerungen …

„Drei Frauen. Verstümmelt und von ihnen als Gefangene gehalten." Ich deute auf die Leichen und sehe, wie die Damen sich aufrichten und eine Spannung durch ihren Körper zu fließen scheint.

„Okay. Ingrid und ich gehen nach unten. Du kannst das hier aufräumen", raunzt Lana und marschiert los, gefolgt von Ingrid.

„Ich darf putzen. Schon wieder", murmle ich, bevor ich einen Reinigungszauber auf mich wirke und überlege, was ich nun tun soll.

Schließlich wähle ich die einfache Option und stecke die Leichen in meinen Veränderten Raum. Später finde ich sicher eine Klippe, über die ich sie werfen kann. Es ist einfach genug, das Blut aufzuwischen, da ich es mit gestohlener Kleidung aufsauge. Statt die Waffen des Revolverhelden wegzupacken, lege ich sie hier hin, geladen und gesäubert, ebenso wie die Schrotflinte des Wächters. Und dann warte ich.

Es dauert über eine Stunde, bis sie zurückkommen. Die ehemals gefangenen Frauen sind gewaschen und mit einem Reinigungszauber gesäubert, haben neue Kleider und sehen viel gesünder aus. Bei allen fehlt noch ein Teil des Unterschenkels, aber mit Lanas und Ingrids Hilfe schaffen sie es die Treppe hoch. Sobald ich erwähne, dass die am Boden liegenden Pistolen und die Schrotflinte ihnen gehören, wollen die Frauen sich die Waffen schnappen, wobei Lana eine von ihnen daran hindert. Sie starrt Lana an und verzieht das Gesicht, bis eine andere Frau an ihrem Arm zieht. Ich beobachte diese Gesten, sage aber nichts, da mir alle die kalte Schulter zeigen.

Dumm. Dummer alter John, der das einfach nicht kapiert hat. Das Letzte, was sie jetzt wollen, ist die Anwesenheit eines Mannes. Selbst wenn es der Mann ist, der sie gerettet hat.

Als wir schließlich zum Lager zurückkehren, wo Mikito Wache steht, wird Kyle vom Lärm aufgeweckt. Er steht mit offenem Mund da, als er eine der jungen Frauen sieht und er rennt zu ihr hin. Sie zuckt zusammen und weicht seiner Berührung aus. Das verwirrt ihn, und sein Gesicht drückt Schmerz und Selbstbeschuldigung aus. Es gelingt dem Jungen schließlich, diese Gefühle zu verbergen, bleibt in der Nähe der Frauen und versucht so gut wie möglich, ihnen zu helfen. Bald sind die Frauen im Zelt der Gruppe, wo sie gut behütet schlafen.

Lana kommt zu der Stelle, wo ich Wache schiebe und die Umgebung beobachte. Ich weiß, dass es dort draußen andere Gruppen gibt, die abwarten und uns beobachten, um unsere Absichten einzuschätzen. Hoffentlich hilft das.

„Ich wünschte, du hättest das nicht getan", sagt Lana.

„Was?"

„Die Waffen", antwortet Lana und deutet auf das Zelt. „Ich bin ja kein Seelenklempner, aber ich bin mir ziemlich sicher, einer von ihnen leidet unter dem Stockholm-Syndrom."

Oh ... Ich blinzle und starre das Zelt an. Ich verstehe das Konzept – manchmal identifizieren sich Geiseln, die gezwungen werden, in engen Kontakt zu ihren Geiselnehmern zu sein, letztendlich mit diesen. Ich weiß nicht genau, welchen Grund das hat – außer, dass Menschen eben seltsam sind – aber ich wette, dass die Frauen aufgrund ihrer Erlebnisse in letzter Zeit so denken könnten. „Stellt sie eine Gefahr dar?"

„Für uns?" Lana schnaubt nur. „Vielleicht wenn Mikito ihr die Waffe leiht und wir versprechen, uns einige Minuten nicht zu bewegen. Aber trotzdem ..."

„Sorry, ich dachte, dass sie ein Gefühl der Sicherheit brauchen", erkläre ich ihr.

Lana nickt und akzeptiert meinen Grund. „Hörst du jetzt endlich mit diesem beschissenen Blödsinn auf?"

„Häh?" Ich blinzle und starre sie an. „Oh. Du meinst, nichts über die Gruppe zu sagen?"

„Genau. Und Sachen im Alleingang zu erledigen. Wir sind ja schließlich keine Mimosen", meint Lana.

„Mimosen?"

„Eine Redensart. Wir sind keine zimperlichen Damen der Nacht."
Ich warte ab.

„Okay, das war nicht ... du weißt schon, was ich meine."

„Das tue ich." Ich seufze. „Tut mir leid. Aber nach dem letzten Mal ..."

„Der Vorfall mit dem Möchtegern-Bergkönig?"

„Ja." Ich seufze erneut. „Aber du hast schon recht. Ich muss mich daran gewöhnen, das mit euch abzusprechen. „Aber .... das ist nicht einfach."

Lana zuckt mit den Schultern. „Versuch es, John. Streng dich wirklich an. Denn wenn du nicht mit uns sprichst, können wir kein Team sein. Und langsam haben wir das echt satt."

Wir blicken beide Kyle an, der am Lagerfeuer sitzt und das Zelt anstarrt, wie ein Hündchen, das aus dem Haus geworfen wurde. Ich überlege, ob ich die Details herausfinden will. Warum das passiert ist. Wann es passiert ist. Wieso man das einfach zugelassen hat. Aber letztlich entscheide ich mich dagegen.

Die Vergangenheit ist nicht wichtig. Nicht hier. Was ist, das ist. Wir können weitergehen oder im Schmerz ertrinken.

***

Wir brauchen fast eine Woche, um die Mehrzahl der Überlebenden dazu zu bringen, uns zu vertrauen und sich unserem kleinen Konvoi anzuschließen. Wir versuchen alles, um ihr Vertrauen zu erhalten – von Duellen über Quests bis zu einem Saufgelage. Wir versetzen einige Gruppen in Angst und Schrecken, weil wir vor ihrer Tür erscheinen, als sie gerade umziehen wollen. Aber am Ende weigern sich manche immer noch, mit uns zu kommen. Als der Konvoi schließlich losfährt, sind Lana und Sam ganz vorn. Ich starre die Trucks an und kichere.

„Ich würde 50 Dollar hergeben, um deine Gedanken lesen zu können", sagt Ingrid neben mir.

„Ich dachte, es wäre nur ein Penny."

Ingrid lächelt und zieht eine Banknote heraus, die sie mir anbietet. Ich starre die 50-Dollar-Note an. Das Plastik sieht selbst nach all dieser Zeit noch brandneu aus.

„Penny. 50 Dollar. Meine Güte, ich habe irgendwo einen ganzen Umschlag voll davon", sagt Ingrid. „Willst du es?"

„Ja … nein", sage ich kopfschüttelnd. Es ist seltsam, dass wir diesen Papierstückchen – na ja, jetzt Plastik – unser Leben lang hinterhergejagt sind. Und jetzt wird Ingrid das Zeug nicht los. Eine vom System zerstörte Illusion. „Vielleicht sollte ich mir eine Flöte besorgen und ein Lied spielen."

„Der Rattenfänger von Hameln?" Ingrid wirft einen Blick auf die Flüchtlinge, von denen einige ramponierte Trucks fahren, deren einziger

Vorteil ihr Mangel an moderner Technologie ist. „War das nicht ein Bösewicht?“

„Hängt davon ab, was er später mit den Kindern gemacht hat“, sage ich.

In der Version der Sage, die ich gelesen habe, wird das nie erwähnt. Ich starre die Fahrzeugkolonne an und denke an die Reise, die uns bevorsteht.

Kapitel 5

Ich seufze, als ich den Highway auf der Karte verfolge. Neben jeder Stadt wurden die vor dem System existierenden Bevölkerungszahlen hingekritzelt. Wir sind jetzt schon drei Tage in Dawson Creek, und unsere Suchgruppen bringen Überlebende aus den verstreuten Kleinstädten zu unserem vorläufigen Stützpunkt zurück. Wir haben diesen Ort gewählt, weil hier der Highway sich gabelt, so dass wir entlang dieser Arterien der Zivilisation den besten Zugriff auf diese kleinen Siedlungen haben.

Im Osten befindet sich Grand Prairie, mit einer Bevölkerung von etwa 60.000, und viel weiter entlang des Highways ist die Großstadt Edmonton. Im Westen und Süden stoßen wir auf Prince George, das von der Bevölkerung her mit Grand Prairie vergleichbar ist, und später Kamloops. Das Problem ist der Verlauf der Highways und der Rockies dazwischen. Ich bin mir nicht ganz sicher, ob wir die Rockies überqueren könnten, wenn wir nach Osten und nach Alberta gehen. Technisch gesehen würden wir auch einen Teil der Rocky Mountains überqueren, wenn wir nach Westen fahren, aber dieser Teil des Gebirges war wesentlich flacher. Und das bedeutet wahrscheinlich auch, dass die Zonen niedriger sind. Ich habe das mulmige Gefühl, dass das bei den südlichen Rockies um Calgary herum nicht der Fall ist. Sicher ist, wenn das System seiner bisherigen Routine folgt, wäre die Gegend um Banff herum mörderisch.

Andererseits ist zu bedenken, dass früher die Bevölkerungszahlen von Edmonton und Calgary deutlich höher waren, als die der vielen kleineren Städte in British Columbia. Das gilt jedenfalls, bis man Vancouver erreicht, dessen Großraum mehr Einwohner hat, als die beiden wichtigsten Städte von Alberta. Am Ende sind die Zahlen natürlich ungefähr gleich. Plus oder minus einige hunderttausend – vor dem System.

„Und du findest sonst nichts heraus?", frage ich Ali zum hundertsten Mal.

„Nein, ich habe alle Quellen genutzt, auf die ich zugreifen kann. Um mehr zu entdecken müssen wir in einen Shop", antwortet Ali und verschränkt die Arme.

Ich starre erneut die Karte an und weiß, dass wir bald entscheiden müssen, wohin wir gehen. „Wir müssen diese Leute bald zu einem Shop bringen."

Das wäre der erste Schritt. Aber ehrlich gesagt ist der Entfernungsunterschied zwischen Grand Prairie und Prince George nicht sehr groß. Ich hasse es, den Rattenfänger zu spielen, der Leute von Ort zu Ort lockt und am Leben erhält, während sie unsere Klassen, Skills und Ausrüstung voller Neid anstarren. Oder in einigen Fällen voller Ehrfurcht, was fast noch schlimmer ist.

Osten oder Westen. Die Wahl scheint so einfach zu sein, aber jede Entscheidung wird Leute zurücklassen, denen wir dann nicht helfen. Wir können nicht alle retten, aber was für Menschen wären wir, wenn wir das nicht wenigstens versuchten?

Natürlich tun wir das nicht aus reiner Nächstenliebe. Je mehr Menschen es gibt, umso höher die Chance, unser Schicksal wieder in unsere Hände zu bekommen. Menschen sind eigenartige, seltsame und selbstsüchtige Wesen, aber letztlich sind wir in der Gemeinschaft stärker. Trotz all unserer Fantasien, als Robinson zu leben, vergessen wir, dass selbst er einen Freitag hatte. Auch wenn ich von Natur aus eher introvertiert bin, verstehe ich, dass ich andere Menschen brauche. Es wäre unmöglich, allein die verschiedenen Städte abzuklappern, oder alle Dungeons zu säubern – meine Güte, ich könnte nicht einmal meine benötigte Ausrüstung herstellen. Die Gesellschaft wird stärker, wenn es mehr Menschen gibt.

Allerdings lastet die Verantwortung der Wahl manchmal auf nur wenigen. Wir haben darüber gesprochen, das Für und Wider diskutiert und die verschiedenen, verfügbaren Optionen identifiziert. Aber am Ende muss eine Entscheidung fallen, und jemand muss die Verantwortung tragen. Es ist besser, dass ich das allein tue, statt es der ganzen Gruppe zu überlassen.

Und wenn ich diese Last schon tragen muss, dann gehe ich eben dahin, wo ich will.

***

„Danke", sagt Sam, der an seinem Truck arbeitet, während ich zusehe, wie der Konvoi über den Highway rollt.

Lana und ihre Tiere laufen zusammen mit den Spähern und Ali voraus. Sie verscheuchen die Monster vor der Gruppe und markieren potenzielle Probleme. Wir haben sogar zwei Jäger gefunden – einer in der Späherklasse, der andere ein Waldläufer – die ziemlich nützlich sind. Ihre Fähigkeit, Karten zu erstellen und diese Informationen nach hinten zu schicken, hat unser Bewegungstempo erhöht. Und eigentlich dürfte es nicht mehr als einen Tag dauern, Prince George zu erreichen, wenn wir uns wirklich anstrengen.

„Wofür?", frage ich Sam und sehe zu, wie der Mechaniker mehrere Zündkerzen auswechselt, um den Truck zum Laufen zu bringen.

„Weil wir nach Westen gehen", sagt Sam.

Ich erinnere mich, dass Sam dort Familie hat, und ich nicke ihm zu. Nicht jeder hat das Geld, um Informationen über seine Familie zu kaufen – oder will das tun. Manchmal ist eine trügerische Hoffnung besser als gar nichts.

„Du musst dich nicht bedanken. Das hat meine Entscheidung nicht beeinflusst", sage ich.

Als er das hört, blickt Sam mich an und kneift seine dunklen Augen zusammen, bevor er lacht. „Du bist ein komischer Kauz. Na schön. Warum gehen wir nach Vancouver?"

„Ich will den Ozean wieder sehen", erwidere ich grinsend.

Sam blinzelt mich an. Mit einem gequälten Lachen steckt er den Kopf wieder unter die Motorhaube, um den Truck funktionsfähig zu machen. Ich könnte ihn kritisieren, weil er noch nicht fertig ist, aber er hat ja die ganze Nacht daran gearbeitet, möglichst viele Fahrzeuge in Schuss zu bringen.

„Willst du nur herumstehen?", mosert Sam.

Ich lache und schenke ihm meine ganze Aufmerksamkeit. Das wird eine lange Reise werden.

***

Keine Mauern. Das ist der erste Eindruck, als wir auf die Stadt zurollen. Stattdessen gibt es auf der anderen Seite von Fraser River Wachtürme sowie Barrikaden aus verdrehtem Metall und Beton, um Angriffe zu verlangsamen. Ich bemerke, dass die andere, weiter entfernte Brücke zerstört ist. Ihre Trümmer liegen im Wasser und in der Umgebung stehen weitere Wachtürme. Die meisten sind automatisiert und nur wenige bemannt. Ich bin erneut beeindruckt. Diese Typen sind auf Zack, und das Empfangskomitee hat uns bereits hundert Kilometer vor der Stadt gefunden. Obwohl sie vorsichtig sind und uns warten lassen, um Details über unsere Gruppe herauszufinden, verhalten sie sich auch sehr höflich.

Du hast eine sichere Zone betreten (Stadt Prince George)
In diesem Bereich wurden die Manaströme stabilisiert. Innerhalb der Siedlungsgrenzen werden keine Monster spawnen.

Diese sichere Zone umfasst:

- *Rathaus von Prince George*

- *Shop*

- *Arsenal*

- *Mehr ...*

Unsere Begleiter führen uns wortlos an den Barrikaden und Wachtürmen vorbei. Anschließend kümmert sich das Empfangskomitee um die Flüchtlinge und weist ihnen leere Häuser und Wohnungen zu. Die Flüchtlinge sind dankbar und glücklich, und bald versammelt sich eine kleine Menschenmenge und begrüßt die Neuankömmlinge. Es gibt sogar einige Umarmungen und Freudentränen, als verloren geglaubte Menschen wieder auftauchen.

Während die Flüchtlinge sich in Gruppen aufteilen, werden wir von unseren Wachen tiefer in die Stadt geführt. Ich sehe mir die Wachen genauer an, die Art wie sie sich bewegen. Mich fasziniert das blaugrüne Farbenspiel auf ihren Schuppen und das Auf und Ab der Auswüchse auf ihrem Kopf, wenn sie miteinander reden. Während ich sie beobachte, merke ich, dass die Wachen eine ständige Aufmerksamkeit an den Tag legen, die ich mit professionellen Kämpfern assoziiere.

Wie auch Whitehorse, ist Prince George von einer außerirdischen Gattung gekauft worden, dem Clan von Khminnie. Als sie die Stadt kauften, sechs Monate nach Beginn des Systems, war die Einwohnerzahl deutlich gesunken. Jetzt besteht fast die Hälfte der Bevölkerung aus Khminnie. Die Eidechsen sind die Eigentümer und Inhaber aller wichtigen Läden und Dienstleistungsunternehmen, während die Menschen nun Bürger zweiter Klasse darstellen.

Dennoch sind die meisten Menschen glücklich, zumindest Ali zufolge. Das Leben als Bürger zweiter Klasse ist vielleicht nicht ideal, aber man lebt wenigstens. Man kann einfach sagen, dass man nie etwas Freiheit für seine Sicherheit aufgeben würde, wenn man am Computer sitzt, in einem warmen Haus und mit vollem Magen. Aber wenn man ein ganzes Jahr lang tagtäglich um sein Leben fürchten muss, ist das eine ganz andere Sache.

Bald darauf führt man uns zu einem Haus. Drinnen räkelt sich ein massiver, fast zweieinhalb Meter großer Khminnie am Boden und kaut an rohen Fleischstreifen herum, während er einer jungen Menschenfrau zuhört, die Cello spielt. Ich werfe den beiden einen Blick zu und bemerke die Musikerklasse der Frau, bevor ich mich dem Clanhäuptling zuwende.

Vrymina Ollimar (Level 39 Goldzahnjäger)

Titel: Clanhäuptling der Frostklauen

HP: 3840/3840

MP: 780/780

Zustand: Keiner

Verdammt. Eine Riesenmenge Healthpoints. Ich habe Monster gesehen, die mehr hatten, aber nie einen Kämpfer. Selbstverständlich kann ich nicht die Werte aller Monster lesen, aber das ist dennoch echt beeindruckend. Das wäre eine Konstitution von fast 384, es sei denn er verstärkt das noch durch einen Skill. Zweifellos besitzt er keine Basisklasse, sondern eine fortgeschrittene.

„Sei gegrüßt, Erlöser", sagt Vrymina und richtet sich auf, als wir den Raum betreten. Er starrt mich eine Sekunde lang an und verdreht dann seinen Kopf seitlich, fast als ob er mir seinen Nacken anbieten wollte.

Unwillkürlich imitiere ich die Bewegung, bevor er Lana, Mikito und Sam anblickt. Ingrid schleicht sich in der Stadt herum, da sie noch nicht bereit ist, diesen Kreaturen zu trauen.

„Sei gegrüßt, Clanhäuptling", sage ich und verbeuge mich. „Das hier ist meine Gruppe."

Ich stelle alle rasch vor und warte, bis der Austausch von Nettigkeiten vorbei ist. Ich bin erneut froh darüber, dass die vom System verkauften Sprachdownloads auch eine Reihe von Höflichkeitsfloskeln und Gebräuchen in der jeweiligen Sprache enthalten. Zum Glück ist es in der Galaxis üblich, sich an die Regeln der Welt zu halten, die man momentan besucht.

Das macht allerdings manche Welten weniger populär. Die Wiblox sind golemartige Wesen, die beim ersten Treffen mit einem anderen Individuum kleinere Körperteile austauschen, die jeweils von ihrer eigenen Aura erfüllt sind. Es wird von Besuchern erwartet, dass sie sich selbst kleinere Körperteile abhacken, was bei vielen Gattungen nicht besonders gut funktionieren würde.

„Sag mir, wäre deine Gruppe bereit, einen kleinen Auftrag für uns auszuführen?", fragt der Clanhäuptling und macht nun endlich klar, warum er uns eingeladen hat. Natürlich können wir die Bitte des Clanhäuptlings nicht ablehnen, nachdem wir gerade seine Bevölkerung um mehrere hundert Flüchtlinge vergrößert haben.

„Äh ...", sage ich und blicke meine Freunde an. Eigentlich hatten wir geplant, hier kurz den Shop zu besuchen und uns dann wieder auf den Weg zu machen. Schließlich brauchen sie uns eigentlich nicht, da die Stadt ja etabliert ist.

„Es ist nur eine Kleinigkeit, und wir werden das natürlich entsprechend vergüten", sagt Vrymina und lehnt sich vor.

„Na ja, es kann ja nicht schaden, sich das anzusehen", sage ich aus entstandener Neugier.

Quest erhalten

Sammle 150 Lumar-Hautstücke

Belohnung: 20.000 Credits, verbesserte Beziehungen zu den Frostklauen

Quest akzeptieren (J/N)

„Ich nehme an, dass es sich um im System registrierte Häute handelt, oder?", frage ich Ali telepathisch, als ich die Benachrichtigung sehe.

„Das war sofort die richtige Antwort, Jungchen. Natürlich könnten wir die Leichen zusätzlich auch noch ganz häuten", meint Ali, und ich nicke.

Nach einigen Fragen erhalte ich eine vollständige Beschreibung der Biester, die durchschnittlich Level 48 haben. Die Lumar sind Vierbeiner mit breiten Mäulern, Sägezähnen und winzigen Ohren. Sie besitzen Antennen statt Nasen und haben aufgrund ihrer Schuppen einen hohen Schadenswiderstand. Da wir von jedem der Monster vier bis sieben Hautstücke erhalten würden und sie in Herden auftreten, ist das keine unmögliche Aufgabe.

„Auf dem Weg hierher habe ich viele starke Krieger des Frostklauen-Clans gesehen ..." erwähne ich, da ich wissen will, warum er uns die Quest angeboten hat.

„Ja. Aber wir benötigen auch viele Dinge. In einem Monat wird mein Clan an einer großen Versammlung teilnehmen, und wir müssen zahlreiche Geschenke mitbringen. Diese Häute sind selten und waren vor der Einführung eurer Welt in das System nur auf einem einzigen anderen Planeten auffindbar. Aber nachdem sie hierher transportiert wurden, ist die Zahl dieser Kreaturen stark angewachsen, und es gibt jetzt mehr von ihnen als in den Gebieten des Ursprungsplaneten, zu denen wir Zugang haben. Wenn wir meinem Volk diese Häute schenken, wird uns das viel Prestige bringen", erklärt Vrymina unverfroren.

Auch wenn anfänglich eine große Nachfrage dieser Häute bestehen dürfte, wird ihr Preis fallen, sobald sie den Markt überschwemmen. Aber das ist ja nicht mein Problem. Wir haben eine attraktive Quest erhalten.

„Dürfte ich kurz mit meinen Freunden sprechen?", frage ich, und nachdem er bereitwillig zustimmt, rede ich mit der Gruppe. Bald haben wir uns auf eine Antwort geeinigt. „Wir akzeptieren die Quest. Und wenn du uns jetzt entschuldigen würdest, Clanhäuptling ..."

„Ihr bleibt nicht zum Festmahl?"

„Nein. Vielleicht, wenn wir fertig sind", antworte ich und mache eine knappe Verbeugung vor dem sich räkelnden Reptilienmann.

Draußen informiert mich Mikito über die Entscheidung, die das Team ohne mich getroffen hat. „Zwei Gruppen. Lana, Sam und Ingrid. Ich und du."

„Nicht drei?"

„Nein. Sam muss erst mehr Erfahrung erhalten und im Level aufsteigen", sagt Mikito achselzuckend. „Und ich kann nicht so viel tragen."

„Stimmt." Ich nicke langsam. Mit Lanas Tieren können sie ein viel größeres Gebiet abdecken und nötigenfalls einige der Monsterleichen mit den Hunden transportieren. „Ali, wohin geht es?"

„Nach Norden und Westen. Wir werden ungefähr hier den Wald betreten", antwortet Ali und schickt mir mit einer schnellen Handbewegung die Karte. Darauf sehe ich die Monster, denen wir begegnet sind, sowie Informationen über Stellen, wo in letzter Zeit Lumar gesehen wurden. Ein Großteil davon stammt natürlich aus zweiter Hand, aber uns reicht das.

***

Im Motorradmodus ähnelt Mikitos PKF meinem Fahrzeug. Elegante, moderne Linienführung und pneumatische Reifen, die oft in Antigrav-Platten verwandelt werden. Sie hat sich sogar für die einfache schwarze Lackierung entschieden. Aber im Aktivpanzerungsmodus gibt es deutliche Unterschiede. Ihr Mech ist schnittiger und schwächer gepanzert, aber auch überraschend viel reaktionsschneller als Sabre. Sie hat Panzerung und Stärke gegen mehr Beweglichkeit eingetauscht, so dass der Mech ihren Kampfstil ergänzt. Mikito hat auch einen Großteil ihrer Langstreckenwaffen aufgegeben und verwendet stattdessen zusätzliche mobile Schutzschilde auf Oberflächenebene. Darüber hinaus umhüllt der flüchtige Umriss der Geisterrüstung den Mech, wenn ihre Klassen-Fertigkeit aktiviert ist.

Ich staune, wie sich die Frau bewegt und mit ihrer Naginata durch die Lumarherde tanzt, wobei ihre Klinge wild hackt und schneidet. Jede Bewegung schlitzt eine neue Wunde in die Haut einer Kreatur, und ihre zierliche Gestalt bewegt sich so schnell, dass die Lumar sie nie einholen. Wir haben Glück und entdecken an einem Wasserloch eine Herde von elf Lumar, fast das Doppelte der üblichen Größe. Sobald wir sie sehen, rast Mikito in die Gruppe, und ich darf mich um das hässliche Monster mit dem braunen Arsch kümmern, das vor mir steht.

Lumar-Alpha (Level 64)

_HP: 1973/2080_

_MP: 430/430_

Zustand: Verärgert

Ich habe gerade das ganze Magazin des Inlin-Gewehrs auf das Biest abgefeuert, aber die Projektile prallen ab und erzeugten nur einige Quetschungen. Ali muss mir gar nicht erst sagen, dass der Alpha vermutlich einen Skill besitzt, der ihn vor physischen Schäden schützt. Während das Inlin sich nachlädt, löse ich den Schall-Impulsgenerator aus, um zu sehen, ob er eine Wirkung hat.

Seinen Gegner wütend zu machen ist doch eine Wirkung, oder?

Ich springe ihm aus dem Weg, fauche und schlage auf das Monster ein, so dass meine Klinge in seine Haut schneidet. Das Biest wirbelt schnell auf seinen vier Beinen herum, die graue Haut leuchtet auf und erhält einen lilafarbenen Glanz. Ich habe aber keine Zeit, darauf zu achten, da drei Lumar auf den Ruf des Alphas hören. Sie lösen sich aus der Gruppe, die Mikito anzugreifen versuchte und rennen in meine Richtung.

Ich springe und aktiviere eine Sekunde lang meine Antigrav-Platten, um meinen der Schwerkraft trotzenden Sprung zu ermöglichen. Dann feuere ich einige meiner Mini-Raketen auf sie. Diese fliegen nach unten und spritzen den im Gefechtskopf enthaltenen Schnellzement aus, der sich um die Monster herum verhärtet und ihre Bewegungen behindert. Noch in der Rückwärtsbewegung löse ich meine anderen Skills aus und greife die in der Falle sitzende Gruppe mit mehreren Schwertschlägen an. Blut spritzt, Fleisch wird durchbohrt und Knochen zeigen sich unter dem Sturm der Klingenhiebe, und die blauen Energiesicheln schädigen das Trio.

Dann meldet sich die Schwerkraft zurück. Ich komme nicht ganz nach unten, da der Alpha abgeschätzt hat, wo ich landen würde und auf meine fallende Gestalt zustürmt. Er prallt mit mir zusammen und wirbelt mich durch die Luft. Sabres Schutzschild leuchtet auf und seine Integrität wird geschwächt, während ich durch die Luft geschleudert werde und einige Bäume zerfetze.

Als ich schließlich wieder auf die Beine komme, ist der Alpha schon auf halbem Weg zu mir. Ich hebe das Inlin-Gewehr und verschieße erneut die Munition, während ich nach rechts renne. Der Alpha faucht und kneift die Augen zusammen, als er bemerkt, dass ich nicht auf ihn ziele, sondern auf seine gefangenen Artgenossen. Im Gegensatz zum Alpha, sind die anderen Lumar nicht so zäh, und die Projektile bohren sich in ihre übel zugerichteten Körper. Dabei muss ich daran denken, dass wir von diesen ramponierten Lumar wohl keine zusätzliche Hautstücke kriegen werden.

Danach muss ich nur noch den Alpha kiten. Ich setze Klingenhiebe ein, sobald ich weit genug weg bin und weiche ihm ansonsten aus. Obwohl er robust und stark ist, kann er mich ohne die Hilfe seiner Freunde nicht in die Enge treiben. Es gelingt ihm nur zweimal, mich zu überraschen. Erst setzt er einen aufgespeicherten kinetischen Angriff ein, der Sabres Schutzschirm und mein Seelenschild zerreißt, und dann beschwört er zeitweilig die Geister seiner gefallenen Kameraden. Glücklicherweise setzt er diesen Trick erst ein, als er selbst dem Tode nahe ist, und als wir unsere Attacken auf den Alpha konzentrieren, verschwinden seine Freunde.

„Das war ... interessant", sagte ich und deutete auf die Stelle, wo die Geister erschienen waren.

„Ja." Mikito zieht ihre Naginata aus dem Schädel des Alphas und blickt sowohl das Monster als auch ihre ramponierte Armpanzerung wütend an. „Es macht dir doch nichts aus, dass ich zuerst angegriffen habe, oder?"

„Haha. Nein, du teilst mehr Schaden aus als ich", sage ich wahrheitsgemäß. „Du hast einen neuen panzerbrechenden Angriff, nicht wahr?"

„Ja." Mikito zögert, bevor sie fortfährt. „In letzter Zeit hast du im Kampf etwas nachgelassen."

„Na ja. Ihr braucht die Erfahrung, und ich …" Als Mikito mich ansieht, rede ich weiter. „Ich habe über das Wesen der Erfahrung nachgedacht. Hast du je überlegt, was die Erfahrung eigentlich ist?"

„Nein."

Ich starre die junge Frau an und seufze. Natürlich hat sie das nicht getan. Mikito scheint damit zufrieden zu sein, die Welt so zu akzeptieren, wie sie ist – Monster zu verprügeln und im Level aufzusteigen, statt sich in die Details des Systems zu verbohren. Ehrlich gesagt hat sie wahrscheinlich viel wichtigere Sachen zu tun. Die meisten Leute sind wie sie, vor allem, da nur Idioten wie ich diesen Narrenquest verfolgen wollen. „Dann mach dir keine Sorgen darüber."

„Nein, sag mir das."

„Okay. Also, was ist die Erfahrung? Wir erhalten sie, wenn wir Monster töten, Quests abschließen und in manchen Fällen, wenn wir unsere Klassenvoraussetzungen erfüllen. Aber was ist das eigentlich?", sage ich und lege dann eine Pause ein.

„Es gibt mehrere populäre Theorien in den Büchern, die ich gerade lese. Erstens die Stresstheorie. Erfahrung wäre dann ein Kürzel für die Änderungen unserer Körper, wenn wir unter Stress stehen. Je höher der Stresspegel, umso größer die Chance, dass unser Körper die vom System erzeugten Änderungen akzeptieren muss. Es gibt zahlreiche Theorien über die Ursache. Da wären beispielsweise Nanomaschinen, die sich tiefer einbohren, oder intrinsische Manaänderungen des Systems – aber das würde wenigstens erklären, warum in einer Gruppe mit unterschiedlichen Levels niedrigstufigere Mitglieder mehr Erfahrung erhalten als ihre höherstufigen Kameraden. Aber im gleichen Gefecht würden die Niedrigstufigen sogar noch mehr Erfahrung erhalten, wenn die höherstufige Person nicht dabei war."

„Mehr Stress, stimmt's?", sagt Mikito, nickt und runzelt die Stirn. „Und Quests?"

„Da klappt das nicht mehr so gut. Warum würden wir schließlich Erfahrung erhalten, nachdem wir die Quest abgeschlossen haben? Manche Leute sagen, dass das eigentlich schon unsere Erfahrung war, die während der Erfüllung der Quest gespeichert und dann auf einmal abgegeben wird. Andere sahen, dass es sich eigentlich um die Erfahrung des Questgebers handelt – die Nanobots oder das Mana oder was auch immer, die von diesem Individuum angesammelt und extern gespeichert wurden, so dass sie später verteilt werden können. Das würde erklären, warum Quests eigentlich nur von höherstufigen Individuen oder Quest-Boards verteilt werden", sage ich. „Die zweite Theorie, die mir persönlich gefällt, ist die Manasiphon-Theorie."

Mikito nickt. Sie hat inzwischen die Beute eingesammelt und geht aus der Lichtung. Sie gibt mir zu verstehen, ihr zu folgen, während wir weitere Monster jagen.

„Laut dieser Theorie ist die Erfahrung nur die Belohnung des Systems dafür, dass wir gute Manasiphons sind. Je mehr Mana wir verwenden – beispielsweise in einem Kampf – umso mehr Erfahrung erhalten wir. Je wahrscheinlicher wir Mana einsetzen – und dabei überleben – desto mehr Erfahrung bekommen wir, und damit höhere Level, um noch mehr zu verwenden. Natürlich ermutigt uns das auch, keine Kämpfe mit extrem schwierigen Monstern anzufangen und dabei zu sterben – oder uns auf Kreaturen zu stürzen, mit denen wir im Handumdrehen fertig werden", erkläre ich. „Diese Theorie basiert darauf, dass das System will, dass wir Mana benutzen, aber ..."

„Dir gefällt das", stellt Mikito fest. „Aber warum hältst du dich zurück?"

„Sam und Lana müssen im Level aufsteigen – und egal, ob es um mehr Stress oder mehr Mananutzung geht, bringt meine Hilfe ihnen nicht mehr

Erfahrung. Ich habe in letzter Zeit meinen Erfahrungszuwachs außerhalb des Kampfs durch Ali verfolgen lassen und übe lediglich meine Zaubersprüche und Skills. Ich wollte sehen, welche Theorie Sinn ergab und wie sich das von den Büchern unterschied, die ich gelesen hatte. Hast du gewusst, dass man selbst außerhalb des Kampfs regelmäßig mehr Mana erhält? Nicht viel, aber mehr als Null.“

„Nein, aber warum machst du das alles?“

„Na ja, die meisten dieser Experimente wurden auf stabilen Welten durchgeführt, die keine Dungeonplaneten waren. Wenn ich mehrere Standardwerte ermittle, könnte ich das mit einigen der vorgestellten Formeln zurückrechnen und ein paar davon widerlegen oder möglicherweise verbessern.“ Als Mikito mich weiterhin verdutzt anstarrt, füge ich hinzu: „Wenn mir das gelingt, könnte ich im System einen Artikel mit meinen Ergebnissen veröffentlichen. Vielleicht verdiene ich damit sogar ein paar Credits.“

Mikito starrt mich lange an, bevor sie mit ihrem Mech wortlos davonstapft. Ich kann fast das Wort „*Baka*“ hören, obwohl sie es nicht sagt. Na schön. Mein Hobby ist vielleicht etwas bizarr, aber ich versuche, etwas Produktiveres zu finden, als nur ein Kampf-Junkie zu sein.

Kapitel 6

Der Abschluss der Quest dauerte einige Tage, wobei wir mehr Zeit mit der Suche nach den verdammten Monstern verbrachten als mit dem eigentlichen Kampf. Wie war das noch? Stundenlanges Warten und dann einige Minuten lang absoluter Schrecken? Auf jeden Fall war der Clanhäuptling entsprechend dankbar und stimmte dem Abschluss der Quest sofort nach unserer Rückkehr zu. Er erließ uns sogar die Gebühr für das Zerlegen, was uns etwas mehr Credits einbrachte.

Da ich momentan nichts im Shop brauche, beschließe ich, meine Credits aufzusparen. Sam allerdings macht eine Einkaufstour. Er weigert sich aber, uns seine Einkäufe zu zeigen und murmelt nur, dass es „noch nicht fertig" ist. Ich kann nur aus ihm herauskriegen, dass er keine vollständigen Geräte kauft, sondern die Sachen selbst zusammenbaut.

Mit Ausnahme der Tatsache, dass einige dankbare Flüchtlinge unseren Abschied verlangsamen, ist es ziemlich einfach, die den Außerirdischen gehörende Stadt zu verlassen. Es ist nicht überraschend, dass uns nun deutlich weniger Menschen folgen. Die meisten von ihnen wollen unbedingt Familienmitglieder oder Freunde finden.

Die Fahrt nach Kamloops ist lange und langweilig. Da es in den meisten Siedlungen in der Nähe von Prince George keine Überlebenden mehr gibt, müssen wir nicht anhalten. Stattdessen fahren wir direkt nach Süden. Erst als wir 100 Mile House erreichen, finden wir Anzeichen von Lebewesen – in diesem Fall eine kleine und sehr unfreundliche Gruppe von Menschen. Da wir beschließen, unsere Ausrüstung lieber nicht zu beschädigen, umfahren wir die schießwütige Gruppe von Überlebenden und fahren nach Kamloops weiter.

Als wir die Stadt erreichen, blühen überall die Blumen des Spätfrühlings, welche die Luft mit ihrem süßen Duft gleichzeitig erfüllen und sie vergiften. Auf der Reise haben wir die wechselnden Zonenlevel bemerkt – die manchmal bis in die Zwanziger fallen und dann wieder bis in die Fünfziger steigen. Bewaldete Berge umgeben uns, und hungrige Bären und andere aus dem Winterschlaf erwachten Tieren lauern an den Straßen und versuchen gelegentlich, sich einen Snack von Menschengröße zu besorgen.

Die Entwicklung zu einer Dungeonwelt hat auf unserem Planeten beträchtliche Änderungen ausgelöst. Der Berg mit seinem Wald in Lila und Rosa, das Feld giftiger Blumen und die Dryade, die zwischen den Bäumen tanzt und uns anlocken will, sind nur die deutlichsten Beispiele dafür. Kiefern und Eichen vermischen sich mit Silberzapfen- und Unnzwek-Bäumen, während Eichhörnchen mit Kobolden um Nüsse und ums Überleben kämpfen.

Leider finden wir außer den wenigen Überlebenden bei 100 Mile House keine weiteren. Technisch gesehen ist Kamloops nur einige Fahrstunden von 100 Mile House entfernt, daher hätten sie die Stadt erreichen können. Wenigstens wollen wir das alle glauben.

Hoffentlich gelang ihnen die Flucht, da die Alternative viel grausamer wäre. Aber leider könnte es noch schlimmer werden, denn an der Brücke über den Thompson River wartet eine Gruppe auf uns, die auf etwas sitzt, das wie ein Panzer aussieht.

„Guten Tag", begrüße ich sie, als wir langsam heranrollen.

„Wer seid ihr?", ruft einer aus der Gruppe. Er hat vier Arme, zwei an jeder Seite, sowie ein rötlich-orangefarbenes Gesicht. Eine silbrige Kombination aus Bodysuit und Rüstung bedeckt seinen Körper.

„Abenteurer aus dem Norden", rufe ich und grinse ihn an. Ich hätte Besucher oder Reisende sagen können, aber Abenteurer klingt besser und hat in dieser neuen Welt bestimmte Konnotationen.

„Registriert?", fragt Vierarm.

Scheiße. Er hat meinen Bluff durchschaut.

„Nein", antworte ich lächelnd. „Keine Gilde."

„Kein Problem. Wir können Abenteurer immer gebrauchen", sagt Vierarm und winkt uns vorwärts. „Aber wir müssen euch in die Stadt eskortieren. Habt ihr von unserer Eintrittsgebühr gehört?"

„Nein. Was für eine?"

„Nur fünftausend Credits pro Person."

Ich muss husten und starre den Mann an. Fünftausend Credits, das ist total verrückt! *„Das ist doch irre, oder?"*

„Jawohl. Das nennt man Erpressung, mein Junge."

„John?", fragt Lana und wirft der Gruppe einen abschätzigen Blick zu.

Seit Alis letztem Upgrade kann er der Gruppe die Statusinformationen zeigen, wenn er das will. Das erfordert immer noch etwas Anstrengung, daher tut er das nur, wenn er einen Kampf erwartet, wie jetzt.

„Immer mit der Ruhe. Wir wollen hier keinen Aufstand machen", murmle ich.

Ingrid schnaubt nur, als sie das hört.

„Es macht nichts, wenn ihr das momentan nicht aufbringen könnt. Wir haben einige sehr attraktive Kreditoptionen", sagte Vierarm mit einem breiten Lächeln. „Warum begleiten wir euch nicht in die Stadt?"

„Selbstverständlich", antworte ich sofort.

Diese Typen haben Basislevel in den Dreißigern und Vierzigern und sind dadurch nicht viel schwieriger als die Monster, die wir getötet hatten. Natürlich bietet ihnen ihre Technologie mehr Kampfkraft, aber ich betrachte sie nicht als ein schweres Problem.

Ich flüstere den anderen zu: „Warum sind die so verdammt selbstsicher? Wir sind ihnen im Level deutlich überlegen."

„Dafür bin wohl ich verantwortlich", knistert Ingrids Stimme über Funk. „Ich habe einen meiner Skills verbessert und kann nun falsche

Informationen darstellen, statt unsere Werte nur zu verbergen. Da wir eine Gruppe bilden, habe ich alle unsere Werte niedriger erscheinen lassen. Na ja, mit Ausnahme deiner, John."

Ich stöhne und nicke. Na gut. Mein Systemlevel von 37 sieht sowieso seltsam aus. Da damit keine Basisklasse verbunden ist und meine Klasse so selten ist, dass die meisten sie nicht erkennen würden – zumindest nicht hier draußen und sofort – wirke ich im Grunde viel schwächer als ich bin.

Sobald wir die Brücke überqueren, umgibt uns die Gruppe und „eskortiert" uns in die Stadt, wobei der Panzer das Schlusslicht bildet. Links von uns fließt der Thompson River in den Kamloops Lake, und wir folgen ihm auf dem ganzen Weg. Wir fahren an verlassenen Hotelanlagen, Lagerhäusern und Wohnhäusern vorbei. Als wir den Golfplatz erreichen, drehe ich meinen Kopf und starre die Stelle an, wo auf meiner Karte der helle Punkt eines etablierten Dungeons aufleuchtet. Die uns umgebende Gruppe sagt kein Wort, also schweige ich ebenfalls, markiere aber die Stelle und sende meinem Team die Informationen. Wenn wir die Zeit dafür haben, sollten wir uns das mal ansehen.

Auf der Weiterfahrt versuche ich, mich an die Stadt zu erinnern. Ich bin mehrmals an ihr vorbeigefahren, meist auf dem Weg zu einem Provinzpark für eine Wanderung am Wochenende. Kamloops lebte, soweit ich mich erinnere, vor allem von Bergbau und Forstwirtschaft, wobei im Sommer auch zahlreiche Touristen kamen. Es gab eine wichtige Eisenbahnstrecke und einen Flugplatz, und die Highways 5, 97 und der Trans-Canada Highway stellen bedeutende Verkehrsachsen dar. Oh, und es gab auch eine Universität.

Als wir uns schließlich der Stadt nähern, nachdem wir den See eine Weile hinter uns gelassen haben, fallen mir weitere Details ein. Vor allem, dass Kamloops eine geteilte Stadt ist – fast zwei Drittel des Gebiets liegen im Nordwesten jenseits des Flusses und sind über eine Brücke verbunden. Im Nordosten, der ebenfalls durch die Einmündung eines anderen Flusses geteilt ist, gibt es nicht sehr viel. Das Stadtzentrum selbst ist allerdings auf dieser Seite, weshalb ich mich frage, ob die Einwohner die Stadt konsolidiert haben.

Du hast eine sichere Zone betreten (Stadt Kamloops)

In diesem Bereich wurden die Manaströme kraftvoll stabilisiert. Innerhalb der Siedlungsgrenzen werden keine Monster spawnen.

Diese sichere Zone umfasst:

- *Rathaus der Stadt Kamloops*
- *Shop*
- *11 Farmzentren*
- *Mehr ...*

Schließlich überqueren wir die offizielle Stadtgrenze. Ein schneller Blick auf die Karte zeigt mir, dass die „Stadt" eigentlich nur das Gebiet auf dieser Seite umfasst und der andere Teil aufgegeben wurde. Das wäre auch sinnvoll, da man so viel leichter die erforderliche Gebietsgröße für eine Stadt erreichen könnte.

„Anscheinend haben sie dafür bezahlt, die Stadtgrenzen zu definieren", sagt Ali telepathisch und sieht sich die Informationen an. Er schnipst mit den Fingern und ruft weitere Informationen auf, die er stöhnend quittiert. *„Das ist der Grund. Diese Typen haben das Geld. Sie gehören zur Dreizehn-Monde-Sekte. Kartell? Bande? Du verstehst, was ich meine, Junge?"*

„Du sagst, dass die Eigentümer von Kamloops – die Dreizehn-Monde-Sekte – reich und rücksichtlos sind?", antworte ich Ali laut, damit die anderen im Team uns über Funk hören können.

„Du hast es erfasst. Eine ekelhafte kleine Gruppe, die mehr für ihre kriminellen Machenschaften als für ihre Verwaltungsarbeit bekannt ist – aber sie stellt eine Regierung dar. Verdammt ..." sagt Ali und schweigt dann. Da er kein Funkgerät hat, kann er nur mit mir kommunizieren, oder laut reden.

Ich verstehe, dass er verärgert ist. Nachdem diese Leute jetzt wissen, dass wir nicht von einer Gilde unterstützt werden, befinden wir uns in einer heiklen Lage. Im Galaktischen Rat entsprechen Gilden einem Unternehmen in unserer Welt, um einen relativ ungenauen Vergleich zu verwenden. Sehr große Gilden ähneln multinationalen Konzernen und sind oft mächtig genug, um kleinere Länder oder Gruppen einzuschüchtern. In diesem Fall würde die Sekte wohl einem kleinen Land entsprechen. Ein vor Jahrtausenden veröffentlichtes Gesetz verbietet Gilden, Städte und Dörfer zu besitzen. Dieser Schritt war nötig, damit sie nicht zu mächtig wurden.

„Boss, Henri hat ein ziemlich schlechtes Gefühl bei diesem Ort", knackt Sams Stimme über Funk.

Es dauert einen Moment, bis ich mich erinnere, wer Henri ist – Henrietta Poskart, eine Seherin mit Klassenfertigkeiten, die es ihr ermöglichen, Dinge in der Gegenwart und der Zukunft zu „sehen."

„Wen wundert das", sagt Lana. „Linke Seite, hundertzwanzig Meter."

Ich blicke zu der Stelle und sehe eine Gruppe von Menschen auf der Straße, die die Leiche einer pelzigen und stacheligen Kreatur auf den Schultern tragen. Sie sind schmutzig, unordentlich gekleidet und unterernährt – was in einer Welt mit Reinigungszaubern und Manaernährung etwas heißen will. Hinter ihnen läuft ein Zwerg mit einer Peitsche, der sie auf den Rücken jeder Person schlägt, die seiner Meinung nach zu langsam ist. Im Funk höre ich ein scharfes Ausatmen.

„Leibeigene."

„Leibeigene", wiederhole ich Alis Erklärung, während er weitere Informationen liefert. „Der Zwerg hat sie für zweihundert Jahre als Schuldknechte gekauft."

„Zweihundert Jahre!", ruft Lana entsetzt.

„Vergiss nicht, dass die Gentherapie und das System unsere Lebensdauer deutlich erhöht haben", sagt Ingrid. „Wir wissen zwar noch nicht, wie lange, aber mehrere hundert Jahre hört sich in etwa richtig an."

„Für mich klingt das wie Sklaverei", knurrt Sam.

„Ali sagt, dass wir ruhig bleiben müssen. Wir können es uns nicht erlauben, sie anzugreifen. Als Gruppe sind sie vielleicht kleiner als die Anhänger der Herzogin, aber sie stellen dennoch eine Regierung dar. Sie sind auf mehrere Welten verteilt", sage ich und bemühe mich, mit einer sanften, ruhigen Stimme zu sprechen. Ich starre die Karte an und sortiere die Daten um, da ich nach Informationen über die Sekte in der Stadt suche.

Ein Individuum mit einer mittelstufigen Fortgeschrittenen Klasse und drei in den niedrigen Zehnern in Fortgeschrittenen Klassen stellen die primäre Kampfkraft der Sekte vor Ort dar. Zwei der niedrigstufigen Fortgeschrittenen Klassen sind fast auf der mittleren Stufe. Das dritte Individuum befindet sich im Schlachthof oder in der Kantine, der Art und Weise nach zu beurteilen, wie sich die Punkte auf der Karte versammeln und bewegen. Danach gibt es ein Dutzend mit Level 30 und einige in den 40ern der Basisklasse, und fast zwanzig in den 20ern. Das sind recht viele, aber auf den ersten Blick scheinen nur etwa zwei Drittel zu den Kampfklassen zu gehören.

Es dauert einen Moment, herauszufinden weshalb. Die meisten Menschen haben Levels in den 20ern und 30ern, und die meisten davon sind keine Kämpfer. Der höchste nicht zur Gruppe gehörende Mensch ist ein Schütze mit Level 37, obwohl es momentan noch einige außerhalb der Stadt geben könnte. Aufgrund dieser Levelunterschiede brauchen die Sektenmitglieder nur die Top-Gruppe, um alle unter Kontrolle zu halten. Aber letztlich ist es gleichgültig, wie viele sie in Kamloops haben. Ich mache mir eher über ihre Gesamtstärke Sorgen.

„Wollen wir hier einfach herumhocken und das zulassen?", raunzt Sam, während wir durch die verlassenen Straßen fahren. Was auch immer man über die Sekte sagen will, sie hat wenigstens die Straßen von defekten Autos und anderen Überbleibseln der Prä-Systemtechnologie gereinigt.

„Was sollen wir denn tun? Sie alle umlegen? Was dann? Wir können uns vielleicht absetzen und ihrer Vergeltung entkommen, aber was ist mit all den anderen Leuten?", faucht Ingrid. „Ali hat recht. Haltet euch da raus. Was auch immer wir tun, würde die Lage verschlechtern."

„Das geht mir echt gegen den Strich", meint Sam.

„Uns auch. Aber wir müssen uns im Moment zurückhalten", sagt Lana leise, und in ihrer Stimme schwingt etwas mit, was ich nicht interpretieren kann.

„*Schau sich das einer an, ihr Menschen könnt ja sogar etwas lernen*", bemerkt Ali ironisch. Dennoch höre ich einen Unterton der Verbitterung. Schließlich basiert Alis Anwesenheit als mein Begleiter auf einem ähnlichen Vertrag, soweit ich weiß. Er hat das nie genauer erklärt, selbst als ich ihn direkt gefragt habe.

„Bereitet euch vor, Leute, hier sind wir", sage ich schließlich, als wir anhalten.

Anders als Roxleys pompöser silberner Wolkenkratzer, ist das Rathaus von Kamloops ein graues Regierungsgebäude aus Hohlblocksteinen in der Nähe des Zentrums der neuen Stadt. Hässlich und langweilig, ohne Spur einer Seele.

***

Mikito und ich marschieren durch die Korridore, um den offiziellen Eigentümer (oder Administrator?) der Stadt zu besuchen, wobei uns drei Wachen begleiten, darunter Vierarm. Der Rest unserer Gruppe wartet draußen und passt auf die Fahrzeuge und die Überlebenden auf. Die Tiere liegen um sie herum und kauen an Snacks. Das Krachen und Knacken der Knochen von Oberschenkelgröße ist über Funk gut hörbar – eine nicht gerade subtile Warnung, was diese Tiere anrichten könnten, wenn wir sie loslassen.

Hinter einem Schreibtisch aus Eiche sitzt ein schlankes, fast ausgezehrtes Humanoid-Vogelwesen und nickt, als wir den Raum betreten. Die Kreatur hat keine Lippen, sondern nur einen Schnabel, aus dem laute Zwitschergeräusche ertönen, die eine Sekunde später durch Lautsprecher an ihrer Kehle übersetzt werden. Dahinter stehen Leibwächter, die beiden niedrigstufigen Fortgeschrittenen Klassen und starren mich mit verschränkten Armen an. Einer ist ein dunkelhäutiger Orc, offensichtlich von den Hakarta abstammend. Der andere ähnelt dem hinter uns wartenden Vierarm, ist aber größer und besitzt sechs Arme.

„Seien Sie gegrüßt, Abenteurer. Ich habe gehört, dass Ihnen das Bargeld für die Eintrittsgebühr fehlt?", sagt das Vogelwesen, nachdem ich ihn angeblickt habe.

„Das ist ein bisschen teuer", sage ich und stellte mich entspannt vor das Vogelwesen. Ich würde mich ja hinsetzen, aber auf dieser Seite des Schreibtischs gibt es keine Stühle. Ich sehe mir einen Moment die Statusleiste des Wesens an.

Bimmox (Level 36 Sekten-Unterführer)
HP: 1080/1080
MP: 2430/2430
Zustand: Keiner

„Das ist aber keine Kampfklasse, oder?", frage ich Ali telepathisch und erhalte sofort eine Bestätigung.

Fortgeschrittene Klasse, aber keine Kampfklasse. Andererseits heißt das nicht, dass er keine Asse im Ärmel hat. Schließlich hätte er ja Kampf-Skills im Shop kaufen können. Darauf würde ich sogar wetten. Das bedeutet aber, dass es nur zwei Mitglieder spezialisierter Kampfklassen in der Stadt gibt, und beide stehen direkt vor uns.

„Eine Gruppe, die so gut ausgerüstet ist wie Ihre, müsste sich das doch leisten können", krächzt Bimmox, bevor die roboterhafte Stimme einen Moment später alles übersetzt.

„Nicht für alle unsere Leute", sage ich und frage mich, auf was er hinaus will.

„Ach, das sind keine zum Verkauf stehenden Sklaven?", fragt Bimmox.

„Und wenn sie das wären?"

„Dann könnten wir verhandeln. Allerdings haben sie häufig vorkommende Klassen und niedrige Levels. Wir könnten pro Person nur einige tausend Credits bieten. Sie verstehen schon, die Kosten, sie auf einen nützlichen Level zu bringen", sagt Bimmox.

„Ich verstehe." Ich atme aus und starre das Monster an. Ich unterdrücke meine aufwallende Abscheu und beruhige mich durch reine Willenskraft. „Wir werden sie nicht verkaufen. Wir ziehen einfach weiter."

„Tja, da gibt es aber ein Problem, wissen Sie. Sie haben bereits meine Stadt betreten und haben noch nicht dafür bezahlt", sagt Bimmox.

Ich spüre, wie sich hinter mir die drei Leibwächter verteilen.

„John, jetzt stehen mehr Leute um die Fahrzeuge herum", sagt Lanas Stimme über Funk.

Durch einen geistigen Befehl ändere ich die Funkeinstellungen, so dass sie sowohl meine Seite der Unterhaltung hören als auch die von Bimmox. „Also, Bimmox, was genau soll das bedeuten?"

„Dass wir unsere Eintrittsgebühr so oder so kriegen", meint Bimmox.

„Wir haben dreizehn Überlebende und meine Gruppe, das wären also insgesamt 90.000 Credits? Wie machen wir das?", sage ich in einem ruhigen Ton. Ich höre ein leises Einatmen über Funk, zu leise, als dass ich die Person identifizieren könnte. Aber ich verstehe das – es ist eine Riesenmenge Credits.

„Ssss ...", zischt Bimmox und starrt mich an. „Leider müssen alle, die die Stadt betreten, ihre eigene Gebühr bezahlen. Es sei denn, sie sind Leibeigene und gehören jemandem."

„Ich verstehe", sage ich weiterhin mit ruhiger Stimme. „Und wenn sie das wären?"

„Dann würde ich natürlich bitten, die entsprechenden Verträge zu sehen. Ich muss allerdings erwähnen, dass die Fälschung derartiger Dokumente ein Verbrechen darstellt." Bimmox blinzelt, und seine Augenlider schließen sich auf eine ganz fremdartige Weise von vorn nach hinten

„Ich vermute, dass ich nach der Überreichung derartiger Dokumente herausfinden würde, dass ich ein weiteres Gesetz erfüllen muss, nicht wahr?"

„Was kann ich da schon sagen? Gesetze sind Gesetze", zischt Bimmox und bewegt seinen Körper hin und zurück. Nach einem Moment erkenne ich, dass dies für das Monster eine Art des Lachens repräsentiert.

„Vielleicht könnten Sie mir die Gesetzestexte schicken. Mein Begleiter könnte sie überprüfen, um sicherzustellen, dass wir alle erfüllen."

„Ah ... das ist nicht möglich. Nur Administratoren sind berechtigt, derartige Informationen einzusehen", sagt Bimmox und bewegt sich wieder vor und zurück.

„Klingt, als ob er dich reinlegen will", sagt Lana über Funk. „Wir könnten für uns zahlen, aber die Überlebenden ..."

„Schluss mit dem Blödsinn, ja?", sage ich zu Bimmox. Obwohl ich ihn anlächle, brechen meine mentalen Mauern des Friedens und der Ruhe allmählich. „Was kostet das unterm Strich?"

„Unterm Strich?" Bimmox wirkt für eine Sekunde etwas verdutzt, bis er das dann versteht. „Ah, eine Redensart. Wir wollen doch nur, dass alle den Gesetzen folgen. Wenn die Sie begleitenden Personen dazu nicht in der Lage sind, können wir ihnen jeweils die 5.000 Credits leihen, zu einem entsprechenden Zinssatz.

„Ich vermute, dass wir die Stadt nicht mehr verlassen dürfen, nachdem wir den Kredit aufgenommen haben", sage ich, und Bimmox nickt mir zu. „Sie bieten uns ja nicht sehr viele Optionen."

„Das Gesetz ist das Gesetz", erwidert Bimmox.

„Tun Sie das nicht."

„Soll das eine Drohung sein? Die Tatsache, dass es Ihre Gruppe geschafft hat, ein paar Dungeons auszuräumen und einige Credits für den

Kauf von Ausrüstung erhielt, bedeutet gar nichts. Sie sind immer noch schwach", sagt Vierarm hinter mir.

Ich drehe meinen Kopf etwas und blicke Mikito an, die ihren Helm aufgesetzt hat. Die schwarzsilberne Sichtscheibe ihres Helms blickt mich teilnahmslos an und sagt mir nichts.

„Nun, Mensch, werden Sie die Gebühr bezahlen?", sagt Bimmox und wiegt sich weiter vor und zurück, da ihn das offensichtlich amüsiert und er seine Macht genießt.

Ich grinse und werfe ihm einen eisigen Blick zu, als die Wut sich nun nicht länger unterdrücken lässt. Ich habe es versucht. Wirklich.

„Ach du Scheiße, jetzt geht das wieder los", sagt Ali.

***

Die Feuerkugel wabert um den Schutzschild herum und erhöht in Sekundenschnelle die Temperatur um mehrere hundert Grad. Ich sehe, wie der Schutzschild flackert, während die Aliens hinter mir vor Wut brüllen. Mikito ändert die Position, ihre Naginata wirbelt herum und schlägt nach den Feinden hinter uns. Gleichzeitig leuchtet ihre Geisterrüstung auf und absorbiert einen Teil des Explosionsschadens. Meine ungeschützte Haut trocknet aus, verbrennt und platzt, und mein Körper kocht.

Bimmox zischt und schnattert, wobei sein Modul das Gesagte nicht mehr übersetzt. Das ist eine vernünftige Taktik, da es sich vermutlich um Befehle handelt. Lange, klauenbesetzte Finger wirbeln durch die Luft und senden eine Alarmmeldung. Seine Leibwächter richten ein Gewehr und eine Armbrust auf mich, schießen aber noch nicht, da sie auf die Deaktivierung des Schutzschilds warten. Ich habe dem Rest der Gruppe bereits meine Warnung zugerufen und vertraue darauf, dass sie mit der Situation umgehen können. Sabre befindet sich im automatischen Kampfmodus, hat sich verwandelt und greift an, während Sam Mikitos PKF kontrolliert.

Mein Schwert und meine damit verbundenen Klingen stechen in den Schild und durchbohren ihn mühelos, aber der Schild verschwindet immer noch nicht. Ich kanalisiere einen Klingenhieb und verdrehe die Hüften, um nach unten zu schlagen, während der Angriff direkt in den Schutzschild trifft. Der Schild flackert, während mein Mana mit dem Einsatz des Skills fällt und meine Klingen endlich freikommen. Nach einer weiteren Drehung und Einsatz von Spalten zerschlagen die Klingen den Schild, als sie schließlich auftreffen. Ein roter Punkt hinter mir verschwindet, da Mikito alle drei Kämpfer der Basisklasse gleichzeitig attackiert.

Sobald der Schutzschild sich auflöst, trifft Bimmox mich mit einem Zauberspruch. Der rote Strahl wirft mich durch die Tür und in den Korridor. Als der Schmerz meinen Oberkörper durchzuckt, fällt meine Gesundheit in wenigen Sekunden auf die Hälfte. Die Leibwächter eröffnen das Feuer, aber beide Schüsse verfehlen meinen weggeschleuderten Körper. Der Armbrustbolzen trifft einen ihrer Kameraden, der versehentlich in die Schusslinie trat.

„Ist das alles?", kreischt Bimmox, und die Übersetzungssoftware schafft es sogar, den spöttischen Ton wiedergeben. „Ihr seid einfach zu ..."

„Schwach?", frage ich und stehe auf.

Ich aktiviere Seelenschild und Größere Regeneration und marschiere vorwärts. Die Leibwächter konzentrieren sich bereits auf Mikito. Sechsarm hat seine Armbrust weggeworfen und stürzt sich mit Kurzschwertern in den Kampf, während der andere auf eine freie Schussbahn wartet. Als er merkt, dass ich immer noch auf den Beinen bin, schwingt der andere Leibwächter seine Waffe herum und zielt auf mich.

„Wie ist das möglich? Ihr müsstet tot sein!", fragt Bimmox.

„Wir schummeln", antworte ich.

Bimmox stößt erneut die Hand vor und schleudert den Zauber. Ich drehe mich aus dem Weg, aber er bewegt bereits den Strahl, um mich zu verfolgen, da er auf meine Finte hereinfällt. Der Schild leuchtet auf, als die Angriffe von Bimmox und den Leibwächtern über seine Kanten streichen.

Ich springe mit einem Versetzungsschritt hinter Bimmox und drehe mich mit Hüfte und Knien, um den Schwung für den Schlag zu erzeugen, der seine Taille trifft. Er hat vielleicht einige mächtige Zauber und eine beträchtliche Menge an Hitpoints, aber mein Schwertangriff wird durch Mana-Erfüllung und Spalten verstärkt. Die erste Klinge schneidet in seine Hüfte und kommt mitten aus der Brust heraus, wobei sie Fleisch durchtrennt und Rippen bricht. Dann landen die weiteren Klingen.

Bimmox schreit, sein Körper wird zerschnitten, da sein reflexartiges Ausweichen weitere Körperteile vor die schwebenden Klingen bringt, die meinem ersten Angriff folgen. Seine Finger zucken und verdrehen sich, seine Klauen greifen nach außen, um wieder ins Gleichgewicht zu kommen, aber nun verschwindet Bimmox, und mein nächster Stich trifft nur leere Luft. Sein Leibwächter stößt mir einen Ellbogen ins Gesicht und schleudert mich zurück. Dann richtet er sein Gewehr auf mich und löst mehrere Schüsse aus. Ich reagiere darauf, indem ich seine Waffe zerschneide.

„Ali!", rufe ich, wohlwissend, dass Bimmox sich nicht heilen darf. Sein Angriff hätte die meisten meiner Freunde getötet.

„Bin schon dabei!" Ali wirbelt herum und sucht.

Der Leibwächter wirft die Überreste seines Gewehrs weg und greift mich mit zwei Faustmessern an. Wir kämpfen in einem wilden Handgemenge, Blut spritzt und mein Schild lässt nach. Mit einem Sprung schlitzt er meine Backe auf, während ich gleichzeitig den Hakarta aufspieße. Ich lasse das Schwert in ihm stecken und rufe ein anderes herbei, mit dem ich schließlich seinen Arm abhacke. Als der Leibwächter mich wegkickt, stolpere ich rückwärts. Hinter ihm erscheint Mikito. Ihre Naginata wirbelt durch die Luft, und er stürzt zu Boden, nachdem sein Hals mit chirurgischer Präzision durchtrennt wurde. Urplötzlich ist der Kampf im Büro vorbei.

„Lana", befehle ich Mikito, und sie rast hinaus, wobei ihr durch Hast beschleunigter Körper verschwimmt.

„Hinter dir. Er ist im Zentralraum der Stadt", informiert mich Ali.

Ich drehe mich um, starre die Wand hinter mir an und durchschneide sie. Ich aktiviere wiederholte Spalten, ohne mich um die Manakosten zu kümmern, da ich so schnell wie möglich hineinkommen will. Wenn Kamloops Whitehorse ähnelt, dann hat die Stadt automatische Abwehrsysteme, die vom Zentralraum aus gesteuert werden. Ich muss sie ausschalten. Im Hintergrund höre ich Schreie und gekeuchte Worte, da meine Freunde draußen kämpfen.

Dann erscheint ein faustgroßes Loch und ich blicke hinein. Sobald ich den einfachen, beigefarbenen Raum sehen kann, aktiviere ich Versetzungsschritt. Diese Fertigkeit bring mich hinein, so dass ich über dem wartenden Bimmox erscheine und mein Schwert mit einem Klingenhieb nach unten schwingen lasse. Der Angriff trifft Bimmox in die bereits verletzte Schulter und badet den Raum in zu hellrotem Blut. Das Vogelwesen fällt und keucht vor Schmerz, da seine Lungen nicht mehr funktionieren. Selbst sein Regenerationstrank kann den Schaden nicht ausgleichen, den ich nach meiner Landung austeile, indem ich immer wieder in seinen Körper steche.

Als der Außerirdische endlich tot ist, packe ich den schwebenden, rautenförmigen Stadtkern, der leicht in meine Hand passt. Erst passiert nichts, bis der Kern einem Moment lang die Anforderungen überprüft und dann eine Meldung anzeigt.

Möchtest du die Kontrolle über die Stadt Kamloops übernehmen?
(J/N)

„Ja", raunze ich und gebe im Geiste meine Zustimmung.

Ich ärgere mich, dass der verdammte Kern mich warten lässt und am Rand meines Blickfelds ein Timer erscheint. Zwei Minuten. Ich muss zwei Minuten hier sitzen und warten, während das verfluchte System jedem von Bedeutung mitteilt, dass ich die Stadt übernehmen werde.

Herzlichen Glückwunsch! Du bist jetzt der Eigentümer der Stadt Kamloops.

Momentane Bevölkerungszahl: 8.785

Stadtkasse: 11,7 Million Credits

Stadt-Mana: 2.309 Manapunkte

Steuern: 20 % Umsatzsteuer im Shop

Infrastruktur: Shop, Rathaus, Bildungseinrichtung (1), Ladengeschäfte (15), Schlachthof (1), Farmen (7)

Verteidigungssysteme: Schutzschild der Stufe IV, Automatische Abwehrkanonen der Stufe IV, 6 automatisierte Stadtwachen

Erwerb der ersten Siedlung!

Bonus +10.000 Erfahrung

Einen Moment später werden aus den sechs automatisierten Wachen fünf. Ich brauche nur einen kurzen Moment, um den Grund zu erkennen. Ich fauche und hebe die Hand, während ich verzweifelt versuche, die Wachen irgendwie zu deaktivieren.

„Änderung der Ziele für die Verteidigungssysteme. Alle als Dreizehn Monde markierten Individuen anvisieren", ruft Ali, der zu mir hin schwebt, mit den Fingern wackelt und mir einem amüsierten Blick zuwirft. „Worauf wartest du, Jungchen? Ich erledige das schon. Geh und hilf den Damen."

Ich zögere und bin hin- und hergerissen. Wenn jemand in diesen Raum kommt ...

„Geh", raunzt Ali.

Ich nicke, vertraue dem kleinen Geist mit olivfarbener Haut und renne hinaus. Während ich laufe, sehe ich Punkte auf der Minikarte flackern, als Freunde, Feinde und Neutrale sterben. Es wird Zeit, das zu beenden.

Kapitel 7

Der Rest des Gefechts verläuft relativ einfach. Die anderen Sektenmitglieder mit Fortgeschrittenen Klassen verschwinden und stellen sich nie zum Kampf. Die Mitglieder der Kampfklassen können sich nie lange genug koordinieren, um uns als Gruppe anzugreifen, so dass wir sie ständig überrennen. Zudem meuchelt Ingrid auch alle, die wirkliche Führungsqualitäten an den Tag legen. Danach geht es lediglich darum, die Bevölkerung zu beruhigen. Zum Glück kann ich das Lana überlassen und gehe daher zum Rathaus zurück.

„Hey, ist mit den Leibeigenen alles in Ordnung? Keine Todeszauber oder Seelenketten oder sowas, die sie umbringen, sobald die Sekte vertrieben wird? Oder wenn der Befehl erteilt wird?", frage ich Ali als ich den Raum betrete, da mir das erst in diesem Moment eingefallen ist. Ich bekomme eine Gänsehaut, als ich mich frage, ob ich gerade eine Reihe von Leuten zum Tod verurteilt habe.

„Nicht, soweit ich weiß. Das ist möglich, aber selten und kostspielig. Und langfristig gesehen nicht sehr effektiv. So ähnlich wie die Sterilitätsspritzen", meint Ali.

Ich blinzle und die System-Quest wird aktualisiert, sobald Ali das erwähnt. Die Tatsache, dass das System uns lebend will, oder zumindest nicht sofort tot, ist interessant, aber momentan nicht besonders wichtig.

„Wie tief sind wir denn hineingeraten?", frage ich den Geist und wische die Systembenachrichtigung weg.

„Ja, wie sehr sitzen wir denn in der Patsche?", ertönt Ingrids Stimme aus der Ecke, in der sich die Schatten sammeln. Sie deaktiviert ihren Skill, und dann sehe ich, wie die junge Frau aus den First Nations sich gegen eine Wand lehnt. Sie versucht, blasiert zu wirken, aber ich kenne sie gut genug, um die Anspannung zu erkennen.

„Ingrid." Ich nicke ihr zu und sehe, wie die Assassine eine Nagelfeile herauszieht, um ihre Fingernägel vom angesammelten Blut zu reinigen. Einen Moment lang frage ich mich, warum sie nicht einfach einen Reinigungszauber verwendet, aber wahrscheinlich tut sie das absichtlich.

„Das hängt davon ab. Die Sekte wird das nicht so einfach hinnehmen, und die Tatsache, dass euch einige Mitglieder entkommen sind, bedeutet, dass sie es relativ bald erfahren werden. Andererseits haben sie kein Portal oder Kommunikationssystem eingerichtet und müssen sich daher nicht sehr oft melden. Ich vermute, dass Kuriere vorbeikommen und sie sich zu verabredeten Zeiten im Shop treffen", meint Ali.

Ich nicke, da ich weiß, dass es in manchen Shops zu diesem Zweck sogar spezielle dimensionsüberschreitende Konferenzräume gibt. Gilden haben beispielsweise ihre eigenen Shops.

„Wenn die Überlebenden wirklich die Stadt verlassen haben, dürfte es einige Stunden dauern, bevor die Sektenabteilung auf der Erde von deinem Angriff erfährt. Und die Hauptsekte? Ich würde sagen, dass sie in einigen Wochen, maximal einem Monat, merkt, dass etwas schiefgelaufen ist", sagt Ali.

„Und dann ...?" Ich nehme mir einen Schokoriegel heraus, während ich auf die zweite Hälfte seiner Meldung warte.

„Dann werden sie wohl versuchen, die Stadt zurückzuerobern. Die reden nicht viel, sondern werden dich einfach angreifen. Wahrscheinlich zuerst mit örtlichen Streitkräften. Aus Kelowna vermutlich, weil das näher ist – es sei denn, sie glauben, stärkere Einheiten zu benötigen", erklärt Ali. „Wenn das nicht klappt, greifen sie auf Vancouver und Seattle zurück, wo sie ihre wirklich harten Typen haben. Und wenn das scheitert, würde es mich nicht wundern, falls sie ihre galaktischen Einheiten einsetzen."

„Meisterklassen?", sage ich und reibe mir übers Kinn. Das letzte Mal, als ich mich an einen hochstufigen Feind mit einer Fortgeschrittenen Kampfklasse wagte, wurde ich total vermöbelt. Ich kann mir nicht mal vorstellen, wie das gegen eine Meisterklasse wäre.

"Unwahrscheinlich", antwortet Ali. „Das ist eine steile Pyramide und die Sekte ist nicht sehr eng verknüpft. Das ist nicht wie bei der Herzogin, die ihre Leute einfach herumkommandieren kann. Die meisten von ihnen sind relativ unabhängig. Und die Meisterklassen sind ihre eigenen Herrscher. Sie werden wahrscheinliche einige Kampfklassen mit mittlerer bis fortgeschrittener Stufe auf dich loslassen. Es ist einfacher, ein paar von denen aufzutreiben, als einen einzelnen Meister. Ich wäre überrascht, wenn sie auch nur eine einzige Meisterklasse zur Erde schicken würden."

Ich nicke langsam, da ich verstehe, was Ali meint. Meine Fortgeschrittene Klasse ist im Vergleich zu einer Basisklasse bereits extrem mächtig, daher befände sich eine Meisterklasse auf einer ganz anderen Existenzebene. Auch wenn die Erde einige Orte hat, die meisterklassenwürdig sind – ich denke da an einen bestimmten Drachen – habe ich noch nicht viele Stellen gefunden, die für sie einen Besuch wert wären. Soweit ich das verstehe, wird es eine Weile dauern, bis die Manapools in der Umgebung sich ausreichend vertiefen. Die Tatsache, dass mein Erfahrungszuwachs sich verlangsamt hat, betont auch, wie schwer es ist, nach einem gewissen Punkt weiter aufzusteigen. Und ich hatte sogar den Vorteil, dass ich nicht durch all die Levels der Basisklasse aufsteigen musste.

„Fantastisch. Lediglich ein paar Typen mit Fortgeschrittener Klasse." Ingrid prustet und schüttelt den Kopf.

Ich werfe ihr einen Blick zu und sehe an der Statusleiste über ihrem Kopf immer noch einige Fragezeichen. Dann lächle ich. Ich verstehe schon, was sie meint. Mikito ist erst in der Anfangsphase der Fortgeschrittenen

Klasse, und der Rest des Teams ist noch nicht einmal so weit. Wenn wir momentan auf eine Gruppe Fortgeschrittener Klasse der mittleren Stufe stoßen würden, kämen wir in echte Schwierigkeiten. Heute hatten wir nur deshalb eine Chance, weil alle hier so niedrigstufig sind, dass die Sekte sich nicht die Mühe gab, kampfstarke Vollstrecker zu schicken.

„Auswirkungen für die Bevölkerung?", frage ich und blicke nach außen. Wenn wir jetzt gehen, können wir wahrscheinlich fliehen. Das gefällt mir nicht, aber wenn unser Abzug bedeutet, dass die Leute hier nicht umgebracht werden …

„Das ist unterschiedlich. Diejenigen, die auf deiner Seite kämpften oder uns geholfen haben? Wahrscheinlich werden sie gefoltert und ihre Dienstpflicht verlängert", sagt Ali. „Die anderen dürften sie in Ruhe lassen. Die Steuern werden ansteigen, einige werden verprügelt, und es wird mehr Druck ausgeübt, um das allen klar zu machen."

„Nicht furchtbar", sage ich und verziehe das Gesicht. „Aber du hast erwähnt, dass sie Kelowna und Vancouver kontrollieren, oder?"

„Praktisch ganz British Columbia. Allerdings konzentrieren sie sich momentan auf Seattle. Nach dem, was ich herausfinden konnte, haben sie dort mehr Ärger als erwartet."

„Interessant", sage ich.

Wir könnten alle nach Prince George transportieren, aber ich bin mir nicht ganz sicher, ob wir so viele Leute, vor allem einige Leibeigene, so leicht integrieren können. Wenn die Stadt sie nicht will, müssen wir sie nach Edmonton schleppen. Außerdem bezweifle ich, dass wir so viele Leute transportieren können, selbst wenn wir das wollten.

„Wir planen, diese Stadt zu verlassen?", fragt Ingrid und blickt mich an.

„Nein. Vielleicht. Ich gehe einfach Optionen durch", sage ich und verziehe das Gesicht.

„Wir gehen nicht", sagt Ingrid ausdruckslos. „Wir haben das angefangen und müssen es zu Ende bringen. Wir können nicht einfach abhauen."

„Aber ...", sage ich und will darauf hinweisen, wie viel Zeit wir verschwenden würden. Wie stark unsere Gegner sind. Doch ich halte die Klappe, weil mir klar wird, dass das nicht relevant ist. Nicht für Ingrid. Oder mich. Sie hat recht. Wir haben das angefangen. „Na schön. Die Mädchen sollen sich sauber machen und nach Hilfe suchen. In den nächsten Tagen sind einige Besucher zu erwarten, und daher brauchen wir so viel Unterstützung wie möglich."

„Selbstverständlich", sagt Ingrid, verbeugt sich etwas und verschwindet dann allmählich.

„Du weißt schon, dass du Sam gerade als Mädchen bezeichnet hast", albert Ali herum. Als ich den Geist anstarre, hört er damit auf und wird ernst. „Was soll ich tun?"

„Die Gegner haben verloren, weil sie uns unterschätzten und an ihren Verteidigungssystemen vorbeigelassen haben. Wir können bei ihnen nicht denselben Fehler machen. Mal sehen, wie wir die Verteidigung der Stadt verbessern können", sage ich. Wenn Feinde im Anmarsch sind, hat die Verteidigung immer höchste Priorität.

Einen Moment später ruft Ali Daten aus dem Stadtkern ab und sendet sie direkt an mich.

Schutzschild Stufe IV

HP: 15.000/15.000

HP-Regenerationsrate: 250/Minute

Automatische Abwehrkanonen der Stufe IV (17)

Grundschaden: 75

Aufladungen 20/20

4 Automatisierte Stadtwachen (2 beschädigt)
Kern: Stufe II Numax-Manamotor
Akkulaufzeit: 6 Stunden Standby, 30 Minuten aktiv
Waffen: Musashi Grisin Mark III Strahlengewehr

Interessant. Ich habe allerdings erfahren, dass Strahlengewehre zwar sehr häufig sind, aber auch meist als die niedrigste Bewaffnung gelten. Das liegt nicht daran, dass sie wenig Schaden verursachen, sondern dass die Schadensmenge durch ihre ursprüngliche Bauweise beschränkt wird. Massengefertigte Waffen können zwar Schaden erzeugen, sind aber nicht so effektiv wie etwas, das von einer Unterstützungsklasse von Hand hergestellt wird. Im Gegensatz dazu variiert der Schaden bei Projektilwaffen, vor allem, wenn man bereit ist, für mit Skills handgefertigte Munition zu zahlen.

Mit einer schnellen Handbewegung rufe ich erneut die Karte von Kamloops auf und zoome etwas weg. Die Stadt befindet sich am Zusammenfluss zweier Flüsse. Der Thompson River fließt von Westen nach Osten, und durch die Einmündung des North Thompson River wird die Stadt in drei Bereiche geteilt. Der nordwestliche ist der größte und enthält zahlreiche Wohngebäude, den MacArthur Island Park und den Flughafen von Kamloops. Im Nordosten gibt es wenig bebautes Gebiet, meistens Industrie und Farmen. Südlich des Thompson River ist die Innenstadt von Kamloops, die sich innerhalb der modifizierten Stadtgrenzen befindet.

Nach einem weiteren Gedankenbefehl flackert die Karte und zeigt den Umfang des Schutzschilds. Dieser deckt die Gesamtheit des angepassten Stadtgebiets ab und reicht fast bis an den Highway, der südlich der Stadt verläuft. Die siebzehn Verteidigungstürme sind in gleichmäßigen Abständen entlang der Schildmauer verteilt. Die automatischen Wachen befinden sich in der Stadtmitte. So wie es aussieht, haben wir gerade im Gefecht zwei der sechs Wachen beschädigt. Hoppla!

„He, warum sind die Türme auf Gebäuden?", frage ich Ali.

„Das erleichtert es, eine sichere Zone zu generieren. Wenn man einen Turm auf einem existierenden Gebäude errichtet, wird dieses dem System hinzugefügt, der Manastrom wird angepasst, ebenso wie die Anforderungen bezüglich des Grundbesitzes. Und wo sonst sollten sie die Türme platzieren? Mitten auf der Straße?", sagt Ali.

Ich ignoriere die Herausforderung und sehe mir stattdessen die Verteidigungssysteme an. Vorausgesetzt, dass sie die Unterstützung aus Vancouver oder Kelowna schicken, dürften die Feinde uns aus dem Osten oder Westen entlang des Highway 1 angreifen. Allerdings teilt sich der Highway 1 von Westen her kommend in mehrere kleinere Zubringerstraßen auf, so dass wir nicht genau wissen würden, wo sie die Stadt betreten werden. Wenigstens gib es im Osten weniger Zubringer. Zudem könnten sie die Straßen ganz ignorieren und durch Gebäude oder die umgebenden Felder in die Stadt eindringen.

„Was machen wir nun?", murmle ich und starre die Informationen an.

Der Schutzschild hindert Angreifer daran, einfach in die Stadt zu spazieren. Aber da das ein Einzelschild ist, könnten sich die Angreifer aufteilen und mehrere Bereiche angreifen, so dass der Schild insgesamt geschwächt wird, bevor sie ihn durchbrechen. Wenn sie das geschickt machen, müssen wir unsere Truppen aufspalten, um die Angriffe abzufangen. Und falls sie ganz clever sind, verleiten sie uns dazu, unsere Einheiten aufzuspalten und stoßen dann direkt in die Stadtmitte vor.

„Können wir den Schutzschild aufteilen?", frage ich.

„Was meinst du damit?", fragte Ali und starrt mich an.

„Vielleicht den Schutzschild in verschiedenen Bereichen aktivieren? Damit die andere Seite noch funktioniert, wenn dann eine Seite versagt?"

„Klar. Es gibt mehrere Methoden dafür. Wir können mehrere Schilde kaufen und sie nebeneinander aufstellen und aktivieren. Es gibt auch fragmentierte Schilde, die im Grunde dasselbe bieten. Viele Raumschiffe verwenden diesen Typ."

„Das musst du mir zeigen."

Schutzschild Stufe II

HP: 15.000

HP-Regenerationsrate: 250/Minute

Preis: 10,3 Millionen Credits

Segmentiertes Schutzschild Stufe II

HP: 10.000 pro Segment

HP-Regenerationsrate: 200/Minute

Preis: 25 Millionen Grundpreis + 10 Millionen pro Segment

„Sauteuer", kommentiere ich.

„Wohl wahr. Aber wenn du mehrere Segmente erzeugen willst, ist das langfristig die bessere Option", meint Ali.

„Sind die Schilde upgradefähig?"

„Ja."

„Gut, das zu wissen." Wir können uns das zwar nicht leisten, aber unsere Streitkräfte aufspalten zu müssen, stört mich weiterhin. „Sensoren?"

„Sie besitzen nur die einfachsten Systeme", antwortet Ali. „Ohne jegliche Upgrades. Ich vermute, dass sie sich auf ihre Leute verlassen haben."

„Das wäre logisch. Aber wir sind dazu nicht in der Lage."

Nach ein oder zwei weiteren Gedankenbefehlen erscheinen neue Informationen und zeigen das breite Spektrum an verfügbaren Sensorenupgrades. Ich befehle dem System, alles auszublenden, was sich die Stadt nicht leisten kann. Das zeigt mir immer noch zu viele Optionen, daher verberge ich alles, was mehr als zehn Prozent unserer aktuellen Stadtkasse kostet. Selbst danach sehe ich noch über hundert Optionen.

„Scheiße. Ali ...“

„Ich erledige das“, sagt Ali und grinst über meine Versuche, mich im Shop der Stadt zurechtzufinden. Er macht eine Handbewegung und die Liste erweitert sich und füllt wieder alle Optionen. Daraufhin reduziert sich die Anzeige plötzlich, als er neue Parameter eingibt, die Zahl der Optionen schrumpft damit auf etwa 15. Er summt und die Fenster flackern vor ihm vorbei.

„Was machst du da?“, frage ich.

„Ich sortiere. Ich habe zuerst die Firmen nach galaktischen Rufpunkten gefiltert, und dann nach Rezensionen aus zuverlässigen Quellen. Außerdem habe ich deinen Prozentfilter gelöscht, weil du dafür nichts Brauchbares kriegst. Momentan suche ich nach Imitaten“, sagt Ali,

„Um sie auszufiltern?“

„Bei allen Goblinärschen, nein! Ich behalte sie. Im System gibt es nichts, was irdischen Patentrechten entspricht. Daher kopieren Firmen ständig die Designs der Konkurrenz.“

„Warum würde dann jemand etwas Innovatives entwickeln?“, sage ich stirnrunzelnd. Das kommt mir unsinnig vor.

„Aus mehreren Gründen. Ingenieure und andere Handwerker können nicht so gut im Level aufsteigen, wenn sie nur Dinge kopieren. Und dann gibt es natürlich die Innovatoren, die einfach ihren eigenen Weg gehen müssen. Außerdem sind die meisten Unternehmen klug genug, um sicherzustellen, dass für ihre Schaltpläne eine hochrangige Person erforderlich ist, um das Endprodukt oder einen Teil davon herzustellen, was ihre Konkurrenz erheblich einschränkt", erklärt Ali, und nun hören die Fenster endlich mit dem Flackern auf. „Was suchst du denn?"

„Daten über unsere Angreifer – Video, Audio und Minikarte. Am besten weit genug entfernt, damit wir sie vor der Ankunft entdecken können – aber es würde mir genügen, verborgene Angreifer aufzuhalten", sage ich.

„Na schön, mein Junge. Wie wäre es mit diesen dreien?", sagt Ali.

Musami-Sensorengruppe, Stufe IV

Die Musami-Sensorengruppe ist das traditionelle Arbeitspferd der Sensortechnik. Sie bietet eine umfassende Sensorenkombination und liefert Städten in der ganzen Galaxis Daten in Echtzeit.

Reichweite: 10 km

Empfindlichkeitswert: 6

Preis: 7,1 Millionen Credits

Kangana-Nanitennetz, Stufe III

Das durch eine Nanitenfabrik entwickelte Nanitennetz breitet sich über das gewählte Suchgebiet aus und liefert in Echtzeit sehr präzise Daten über alle dortigen Personen. Es sind Aufrüstungen erhältlich.

Reichweite: 5 km

Empfindlichkeitswert: 8

Preis: 10,1 Millionen Credits

Sahwano-Bio-Sensorenraster, Stufe IV

Ein Bio-Sensorenraster benötigt als Energiequelle das Mana der Umgebung. Auch wenn das Bio-Sensorenraster im Vergleich zu anderen Optionen weniger empfindlich ist, fällt es kaum auf und hat geringere Instandhaltungskosten.

Reichweite: Unterschiedlich. Anfangs 3 km, kann bis auf 40 km anwachsen

Empfindlichkeitswert: 4

Preis: 3 Millionen Credits

Ich sehe mir die Informationen stirnrunzelnd an.

Ich muss nicht lange auf Alis Erläuterung warten. „Die erste Option ist die Standardtechnik. Die zweite stellt ein Upgrade der Sensorengruppe dar – offensichtlich kostspieliger, und mit höheren Manakosten bei der Einrichtung, aber mit einer viel besseren Chance, Klassen-Fertigkeiten und andere technologische Stealth-Optionen zu durchdringen. Man kann auch interessante Zusatzprogramme für die Naniten einkaufen, darunter Angriffsoptionen. Und das Bio-Raster deckt anfangs nur den näheren Stadtbereich aus, wächst dann aber am weitesten hinaus. Es dauert etwas, aber weil das Raster die Manaquellen in der Umgebung nutzt und eine natürliche Tarnfähigkeit besitzt, ist es für Angreifer schwieriger zu bemerken, dass sie entdeckt wurden.“

„Interessant“, sage ich und starre diese Fenster erneut an.

Ich muss zugeben, der niedrige Preis der letzten Option macht diese extrem attraktiv. Ich denke darüber nach, was ich für das kommende Gefecht benötige. Eine Methode, um den Vorstoß der Sekte zu markieren – am besten eine, die ausreichen würde, um potenzielle Finten und Ablenkungsmanöver zu entdecken. Dann ein oder zwei Verteidigungsanlagen, um sie daran zu hindern, sofort in die Stadt einzudringen. Deshalb wäre eine Teilung des Schilds nützlich. Es wäre hilfreich, einen sekundären Schutzschild direkt hinter dem ersten aufzustellen, aber das wäre so kostspielig wie eine Teilung des Schilds. Und danach müssen wir uns noch mit den Angreifern selbst beschäftigen. Das bedeutet, dass wir mehr Feuerkraft brauchen, falls das möglich ist. Leider haben wir in der Stadt nicht genug Mittel zur Verfügung. Und angesichts der Tatsache, dass diese Upgrades Millionen von Credits kosten, kann ich auch nicht in meine eigene Tasche greifen.

„Gibt es einen Weg herausfinden, was sie gegen uns einsetzen werden? Jetzt und in Zukunft?", frage ich.

„Selbst das System kann die Zukunft nicht voraussagen", meint Ali schnaubend. „Allerdings können wir Informationen darüber abrufen, welche Einheiten die Sekte auf der Erde hat und dann Prognosen erstellen."

„Wir teuer wäre das?"

„Teuer", sagt Ali mit einer ausdrucklosen Stimme, die mir schon alles sagt.

Es ist nie wirklich günstig, Informationen aus dem System zu kaufen. Informationen, die wir nicht so leicht auf eine andere Weise finden, sind erst recht teuer, und falls die Sekte diese Informationen auch noch zu verbergen versucht, steigt der Preis noch höher.

„Na gut, dann sollten wir zuerst den Bio-Sensorenraster aktivieren. Das wird uns wenigstens ein paar Informationen bieten", sage ich und treffe rasch einige Entscheidungen. Selbst wenn wir das vom System kaufen, wird es mehrere Stunden dauern, bis das gesamte Sensorenraster sich ausgebreitet hat. Ich rechne mit etwa fünf bis sechs Stunden, bis die Überlebenden Kelowna erreichen., weitere fünf bis sechs Stunden dauert der Rückweg und einige Stunden wird eine Diskussion in Anspruch nehmen – wir dürften also morgen Gesellschaft bekommen.

„Fertig."

Ich sehe, wie Ali den Sensorenraster über der Stadt platziert. Die Karte verschiebt sich und das Guthaben der Stadt schrumpft. Ich beiße mir auf die Lippen und überlege, was ich nun tun soll. Wie hieß das nochmal? Kenne dich selbst, kenne den Feind, kenne das Terrain? Lana und das Team analysieren unsere Ressourcen. Wir haben keine Zeit dafür, uns den Feind genauer anzusehen – zumindest nicht ohne extrem viel dafür auszugeben. Dann wäre da noch der letzte Faktor ...

Die Sekte ist wahrscheinlich besser mit dem Terrain vertraut als wir. Aber wenn einem die Regeln nicht gefallen, kann man sie ja ändern. Wenn ich etwas aus Tower-Defense-Spielen gelernt habe, dann wäre es, dass eine Verteidigung Tiefe benötigt. Natürlich ist das hier kein Spiel, und die Türme hier werden wahrscheinlich zerstört, aber die Idee ist dennoch sinnvoll. Also brauchen wir etwas Wegwerfbares mit einer langen Reichweite.

„Minen", sage ich und schwenke meine Hände über der Karte. Nach einigen schnellen Anpassungen, habe ich die Grenzen markiert und das Gebiet direkt außerhalb des Schilds blockiert.

Sobald diese Zone hervorgehoben ist, ruft Ali den Preis auf.

Sprengminen-Feld

Ein standardmäßiges Sprengminenfeld, das sowohl Schützen- als auch Fahrzeugminen enthält.

Schaden: 100 pro Mine

Preis (für markierten Bereich): 2,5 Millionen (Stufe V) / 4,5 Millionen (Stufe IV)

Chaosminenfeld, Stufe IV

Für Kunden, die Überraschungen mögen, enthält dieses Minenfeld eine Reihe vergrabener Chaosminen, die gespeicherte Chaosenergie freisetzen. Die Wirkung ist, wie immer, sehr unterschiedlich. Chaos Inc. lehnt jegliche Haftung für die Verwendung dieses Produkts ab.

Schaden: Unterschiedlich.

Preis (für markierten Bereich): 12 Millionen

Lumen Standard-Verzauberungsminenfeld

Ein standardmäßig verzaubertes Minenfeld besteht aus einer Mischung einfacher Elementar- und Technologieminen. Dies bietet eine Vielzahl potentieller Angriffe mit einem breiten Spektrum an Widerständen. Unser eindeutig populärstes Produkt.

Schaden: Je nach Mine unterschiedlich

Preis (für markierten Bereich): 5,5 Millionen (Stufe V) / 8,5 Millionen (Stufe IV)

„Teuer", stöhne ich und reibe mir über die Schläfen.

Trotzdem möchte ich lieber gleich das Richtige einkaufen, vor allem, wenn es um explosive Dinge geht. Obwohl uns das keinen direkten Angriff auf die Sektenmitglieder ermöglicht, wissen wir dann nicht nur, woher sie kommen, sondern bestimmen das Gefechtsfeld, indem wir ihre Optionen einschränken. Oder, falls sie durch die Felder kommen, in welchen Zustand die Feinde sind.

Deshalb betätige ich den Kauf des Standard-Verzauberungsminenfelds der Stufe IV, obwohl ich mir vornehme, zu einem späteren Zeitpunkt auch das Chaosminenfeld zu erwerben. Ich muss gestehen, ich finde diese Minen jedes Mal recht unterhaltsam.

„Willst du einfach ein Minenfeld platzieren und niemanden darüber informieren?", sagt Ali, nachdem ich den Kauf durchgeführt habe und das System mit der Teleportierung der Minen beginnt.

„Scheiße …“ Ich muss blinzeln und schwenke die Hand. Ich atme erleichtert aus, als ich entdecke, dass sich zum Glück niemand gerade in der Verminungszone befindet.

Per Gedankenbefehl kaufe ich eine einfache, zwei Meter hohe Steinmauer, die das Minenfeld auf beiden Seiten umgibt. Meine Finger zucken einen Moment, als ich mir überlege, eine Reihe großer Schilder aufstellen zu lassen – aber dann entscheide ich mich dagegen. Wenn jemand über eine zwei Meter hohe Mauer springt, dann hat er eigentlich bekommen, was er verdient.

„Meine Damen, Sam, ich habe gerade ein Minenfeld außerhalb der Stadt erzeugt und es mit einer Mauer umgeben. Sagt das bitte allen, ja?“

„Ein Minenfeld?“, sagt Lana, und am Ende wird ihr Tonfall etwas höher. Dann höre ich auf dem Funkkanal erst nur noch sehr regelmäßige Atemzüge, bevor sie mit sorgfältig kontrollierter Stimme weiterspricht. „Na schön. Wir sagen es den Leuten. Und teile uns bitte mit, wenn du noch andere Sachen besorgst.“

„Danke“, sagte ich und entspanne mich etwas.

Alis Finger bewegen sich. Einen Moment später erscheint eine neue Benachrichtigung vor meinen Augen, an die eine kleine Karte angehängt ist.

Ankündigung für die gesamte Stadt

Die Stadt Kamloops besitzt nun ein neues Verteidigungssystem. Außerhalb der Stadt befindet sich ein Minenfeld. Verwenden Sie bitte ausschließlich die markierten Wege, um die Stadt zu betreten und zu verlassen.

„Wenn du willst, kann ich das allen senden“, sagt Ali. „Als Eigentümer der Stadt kannst du das tun. Es gibt auch einige weitere Vorteile, einschließlich der Fähigkeit, vom System generierte Objekte aus dem Shop abzurufen und zu kaufen, ohne im Zentralraum der Stadt zu sein."

„Aha. So wie Roxleys Steuerankündigungen?", sage ich und erinnere mich daran, wie Roxley diese Fähigkeit mehrmals eingesetzt hat. „Mach das."

„Schon erledigt", sagt Ali. „Nachdem du jetzt die ganze Stadtkasse in etwa einer Stunde ausgegeben hast, könnten wir uns dann mit etwas Interessanterem beschäftigen?

„Interessant?" Ich runzle die Stirn und der kleine Geist rollt mit den Augen.

„Ja. Die Beute!", sagt Ali und bewegt die Hand, um die Leichen der von uns getöteten Sektenmitglieder herauszukippen.

Ich muss blinzeln und erinnere mich daran, dass ich ja ihre Leichen plündern darf. Irgendwie scheint das alles im Vergleich zu den anderen Ereignissen von sekundärer Bedeutung zu sein. Dennoch hatte der Geist in gewisser Hinsicht recht, und das gehörte zu Punkt 2 – kenne den Feind. Und die Beute.

„Na, dann her damit", murmle ich und gehe zur ersten Leiche, der von Bimmox.

Anders als bei der systemgenerierten Beute ist die Beutesuche bei Leichen eine ekelhafte Angelegenheit, da ich den Körper ausziehen muss. Leider ging alles verloren, was ich im Systeminventar von Bimmox befand, so dass ich nur das finde, was physisch hier ist. Na ja, abgesehen von einem Teil seiner Credits.

Omnitron V Tragbare Abschirmeinheit

Die Omnitron Tragbare Abschirmeinheit ist für 10er bis 20er Zonen geeignet. Diese hochwertige Abschirmeinheit ist omnidirektional und für Zivilisten geeignet.
HP: 250

Regenerationsrate: 50 Sekunden pro Stunde

Manabatterie: 100 % Ladestand

Integrität: 87 %

„Omnidirektional?"

„Marketingsprache dafür, dass man nicht hindurchschießen kann", erklärt Ali.

„Ab in den Müll", sage ich und werfe das in meinen Systemspeicher. Ehrlich gesagt bin ich überrascht, bei diesem verdammten Vogel so etwas Billiges und Nutzloses zu finden.

Osmaa Integrierte Biopanzerung

Osmaa Technologies produziert ein organisches Kohlenstoffgewebe in einem preisgekrönten Design, das einen nie dagewesenen Schutz gegen mehrere Angriffsarten bietet.

Panzerstärke: Stufe III

Zusätzliche Widerstände: +20 % Blitz-, Hitze-, Kälte-, Dunkel- und Lichtzauber. +25 % Widerstand gegen geistigen Widerstand.

Integrität: 07 %

„Verdammt", fauche ich und fahre mit dem Finger über die Biopanzerung. Leider ist nicht viel davon übrig, und eine Reparatur würde mehr kosten als ein Neukauf. Schade, aber das passiert eben, wenn man seinen Gegner in Stücke schneidet.

Leider hat Bimmox sonst nichts Nennenswertes – ein herausgezogener Zauberstab wurde zerbrochen, bevor er eingesetzt werden konnte. Und die meisten seiner einspritzbaren Tränke sind kaputt oder aufgebraucht.

Andererseits muss ich lächeln, als ich das System benutze, um das Vogelwesen auszuplündern.

12.385 Credits erhalten von **Bimmox**

Ich starre diese Benachrichtigung an. Das ist eigentlich sehr, sehr gut. Offensichtlich hat das System den Großteil seines Vermögens eingezogen, aber selbst der kleine Teil, den ich „geschenkt" bekomme, ist mehr als das Töten eines Monsters dieser Stufe einbringen würde. Wenn ich nicht die meisten seiner Ausrüstungsteile zerstört hätte, wäre das noch profitabler gewesen. Man könnte fast sagen, dass die Tötung intelligenter Wesen lukrativer ist als die Monsterjagd. Selbst der EP-Zuwachs ist höher, wenn auch nur etwas.

Eine innere Stimme sagt mir, dass ich mich nach dem Töten einer Gruppe intelligenter Wesen etwas mehr spüren sollte als nur Frust. Aber es ist eine leise Stimme, und sie spricht in einem eher neutralen Ton. Da ich sowieso emotional verkrüppelt bin und während des letzten Jahres in ganzen Flüssen von Blut gebadet habe, ist selbst das Töten intelligenter Wesen reiner Alltag. Letztlich habe ich weder die emotionale Energie noch den inneren Wunsch, mir darüber Gedanken zu machen. Sie haben das angefangen, und ich habe es beendet.

„Erzähle mir mehr über die Sekte, ja?", bitte ich Ali, während ich die weggeworfene Armbrust aufhebe und betrachte. Ich muss sie Mikito geben, da sie den Besitzer getötet hat, aber ich kann sie mir ja mal ansehen.

Rudola-Armbrust Stufe III

Wählen Sie Rudola, wenn Strahlengewehre zu wenig Schaden erzeugen und Projektilwaffen zu laut sind! Die Rudola-Waffenserie bietet garantiert eine Spitzenleistung!

Grundschaden: 15 + Munitionsschaden

Nicht so meine Sache.

Ich nehme mir die Leiche des Leibwächters vor und inspiziere jedes Ausrüstungsteil.

Faustmesser

Diese Faustmesser wurden von einem unbekannten Handwerker geschmiedet.

Grundschaden: 75

Haltbarkeit: 87/107

Sonderfähigkeiten: +15 Stechschaden

Nicht schlecht. Ich füge sie meinem Waffenarsenal hinzu. Allerdings bin ich mir nicht sicher, was ich damit anfangen soll, da keiner meiner Freunde diesen Kampfstil verwendet. Aber das wäre vielleicht ein gutes Geschenk, vor allem da die Messer handgeschmiedet sind. Vielleicht könnte ich später einen Verzauberer daran arbeiten lassen ...

„Wie schon erwähnt, ist die Dreizehn-Monde-Sekte keine sehr große Organisation. Sie existiert auf etwa sechzehn Planeten in nur vier Sonnensystemen. Innerhalb dieser Systeme kontrollieren sie 73 große und kleine Städte sowie Siedlungen, meisten an den Rändern anderer Herrschaftsgebiete. Sie stehen im Konflikt mit mindestens zwölf größeren und sechs kleineren Mächten (darunter zwei großen Gilden), sowie einer Reihe unwichtiger Organisationen", sagt Ali, während seine Augen von Seite zu Seite flitzen, um Informationen aus dem System abzurufen und zusammenzufassen. „Ihre jetzige Stärke liegt bei etwas über zehntausend Mitgliedern, mit einem Dutzend der Meister- und zwei der Legendärklasse. Offiziell."

BioMarine Trank der Hast

Alle BioMarine-Tränke werden garantiert nach galaktischen Normen gemischt und produziert. Kaufen Sie kein Abwasser, wählen Sie lieber BioMarine!

Wirkung: Hast

Level: II

Dauer: 5 Minuten.

„Was soll das heißen, offiziell?", sage ich und blicke das Ausrüstungsteil skeptisch an. Na ja. Das behalte ich garantiert.

„Ich rufe die Daten vom galaktischen Gegenstück ihrer Firmenwebsite ab. Man sollte das alles mit Vorsicht genießen", sagt Ali. „Wahrscheinlich würde ich die Gesamtzahl der Mitglieder reduzieren, aber die der hochstufigen Mitglieder erhöhen. Schließlich will niemand, dass die anderen die ganze Wahrheit erfahren."

Tams Titanenstiefel

Diese verzauberten Titanenstiefel erhöhen Stärke und Geschwindigkeit, kombiniert mit zusätzlichen Selbstreinigungs- und Nähzaubern. Vom Schuster Tam angefertigt.

Haltbarkeit: 76/87

Panzerstärke: Stufe IV

Sonderfähigkeiten: +11 Stärke, +5 Beweglichkeit, Selbstreinigung

„Wenn du meinst", sage ich. Leider sind die Stiefel für eine Kreatur gedacht, die Schwimmhäute zwischen den Zehen hat und sind daher von der Breite her sechs Größen zu groß. „Sonst noch etwas?"

„Nicht viel. Sie sind das galaktische Äquivalent einer offiziellen Bande – legale Sklaverei, Kreditwucher, Glücksspiel, Drogen, Schmuggeln und so weiter", erklärt Ali. „Sie übernehmen Siedlungen in der Nähe von Gruppen mit strengeren Gesetzen, bieten verbotene Dinge an und machen Kohle. Sie sind nicht sehr beliebt und deshalb in so viele Konflikte verwickelt."

„Es passt gar nicht zu ihnen, eine Stadt auf einer Dungeonwelt zu erobern", sage ich stirnrunzelnd. Nachdem ich die Ausrüstung entfernt habe, fordert mich das letzte Kleidungsstück der Leiche heraus.

Tervik Ballistische Unterwäsche

Bietet Schutz gegen ballistische und schwächere Strahlenangriffe. Verlassen Sie sich auf Tervik, wenn es hart auf hart kommt!

Panzerstärke: Stufe III

Haltbarkeit: 63/63

Mit einer zuckenden Handbewegung werfe ich die Unterwäsche in mein Inventar, damit Ali sie bei unserem nächsten Besuch im Shop verkaufen kann. Ich blinzle, als ich die scharfen, zackigen Auswüchse und die geschwollenen lila Eiersäcke sehe – eine Lektion in außerirdischer Biologie, ohne die ich gut hätte leben können. Die Leiche kommt zu seinem Artgenossen in meinen Veränderten Raum. Ich muss lächeln, als ich eine weitere Benachrichtigung lese.

7.389 Credits erhalten von Leibwächter Nr. 1

„Das stand auf der Kippe. Ihr Menschen wart – seid – etwas weiter als zu erwarten war. Die Ermordung des Gesandten und die Verwandlung des Planeten in eine Dungeonwelt hat viele Pläne durchkreuzt. Alle müssen improvisieren, und die kleineren und agileren Gruppen kommen zuerst hierher. Die großen Tiere … na ja, die werden erscheinen, wenn es ihnen in den Kram passt. So ist das eben, wenn man alle wie eine Dampfwalze überrollen kann. Sobald man loslegt, hält einen nichts mehr auf", sagt Ali.

„Warum würde dann überhaupt jemand hierher kommen?"

„Weil es manchmal günstiger ist, jemanden aufzukaufen als ihn zu bekämpfen. Außerdem kann man Allianzen abschließen und Abmachungen treffen und vielleicht hat man Glück und wird nicht angegriffen", sagt Ali und bewegt den Finger, um mir die nächste gute Nachricht zu zeigen.

Levelaufstieg!

Du hast Level 38 als Erethra-Ehrengarde erreicht. Wertepunkte werden automatisch verteilt. Du kannst 6 Gratis-Attributpunkte und 2 Klassen-Fertigkeitspunkt verteilen.

„Okay." Ich nicke, stehe auf und strecke mich aus reiner Angewohnheit. Die Zuweisung der Attribute kann warten. Ganz gleich ob die Dreizehn-Monde-Sekte eine kleine Organisation darstellt, übertrifft sie mich und meine Gruppe noch um mehrere Größenordnungen. Wir haben nur deshalb eine Chance, weil die Sekte sich so weit verteilt hat. „Sehen wir mal, wie es den anderen geht."

„Bin schon dabei, Junge", meint Ali.

Bevor wir den Raum verlassen, verbringt Ali einen Moment damit, die beschädigte Wand zu reparieren, so dass der Zentralraum wieder verborgen ist. Das wird niemanden, der es ernsthaft versucht, am Eindringen hindern.

Aber bei der Sicherheit geht es zunächst einmal darum, dass man die 50-Dollar-Banknote nicht für alle sichtbar auf den Boden legt.

Kapitel 8

Nach einigen Minuten habe ich Lana und Sam gefunden. Mikito befindet sich am Stadtrand und bewegt sich innerhalb einer Gruppe grauer Punkte, die Neutrale markieren. Zumindest noch. Ich vermute, dass es potenzielle Helfer sind, Jäger und andere, die von Mikito trainiert werden. Den Level erkennt man leicht, aber bezüglich der Kampferfahrung ist das eine andere Sache. Klar, wenn man einer Kampfklasse angehört, stammen die Levels vermutlich vom Kampf, aber das bedeutet nicht, dass man besonders gut ist. Natürlich ist Ingrid nirgendwo zu finden, wie immer ist sie lediglich ein Geist im System.

Neben Lana und Sam steht ein weiteres Paar: ein großer, hagerer Mensch mit schwarzem Bart und Hakennase, und eine maskuline Gestalt mit einer Reihe von Auswüchsen auf dem Kopf und einer langen Frisur. Irgendwie stelle ich ihn mir als Klingonen vor, obwohl sein Temperament sich deutlich von dieser Gruppe aus der berühmten Fernsehserie unterscheidet. Noch ein Fall eines Manalecks? Oder reiner Zufall?

„John", begrüßt mich Sam, als ich näher komme, um mir die beiden Neulinge anzusehen.

Torg Lavar (Farmer Level 37)
HP: 470/470
MP: 250/250
Zustand: Leibeigener

Benjamin Asmundur (Architekt Level 28)
HP: 210/210
MP: 470/470
Zustand: Keiner

„Torg hier wurde von der Sekte importiert und verwaltet die Farm“, sagt Lana und deutet auf den Mann. Er tippt zum Gruß mit zwei Fingern die Seite seiner Schulter an, als Lana spricht. „Er weist den Farmern, Kräuterkundigen und Sammlern der verschiedenen Kräuter und Pflanzen, die sie hier anbauen, ihre Aufgaben zu. Mel, der jetzt bei Mikito ist, und sein Team achten auf Monster, während die anderen arbeiten. Die Ernte wurde dann zwecks Weiterverarbeitung zur Sekte geschickt, und daher haben wir in der Stadt keine hochstufigen Alchemisten oder Kräuterkundler. Die Experten hier haben meistens Sachen für den örtlichen Verbrauch produziert.

„Benjamin ist einer der wenigen freien Menschen in der Stadt – ein Architekt. Er hat uns gerade erzählt, wie ihm das gelungen ist“, erklärt Lana und deutet auf den Menschen.

Er lächelt mich freundlich an und streckt die Hand aus. „Du kannst mich Ben nennen.“ Es ist ein fester, beherrschter Händedruck, welcher nicht versucht, dich mit reiner Stärke zu überwältigen. „Ich bin ein Architekt. Als das System erschien, war ich zuhause mit meiner Familie. Ich habe diese Klasse angenommen und ich hatte – habe – die Fähigkeit, mein Mana für den ‚Kauf‘ eines Gebäudes aufzuwenden, damit ich es dann umbauen kann. Das habe ich für meinen Wohnblock getan und dabei Upgrades eingesetzt.“

„Du kannst Gebäude direkt kaufen, ohne den Shop?“, sage ich und mache große Augen. Das ist ein verdammt guter Wendepunkt schon zu Beginn des Jahres.

„Ja. Das erfordert Mana, und ich bezahle die gekauften Gebäude immer noch ab. Es ist eine Art Kredit des Systems“, meint Ben. „Aber das bringt meine Regeneration ziemlich durcheinander.“

„Du solltest dir das später ansehen, John", sagt Lana und deutet mit einem leichten Lächeln in die Ferne. „Das sieht echt wie eine Festung aus. Ein ganzer Wohnblock."

„Aha." Ich reibe mir über die Nase und frage mich, warum wir in Whitehorse nie so jemanden hatten. Vielleicht gab es ja jemanden, aber Zivilisten starben wie die Fliegen, und unser Architekt sah sich inzwischen die Radieschen von unten an. „Wie haltet ihr die Monster fern?"

„Eine meiner Klassen-Fertigkeiten ermöglicht es mir, Fallen zu stellen. Ich habe die ersten beiden Stockwerke und den Weg zu den Eingängen in tödliche Fallen verwandelt. Die Fallen werden nur von Feinden ausgelöst, daher können meine Leute die Ausgänge mühelos benutzen", erklärt Ben. „Als dann diese Arschlöcher erschienen, beschlossen sie der Einfachheit halber, mich und meine Leute allein zu lassen, statt uns mühsam auszugraben. Seitdem haben sie versucht, uns auszuhungern und eine Steuer nach der anderen erhoben. Wir sind echt froh, dass ihr jetzt hier seid."

„Deine Leute?", sage ich.

„Seine Festung ist für einen Architekten mit Level 28 ziemlich beeindruckend. Dort wohnen über 200 Menschen, wobei die meisten Zivilisten sind. Er hat die Wände und Eingangstüren verstärkt, und die Bewohner geben sogar einen Teil ihrer Mana-Regeneration an den Manapool des Gebäudes ab. Man müsste die gesamte Mauer auf einmal sprengen und schnell vorstoßen, da das Gebäude den Schaden sonst wieder repariert."

„Die Menschen, die unter meinem Schutz stehen", sagte Ben, dreht seinen Körper etwas und sieht mich an. Ich frage mich, ob das eine bewusste Entscheidung ist, wie er damit ein kleineres Ziel darstellt. Angesichts all der Gewalt, die wir erlebt haben, ist es manchmal schwer, Kämpfer von Zivilisten zu unterscheiden. „Ich habe so viele wie möglich um mich gesammelt."

„Hört sich gut an." Mir geht ein Gedanke durch den Kopf – Die Erinnerung an eine Unterhaltung im College, an einer der wenigen Partys, zu denen ich mich überwand. Rote Plastikbecher und Bier in einer rauchigen Küche. „Architekten müssen sich doch auch mit der Stadtplanung befassen, oder?"

„Das tun wir", sagt Ben und runzelt die Stirn.

„Gut", antworte ich und belasse es dabei. Wir werden uns später um die Erweiterung der Stadt kümmern, nachdem wir das kommende Gefecht überlebt haben. Wenn wir schon davon reden ... „Wie sieht es mit den Kämpfern aus?"

„Miserabel", sagt Sam kopfschüttelnd. „Sie haben Strahlenwaffen und modifizierte Schießpulvergewehre. Niemand ist über Level 20. Durchschnittlich in den niedrigen Zehnern.

Ich runzle die Stirn. Ich wusste, dass die Zonen um die Stadt herum niedrig sind, aber diese Leute hatten ein ganzes Jahr Zeit für den Levelaufstieg. Es gibt leicht erreichbare höhere Zonen, ganz abgesehen von potenziellen Schwärmen. Allerdings hat Ali mir gesagt, dass in Whitehorse aufgrund der hohen Manaanreicherung häufiger Schwärme auftraten. Das dürfte hier keine so große Rolle spielen.

„Diese Typen haben die höherstufigen Jäger weggebracht", sagt Torg schließlich und senkt sofort danach wieder den Kopf. Er dreht und windet sich, als ich ihn anblicke, als ob es ihm peinlich wäre, mit anderen zu reden.

Ich nicke ihm verständnisvoll zu. Klar, sie wollten sich nicht das Leben erschweren, indem sie potenzielle Bedrohungen in der Nähe ließen. Aber nach der Grimasse auf Bens Gesicht zu schließen, war diese Aktion bei der Bevölkerung wohl nicht besonders gut angekommen.

„Wie steht es um die Verteidigungssysteme?", fragt Lana und hebt eine Augenbraue.

„Nicht besonders gut. Es gibt einen Schutzschild für die Stadt, aber der ist nur auf Stufe IV. Ich habe jetzt ein Minenfeld verlegt und eine Sensorengruppe aktiviert, so haben wir wenigstens eine Vorwarnung. Wir könnten die Wachposten benutzen, aber zwei davon sind beschädigt." Während ich das sage, blicke ich Sam an, und er nickt mir verständnisvoll zu. „Wir müssen uns wohl selbst mit den Angreifern beschäftigen."

„Ich nehme an, dass wir bald mit ihnen rechnen müssen?", sagt Lana und reibt sich gedankenverloren über eine Stelle an ihrem Ärmel, wo ein Strahlenangriff das Material verbrannt und das Dunkelblau in Schwarz verwandelt hat.

„Ja. Höchstwahrscheinlich von Kelowna aus."

„Glaubst du, sie sind so selbstsicher?", fragt Lana und wedelt mit der Hand. „Wir haben ihnen gerade einen kräftigen Tritt in den Hintern verpasst."

„Eindeutig", sagt Torg.

„Zweifellos", stimmt Ali zu. Als Lana den kleinen Geist anstarrt, erklärt er das. „Ingrids Fähigkeit hat eure wahren Levels verborgen, und niemand im Büro hat den Angriff überlebt. Aufgrund der von euch angezeigten Levels vermuten sie wohl, dass ihr einen Überraschungsangriff durchgeführt habt. Ohne ihre Hauptkämpfer wurden die Wachen leicht erledigt – aber das könnte man mit dem PKFs und anderer Ausrüstung erklären. Außerdem ist die Sekte einfach arrogant ..."

Torg nickt zustimmend.

„Und daher werden sie sofort einen Gegenangriff starten", meint Ali. „Wenn man sich rein durch Stärke an der Macht hält, liegt das Problem darin, dass man immer stark aussehen muss, weißt du?"

Lana nickt langsam und blickt kurz nach Osten. Kurz darauf meldet sie sich wieder zu Wort. „Also werden wir Kelowna erobern?"

„Was?", sage ich überrascht und starre sie an.

„Wer A sagt, muss auch B sagen ...", antwortet Lana und blickt mir in die Augen. „Wenn wir sie befreien wollen, dann schon richtig. Wenn sie ihre Kämpfer hierher schicken und wir sie schlagen, dann dürften in der anderen Stadt nicht viele übrig sein."

„Ich ..." Ich zögere und meine spontanen Einsprüche verstummen. Der Plan ... na ja, es gab eigentlich keinen Plan. Ich wollte nur helfen, wo ich es konnte. Aber mehrere Städte zu erobern war nie Teil meines Plans gewesen. Trotzdem hat Lana recht. Wenn wir das tun ...

Sam starrt uns beide ungläubig an, während Ben und Torg schweigend und mit neutralem Gesichtsausdruck dastehen. Ich blicke Ali an, der mir zustimmt und nicke dann schließlich Lana zu.

Lana wirkt ganz locker und lächelt selbstzufrieden. „Jetzt lasst uns darüber reden, was wir danach mit der Stadt anfangen wollen, wenn wir fertig sind."

Ich nicke und bin damit einverstanden, ihr die Führung der Diskussion zu überlassen. Aufgrund ihrer Erfahrung im Erweiterten Rat von Whitehorse und all der Informationen, die sie hier sammeln konnte, weiß Lana viel besser als ich, was hier läuft und was getan werden muss.

***

Die nächsten Stunden vergehen wie im Flug. Lana und ich konzentrieren uns darauf, möglichst viel über die Stadt zu erfahren, und Ben und Torg holen im Laufe des Tages verschiedene namhafte Bürger herbei, die mit uns sprechen. Sam verschwindet nach etwa fünfzehn Minuten und hilft dabei, die Flüchtlinge unterzubringen und der Bevölkerung die Nachricht über unseren Sieg zu verkünden. Ich höre auch, dass er etwas über die Suche nach einer brauchbaren Werkstatt murmelt, aber das ignoriere ich. Mikito trainiert weiterhin alle Jäger, mit Ausnahme einiger zusätzlicher Wachen, die im Nordosten den Farmern Schutz bieten. Und Ingrid – na ja, wer weiß schon, wo die steckt.

Wir tun das mitten auf der Straße, stehen herum und reden mit den Leuten. Dadurch kann jeder kommen und zuhören, der daran interessiert ist. Und davon gibt es viele. Die Leute schließen sich der um uns gebildeten Menge an und gehen dann wieder. Sie hören zu, plaudern und beginnen durch die Neuigkeiten zu verstehen, dass die Sekte endlich vertrieben worden ist. Nach einer Weile merke ich, dass Lana diesen Ort mit Absicht gewählt hat, als deutlichen Hinweis darauf, dass nun die Dinge anders sind. Das gefällt mir eigentlich ganz gut, aber ich hoffe doch, dass die Leute das nicht ständig von uns erwarten. Ich finde nämlich die Idee einer Regierung durch Komitees alles andere als attraktiv.

Ben ist eine große Hilfe, was mich nicht überrascht. Als Anführer der einzigen unabhängigen Gruppe in der Stadt kennt er praktisch jeden. Seine Anwesenheit und sein freundliches Verhalten hat wahrscheinlich vielen geholfen, ihre Ängste abzubauen. Das ist fast so nützlich, wie seine Kenntnisse über die Ressourcen der Stadt.

Torg hingegen ist auf andere, nicht weniger wertvolle Weise nützlich, da er uns zeigt, wie die Sekte und andere Galaktiker vorgehen. Ganz gleich, ob es um Diskussionen zur Landwirtschaft, über Flächennutzung oder Generierung von Credits geht, hat er dank seiner auf anderen Welten verbrachten Zeit stets Ideen. Anscheinend ist Torg immer wieder von einer Siedlung zur anderen gereist, um bei neuen landwirtschaftlichen Projekten zu helfen. Der Mann hat ein Talent dafür, Gruppen zu leiten und Probleme zu lösen. Leider hat er sich aber die Hände nicht mit dem wirklichen Ackerbau schmutzig gemacht, und daher ist sein Level niedrig.

Ich verstehe bald sowohl die Stadt als auch ihre Einwohner besser. Spät abends, als die anderen etwas müde werden, ertönt der Alarm der Sensoren. Ich bin etwas überrascht, da ich die Feinde erst morgen erwartet habe. Aber ich schätze durch das längere Tageslicht im Frühling spielt das wohl keine Rolle.

„Feindlicher Angriff, mein Junge", unterbricht mich Ali und lässt vor Lana und mir eine Karte erscheinen. Er tippt etwas ein und Textnachrichten gehen an den Rest des Teams.

Auf der Karte sehe ich, dass die Gruppe aus Kelowna laut und aggressiv vorrückt und sich nicht einmal die Mühe macht, ihre Anwesenheit zu verbergen. Arrogant. Fünf Punkte, und kurz darauf erscheinen die Levels. Sie folgen direkt der Hauptstraße. Da bedeutet, dass sie die Minenfelder umgehen, es aber mit den Strahler-Türmen zu tun bekommen werden. Falls wir sie so nahe heranlassen.

„Zeit, zu gehen", sage ich und lasse Sabre näher an mich heranrollen. Ich schwinge mich auf das Motorrad, während Lana auf einen der Hunde springt.

„Ich bin nicht sicher, ob ich hier eine große Hilfe sein werde", knackt Sams Stimme über Funk, und ich muss ihm zustimmen. Er soll besser dort bleiben, wo er ist und die automatischen Wachen reparieren. Da er kein Frontkämpfer ist, wäre er hier gerade nur eine Last. Obwohl er in den Kämpfen, in die wir ihn geschleppt haben, hervorragende Leistungen geboten hat, wäre es unsinnig, ihn zu riskieren, wenn es nicht nötig ist.

„Verstanden", sage ich, während Lana sich von der Gruppe verabschiedet. Ich füge dem meinen eigenen, fast vergessenen Abschied hinzu und die Gruppe trennt sich mit besorgten Gesichtsausdrücken. Ich setze den Helm auf und gebe über Funk rasch Befehle. „Mikito, bring die

Kämpfer nach oben. Wir greifen die Gegner direkt vor dem Schutzschild an. Sag ihnen, sie sollen das Feuer erst auf Befehl eröffnen. Sonst verlieren wir."

Ich erhalte eine Bestätigung der Samurai-Kriegerin, bevor sie den anderen Befehle zuraunzt. Ich höre gar nicht zu, sondern blicke Lana an, die neben mir auf Howard reitet.

„Bist du bereit?", frage ich und werfe einen Blick auf ihre Gestalt, um ihren Zustand zu bewerten.

Ihre Rüstung hat schon bessere Tage erlebt, und ihre Schultern wirken verspannt, was mir gar nicht gefällt. Ihr Lächeln, das sie mir zuwirft, scheint aber voller Zuversicht, und ich erinnere mich daran, dass diese Frau mir, ohne sich zu beklagen auf die Kluane-Eisfelder gefolgt ist. Die Erinnerungen werden von einem Hormonschub begleitet. Ihre Kühnheit, trotz all der Angst und Furcht, ist verdammt sexy. Ich mache mir mental eine Notiz dafür, irgendwann etwas Zeit alleine mit ihr zu finden. Sonst kommt immer irgendwas dazwischen.

„Ich schaffe das schon. Du musst mindestens zwei von denen bekämpfen. Vielleicht drei. Bist du dir sicher, dass du das hinkriegst?", sagt Lana und um ihre violetten Augen erscheinen Lachfältchen.

„Alles in Ordnung", sage ich und tätschle mein Motorrad. „Schließlich habe ich Sabre."

„So siehst du aber nicht aus", sagt sie und starrt mich an. „Du hast einen seltsamen Gesichtsausdruck."

„Ich bin einfach etwas enttäuscht, schätze ich." Als sie eine Augenbraue hebt, fahre ich fort. „Ich habe viel Zeit und Geld darauf verwendet, mögliche Angriffswege vorauszusagen. Habe neue Sensorengruppen und ein Minenfeld gekauft aus der Erwartung, dass sie etwas Cleveres tun. Stattdessen marschieren sie direkt zu unserer Vordertür."

Lana starrt mich eine Sekunde lang amüsiert an und ein Lächeln erscheint auf ihren Lippen. Einige Minuten später kommt Mikito auf ihrem Motorrad heran und fährt neben mir entlang. Ingrid ist immer noch weg, aber das ist ja keine Überraschung. Sie wird erscheinen, wenn sie gebraucht wird und dann wahrscheinlich jemandem eine Klinge in den Rücken stoßen.

Als wir an den Wachtürmen vorbeikommen, verschiebt sich der Schutzschild und öffnet sich lange genug, damit wir hinausfahren können. Dann halten wir an. Mikito verwandelt ohne zu zögern ihr PKF in den Mech-Modus und marschiert zur Seite, während die Hunde ausschwärmen und neben der Straße im grünen, ungemähten Gras kauern. Innerhalb von Sekunden ist Roland verschwunden. Seine Gestalt tarnt sich dank einer angeborenen Fertigkeit, so dass nun nur Anna neben Lana sichtbar ist. Die Rothaarige hat ihre Schrotflinte im Anschlag und hält einen tragbaren Schutzschild vor sich, um auf alles vorbereitet zu sein.

Wir müssen nicht lange auf die Gruppe der Sekte warten. Sie steigen aus dem Luftkissenfahrzeug und gehen auf uns zu. Da ist nicht besonders überraschend. Es ist kostspielig, Fahrzeuge zu ersetzen, und da nur wenige für einen längeren Kampf zwischen Kampfklassen ausgelegt sind, sind sie leicht zerstörbar.

Als sie näherkommen, sehe ich mir die Gruppe genauer an. Die ersten beiden sind Nahkämpfer. Ein Level 3 Klingensänger der Fortgeschrittene Klasse in braunem Pelz hält ein Paar Schwerter in jeder Hand und marschiert auf allen vier Beinen vorwärts. Neben ihm trägt ein schlanker, grünbeschuppter Blutkrieger der Fortgeschrittenen Klasse mit Level 27 einen Stab und einen Schild. Dahinter befindet sich ein gesichtsloser Level 47 Elementarmagier in massiver Rüstung und ein steinbedeckter, zwei Meter großer Level 12 Felswerfer mit einer Fortgeschrittenen Klasse. Sie bewachen einen Level 41 Stecher.

„Bleibt wo ihr seid", rufe ich, als sie noch etwa zehn Meter entfernt sind. Der Sicherheit halber überprüfe ich den Seelenschild, mit dem ich Lana und die Hunde schütze.

„Wie nett, dass ihr uns hier draußen trefft", sagt der Blutkrieger grinsend mit einem starken Ostküstenakzent. Ich versuche, seine Stimme zu identifizieren, da ich mir sicher bin, sie im Fernsehen gehört zu haben. Aber das sind nutzlose Gedanken. „Dadurch sparen wir uns die Mühe, euch aufzuspüren."

„Bla, bla, bla ... typische Gangsterhaltung." Ich schüttle den Kopf über ihre an der veränderten Körperhaltung abzulesende Wut. Wenn man Dinge fester anpackt und seine Position verlagert, ist das universell, ganz gleich aus welcher außerirdischen Gesellschaft man kommt. „Ihr habt eine Chance, hier lebend rauszukommen. Du und deine Freunde müssen British Columbia jetzt verlassen und alle versklavten Menschen befreien."

Es gibt eine lange Pause bevor die Gruppe in ein zischendes, gackerndes und grunzendes Gelächter ausbricht.

Da sie offensichtlich mein großzügiges Angebot nicht annehmen wollen, ersetzte ich das Zuckerbrot durch die Peitsche. Ich feuere alle meine Mini-Sprengraketen und brülle „Jetzt!"

Die Wachtürme eröffnen das Feuer und die roten Strahlen treffen den Gegner noch vor meinen Raketen. Eine Sekunde später schießen Flammen aus Annas Körper und ein enger Feuerstrahl wird aus ihrer Aura produziert. Lana eröffnet das Feuer mit ihrer Schrotflinte, während Mikito von ihrer Hast-Fertigkeit unterstützt die Feinde im Nu erreicht.

Die Strahlen kommen zuerst an und prallen nutzlos von einem unsichtbaren Schild ab. Nach einer Sekunde stellen die Strahlentürme das Feuer ein. Dann landen die Mini-Raketen und erzeugen eine Serie von Explosionen, die Sand und Erde in die Luft schleudern und eine Druckwelle erzeugen, die auf uns einschlägt. Eine Sekunde später treffen die weiteren Schüsse der Türme und die übrigen Angriffe ein, so dass der Schutzschild ins Flackern gerät.

Aber er hält stand, lange genug, damit die Feinde aktiv werden können. Der Klingensänger stürmt vorwärts und kämpft gegen Mikito, wobei sein höheres Gewicht sie herumwirbelt, als sie seinen Schlag blockiert. Die beiden rasen verschwommen über den Boden, und ihre aufrechten Gestalten sind kaum sichtbar. Ein Zauber in Form eines Flammenvogels zischt durch die Luft und prallt gegen die Strahlentürme. Er konnte den Schutzschild der Siedlung umgehen, da dieser deaktiviert wurde, damit die Türme feuern konnten. Der nächste Wachturm wird zerstört, als der Felswerfer seinem Namen gerecht wird und eine Reihe von Steinspeeren schleudert, die so groß wie ein Auto sind.

„Hey. Die muss ich jetzt reparieren!", raunze ich und eröffne mit dem an meinem Arm befestigten Inlin-Gewehr das Feuer.

Die blitzenden Projektile werden noch in der Luft vom Blutkrieger zerschnitten. Die Explosionen der Projektile um ihm herum scheinen ihm nichts anhaben zu können, und selbst wenn ich auf etwas anderes ziele, blockiert er ständig meine Angriffe.

Die Hunde rennen vorwärts, sobald ihr Seelenschild verschwindet, aber sie erreichen ihre Beute nicht, da der Schild der Feinde Sekunden später erscheint. Sie heulen vor Wut, werfen sich gegen die unsichtbare Barriere, können aber nichts bewirken. Hinter dem Schild bewegt der Elementarmagier die Hände und sammelt Mana für einen weiteren Zauber. Aber der Blutkrieger befindet sich außerhalb des Schilds und rennt auf uns zu.

„Lana, der gehört dir", rufe ich über Funk, da ich mir sicher bin, dass sie den Blutkrieger aufhalten kann.

Mit einem einfachen Gedankenbefehl aktiviere ich den Versetzungsschritt und teleportiere mich durch Raum und Zeit hinter den Schild. Das stellt ein Risiko dar, da ich möglicherweise vom Schild abprallen könnte. Ich erscheine neben dem Felswerfer und das Inlin-Gewehr schießt ihm in die Seite, während ich mein Schwert in die andere Hand beschwöre und nach oben schlage. Er ist schnell und gut trainiert, so dass er sich nach hinten und zur Seite wirft. Dadurch kann mein Angriff nur einen Teil seines Fußes abhacken. Grünes Blut spritzt hervor und trifft Sabre, während das Monster sich mit einem geübten Reflex von mir wegrollt. Stacheln schießen aus dem Boden und zerschmettern Sabres Schild, der daraufhin aufflackert und verschwindet.

Während ich herumwirble, um den Stecher anzugreifen, erscheint endlich Ingrid. Ihr Dolch fährt durch seinen Nacken, und die verzauberte Waffe, sowie ihre Skills und der Überraschungsangriff, reduzieren seine Gesundheit und seine Rüstung. Aber der Stecher fällt zu Boden und bewegt die Finger, woraufhin ihn ein Licht umgibt. Ingrids nächster Angriff wird durch den weißen Glanz verlangsamt, so dass der Stecher sich drehen und dem Schaden ausweichen kann.

Ich kann mich nicht mehr auf diesen Kampf konzentrieren, da ich mich dem Magier nähere. Ich muss den plötzlichen Blitz absorbieren, den er auf mich schleudert, und die Elektrizität springt durch die Luft und trifft auch Ingrid und den Stecher. Ich stöhne, da mir die Haare zu Berge stehen und meine Zähne schmerzen. Aber Sabre und ich können die durchschlagende Energie aushalten. Ich schlachte den Elementarmagier in wenigen Sekunden ab, obwohl er sich kurz von mir wegteleportiert. Als ich ihn angreife, bohren sich Steinstachel in Sabres Panzerung, aber das Störfeuer des Felswerfers reicht nicht, um meine Angriffe abzulenken. Ich glaube sogar, dass der Felswerfer einen Fehler damit begeht, sich auf mich zu konzentrieren. Als ich mein Schwert aus der Leiche des Magiers reiße, bin ich froh darüber, dass Magier so defensivschwach sind.

Durch einen besonders großen Stachel verliere ich den Halt und Alarmsignale leuchten auf, als Sabre zunehmenden Schaden durch die Angriffe des Monsters meldet. Ich rolle mich ab und springe wieder hoch, ducke mich dann zur Seite und analysiere den Rest des Gefechtsfelds.

Mikito rennt zurück. Der Klingensänger liegt reglos am Boden, aber ihr PKF hat selbst durch ihre Geisterrüstung hindurch Schäden erlitten. Ich erkenne zu meiner Überraschung, dass sie fast die Hälfte ihrer Gesundheit verloren hat. Roland und Shadow nehmen es mit dem Blutkrieger und seinem zweiten, blutbespritzten Klon auf. Verdammt. Ich hasse Skills, vor allem solche, auf die wir keinen Zugriff haben.

Anna und Howard sind in den Blutfäden gefangen und müssen sich drehen und wenden. Lana hackt mit der Machete in der Linken herum, während ihre rechte Hand schlaff herabhängt. Ali schwebt neben ihr und beobachtet die Angreifer, wobei er eine kleine Blitzkugel in der Hand hält. Es ist eine überraschende Entwicklung, die seine Bereitschaft, und vor allemseine Fähigkeit zeigt, Schaden auszuteilen.

„Geh. Ich werde mit diesen Jungs schon fertig!" Ingrid faucht mich über Funk an, als sie ihren Dolch aus der Seite des Stechers zieht, der immer noch von weißem Licht umgeben ist.

Aus dem Handgelenk schleudere ich eine Schnellzement-Granate auf den Felswerfer, wodurch er festgehalten wird und Ingrid Zeit gewinnt. Sobald die Granate meine Hand verlässt, aktiviere ich einen Versetzungsschritt in Richtung des Blutkriegers. Er erwartet meinen Angriff und zwei Fäden schießen aus dem Blutklon und schlagen nach mir, als ich erscheine. Sie wischen meine Attacke zur Seite und meine Klingen verfehlen den Blutkrieger. Mit einem Zucken rollt sich der grünhäutige Humanoide vorwärts, so dass ein weiterer Blutklon mich bekämpft, während der andere Roland angreift. Ich ducke mich und weiche den Blutfäden aus, die wie Säure aus dem Klon spritzen und durch die Luft fliegen, während ich versuche, mir den Weg zum echten Körper freizuhauen.

Roland heult vor Schmerz auf, als der Knüppel des Blutkriegers ihn trifft und zur Seite schleudert. Während Roland noch durch die Luft wirbelt, schlagen seine Beine aus, und seine Krallen kratzen Wunden in die Schulter des Blutkriegers, so dass graue Knochen unter dem grünen Fleisch sichtbar werden. Aber selbst dann dreht sich der Blutkrieger weg und ein weiterer Klon erscheint, während er immer noch blutet.

„Nein!", höre ich einen lauten, schrillen Schrei hinter uns.

Dann trifft uns die Explosion. Staub und Dreck verdecken uns die Sicht, und wir stolpern und fallen. Selbst die vom System verstärkte Beweglichkeit reicht nicht aus, um der Wucht der Explosion zu entkommen. Als die Wolke sich schließlich verzieht, ist der Blutkrieger verschwunden, ebenso wie der Felswerfer und der Stecher.

„Was ist passiert?", frage ich, stehe auf und blicke mich um. Sabre führt Diagnoseprogramme aus, und die Nanopanzerung repariert sich bereits.

Ingrid humpelt zu uns hin und schlürft Heiltränke. Ich sehe, wie ihre gebrochenen Finger wieder gerade werden, blutige Wunden verschwinden und sich ihr Körper aufrichtet, als der Schmerz verschwindet. „Der Betonkopf hat einen Skill ausgelöst. Er hat seinen Körper gesprengt, als ich gerade dabei war, den verdammten Heiler zu töten."

Ali schwebt herab. „Er ist übrigens nicht tot. Nur geschwächt. Seine Gattung fügt bei jedem Levelaufstieg weitere Gesteinsschichten hinzu. Wenn er Schichten seines Körpers absprengt, sinkt sein Level. Er muss eine Menge geopfert haben ...""

„Wie sind sie entkommen?", frage ich und verziehe das Gesicht. Ich verstehe die Explosion, aber wir wurden dadurch nur einige Sekunden niedergeworfen. Selbst jetzt sehe ich sie nicht auf meiner Minikarte, was mich sehr beunruhigt. Ich würde nicht gerade sagen, dass wir mit voller Kraft angriffen, aber wir haben uns auch nicht gerade zurückgehalten. Es ist ärgerlich, dass sie fliehen konnten, nachdem wir einen Großteil unserer Fähigkeiten demonstriert haben.

„Lokalisierte Teleportation", sagt Ali und schneidet eine Grimasse. „Sehr, sehr teuer, und sie müssen die Option zudem vorher im Shop kaufen."

„Wissen wir, wohin sie verschwunden sind?", sage ich und blicke die Mitglieder meines Teams an. Dank einer Menge Heiltränke und der systemimmanenten Heilung sind wir größtenteils wieder kampfbereit, mit Ausnahme der Tiere. Lana gibt den besonders schwer verletzten Tieren Heiltränke, obwohl sich dank ihrer verbesserten Heilung klaffende Wunden bereits schließen.

„Keine Ahnung, Junge", sagt Ali achselzuckend.

Ich fluche in Gedanken und gebe die Idee auf, Kelowna jetzt anzugreifen. Sie haben bestimmt nicht alle hochstufigen Charaktere aus der Stadt abgezogen, nur für eine Offensive gegen uns. Wenn man dann noch die örtlichen Waffen und Verteidigungssysteme in Betracht zieht, bezweifle ich, dass ein direkter Angriff eine gute Idee wäre. Es gibt auch keine Garantie, dass sie nicht noch eine dieser örtlichen Teleportationen in Reserve haben, obwohl es mich dennoch überraschen würde. Und leider bin selbst ich nicht so leichtsinnig, die Leben anderer aufs Spiel zu setzen.

„Wir gehen nicht nach Kelowna, oder?", sagt Ingrid mit einem Blick den Highway hinunter, und ich schüttle den Kopf. „Na schön, dann trinken wir einen!"

Ingrid wirft mir ein Lächeln zu, und ich zwinge mich dazu, es zu erwidern. Sie hat recht. Wir haben den Feind nicht vernichtet, aber wir haben den ersten Angriff überstanden. Ein Erfolg ist ein Erfolg.

Kapitel 9

Später am Abend – oder vielleicht war es technisch gesehen schon Morgen – sitzen wir alle um volle Essensteller und Bierkrüge herum. Selbst die neugierigen und interessierten Stadtbewohner haben die Hoffnung auf interessante Neuigkeiten aufgegeben. Ehrlich gesagt hatten wir den Leuten nach einigen knappen Zusicherungen nicht mehr viel zu sagen. Im Gegensatz zu einer „echten" Stadt gibt es zum Glück wenig Papierkran für mich – zumindest jetzt. Dadurch können ich und das Team uns einige Stunden ausruhen.

„Aber wenn ich die Geisterrüstung weiter verbessere, würde das ihre Hitpoints um fast 50 % steigern", sagt Mikito zu Lana und Ali und schwenkt eine Gabel, um ihre Worte zu betonen.

„Und dich von deinen wichtigsten Vorteilen ablenken", betont Ali. „Du bist schnell und schlägst energisch zu. Es ist besser, wenn du dich auf eine Stärke konzentrierst. Du hast sowieso eine ganz gute Anzahl Hitpoints und kannst allem anderen auswichen, wenn du Verbesserte Reflexe wählst."

„Das hilft aber nicht, wenn Gegner einen Flächenzauber einsetzen. Dem kann man nicht ausweichen", erwähnt Lana und schüttelt den Kopf. „Ich stimme Mikito zu. Sie ist jetzt schon sehr schnell. Mehr Abwehr wäre ganz gut. Ich denke, dass ich auch was davon kriegen sollte."

„Kommst du dir da draußen etwas verwundbar vor?", sagt Ali und blickt auf ihren Arm.

„Nur ein bisschen. Die Hunde halten die meisten Leute fern, aber wenn Hondo oder jemand wie Ingrid auftauchen würde ..."

„Ich würde dir nie in den Rücken fallen, Lana. Wir sind Freunde. Ich würde dir dabei direkt in die Augen blicken", sagt Ingrid lächelnd, und wir alle rollen mit den Augen.

Sam hört unserem Geplauder hauptsächlich schweigend zu, bis er dann auf den Tisch klopft, um unsere Aufmerksamkeit auf sich zu ziehen. Sein ernster Gesichtsausdruck untermalt seine nächste Frage. „Und was machen wir jetzt? Wirst du als Nächstes versuchen, Kelowna anzugreifen?"

„Die Gelegenheit haben wir verpasst", sage ich kopfschüttelnd. „Wenn wir die Feinde eliminiert hätten, würde ich es riskieren. Aber jetzt ist es möglich, dass sie hier angreifen, wenn wir die Stadt verlassen. Es ist besser, hier zu bleiben und unsere Stärke zu konsolidieren."

„Was das betrifft ...", sagt Sam und verzieht das Gesicht, während er sich umsieht. „Ihr Leute. Ja, ihr seid ganz schön hart im Nehmen. Aber viele hier fragen sich, was passiert, wenn mehr Feinde auftauchen. Wenn ihr draufgeht ..."

„Dann ist die Stadt ziemlich wehrlos", beende ich seinen Satz und seufze.

Sam hat durchaus recht. Leider bin ich mit nicht ganz sicher, was wir in dieser Hinsicht tun können. Die Einrichtung eines Trainingsprogrammms wie in Whitehorse würde den Kampfklassen nützen. Aber das dauert eben. Es ist recht einfach, durch das Töten von Monstern im Level aufzusteigen – es gibt dafür sogar in der Nähe einen Dungeon. Aber echte Kampferfahrung erfordert Zeit. Zeit, um Fehler zu machen. Zeit, um die Fehler zu wiederholen und aus ihnen zu lernen. Bis dann benötigen wir mehr als ein paar leicht zerstörbare Wachtürme.

„Und bleiben wir überhaupt hier?", sagt Ingrid und starrt alle um den Tisch herum an. „Ich erinnere mich nicht daran, dass wir das vorher ausdiskutiert hätten."

„Das hat dich vorhin nicht davon abgehalten, mit deinem Dolch zuzustoßen", sagt Lana.

„Ich sage ja nicht, dass wir gehen sollten. Aber wir sitzen hier tatenlos rum und werden beim Diskutieren zur Zielscheibe, während unsere Feinde ihre Streitkräfte verstärken. Nicht sehr schlau", antwortet Ingrid und blickte uns alle herausfordernd an.

„Willst du damit sagen, dass wir fliehen sollen?", sagt Lana leise.

„Nein. Ich will nur sicherstellen, dass wir alle dafür sind", erwidert Ingrid.

Ich unterbreche sie und winke entschuldigend ab. „Du hast recht. Wir haben das nie diskutiert. Tut mir leid, ich hätte –"

Ich verstumme, weil Mikito lächelt und Lana leise lacht. Selbst Ingrid prustet und schüttelt nach einem Moment den Kopf.

Sam sieht die drei an und fragt schließlich: „Was?"

„John ist wieder mal so niedlich. Und idiotisch", sagt Lana kichernd.

„*Baka.*" Mikito nickt energisch. „Wir wussten doch, dass du das tun würdest."

„Ich nicht", sagt Ingrid. „Aber ich hätte es wissen müssen."

„Was?", rufe ich.

„Junge, du bist ziemlich leicht zu durchschauen", meint Ali.

„Ach, komm schon!"

„Du bist sehr berechenbar, Erlöser der Toten", sagt Ingrid und verwendet einen meiner Titel. Ich zucke zusammen und senke meinen Kopf etwas, woraufhin sie erneut lächelt. „Wie gesagt, hätte mir das klar werden sollen, sobald wir die Leibeigenen sahen. Du hättest die doch nie im Stich gelassen. Du hast einfach kein Talent dafür, clevere Entscheidungen zu treffen."

„Willkommen in Team John", sagt Lana und hebt ihren fast leeren Bierkrug in einem sarkastischen Salut. „Hier treffen wir keine intelligenten Entscheidungen. Oder die richtigen Entscheidungen. Nur die notwendigen."

„Und das macht dir nichts aus?", sagt Ingrid und schüttelt dann den Kopf, weil sie schon zu viele Worte gewechselt hat. „Schon gut. Natürlich macht dir das nichts aus. Mikito, Sam?"

„Wo John hingeht, folge ich ihm", sagt Mikito einfach.

Sam zögert, und sein Gesicht drückt seine Zweifel aus. Schließlich seufzt er. „Meine Familie lebt in Vancouver. Wo auch die Sekte ist. Ich will lieber mit einer Streitmacht ankommen, statt darum zu betteln, in die Stadt zu dürfen."

Ingrid starrt unsere Gruppe an und hebt dann theatralisch die Hände. „Bei den Göttern. Wie bin ich nur in so einen Haufen von Helden geraten?"

„Dein Arschloch-Team wurde umgebracht", sagt Ali direkt.

Ingrid erstarrt, und ihr Gesicht zeigt kein Anzeichen von Heiterkeit mehr. Einen Moment lang spüren wir die mörderische Wut, die Alis grobe Worte ausgelöst haben, aber dann reißt sich Ingrid wieder zusammen und unterdrückt das Gefühl. Sie steht wortlos auf und geht hinaus. Erst als sie weg ist, wagen wir es, sie nicht mehr im Auge zu behalten.

„Das war echt nicht cool, Mann", sage ich und haue Ali eine runter. Natürlich bewegt sich meine Hand durch den Geist, aber es geht um die Absicht.

„Das war eine Unverschämtheit", sagt Lana. „Ich bin enttäuscht von dir, Ali."

„Egal", sagt Ali, obwohl er angesichts unserer Kritik etwas die Schultern hängen lässt. „Sie hat seit Monaten darüber gemeckert, dass sie bei uns ist. Vor kurzem hat sie John noch gesagt, dass er bleiben sollte. Sie muss jetzt entweder ihre Klasse wählen, oder es durchs System tun lassen."

Ich runzle die Stirn, als ich diese Gedankensprünge des Geistes höre, bis mir klar wird, dass er damit meint, sie müsse sich endlich entscheiden.

Nach der langen Schweigeminute räuspert sich Sam und bringt damit unsere Aufmerksamkeit auf ihn und unsere ursprüngliche Frage zurück. „Also bleiben wir. Und du bist der Boss dieser Stadt. Was hast du vor?"

„Witzig, dass du das fragst ...", sage ich, lehne mich vor und reagiere auf den Themenwechsel. Statt mich heute Abend an den meisten Unterhaltungen zu beteiligten, habe ich nachgedacht. Pläne geschmiedet. Zeit, mich an die Arbeit zu machen.

***

Am nächsten Morgen teilt sich das Team auf, um die jeweiligen Aufgaben zu erledigen. Sam arbeitet mit den verschiedenen Handwerkern daran, ihre Talente zu verbessern. Er konzentriert sich dabei auf die Mechaniker, da er hofft, sie könnten danach bessere Verteidigungssysteme und Offensivwaffen produzieren. Mikito setzt ihr Training der Kampfklassen fort, welches sie gestern begonnen hat. Lana arbeitet zusammen mit Torg und seiner Crew von Ressourcensammlern. Sie wollen das Gesammelte inventarisieren und es entweder zu den entsprechenden Klassen oder in den Shop senden. Diesmal erhält jeder sein Geld.

Lanas Job ist vielleicht der wichtigste in der ganzen Gruppe, da ich das gesamte Guthaben der Stadt ausgegeben habe. Ohne zusätzliche Credits ist kein Upgrade der Stadt möglich, zumindest nicht ohne die Gebäude und Straßen physisch zu verbessern. Zumindest glaube ich das nicht. Aber man kann sich ja täuschen, und deshalb sitze ich diesen Morgen mit Ali im Kontrollraum.

„Das ist doch lächerlich. Das kam alles über Nacht an?", sage ich und starre Hunderte von offenen Systemfenstern an. Die meisten sind Nachrichten – Bitten, Forderungen, Beschwerden, Vorschläge und sogar einige Drohungen. Die Nachrichten reichen von Problemen beim Bildungswesen über Grundstückfragen, Hilferufe bezüglich entführter Menschen bis hin zu Lärmbeschwerden. Lärmbeschwerden!

„Das war während der Nacht, und es kommen dauernd weitere rein. Die wahren Freuden, Eigentümer einer Siedlung zu sein", sagt Ali.

„Ich wusste nicht, dass man das tun kann. Wieso habe ich nie Roxleys Voicemail bekommen?", sage ich und starre auf die wachsende Zahl der Fenster, die Ali hintereinander erscheinen lässt.

„Weil du einfach in sein Büro gegangen bist, wenn du ihn sprechen wolltest", meint Ali.

Ach so. Ich hatte eigentlich nie daran gedacht, dass es andere Methoden gäbe, mich bei ihm zu melden. „Die sind nur für den Eigentümer? Oder können wir so ein System für jeden einrichten?"

„Alles ist möglich. Aber dafür haben wir nicht genug Credits. Ich kann allerdings etwas empfehlen." Alis Hand zuckt.

K'myn Künstliche Intelligenz Stufe III

Diese spezialisierte KI ist darauf ausgelegt, die Verwaltung neuer und expandierender Siedlungen zu übernehmen, einschließlich der Amtshandlungen des Galaktischen Rats.

Preis: 145.000 Credits

„Eine KI?" Ich sehe mir die Informationen stirnrunzelnd an und neige dann meinen Kopf, um Ali anzustarren. „Kannst du das nicht erledigen?"

„Ich bin ein Geist. Ich beschäftige mich mit der Magie und Zaubersprüchen und dem System. Ich erledige keinen Papierkram. Es sei denn, du willst, dass die Buchprüfer bei uns auftauchen", sagt Ali kopfschüttelnd. „Kaufe das. Wir können das momentan mit der Stadt verknüpfen, damit du keine Rechenleistung in deiner Neuralverbindung verwenden musst, falls dir das Sorgen macht.

„Wo liegt eigentlich der Unterschied zwischen den Stufen einer KI? Bei Gewehren verstehe ich das, aber bei KIs?"

„Komplexität, Rechenleistung und Einschränkungen. Höhere Stufen haben weniger Einschränkungen, eine bessere Programmierung und können mehr Ressourcen nutzen. Die meisten werden durch deine Downloads etwas eingeschränkt, und daher habe ich auch empfohlen, die KI mit der Stadt zu verknüpfen", sagt Ali. „Und in diesem Fall kaufen wir zudem eine Reihe von Infopaketen, damit die KI sofort mit der Arbeit anfangen kann."

„Hat Lana nicht schon so ein Ding?", sage ich nach einem Moment, da ich mich erinnere, dass ihr Ali den Kauf einer KI empfohlen hat.

„Das hat sie, aber ihre KI ist auf Stufe IV und für ein Privatunternehmen konzipiert. Die Wissensbasis ist total anders. Du wirst ihre Hilfe später brauchen, wenn du diese Stadt richtig verwalten willst, aber momentan benötigst du das hier."

Ich zögere und sehe mir den Preis an. Seit wir Whitehorse verlassen haben, ist es schwieriger geworden, Credits zu erwerben. Es gibt nicht so viele hochstufige Monster, und da wir die Shops seltener besuchen, haben wir ein geringeres Einkommen. Wenn ich das kaufe, hätte ich nur noch 40.000 Credits übrig. Das ist nicht viel, wenn man bedenkt, dass eine einzige Klassen-Fertigkeit über 60.000 kosten kann. Aber ... was muss, das muss.

Sobald ich die Entscheidung treffe, flackert das System. Einen Moment später schrumpfen die Fenster vor mir, verschwinden und werden durch ein größeres Fenster ersetzt. Dort erscheint Text in Großbuchstaben.

„GUTEN MORGEN, SIR. ICH BIN KIM, DER SEKRETÄR DER SIEDLUNG. ICH HABE ES MIR ERLAUBT, DIE EINGEHENDE POST ZU SORTIEREN. WENN SIE WOLLEN, WERDE ICH ALLE

TRIVIALEN UND GERINGFÜGIGEN PROBLEME MIT STANDARDTEXTEN BEANTWORTEN. ALLE ANDEREN ANFRAGEN WERDEN GEBETEN, GEDULD ZU HABEN, BIS WEITERE ANWEISUNGEN ERHALTEN WURDEN", steht da.

„Ja, das würde klappen. Kim", sage ich und blinzle etwas. Eine KI namens Kim. Ich kann ja sehen, wo er (es?) seinen Namen her hat, aber bedeutet das, jede KI dieser Firma nennt sich Kim? Oder ist das hier reiner Zufall? Ich schüttle den Kopf und unterdrücke die Gedanken, um mich auf wichtigere Dinge zu konzentrieren. „Na gut, machen wir uns an die Arbeit. Verarbeite die Informationen über die Stadt. Wir werden die Parameter der benötigten Dinge später festlegen. Zuerst müssen wir über Verteidigungssysteme reden. Diese Türme haben nicht lange ausgehalten. Was können wir tun?"

„Bessere Türme kaufen?", sagt Ali achselzuckend.

„Die waren doch Stufe IV!", sage ich mit verzogener Miene.

„Genau. Die können es mit den meisten Monstern bis Level 20 aufnehmen. Monstern", sagt Ali und schüttelt den Kopf. „Intelligente Wesen kämpfen anders als Monster. Das weißt du."

Das stimmte durchaus. Intelligente Wesen sind meist gefährlicher als gleichstufige Monster. Ansonsten wäre es für ein intelligentes Wesen mit Level 1 unmöglich, ein Level-1-Monster zu töten. Die Zahl unterscheidet sich natürlich je nach Klasse, Skill und Fähigkeiten, aber generell ging man von einem Verstärkungsfaktor zwischen 1,5 und 2 aus. Ein intelligentes Wesen mit Level 1 könnte es also mit bis zu einem Level-2-Monster aufnehmen, wenn man die Ausrüstung nicht in Betracht zieht. Das bedeutet, unsere Abwehrtürme können nur Kämpfer mit etwa Level 15 besiegen.

„Trotzdem wurden sie so schnell zerstört", sage ich etwas mürrisch.

„Hast du gemerkt, dass der Felswerfer und der Magier danach viel weniger aktiv waren? Sie haben ihre besten Skills und ihr Mana eingesetzt, um diese Türme mit einem Angriff zu zerstören“, sagt Ali.

„PREIS VON STRAHLEN-WACHTÜRMEN DER STUFE III MOMENTAN HÖHER ALS VERFÜGBARES GUTHABEN.“

„Was du nicht sagst, Kleiner. Jetzt halte den Mund, bis dir jemand eine Frage stellt“, sagt Ali. „Automatisierte Verteidigungssysteme sind gut gegen Monster, aber sie stellen lediglich eine Teillösung dar, Jungchen.“

Ich winke den Geist ab, während ich mich im Sessel zurücklehne. Ich wippe vor und zurück, während ich das durchgehe, was ich weiß. Das System drängt Leute und Klassen auf höhere Levels. Externe Objekte, Ausrüstung und Technologie sind alle ersetzbar und bei weitem nicht so wichtig wie das Individuum. Größtenteils. Es gibt allerdings Ausnahmen. Verbundene Waffen, wie Mikitos Naginata oder mein seelengebundenes Schwert, können sich entwickeln. Aber ansonsten muss man die externe Ausrüstung irgendwann loswerden. Letztlich sind die Individuen wichtig. Das erklärt, warum Roxley sich primär auf Mauern und Schutzschilde konzentrierte und die Sicherung der Stadt seinen Wachen überließ. Es lässt sich leichter skalieren, vor allem wenn dauernd Monsterschwärme erscheinen. Leider habe ich keine Hausgarde wie er, um unsere niedrigstufigen Truppen zu unterstützen.

Roxley ... ich atme heftig aus, wenn ich an den großgewachsenen Dunkelelfen denke. Verdammt, momentan könnte ich ihn gut als Berater brauchen. Aber angesichts der Umstände unserer Trennung, wäre es wohl keine gute Idee, ihn jetzt darum zu bitten. Ich war total sauer, dass er sich der Herzogin anschloss, nach allem, was wir durchgemacht hatten. Nein. Roxley stellt keine Option dar. Aber das bedeutet nicht, dass mir nicht andere Leute helfen könnten, denen ich begegnet bin.

„Ali, wir sollten Nachrichten an einige Freunde schicken", sage ich und blicke den Geist an. „Und danach sollten Kim und du mir eine richtige Einführung über die Stadt geben. Ich kann nicht beherrschen, was ich nicht verstehe – und vielleicht bleiben wir lange hier."

***

Stunden später habe ich Kopfschmerzen durch die Verarbeitung all der Informationen. Schließlich war ich weder ein BWL-Student noch ein Politiker oder Bürokrat. Aber irgendwie soll ich all das verstehen, während ich die Stadt leite.

In einigen Fällen vereinfacht das System Dinge, die vorher deutlich komplizierter gewesen wären. Beispielsweise werden alle Transaktionen im Shop und Überweisungen ans System automatisch registriert. Das erleichtert das Steuersystem, da ich mit einer einfachen Modifizierung im Zentralraum alle Käufe und Verkäufe zwischen Klassenmitgliedern in der Stadt besteuern kann. Natürlich führt das zu einer langen, langen Diskussion über Verbrauchssteuern im Vergleich zu Einkommensteuern, im Vergleich zu ... irgendwas. So ungefähr.

Momentan hat Kamloops eine größtenteils auf Ressourcen basierende Wirtschaft. Gelder werden von Farmen generiert, oder indem Sammler oder Jäger ihre Beute verkaufen. Da wir uns auf einer Dungeonwelt befinden, beschleunigt natürlich die enorme Menge von Mana in der Umgebung das Wachstum und steigert die Monsterlevel im Vergleich zu anderen Welten. Daher ist es gar nicht so schlecht, eine Ressourcenstadt zu sein. Wie aber viele unterentwickelte Länder wissen, wird das meiste Geld nicht durch den Verkauf von Ressourcen verdient – sondern mit Produktion und Entwicklung. Mit der Verwandlung dieser Ressourcen in Credits. In unserem

Fall sollten sich Lana und Sam darum kümmern, diesem Bereich Starthilfe zu leisten. Bis dahin muss ich mich damit abfinden, dass unser Einkommen sinkt, wenn wir verkäufliches Material an die örtlichen Handwerker liefern, damit sie im Level aufsteigen können.

Zudem führt dies zu zahlreichen kleinen Transaktionen im Shop, wenn Ressourcenobjekte verkauft werden. Die einfachste Art, das Steueraufkommen zu erhöhen, wäre eine Steuer auf den Verkauf durch Individuen, was im Grunde eine Einkommenssteuer einführt. Wir übersehen dabei vielleicht einige Fälle, aber für die meisten dürfte das funktionieren.

In Whitehorse hat Roxley eine prozentuelle Gebühr auf alle Transaktionen im Shop eingeführt. Das hat größeren Einfluss auf die Produktionsklassen, da diese zusätzliche Produkte kaufen müssen. Auf den ersten Blick mag das negativ aussehen, aber es führt dazu, dass die Leute eher vor Ort Technologien entwickeln und sekundäre Ressourcenobjekte kaufen, statt sie durch den Shop zu erwerben. Und inzwischen verstehe ich, dass Roxley das wahrscheinlich beabsichtigt hat.

Die Welt ist kompliziert, und nur Narren, Dummköpfe oder Leute, die ihre eigenen Ziele verfolgen, würden das Gegenteil behaupten. Es gibt für all diese Probleme keine einfachen Antworten, und selbst wenn ich in den Shop gehe und mich schnell mittels heruntergeladener Dokumente weiterbilde, reicht das nicht aus. Denn manchmal ist die Frage nicht, was das Beste wäre, sondern, was man beabsichtigt.

Momentan brauche ich Einkommen, und zwar schnell. Ich kann nicht zu viel Zeit für die langfristige Planung verschwenden, deshalb führe ich eine fünfprozentige Steuer auf alle Transaktionen in der Stadt ein. Das gilt sogar für Transaktionen zwischen den Bürgern, um sicherzustellen, dass die Stadt ihren gerechten Anteil erhält. Da dies eine Reduzierung der Shop-Steuer darstellt, die ursprünglich 20 Prozent betrug, hoffe ich doch, dass es kaum

Beschwerden geben wird. Obwohl wir knapp bei Kasse sind, muss ich auch strategisch denken und das Wachstum der Stadt fördern.

Als nächstes müssen wir unsere Ausgaben berechnen. Das ist viel einfacher, da die meisten Gegenstände in der Stadt mit dem System verknüpft sind und von diesem kontrolliert werden. Natürlich könnte man das System alle registrierten Gebäude und Einrichtungen automatisch regenerieren und reparieren lassen, aber als ich die verschiedenen Menüpunkte im Detail durchgehe, sehe ich, dass dafür Mana erforderlich ist. Genauer gesagt Mana-Regeneration. In der Stadt hängen die Produktion und Regeneration von Mana tatsächlich vom kontrollierten Gebiet ab. Während es Kamloops gelungen ist einen höheren Prozentsatz an systemintegrierten Gebäuden zu erreichen, produziert es weniger Mana als Whitehorse, da das Stadtgebiet kleiner ist. Ganz abgesehen davon, dass sich die Stadt in einer niedrigstufigeren Zone befindet.

Erstaunlicherweise scheinen die Gebäude und die Stadt selbst noch weniger Mana zu erzeugen, als ich erwartet habe. Im Vergleich zur Mana-Regeneration einer Person ist der Wert armselig. Das wird aber erst sichtbar, als ich mir die Mana-Erzeugung einer ganzen Stadt ansehe. Mit Kims Hilfe könnte ich die Standardzuweisung von Mana an einzelne Gebäude deaktivieren und dadurch mehr abspeichern. Momentan lasse ich das aber, da ich keine Ahnung habe, wofür wir es brauchen würden.

Neben den Manakosten sind natürlich auch noch die Credits. Da wir kaum etwas für die Wartung zahlen müssen – außer einfachen Diensten wie der Reinigung von Gebäuden ohne Systemupgrades – erwarte ich, dass die Personalkosten wohl den größten Einzelposten bei den laufenden Ausgaben ausmachen. Es stellt sich aber heraus, dass ich gar keine habe. Ich habe niemanden eingestellt, und das vorherige Personal bestand entweder aus Leibeigenen (die jetzt frei sind) oder aus Sektenmitgliedern, die flohen.

Andererseits bedeutet das auch, bald Leute anheuern zu. müssen. In Gedanken opfere ich Lana lächelnd für diese Aufgabe, bevor ich dann die kurze Datei abschließe.

„Was kommt jetzt?", sage ich.

„ZUWEISUNG VON VERMÖGENSWERTEN."

Ich knurre und starre die nervigen blauen Worte an, bevor ich nicke. Kim zeigt die Liste der Gebäude auf, die ich nach der Vertreibung der Sekte nun besitze.

Verwaltung/Gewerbe: 4 (Rathaus, Arsenal, 2 x Werkstatt)

Wohngebäude: 178 Einfamilienhäuser, 24 Wohnblocks

Industrie: 7 Ackerland, 3 Alchemie-Labors

Militär: 14 Wachtürme, 1 Schildgenerator, externes Minenfeld, Bionetzwerk-Sensorenraster

Früher stand hier noch ein Eintrag – jener über die Leibeigenen – aber jetzt ist er verschwunden. Offensichtlich habe ich alle Leibeigenen befreit und ihre Schulden gestrichen – zumindest die mir gegenüber. Wenn die Sekte sie innerhalb des nächsten Monats einfängt, werden sie wieder Leibeigene, aber danach ist alles gut. Es ist überraschenderweise ein akzeptables galaktisches Gesetz und sagte viel über die Politik auf galaktischer Ebene.

Ich überfliege die Liste, um herauszufinden, ob sich die Sekte auch gewaltsam Gebäude angeeignet hatte – durch „Kauf" oder als „Sicherheit" für Kredite, welche die Kreditnehmer immer tiefer in die Schulden trieben. Es gibt einige – sehr wenige – Glückspilze, die keine Leibeigenen sind, aber deren Grundstücke ich nun besitze, da sie sich anfangs Geld von der Sekte geliehen haben. Da diese Grundstücke als Eigentum der Stadt registriert sind, gehören sie mir, und mit einigen schnellen Handbewegungen gebe ich sie zurück. So gehören den Leuten wenigstens die Häuser, für die sie Hypotheken bezahlt haben.

Nun kommt die relativ dringende Frage, was wir mit den Gebäuden tun sollen, die vom System übernommen wurden oder vor dem System anderen Leuten gehörten. Im zweiten Fall neige ich dazu „Pech gehabt" zu sagen. Die Welt hat sich verändert – und alte Besitzansprüche sind ungültig, zumindest meiner Meinung nach. Aber dann erinnere ich mich an eine Handgranate, einen Laden und eine unzerstörbare Wut. Ganz gleich, was ich darüber denke, können wir uns keine Konflikte in der Stadt leisten – vor allem keine gewalttätigen – solange die Sekte immer noch eine Bedrohung darstellt.

Am besten sollte ich die Dinge so lassen, wie sie jetzt sind und vielleicht die Miete senken. Momentan ist die Miete für die Gebäude und Wohnungen extrem hoch und soll die Leibeigenen und sonstigen Kreditnehmer in ewiger Armut halten. Offensichtlich habe ich nicht den Wunsch, das fortzusetzen, aber gleichzeitig stellt die Miete eine wichtige Einnahmequelle dar. Eine Änderung, die ich durchführen kann, ist eine Tagesmiete, statt einer Monatsmiete zu verlangen und eine Vorauszahlung zu ermöglichen. Das würde uns ein regelmäßiges Einkommen bieten, statt hin und wieder einen plötzlichen Anstieg. Hoffe ich zumindest.

Natürlich ist das nicht gerade fair. Oder nett. Oder richtig. Aber ...

Ich seufze und starre Ali an. „Das hier... mussten die alle solche Entscheidungen treffen?"

„Alle?"

„Roxley. Die Stadt, der Stadtrat. Die Herrscher."

„Ja. Wenn du das schlimm findest, solltest du sehen, was Bit-Boy für dich hat."

„Kim?"

„KAMLOOPS BENÖTIGT EINE VEREINHEITLICHUNG SEINES RECHTSSYSTEMS."

„Erschieß mich bitte", sage ich voller Überzeugung.

Nachdem ich genug Zeit mit Angela, der Ex-Polizistin aus Whitehorse, verbracht habe, weiß ich, wie kompliziert die ganze Angelegenheit ist. Wir können nicht einfach unsere alten Gesetze nehmen und sie wieder in unser Leben einführen. Wollen wir beispielsweise das ganze Rechtssystem mit Richtern, Geschworenen und Anwälten einrichten? Warum? Ein einfacher Kauf im System kann verifizieren, was geschehen ist. Zudem besitzen bestimmte Klassen Skills, mit denen sie selbst ohne den System-Shop die Wahrheit erkennen können. Aber falls wir uns auf eine einzige Person verlassen, würde das dann zu einem höheren Ausfallsrisiko führen, oder zu Korruption?

Eigentumsdelikte stellten ein geringeres Problem dar, obwohl der Diebstahl von Gegenständen immer noch ein Problem ist. Es kostet zwar nicht viel mehr, Objekte beim System zu „registrieren", aber nur wenige Abenteurer machen sich die Mühe. Schließlich würde eine momentan nützliche Ausrüstung nach dem Levelaufstieg in einigen Monaten veraltet sein. Warum sollte man dann die zusätzliche Gebühr bezahlen? Eigentlich könnte man heutzutage Diebstahl als ein geringfügiges Vergehen betrachten, da wirklich wertvolle Dinge registriert sind, wodurch es viel schwieriger wird, diese zu verkaufen.

Dann wären noch die Gewaltverbrechen neu zu definieren. Da fast alles bis auf den eigentlichen Tod nur noch zeitweilige Wirkung hat, ist es viel weniger gefährlich als früher, jemanden die Nase, den Arm oder die Rippen zu brechen. Es ist heutzutage fast unmöglich, jemanden versehentlich zu töten. Selbstverständlich wollten wir auch nicht die Gewaltanwendung unterstützen – ansonsten würden die Mitglieder der Kampfklassen jene der

Produktionsklassen unterdrücken. Und obwohl manche Jugendliche ihre „Stärke" nur zu gern einsetzten, würde es nur Gemeinschaft schaden. Denn warum sollte sich jemand anstrengen, wenn einem alles abgenommen werden kann?

Ich seufze, lese die Informationen und mache mich an die Arbeit. Da dies direkt mit der Stadt verbunden ist, kann ich zum Glück die Credits der Stadt verwenden, um Informationen aus dem System zu erwerben. Dadurch erhalte ich detaillierte Gesetze anderer Siedlungen, auf denen wir unsere eigenen aufbauen könnten. Aber letztlich will ich etwas, das leicht und einfach ist. Ich überlasse es den Experten, die komplizierten Teile zu entwickeln. Meine Gesetze sagen im Grunde nur „sei kein Arsch." Und wenn du dich wie ein Arschloch benehmen willst, erwarte nicht, dass wir dich dabei unterstützen.

Was die Gebäude betrifft, werde ich die Miete senken und sie in meiner Obhut belassen. Es mag zwar nicht gut sein, Dinge aufzuschieben, aber es bedeutet, dass ich mich nun nicht sofort um das Problem kümmern muss.

***

Ingrid kehrt in dieser Nacht nicht zurück. Das geht in Ordnung. Was ich für sie geplant habe, sollte lieber unter vier Augen besprochen werden. Als ich sie schließlich finde, sitzt sie in einem verlassenen Bürogebäude im Rahmen eines zerbrochenen Fensters und nippt an einer Flasche Alkohol, während sie auf die Stadt hinunter blickt. Ich setze mich neben sie, hole eine Flasche Whisky aus meinem Inventar und trinke schweigend.

„Bekomme ich keinen Anschiss verpasst?", fragt Ingrid schließlich und bemerkt, dass der unverblümte Geist nicht neben mir schwebt.

„Nein." Ich zucke mit den Achseln nehme einen Schluck. „Du konntest immer selbst entscheiden, was du tust."

„Ist es so falsch, nicht den Helden spielen zu wollen?", raunzt Ingrid. „Was haben denn diese Leute für mich getan? Oder für dich?"

„Warum hast du deine Meinung geändert?"

„Es ist erstaunlich, was man so hört, wenn einen niemand bemerkt", sagt Ingrid kryptisch.

Ich warte, dass sie mehr sagt. Während wir schweigend sitzen, beobachte ich die junge Frau aus den First Nations und bemerke die Bitterkeit, die über Gesicht kriecht. Ich frage mich, was sie gehört hat, welche gedankenlosen Worte gesprochen wurden. Weiß Gott, da ich Lippen ablesen kann, habe ich mehr als eine Beleidigung bemerkt, als keiner dachte, dass ich das mitbekommen würde. Die Leute hier sind zufrieden mit der Existenz in ihrer eigenen abgeschlossenen Welt. Sie erklären, dass sie „gut" sind und „richtig" handeln, weil sie vor dem System nie aktiv etwas Böses taten. Sie lassen das Böse in der Welt geschehen, weil sie nicht direkt daran beteiligt sind. Ich bezweifle, dass sich das im Grunde geändert hat und verstehe daher Ingrids Gefühle.

„Aber das genügt nicht", flüstere ich vor mir hin und lächle schief, als sie mir einen verwirrten Blick zuwirft. „Es ist mir egal, was sie getan oder nicht getan haben. Oder ob es richtig oder falsch ist, ihnen etwas mit gleicher Münze heimzuzahlen. Denn ich will nicht wie sie sein. Es ist leicht, gut genug zu sein, mittelmäßig und normal.

Das war das Ende der Welt, Ingrid. Wir hatten eine gottverdammte Apokalypse. Wenn es je einen guten Grund gab, sich zu ändern, wäre es das. Ich kann nicht mehr einfach nur so durchs Leben trödeln, nur so viel tun, um geradeso durchzukommen. Ich habe das früher getan und lediglich die Tage bis zu meinem Tod markiert. Jetzt sind wir hier und ich lebe noch, und jeder und alles, was wir kannten, ist tot. Ja, ich spiele also den Helden und tue das Richtige, weil ich den anderen Weg schon probiert habe."

„Nicht jeden." Ingrid verzieht leicht die Lippen und neigt beim Sprechen den Kopf. „Du könntest den Bösewicht spielen."

„Ach was. Bösewichte sind langweilig", sage ich sarkastisch. „Oh, schau mich an. Ich bin böse. Ich bin brutal. Schau, wie ich einem Baby den Kopf zerstampfe, weil das so cool ist."

Ingrid muss schnaubend lachen, als sie meine Worte hört und den albernen Gesichtsausdruck sieht.

„Machst du mit?"

Sie nimmt einen Schluck aus der Flasche und verzieht das Gesicht. „Ist mir egal. Momentan habe ich nichts Besseres zu tun. Aber ich trage keine Superheldenkluft."

„Wie wäre es mit Leder?" Ich hebe meine Augenbrauen und zucke zusammen, als sie mir lachend gegen den Arm boxt. „Aber im Ernst, wir brauchen deine Fähigkeiten. Die Feinde werden uns angreifen, und wir müssen möglichst viel über sie erfahren."

„Du willst, dass ich sie ausspioniere?", sagt Ingrid tonlos, und ich nicke. „Warum kaufst du die Informationen nicht einfach?"

„Ich habe einige grundlegende Daten. Der Rest ist zu kostspielig. In Nordamerika hat die Sekte vier hochstufige Kämpfer mit Fortgeschrittenen Klassen, vierzehn mittelstufige Personen mit Fortgeschrittenen Klassen, sieben Niedrigstufige mit Fortgeschrittenen Klassen und über zweihundert mit einer Basisklasse. Die meisten von ihnen sind momentan bei Seattle in ein Gefecht verwickelt. Die Kämpfer in British Columbia stellen die Verteidigungskräfte dar, die dafür sorgen, dass alles problemlos läuft", sage ich, um ihr das ganz einfach zu erklären.

„Dennoch kann das System nicht die Zukunft vorhersagen, daher kann es uns nicht zeigen, was die Feinde tun werden. Klar, es kann Vermutungen und Schätzungen bieten. Aber wenn du dich anschleichst, dich umsiehst, vielleicht einige Fragen stellst ...", sage ich und zucke mit den Achseln. „Vielleicht kannst du das herausfinden. Und in jedem Fall müssen wir diese Städte später erobern. Es wäre ziemlich kostspielig, wenn ich ständig Informationen einkaufe. Die dürftigen Daten, die ich habe, kosteten bereits 200.000 Credits."

„Wirklich? Du hast eine Stadt erobert und willst jetzt noch mehr? Du wirst ganz schön arrogant, nicht?".

„Wenn wir das schon machen, dann richtig."

Ingrid lacht leise, hebt ihre Flasche und trinkt sie aus, bevor sie nickt. „Ich spiele die Spionin für dich. Bis es mir zu langweilig wird. Oder ich ein besseres Angebot erhalte." Sie schnappt sich meine Flasche, lehnt sich vor und springt dann über den Fenstersims nach unten in die Dunkelheit.

„Meine Flasche", knurre ich leise, als ihr Punkt von meiner Minikarte verschwindet. Das lief besser als erwartet.

Kapitel 10

Frühstück. Die wichtigste Mahlzeit des Tages. Ganz gleich, ob das für unsere modifizierten Körper relevant ist, hilft es eindeutig als rituelles Treffen des Teams. Heute ist Sam als Koch an der Reihe. Das bedeutet, es gibt Haferbrei und Speck. Wenigstens gibt es genug für alle.

„Ingrid ist nicht hier", sagt Mikito und mischt etwas gehackten Ingwer in ihren Brei.

„Ich habe gestern Abend mit ihr gesprochen. Sie ist auf einer Aufklärungsmission", sage ich beiläufig. Es wäre unsinnig, meinem Team das vorzuenthalten. Es geht dabei weniger darum, wer was erfahren darf, da jeder, der diese Informationen wirklich will, sie im Shop kaufen kann. Allerdings bin ich neugierig, wie Ingrids Skills diese Option beeinflussen. Ich muss da Ali später fragen.

„Oh", sagt Ali. „Ich habe mir schon gedacht, sie sei gegangen."

„Nicht dank dir", sagt Lana und schüttelt den Finger.

Sobald der Geist seinen Kopf senkt, nutzt Lana die Gelegenheit, uns zu erzählen, was sie gestern erreicht hat. Die anderen folgten ihrem Beispiel, und auch ich. Ich nehme mir sogar die Zeit, Kim vorzustellen, der sich extrem scheut, auch nur Hallo zu sagen. Alle akzeptieren die Vorstellung der KI ganz gelassen – kein besonderer Moment, seit der Zeit des Systems.

„Hört sich an, als ob die meisten von euch alles unter Kontrolle haben", sage ich, während wir den leeren Topf anstarren. Obwohl der Haferbrei ziemlich fade schmeckt, ist er doch eine gute Nahrungsgrundlage für den Tag. „Mikito, wenn du Teams hast, die dazu fähig sind, sollten sie nach Norden in den Dungeon gehen. Dein bestes Team kann den Dungeon säubern. Wenn der dann wieder entsteht, schicken wir ein anderes Team, bis der Manapool leer ist. Wir wollen auch, dass Aufklärungsteams in die Siedlungen gehen. Ich weiß, dass die Sekte die Gegend wahrscheinlich schon abgesucht hat, aber da sie jetzt nicht mehr an der Macht ist, können wir vielleicht ein paar Leute überreden, sich uns anzuschließen. Lana, ich habe die Grundlagen zum Laufen gebracht, aber du solltest dich nach talentierten Leuten umsehen. Jemand muss die Stadt verwalten, am besten gleich mehrere Personen."

„Benjamin?", sagt Lana und hebt eine Augenbraue.

Ich hebe meine Hand horizontal und wedle damit herum. „Wir sollten nichts überstürzen."

„Ich schaue mich um. Aber was wirst du tun?"

„Die Stadt braucht Geld, und ich benötige höhere Levels", sage ich und verziehe das Gesicht. „Wenn ich Level 40 erreichen könnte …" Dabei schüttle ich den Kopf, um nicht zu melancholisch zu werden. „In der Nähe gibt es einen Nationalpark, daher sollte die Zone ziemlich hochstufig sein. Vielleicht existiert dort sogar ein Dungeon oder zwei."

„Haha. Du schickst uns also an die Arbeit, während du dich vergnügst", sagt Sam und wedelt mit dem letzten Stück des knusprigen Specks herum.

„Na ja." Ich könnte erklären, dass meine wachsende Stärke auch der Stadt und dem Team hilft, und dass ich schneller als alle hier jagen, kämpfen und einfangen kann, was eine beträchtliche Menge an Credits einbringt. Ich könnte sogar darauf hinweisen, dass ich gestern den ganzen Tag mit Papierkram verbracht habe, aber eigentlich weiß ich, dass das nur eine Stichelei ist.

„Lass deine Drohnen hier, ja?", sagt Sam dann. „Ich will sie mir ansehen."

„Und John, könnte Kim in der Stadt bleiben? Sie kann mir helfen", sagt Lana. „Ich könnte mit ihr daran arbeiten, Aufgaben zuzuweisen."

„Es ist ein Es", korrigiert Ali sie, bevor ich antworten kann.

„DIE INTELLIGENTE KRAFT HAT RECHT. ÜBERRASCHENDERWEISE."

„Schluss damit, alle beide", knurre ich leise. „Kim, kannst du dich in den, äh ... Kern der Siedlung laden?"

„JA."

„Gut. Tu das und folge dann Lanas Anweisungen", sage ich, um das Problem möglichst rasch zu lösen.

Da sonst niemand etwas sagen will, stehe ich auf. Es ist an der Zeit, etwas Dampf abzulassen und Erfahrungspunkte zu sammeln.

∗∗∗

Die Reise zum Nationalpark verläuft ohne Zwischenfälle. Er ist kaum fünfzig Kilometer von der Stadt selbst entfernt. Natürlich befindet er sich auf der anderen Seite des Flusses, was der Stadt etwas Schutz bietet, auch wenn das gegen umherziehende Monster nicht viel hilft. Die meisten Monster tun das zwar nicht, da ihnen die Wälder mit hohem Mananiveau besser gefallen, aber dennoch nützt der Fluss nicht viel. Das ist einer der Gründe dafür, warum ich diese Gegend erkunde – ich will abschätzen, wie gefährlich sie ist. Wenn es hier ein Alphamonster oder einen Dungeon gibt, muss man sich auf jeden Fall darum kümmern.

„Kann man eine Stadt nur erobern, indem man ihren Stadtkern in seine Kontrolle bringt?", frage ich Ali, während ich durch den Wald gehe. Ich halte mich nicht an die Wege, da ich nach Monstern suche. Wenn nötig, schleudere ich ein oder zwei Zaubersprüche und dann kann Ali die Leiche in meinen Veränderten Raum stecken.

„Nein. Das ist zwar die einfachste Methode, aber es gibt andere. Du kannst den Besitzer der Stadt töten, und wenn es keinen Erben gibt, fällt die Stadt an den Killer oder wer auch immer in der Stadt ist, je nach Lage. Das funktioniert nur bei Siedlungen mit einem einzigen Besitzer. Du kannst auch achtzig Prozent des Landes in einer Stadt aufkaufen. In dem Fall kontrollierst du automatisch die Stadt, da dir ein Großteil davon gehört. Wenn du die Stadt so erwirbst und dann unter die 80-Prozent-Marke fällst, verlierst du sie aber natürlich wieder. Aber heutzutage kommt das selten vor", meint Ali.

„Selbstverständlich." Ich seufze, aktiviere einen Klingenhieb und fälle eine zu freundliche, mutierte Kiefer. Irgendwie ist das Konzept fleischfressender Bäume einfach bizarr. Vor allem, wenn sie über rosafarbenen Pelz statt Laubwerk verfügen. „Könnte sich jemand einfach anschleichen, den Kern berühren und uns die Stadt stehlen?"

„Das wäre möglich. Ist auch schon passiert, allerdings meist in Siedlungen mit besseren Verteidigungssystemen, die dann gegen die ursprünglichen Verteidiger eingesetzt werden können. Aber momentan würde die Systembenachrichtigung an alle gehen, also dürfte das wenig bringen. Die Verteidigungssysteme von Kamloops würden sofort vernichtet. Dadurch gewinnen sie wenig und verlieren einige nützliche Leute", sagt Ali. „Man kann zwar eine Stadt stehlen, sie aber dann zu behalten, ist wesentlich schwieriger. Wie du jetzt bestimmt weißt."

„Trotzdem ..." Ich runzle die Stirn und blicke nach hinten.

„Das ist nicht ihr Stil, Junge", versichert mir Ali. „Und Kim würde die Übergabe lange genug verzögern, damit deine Leute angreifen können. Entspanne dich."

Ich seufze und akzeptierte seine Worte vorläufig. Trotzdem wäre es nach meiner Rückkehr vielleicht angebracht, weitere Sicherheitsmaßnahmen zu implementieren. Vielleicht kann mir Ben dabei helfen. Es wäre auch ein guter Test, um zu sehen, ob sich die Zusammenarbeit mit ihm lohnt.

„Glaubst du, dass sie dann einfach einen massiven Angriff durchführen?", sage ich und kehre zu meinem ursprünglichen Thema zurück. Ich passe mein Tempo durch den Wald etwas an und nähere mich einer Reihe grüner Punkte. Besser als gar nichts.

„Wenn du damit mehrere ihrer Teams meinst, ja. Vielleicht heuern sie sogar zusätzliche Kräfte an", antwortet Ali. „Im Kampf folgt die Sekte meist dem Motto Qualität vor Quantität."

„Wie die Garde."

„Eigentlich mehr wie die Drachenritter. Die Erethra-Streitkräfte betonen eher das Gegenteil. Sie sind zwar robust, verwenden aber auf niedrigeren Stufen eine Menge Technologie, wodurch sie eine größere Kampfgruppe als andere einsetzen können. Das ist zwar kostspielig, macht sie aber zu unangenehmen Gegnern", sagt Ali.

„Darüber habe ich nachgedacht. Meine Klasse ist nur eine fortgeschrittene. Als Leibwächter für das Königshauskommt mir das etwas niedrig vor", sage ich.

„Sorgst du dich über die Seltenheit oder die Stärke?", fragt Ali.

„Ähm ..." Ich brauche einen Moment, um die metallischen Wolfkreaturen zu erledigen, die mich anspringen wollen. Vielleicht sind das sogar Wölfe. Ich gebe mir gar nicht die Mühe, das festzustellen. „Beides, nehme ich an."

„Um diese Klasse auf die normale Weise zu erhalten, müsstest du zunächst mit Level 50 der Ehrengarde zugewiesen werden. Und selbst wenn du Level 50 bist und dich weigerst, weiter aufzusteigen, kommst du nicht unbedingt zur Ehrengarde. Viele Leute würden lieber aufsteigen, als zu warten", erklärt Ali und verstaut die Leichen, während wir uns der nächsten Monstergruppe nähern. „Was die Stärke betrifft, verstehst du das wohl nicht so ganz. Sie sind die Garde, und man muss sich durch sie hindurch kämpfen, um die Königsfamilie von Erethra zu erreichen. Man hat es nicht mit einem

Gardisten oder einem Dutzend zu tun, sondern mit Hunderten. Und wenn man all das übersteht, dann steht man ihren Champions gegenüber.

„Champions?" Ich runzle die Stirn und neige meinen Kopf zur Seite. „Ist das die Meisterklasse?"

„Eine der Möglichkeiten. Meist befinden sich nur ein oder zwei Champions neben den Mitgliedern der Königsfamilie, da die selbst ziemlich kampfstark sind. Aber es stellt eine Option dar", sagt Ali achselzuckend. „Unabhängigere, bessere Einzelkämpfer. Natürlich musst du den Titel erhalten und, na ja ...“

„Das wäre in meinem Fall eher unwahrscheinlich." Ich seufze. Klar. Deshalb bin ich nicht so begeistert wie andere, Level 50 zu erreichen. Ganz gleich, welche Optionen mir das System anbietet, ist es wahrscheinlich nicht das, was ich will. Und schließlich gibt es hier keine Mitglieder der Königsfamilie von Erethra, die mir den Titel eines Champions verleihen könnten. Es ist beschissen, keine Chance zu haben. „Ist mir egal. Der zukünftige John soll sich mit dem Problem befassen."

Ich stöhne laut und laufe schneller, während ich mir erneut die Frage stelle, die mich hierhergebracht hat. Wie gehen wir mit der Sekte um? Ich überlege mir immer wieder die von Ali gebotenen Optionen.

„Wir sollten versuchen, ihnen zahlenmäßig weit überlegen zu werden, oder?", sage ich schließlich, bleibe in einer Lichtung stehen und starre das hereinströmende Sonnenlicht ein. Ich berühre meinen Helm, so dass sich dieser einzieht und ich die Wärme auf meinem Gesicht fühle, während ich mich mit diesen Fakten auseinandersetze. „Wir sollten alle Leute bewaffnen und sie auf die Mauern schicken, wenn der Feind angreift. Dann können wir sie massiv unter Beschuss nehmen, ihre besten Kämpfer schwächen ...“ Dadurch würde unsere Quantität ihre Qualität überwältigen.

„Das wäre eine gute Idee."

„Und sie würde eine Menge Leute töten", flüstere ich und spüre wie unvergossene Tränen in meinen Augen brennen. Zorn und Schmerz vermischen sich an diesem schönen Tag.

„Es ist auch ihr Kampf", erwähnt Ali leise.

„Ich weiß."

Gedanken wirbeln durch meinen Kopf und eröffnen neue Möglichkeiten. Schicke die Leute, deren Leben und deren Freiheit in Gefahr sind, auf die Mauern, wo sie kämpfen würden. So bestimmen sie selbst, ob sie leben oder sterben. Natürlich würde ich ihnen helfen. Aber sie würden auch Opfer bringen.

Es ist eine intelligente Entscheidung.

Die richtige Entscheidung.

Ich muss nur bereit sein, andere sterben zu lassen.

***

Später am Abend findet mich Lana an der gleichen Stelle, wo ich Ingrid entdeckt hatte. Ich blicke auf die Stadt hinab, trinke aus einer Flasche und überlege, wie ich vorgehen soll.

„Du warst nicht beim Abendessen", sagt Lana und setzt sich neben mich.

Ich bin überrascht, als ich in der Ecke Roland bemerke. Der Tiger ist bis auf zwei leuchtende Augen fast völlig verborgen. Ich nehme mir vor, in Zukunft auf das Kätzchen zu achten. Roland kann sich fast so gut verstecken wie Ingrid.

„Ja, tut mir leid. Ich musste nachdenken. Wie war dein Tag?", sage ich und reiche ihr dir Flasche.

Sie nimmt einen Schluck und gibt sie mir dann zurück. „Ziemlich gut. Kim hat dabei geholfen, Ressourcen zuzuweisen und Leute an die Arbeit zu schicken, etwa um neue Häuser aufzuräumen. Ben arbeitet daran, einige der Durchgangsstraßen zu verstärken und mehrere Fallen zu installieren. Er kommt nicht sehr schnell voran, da ihm die Gebäude nicht gehören, aber seine Skills bieten uns einige Optionen. Er plant eine „Festungsstadt" mit verstärkten Gebäuden, die den Invasoren Schaden zufügen können. Kim optimiert auch die Systemsicherheit der Siedlung, so dass es für anderer kostspieliger würde, Informationen zu kaufen", sagt Lana. „Und du?"

„Nicht viel. Da draußen sind meist Monster mit Level 30, die stellen kein Problem dar. Ich habe zufälligerweise den Schlupfwinkel eines Moos-Monsters zerstört. Das habe ich erst später bemerkt, sonst hätte ich es vielleicht noch wachsen lassen", sage ich und schüttle den Kopf. Schade. Wir könnten einen weiteren Dungeon gebrauchen, für dessen Säuberung wir einen Erfahrungsbonus bekommen. „Wir müssen wohl weiter raus, um einen Dungeon zu finden."

„Das ist doch alles halb so schlimm. Warum schmollst du also?", sagt Lana und stupst mich mit ihrem Stiefel.

Ich knurre und starre sie nur an. „Ich schmolle nicht. Ich denke nach." Als sie eine Augenbraue hebt, erkläre ich es ihr. „Nachdem wir ihnen eben den Arsch versohlt haben, wird der nächste Angriff massiv sein. Ali erwartet zwar nicht, dass sie Mitglieder der Meisterklassen schicken, aber selbst ein oder zwei Kämpfer mit hoher Fortgeschrittenen Klasse ..."

„Wäre mehr als genug, um uns in die Knie zu zwingen. Und sie sind uns zahlenmäßig überlegen", sagt Lana mit einem grimmigen Lächeln. „Hört sich das richtig an?"

„Sie haben mehr hochstufige Individuen, ja", antworte ich und blicke ihr in die Augen, als ich ihr schließlich sage, was mir durch den Kopf geht.

„Wir könnten sie besiegen, wenn wir alle einsetzen. Wenn wir die Gegner anlocken und jeden ihrer fortgeschrittenen Kämpfer unter Beschuss nehmen, so dass sie einen Blutzoll zahlen."

„Aber ..."

„Aber dann werden Leute sterben. Vermutlich eine Menge Leute", sage ich und deute auf das Fenster. „Und das setzt voraus, dass wir sie überhaupt dazu bringen, zu kämpfen."

„Das ist durchaus nicht sicher", stimmt Lana mir zu. „Zivilisten sind im Allgemeinen nicht unbedingt sehr tapfer."

Wenn wir eine Verbindung zu ihnen aufgebaut hätten oder jemanden mit so viel Charisma wie Richard hätten, könnten wir diese Gruppe eher motivieren. Lana könnte das schaffen, aber sie hat schon mit der Verwaltung alle Hände voll zu tun. Andererseits dürfte es ja eine ganz gute Motivation darstellen, kein Sklave mehr zu sein, würde ich meinen. Wir wissen erst, wie sie sich entscheiden, wenn wir es versuchen.

„Aber du willst nicht, dass sie mitmachen, oder?", sagt Lana und unterbricht meinen Gedankengang. „Versuchst du immer noch, die Welt zu retten?"

„Nein. Nicht, wenn sich das vermeiden lässt. Aber ich sehe keine andere Lösung."

Lana lächelt und lehnt sich vor, wobei ihr Ausschnitt sichtbar wird. Meine Augen wandern nach unten, und während ich abgelenkt bin, versetzt sie mir einen leichten Schlag gegen die Stirn.

„Auuu!", rufe ich. „Weißt du, seit wir miteinander schlafen, bist du viel brutaler geworden."

„Du dafür viel dümmer." Lana grinst. „Wann hast du dich je dafür entschieden, angebotene Optionen tatsächlich anzunehmen?"

„Mir fällt nichts andres ein!", fauche ich. „Schließlich bin ich kein gottverdammter Soldat. Ich bin nur ein gescheiterter Programmierer mit Tendenz zur Gewalt."

„Du *warst* ein gescheiterter Programmierer", sagt Lana, und ihre Stimme klingt tiefer und sanfter. „Aber was immer du warst, du hast dich verändert. Jetzt bist du mehr. Du bist unser Anführer."

„Wunderbar", murmle ich und fühle mich plötzlich so verdammt müde. Ich habe das nie gewollt. Aber irgendwie bin ich jetzt hier und führe eine Gruppe von Leuten an, die mir vertrauen, sowie eine Menge von Menschen, die mich nie darum gebeten haben.

„Raus mit der Sprache."

„Häh?"

„Sag mir, warum du die anderen nicht ins Gefecht schicken willst", sagt Lana.

Ich blicke in ihre Augen und versinke in diesen violetten Strudeln, während ihre Stimme mit Nachdruck zu mir spricht. „Weil das ... nicht ihre Aufgabe ist. Das sollten sie nicht tun. Es sei denn, sie entscheiden sich dafür. Die Zivilisation, die Gesellschaft, stellt einen Aufstieg aus dem blutigen Sumpf dar, in dem jeder kämpft, tötet und stirbt. Wir haben unsere Welt mit Technologie und Regeln so aufgebaut, dass auch jene, die nicht für eine brutale Welt geeignet sind, in Frieden leben können. Jetzt erklingen die Kriegstrommeln wieder und wir müssen alle an vorderster Front kämpfen." In mir steigt wieder die Wut auf, was meinen Ton beeinflusst. „Und wir vergessen, dass diese Front aus einem bestimmten Grund existiert. Das System hat vielleicht unsere Welt zerstört, aber nur wir selbst können das zerstören, was wir sind. Und ich werde nicht mehr dazu beitragen, als ich muss, verdammt noch mal!"

„Dann musst du eine andere Methode finden. Und hör auf, dich zu beschweren."

Ich nicke und unterdrücke aufwallenden Zorn und Frust. Lana beobachtet mich und legt ihre Hand auf meine, bis ich mich beruhigt habe.

Dann kommt sie näher und gibt mir einen zärtlichen Kuss. „Manchmal findet man eher eine Lösung, wenn man nicht über das Problem nachdenkt."

Ich erwidere den Kuss, schlinge meine Arme um ihren Körper und drücke ihre einladende Wärme an mich heran. Ich atme tief ein und rieche die berauschende Mischung aus frischer Luft, ionisierter Luft und etwas, das einfach sie sein muss. Ich küsse sie erneut, leidenschaftlicher. Ich brauche wirklich etwas Ablenkung.

***

Ein beharrlicher Piepton weckt mich aus meinem tiefen Schlaf und ich beschwöre automatisch ein Schwert in meine Hand, während ich mich überrascht aufrichte. Ich sehe lediglich Roland, der sich leicht bewegt, als ich aufstehe und dann wieder zu seiner wachsamen Stille zurückkehrt. Neben ihm schlummert der Rotschopf. Einen Moment später zeigt mir eine blinkende Nachricht schließlich, was mich aufgeweckt hat.

„SIE HABEN EIN EINGEHENDES R-GESPRÄCH. MÖCHTEN SIE ES BEANTWORTEN?"

„Wer ruft denn um diese Zeit an?", murmle ich leise.

Obwohl ich das nicht laut sage, bewegt sich Lana etwas im Schlaf. Ich erstarre und frage mich, ob ich sie aufgeweckt habe. Aber dann höre ich das Wimmern und das unterdrückte Schluchzen und weiß, was los ist. Sie hat wieder einen ihrer Albträume. Ich streichle ihren Kopf und versuche vergeblich, sie zu beruhigen.

„MAJOR LABASHI RUKA.“

„Ah! Ja, beantworte den Anruf“, befehle ich Kim telepathisch.

„VERBINDUNG WIRD HERGESTELLT.“

„Erlöser, du willst mit mir sprechen?“ Labashis Stimme kommt über Funk, scheint aber direkt in meinem Kopf zu ertönen.

Irgendwie so, wie Ali mit mir spricht. Das ist seltsam und kostspielig, da ich das System dafür bezahle, die Verbindung herzustellen, aber das umgeht die Probleme der Verzögerung durch die Lichtgeschwindigkeit und irgendwelchen Störungen. Der Teil von mir, der meine Affinität kontrolliert, scheint zu vibrieren, da mir das vertraut vorkommt. Leider habe ich keine Zeit, mich näher mit diesem Phänomen zu befassen.

„Ich habe ein Problem. Vielleicht könntest du mir helfen …“ Als Labashi meine Bitte nicht im Vornherein ablehnt, erkläre ich die Situation, in die ich das Team gebracht habe. *„Ich dachte, dass du aufgrund deiner Erfahrung vielleicht einige Ideen hättest.“*

„Meine erste Empfehlung wäre, deine Einheiten mit externen Truppen zu verstärken“, sagt Labashi. „Ich kann dir sogar einen Rabatt anbieten. Das wird gar nicht so viel kosten, denn anscheinend hat die Dreizehn-Monde-Sekte bereits ihr Limit erreicht. In den Foren gibt es einen Sperrbefehl für sie.“

„Oh?“, sage ich neugierig.

„Söldner-Foren. Es gibt einige, in denen wir Informationen austauschen und über Dinge sprechen, die alle betreffen – kommende Kriege, neue Dungeonwelten und so weiter. Mit der Landung auf der Erde hat die Dreizehn-Monde-Sekte sich übernommen. Sie haben zu viele Schulden, und ihre Kreditwürdigkeit war schon vorher nicht besonders hoch“, erklärt Labashi. „Die angesehenen Truppen arbeiten nicht mehr mit ihnen.“

„Verstehe. Also bestenfalls einige Söldnertruppen mit schlechtem Ruf.“ Ich seufze. Besser als ich erwartet hatte. Das war einer der Gründe dafür, dass ich

Labashi kontaktiert hatte. Die Möglichkeit, dass beide Seiten externe Hilfe erhalten, macht alles komplizierter. Aber wenn wir Verstärkung besorgen können und sie nicht … *„Gut, das zu wissen.“*

„Ich würde sagen, dass ein oder zwei Trupps für deine Stadt die benötigte Kampfkraft liefern und die Stadt sichern, wenn du weg bist.“

„Weg?“

„Wenn du zahlenmäßig unterlegen bist, solltest du das Tempo nicht vom Feind bestimmen lassen. Schlage daher ständig zu. Ich würde aber davon abraten, eine andere Stadt zu erobern, es sei denn du bist bereit, sie wieder aufzugeben“, sagt Labashi.

„Guerillataktik?“

„Nicht direkt. Du hast unter anderem eine bekannte Operationsbasis. Aber so etwas in der Richtung.“

„Das könnte klappen. Schicke mir den Vertrag. Wenn wir uns das leisten können …“

„Wenn nicht, habe ich Zugriff auf einige Banken“, sagt Labashi sofort.

„Sende mir alles. Und vielen Dank“, sage ich, und meine Schultern entspannen sich endlich.

Also. Eine weitere Option. Genau gesehen zwei Optionen. Hilfe und ein Plan. Na ja, eine ungefähre Richtung, aber damit kann ich arbeiten.

✳✳✳

Da ich jetzt wach bin, wirbeln mir Gedanken durch den Kopf, als ob ich eine Fee im Zuckerrausch wäre. Ich kann nicht mehr schlafen und hinterlasse daher eine Nachricht für Lana. Dann laufe ich durch die Straßen meines neuen Reichs. Zuletzt finde ich mich auf der Tribüne eines Baseballfelds, gerade als die Dämmerung über den Horizont kriecht und sehe Mikito und einem Jäger-Team beim Training zu. Vier Individuen stehen der Samurai-Kriegerin in ihrer Geisterrüstung gegenüber: zwei Nahkämpfer, ein Zauberer in etwa zehn Metern Entfernung und ein weiterer Kämpfer, der sich zwischen Mikito und dem Zauberer platziert hat und in einem Stakkatoryhthmus zwei Pistolen feuert.

Mit einem Drehsprung entgeht Mikito den Schüssen, ihre Naginata wirbelt dabei um ihren Körper und zwingt ihren zweiten Angreifer, ihr auszuweichen. Sobald sie landet, dreht sie sich zur Seite, lässt die Sprengprojektile von ihrer Rüstung absorbieren und gewinnt an Tempo, um den ursprünglichen Angreifer von den Beinen zu reißen. Sobald sie diesen los hat, rast Mikito zum Zauberer.

Bevor sie ihn erreicht, erhebt sich der Boden vor ihr zu einer rollenden, attackierenden Welle aus Laub, die zupackt und sticht. Mikito muss eine Sekunde darauf verschwenden, diese zu zerschneiden und auszuweichen, was den anderen Zeit gibt, sie einzuholen.

„Guter Einsatz des Zaubers", flüstert Ali mir zu. „Etwas verschwenderisch mit dem Mana, aber gegen winzige ..."

„Ja", stimme ich zu.

Es gibt drei Methoden, mit denen man Gruppenkontrollzauber gezielt einsetzt – manuell, Flächenwirkung und durch das System. Bei der ersten muss man den Zauber wirken und das Ziel treffen – man stelle sich Spidermans Netz, Efeuranken oder ähnliche Dinge vor. Die zweite ähnelt meinem Zauber Polarzone – man zielt auf einen Bereich, und alles darin wird beeinflusst. Darunter auch Verbündete, was für Gruppenkämpfe weniger nützlich ist. Und letztlich vom System eingesetzte Zauber, die auch über das System selbst laufen, so dass man ihnen nicht ausweichen, sondern lediglich widerstehen kann. Natürlich reicht der Preis dieser Zaubersprüche in dieser Reihenfolge von niedrig bis hoch. Während also vom System eingesetzte

Zauber theoretisch gesehen effektiver sind, sind sie auch dementsprechend kostspieliger.

Ich beobachte den Kampf. Die Gruppe, die Mikito umgibt, will sie festhalten und besiegen, während Mikito, je nach Gelegenheit, die Nahkämpfer angreift und versucht, den Zauberer zu erreichen. Mikito senkt ihren Körper fast bis auf den Boden und wirbelt herum. Sie weicht mehreren Schüssen aus, welche dann einen der Schwertkämpfer hinter ihr treffen. Überraschenderweise scheinen die Kugeln ihm nichts anzutun und prallen von seinem Körper ab.

„Was ...?"

„Klassen-Fertigkeit", sagt Ali und schnippt mit dem Finger.

Eigenbeschuss (Klassen-Fertigkeit)

Reduziert den Schaden, den ein Angreifer markierten eigenen Einheiten zufügt. Die Anzahl der markierten eigenen Einheiten und die Schadensreduzierung hängen vom Level der Klassen-Fertigkeit ab. Die Manaregeneration wird pro Skill-Level um 5 reduziert.

„Nützlich. Aber teuer", sage ich.

Ich verstehe, warum das kein häufig vorkommender Skill ist. Selbst in dieser Gruppe muss der Typ mindestens zwei Klassen-Fertigkeitspunkte darauf verwenden und seine Mana-Regeneration dadurch um zehn reduzieren. Das sind zehn Attributspunkte, nur um mitzuhalten, was problematisch sein kann, vor allem, wenn man gerade anfängt. Andererseits kann ich an seiner Nahkampftaktik bemerken, wie er diese Fähigkeit in seine Kampfweise integriert hat. Aus reiner Neugier sehe ich mir den Schützen näher an und rufe seine Daten auf.

Mel Furh (Level 26 Revolverheld)

HP: 187/240

MP: 290/290

Zustand: Adlerauge, Ruhige Hand

„Interessant", sage ich.

Die beiden Zustände scheinen genau das zu tun, was der Name ausdrückt – Verbesserungen der Präzision und Geschwindigkeit des Zielens. Dadurch kann Mel rennend auf Mikito schießen und das Volumen der abzuwehrenden Angriffe erhöhen. Das würde wahrscheinlich besser gegen jemanden funktionieren, der das Gefechtsfeld nicht so gut kontrolliert wie ein Samurai, denn Mikito hat ein unglaubliches Gespür dafür, wo sich alle befinden. Wie sie einmal erklärte, ist das eher ein Verständnis der Optionen, die jeder im Verhältnis zu den möglichen Angriffen hat, als ein sechster Sinn. Aber es ist dennoch beeindruckend.

In der Nähe von Mikito duckt sich ein zweiter Nahkämpfer und streckt die Hände aus, während Feuer aus seiner Gestalt schießt. Er versucht diesen Angriff zum dritten Mal, daher überrascht er Mikito nicht, obwohl sie dadurch in die Schussbahn der Kugeln geschleudert wird.

Rhys Hnaris (Level 23 Magier-Adept)

HP: 141/280

MP: 284/380

Zustand: Hast, Flammenrüstung, Kinetische Absorbierung

Wer hätte gedacht, dass ein Magier sich in den Nahkampf wagen würde? Mit einer Kombination aus Kampfsport und Zaubersprüchen kann er sich sogar behaupten. Größtenteils. Er ist nämlich nicht in der Lage, es mit einem speziellen Nahkämpfer aufzunehmen, hat keine ausreichenden körperlichen Werte, um andere zu überwältigen und sein Manapool ist nicht besonders tief. Er stellt den Durchschnitt aller schlechten Entscheidungen dar, wenn man es statistisch betrachtet. Natürlich ist das egal, wenn man flexibel ist und den Gegner immer wieder überrascht – wie das der Magier-Adept gerade tut. Statt zu seinem Körper zurückzukehren, fließt die explodierende Flamme auf Mikito zu und umhüllt sie.

Die Fernzauberin zögert nicht, sondern bewegt die Hand und ruft ihren mobilen Laubzauber auf. Aber diesmal wickelt sie keine Pflanzen um Mikito, sondern wirft Erde auf die Samurai-Kriegerin und begräbt sie. Der Schwertkämpfer und der Revolverheld ziehen sich zurück, wobei der Erstere den Adepten sogar per Handsignal weiter weg leitet. Ich runzle die Stirn und werfe einen Blick nach oben. Aber als ich feststelle, dass Mikitos Gesundheit nicht zu stark sinkt, entspanne ich mich wieder.

Ich zähle langsam bis zehn, und mit jeder Sekunde zittert und ruckt der grünbraune Haufen. Mikito ist zwar schnell, intelligent und tödlich, aber sie ist nicht besonders stark. Sie verlässt sich eher darauf, dass ihre Waffe und ihre Präzision ihre Angriffe verstärkten, als rohe Kraft einzusetzen, wie ich das beispielsweise tue. In einer Situation wie der jetzigen, kann das zum Nachteil werden.

„Beeindruckend", sagt Ali.

„Sie hat nicht allzu ernsthaft gekämpft", erkläre ich. In den wenigen Minuten, die ich beobachtet habe, sah ich Lücken in der gegnerischen Offensive, die sie im Ernstfall ausgenutzt hätte. Und sie hat nicht einmal Hast aktiviert. „Aber ja, die sind verdammt gut koordiniert. Vielleicht sind sie sogar besser als wir. Erinnert mich an Capstan und seine ursprüngliche Gruppe."

„Sie haben viel Zeit damit verbracht, ihre Koordination zu trainieren. Und das auf eine ziemlich disziplinierte Weise", stimmt Ali zu.

Als der Erdhaufen langsam zerfällt und eine Stangenwaffe mit Klinge erscheint, springe ich hinunter und stelle mich vor. Ich bin etwas überrascht, dass eine so fähige und disziplinierte Gruppe keine höheren Levels besitzt. Die Tatsache, dass sie frühmorgens hier draußen trainieren, zeigt jedoch ihre Entschlossenheit.

„Hallo", begrüße ich die Gruppe lächelnd. Natürlich haben sie mich schon früher bemerkt.

Ich höre geknurrte und verbale Grüße. Mikito nickt mir kurz zu, bevor sie einen Reinigungszauber auf sich wirkt, um Ruß und Dreck loszuwerden.

Nach den Begrüßungen gratuliere ich allen und lobe sie. Ich weiß, dass das nötig ist – ich muss ihr Selbstvertrauen stärken und ihnen sagen, dass sie das sehr gut hinkriegen. Meine Führungsqualitäten beweisen, wenn man so sagen will. Wahrscheinlich bin ich deshalb so überrascht, als der Revolverheld lacht.

„Kein Grund, uns in den Hintern zu kriechen. Mikito hat sich zurückgehalten", sagt Mel, und der muskulöse dunkelhaarige Typ grinst dabei. „Sie hätte uns jederzeit besiegen können, wenn sie ihre Fähigkeiten und Taktiken nicht eingeschränkt hätte."

Sein Team reagiert kopfnickend auf diese schroffen Worte – und es ist klar, dass es sein Team ist.

„Aha." Seine Direktheit lässt mich stutzen. „Wieso habt ihr alle so niedrige Levels?"

„Die Sekte", antwortet Rhys und verzieht das Gesicht. „Sie haben alles selbst erledigt, was höherstufig war, und ließen uns nur für begrenzte Zeit und in niedrigstufigen Zonen jagen. Sie wollten, dass wir deutlich unter ihren Levels bleiben. Dadurch konnten sie uns leichter kontrollieren. Statt zu riskieren, dass sie uns ,in Gegenden mit besseren Möglichkeiten umzusiedeln' beschlossen wir, unseren Levelaufstieg selbst zu begrenzen."

„Sie konnten verhindern, dass wir im Level aufstiegen, aber sie konnten uns nicht vom Training abhalten", sagt Mel und legt seine Hände lässig auf die Griffe seiner Pistolen. Ich sehe die enormen, hässliche Pistolen an, und sie kommen mir irgendwie bekannt vor. Als Mel meinen Blick bemerkt, lächelt er und zieht eine heraus. Er nimmt den Finger vom Abzug und hält sie nach oben und von mir weg gerichtet, so dass ich sie besser untersuchen kann. „Desert Eagle. Vor dem Erscheinen des Systems eher ein Spielzeug als eine Waffe, aber mit meiner zusätzlichen Stärke ..."

„Du hast Sprengpatronen verschossen", sage ich und runzle die Stirn. „Ich wusste gar nicht, dass ihr die habt."

„Klassen-Fertigkeit. Ich kann Spezialmunition für meine Waffen herstellen. Ich habe sie auch alle selbst verbessert, damit sie im System funktionieren", erklärt Mel.

„Können die ...?"

„Nein. Das habe ich bereits versucht", sagt Mel. „Sie scheinen nur bei mir zu funktionieren, daher kann ich anderen keine Patronen oder Waffen liefern. Das könnte sich auf höheren Levels vielleicht ändern, aber zurzeit sind nur Handwerker dazu in der Lage."

„Deine Klasse ...", frage ich. Mir ist nicht ganz klar, wie man das Thema angeht, bin aber trotzdem neugierig. Schließlich versuchen wir alle noch, diese Welt zu verstehen.

„Revolverheld. Schon vorher war ich eine Art Waffennarr, könnte man sagen. Ich diente der Armee mehrere Jahre lang. Infanterie. War gerade aus Afghanistan zurück, als das System erschien. Am ersten Tag schnappte ich mir diese Klasse, als sie verfügbar wurde", sagt Mel. „Mir gefiel die Idee nicht, ein Infanterist zu sein."

„Ach so." Ich nicke zustimmend. Ja, das System verteilte oft Klassen, die an Fähigkeiten oder Hobbys angepasst waren. Dennoch ist es überraschend, dass er etwas hat, was ich in einer Stadt wie dieser als eine ungewöhnliche oder sogar seltene Klasse betrachten würde. Andererseits hängt all das vom Glück ab. „Sieht nach einer interessanten Klasse aus."

„Das meine ich auch", sagt Mel und grinst mich an. „Mikito hat mir gesagt, dass du eigentlich Kelowna angreifen wolltest, aber das dann abgebrochen hast?"

„Jep. Ich hatte das nach der Auslöschung ihres Teams mit der Fortgeschrittenen Klasse für eine gute Taktik gehalten, aber ..." Ich gestehe mit einem Achselzucken unser Versagen ein. „Es hat nicht geklappt. Wahrscheinlich war das sowieso keine gute Idee."

„Warum sagst du das?", fragt Mel und runzelt die Stirn.

„Na ja, ein Freund hat darauf hingewiesen, dass wir uns dadurch verzetteln würden. Wir könnten keinen der beiden Orte adäquat verteidigen", sage ich und denke an Labashis Rat.

„Nur wenn ihr die Absicht habt, sie zu verteidigen. Ihr könntet ja einfach die Gegner auslöschen, dann alle Ressourcen plündern und euch anschließend zurückziehen", meint Mel. „Hey, wenn ihr einige einfache Abwehrstellungen einrichtet, wäre der Feind vielleicht nicht einmal an einem Gegenangriff interessiert."

„Oh ...?"

„Wir sind mitten in der von ihnen kontrollierten Zone. Der feindliche Vorstoß nach Osten ist der einzige Grund dafür, dass das andere Team nicht hier war. Wenn ihr sie alle erledigt, wären die Städte um uns herum in einer schwierigen geographischen Lage. Sie hätten keine Unterstützung – was bedeutet, dass sie es kaum riskieren würden, weitere Leute bei der Eroberung einer nicht besonders wichtigen Stadt zu verlieren", meint Mel.

„Riskant“, sagt Mikito und verzieht das Gesicht.

Ich bemerke, dass Rhys ebenfalls nickt.

„Klar, aber was würdet ihr verlieren? Das könnte dem Feind zusätzliche Optionen bieten, aber wenn es euch nichts ausmacht, Städte zu verlieren ...“

„Und die Leute, die in den Städten wohnen?“, frage ich leise und mit eiskalter Stimme.

Mels breite Schultern bewegen sich in einer abfälligen Geste. Bevor ich etwas sagen kann, wandert eine weitere Gruppe auf das Trainingsgelände. Mikito nutzt diese Gelegenheit, um die beiden Gruppen miteinander üben zu lassen. Dann packt sie meinen Arm und zieht mich weg.

„Er glaubt wohl, den größten Schwanz zu haben, was?“, sage ich, ohne meine Lautstärke zu reduzieren.

„Eigentlich hat er schon ein ziemliches Kaliber“, sagt Ali und blickt mich an.

Mikito ignoriert den unverschämten Geist und spricht stattdessen mit mir. „Da hat er gar nicht ganz Unrecht. Du auch nicht. Aber ich bezweifle, dass du hier bist, um mit meinen Leuten zu reden, oder?“

„Deine Leute?“, sage ich und spreche dann weiter, bevor sie antworten kann. „Ich wollte ein paar Worte mit ihnen wechseln. Ich wollte sie aus nächster Nähe sehen und sie vielleicht etwas aufmuntern. Außerdem wollte ich dir sagen, dass Hakarta unterwegs sind, die in einigen Tagen die Stadtverteidigung stärken werden, sobald ihr Transportraumschiff sie absetzt. Na ja, nachdem ich den Vertrag unterzeichne.“

„Hakarta?“ Mikito runzelt die Stirn und blickt dann die Gruppe an, bevor sie schließlich nickt. „Du willst, dass ich die Jäger warne.“

„Genau. Ich werde es auch Lana sagen, aber ...“

„Sie würden eher Schaden anrichten“, sagte Mikito mit einem Nicken. „Wird gemacht.“

„Danke." Ich sehe den Gruppen beim Sparring zu. Ich runzle die Stirn, trete von einem Fuß auf den anderen und frage mich, ob ich bleiben soll.

Mikito tritt direkt vor mich und versperrt mir die Sicht. „Du solltest gehen."

„Aber ..."

„Du hast wichtigere Dinge zu erledigen. Und deine Anwesenheit hilft nicht gerade", sagt Mikito und lächelt, um ihre Worte freundlicher klingen zu lassen.

„Ich ..."

„Geh. Ich kümmere mich darum", sagt Mikito und winkt.

„Na schön", knurre ich und gehe, etwas verärgert über den Rauswurf.

Ich muss zwar zugeben, nicht gerade die charismatischste oder netteste Person zu sein – aber so schlimm bin ich auch wieder nicht! Allerdings muss ich mich um Papierkram kümmern und mit anderen reden. Da all die Arbeit nicht warten kann, gehe ich los.

Kapitel 11

„Noch einmal", sagt Mikito laut, als ich mit der Trainingsroutine fertig bin.

Ich starre die Frau einen Moment lang an, bevor ich mit einem Seufzer wieder in die Mitte des Raums gehe, den wir übernommen haben. Zeit, das Schwerttraining zu wiederholen. Einer der Vorteile, die man als Eigentümer eines Großteils der Stadt hat, ist, dass Orte wie Turnhallen leicht zu finden sind. Das beschleunigt das Training deutlich.

Bevor ich anfangen kann, sagt Mikito: „Konzentriere dich auf deine Schneide. Sie bewegt sich am Schluss immer noch. Und bei Schritt 3 und 7 musst du einen Zentimeter zurück."

Ich knurre, nicke und fange nochmal an. Ich habe die Sequenz, die ich benutze, vor über einem Jahr aus Aufnahmen von Kämpfen der Erethra-Ehrengarde abgeleitet. Es gibt vor allem eine blauhaarige Frau, deren Stil ich nachahmen will, um meine seelengebundene Waffe effektiver einzusetzen. Das erfordert, dass ich bei Angriff und Verteidigung meine Klingen beschwöre und wieder verschwinden lasse. Mikito und ich haben das noch verfeinert und die zusätzlichen Waffen aus Tausend Klingen hinzugefügt, damit ich einen niemals endenden Ring von Schwertern um meinen Körper bilden kann. In der Theorie – und mit etwas Übung – ermöglicht diese Methode es mir, gleichzeitig anzugreifen, zu verteidigen und gegnerische Angriffswege mit den schwebenden Klingen zu reduzieren.

Obwohl Mikito gut trainiert, intelligent und engagiert ist, stellt ihre Vergangenheit ein Hindernis dar. Die Kampfsportarten der Menschen beinhalten recht wenig über schwebende Waffen, die ihren eigenen Wegen folgen. Daher mühen wir uns beide ab, meine Fertigkeit optimal zu nutzen. Da die Aufnahmen die Frau in einem echten Kampf zeigen, ist es nicht leicht, daraus Trainingsroutinen für mich zu entwickeln. Zum Glück heile ich dauernd, weil mein Körper sonst mit Wunden übersät wäre.

Nachdem ich schließlich die Routine noch viermal abgeschlossen habe, beendet Mikito das Training. Zumindest den theoretischen Teil unseres Trainings am frühen Morgen. Während ich mich strecke, die neueste Wunde reibe und Blut über meine Haut schmiere, macht Mikito einige Aufwärmübungen.

„Bist du bereit?", fragt die junge Japanerin.

„Einschränkungen?", antworte ich.

„Keine Skills in den ersten drei Runden. Dann geht es eine Stufe höher. Wähle in jeder weiteren Runde einen Skill oder Zauberspruch", schlägt Mikito vor.

Ich nicke. „Hört sich gut an."

Ich grinse, rufe mein Schwert herbei und gehe in die Fechtstellung. Rechter Fuß vorwärts, Hand etwas über der Taille und knapp außerhalb des rechten Knies. Die linke Hand nahe an meinem abgewinkelten Körper, wobei das Gewicht gleichmäßig verteilt ist.

Sobald Mikito sieht, dass ich in Position bin, springt sie vorwärts. Ich mache große Augen, da der plötzliche Wechsel des Tempos und Stils mich eine Mikrosekunde lang überrascht haben. Zum Glück funktionieren meine Reflexe. Ich bewege mein Schwert und ziele auf den sich schnell bewegenden Körper. Das Schwert prallt gegen ihre Naginata und die Japanerin wirbelt weg. Ich sehe kurz ihre lachenden Augen, die reine Freude, alles einzusetzen, ohne Sorgen um die Sicherheit. Dann muss ich mich wieder konzentrieren. Diesmal erscheint ein Grinsen auf meinem Gesicht.

Über eine Stunde später sitzen wir beide am Boden, völlig außer Atem. Für uns – na ja, für mich – ist in Kämpfen die Ausdauer kein großes Problem, aber beim Training ist das anders. Wir versuchen absichtlich, unsere gesamte Ausdauer zu eliminieren, um uns in einen Zustand zu bringen, in dem wir aus Erschöpfung Fehler machen. Die Art von Fehler, die nur passieren, wenn man kaum die Hand heben kann.

Als ich an die Decke starre, frage ich unwillkürlich: „Wie geht es dir?"

„Ich erhole mich. Acht Minuten", sagt Mikito mit trockenem Humor.

Natürlich sind es acht Minuten. Bei mir ist es ungefähr der gleiche Zeitraum. Das ist einer der seltsamen Aspekte des Systems – jeder braucht ungefähr die gleiche Zeit, um wieder seine Maximalwerte zu erreichen. Zwar sind diese Werte unterschiedlich, die Erholzeit bleibt dieselbe. Seltsam. Nur Klassen-Fertigkeiten machen da wirklich einen Unterschied.

„Ich meine, wie kommst du mit den Jägergruppen zurecht", sage ich, um das zu erklären. Wir sind nun ein paar Tage hier und Mikito hat, ohne zu klagen, die Rolle einer Leiterin übernommen.

„Ganz gut. Sie halten sich eher zurück als die Leute in Whitehorse. Sie sind nervöser. Ich versuche deshalb, ihr Selbstvertrauen zu stärken", sagt Mikito und verzieht ihr Gesicht. „Die Sekte hat diese Leute darauf konditioniert, auf Nummer Sicher zu gehen. Es war bisher schwierig, ihnen etwas mehr Risikobereitschaft beizubringen."

Ich nicke, da ich verstehe, was sie meint. Aber eigentlich hatte ich etwas anderes fragen wollen. Obwohl wir uns erst seit einer Weile kennen, ist sie doch eine Freundin. Und vor einem Jahr hat sie ihren Mann und ihre Familie verloren. Jetzt erwarte ich von ihr, dass sie eine Gruppe von Fremden trainiert, damit diese bereit sind, Monster anzugreifen. „Und du?",

„Mir geht es gut", sagt Mikito mit einem kurzen Lächeln.

Das soll mich täuschen. Ich weiß das. Sie weiß es auch. Aber ich bohre nicht nach, das wäre unhöflich. Und es ist uns beiden peinlich, über unsere Emotionen, unsere Gefühle zu sprechen. Vielleicht sind unsere Kultur und Erziehung schuld, oder es liegt einfach in unserer Natur. Am Ende läuft es auf das Gleiche hinaus.

„Na gut", sage ich leise. „Dann sag mir, welche Fehler ich diesmal gemacht habe."

Mikito lächelt und lehnt sich nach vorn, während sie spricht. Anschließend gebe ich meine eigenen Kommentare ab. Und dann, ja, dann wiederholen wir morgen das Ganze.

***

Ich runzle die Stirn und starre den umgebauten Wohnblock an. Was früher niedrige, einfache Betongebäude waren, sind nun niedrige, einfache Betongebäude mit Waffenständen. Ein Anbau aus Beton, der scheinbar aus der Ecke des Gebäudes herausgewachsen ist, verbindet die Wohnungen mit den zweistöckigen Läden daneben. Über den Läden bemerke ich Sandsäcke und Stahlbleche auf den Dächern, die den Verteidigern Deckung und Schutz bieten. Direkt darüber sehe ich etwas grün hervorblitzen, den meistens verdeckten Garten der Wohnanlage. Wie Lana gesagt hat, ist das Gebäude echt beeindruckend.

Als ich zum Haupteingang gehe, kommt Benjamin heraus und begrüßt mich mit einem Lächeln. Hinter ihm erspähe ich durch Bleche geschützte Wachen, die systemregistrierte Gewehre besitzen. Aus den Augenwinkeln sehe ich Überwachungskameras an den Wänden, die mich beobachten, als ich näher komme.

„Jonathan, danke, dass du meine Einladung angenommen hast", sagt Benjamin lächelnd und streckt die Hand aus.

„Nenn mich einfach John", sage ich und schüttle ihm die Hand. Ich blicke den hageren Architekten erneut an. Seine Einladung war überraschend gewesen, hätte es aber nicht sein sollen. Schließlich hatte ich Roxley selbst „sondiert." Natürlich würde Benjamin das auch bei mir tun wollen.

„Komm mit hoch. Oder soll ich dich erst herumführen?"

„Mmm … essen wir zuerst", sage ich lächelnd.

Interessanterweise wohnt Benjamin nicht ganz oben, sondern im fünften Stock. Seine Wohnung ist klein und gemütlich, und es sieht so aus, als ob er sich dort gut eingelebt hat. Auf dem Boden des Wohnzimmers liegen Spielsachen und Kleidungsstücke um eine abgenutzte, beige Couch herum. Eine lächelnde Frau begrüßt mich, als ich den Raum betrete.

„Das ist meine Frau Susan", sagt Benjamin, und wird anschließend in Kniehöhe angesprungen und umarmt. Er tätschelt den Kopf des Kindes. „Und meine Tochter Julia."

„Mr. Lee." Ich schüttle die ausgestreckte Hand. Bens Frau hat langes, lockiges, hellbraunes Haar und trägt ein einfaches Sommerkleid, das ihre schlanke Figur hervorhebt. „Setzt euch bitte. Das Essen ist bald fertig."

„Danke", sage ich und lasse mich von Ben und Susan ins Esszimmer führen. Zu meiner Überraschung sitzt dort schon Mel. „Mel."

„Ms. Sato meinte, dass wir Mel auch zum Abendessen einladen sollten", sagt Benjamin, während wir uns setzen.

„Kein Problem", sage ich. „Mikito hat erwähnt, dass dein Team den Dungeon gesäubert hat?"

„Ja. Der Abschlussbonus war echt gut", sagt Mel, wobei seine Augen voller Humor funkeln. „Ich verstehe, wie ihr so schnell im Level aufgestiegen seid, vor allem, wenn das stimmt, was Mikito über die Zahl der abgeschlossenen Dungeons sagt."

„Es gab da schon einige", sage ich und lehne mich vorwärts. „Erzähle mir von dem hier."

Mel neigt den Kopf und blickt mich einen Moment an, bevor er über den Dungeon spricht. Ich stelle weitere Fragen und erhalte einen Eindruck, wie sie gehandelt haben und was er davon hält. Mel ist interessant – er beschreibt den Dungeon trocken, sachlich und extrem detailliert, als ob er einen Bericht schreiben würde. Erst als Susan mit dem Essen kommt, wechseln wir das Thema und sprechen über angenehmere Dinge. Das Wetter, süße neue Tiere, sowie das florierende Bildungs- und Kita-System, für das sie sich engagiert. Das sind Themen, die für die Ohren der Vierjährigen, die sich jetzt zu uns setzt, eher geeignet sind.

Die Mahlzeit ist lecker und sättigend – Matzeknödelsuppe, danach ein Braten, Karottenpüree und Kartoffelpuffer und anschließend Kartoffelbrei mit Salat und einem Eintopf. Rindfleisch vermutlich, obwohl ich bezüglich des Fleischs keine Wette eingegangen wäre. Aber auf jeden Fall wohlschmeckend und herzhaft.

Nach dem Essen bringt Susan Julia in ihr Zimmer, Bens Frau wirft ihm dabei einen Blick zu, den ich nicht interpretieren kann.

„Machen wir einen Spaziergang?", fragt Ben und deutet zur Tür. „Ich würde dir gern die Wohnungen zeigen."

„Aber gern", sage ich sofort, da ich mehr über das Gebäude und Bens Skills herausfinden will. Und außerdem wäre es gut, endlich zum eigentlichen Zweck dieses Treffens zu kommen. Auch wenn die Hausmannskost und der Abend bisher angenehm waren, sind diese Interaktionen doch recht anstrengend.

Ich bin auch nicht überrascht, als Mel uns begleitet.

Als wir durch den Korridor zum Aufzug gehen, meldet sich Ben zu Wort. „Sam hat mir gesagt, dass er nicht wirklich aus dem Yukon stammt. Kam er später zu euch?"

„Ja."

„Ach ..." Ben zögert, da er merkt, dass ich nicht ins Detail gehen will. „Na ja, er scheint ja ganz gut mit euch auszukommen."

„Er hat eine interessante Klasse", antworte ich.

Mel kneift die Augen zusammen, sagt aber nichts.

„Das stimmt. Es gab einen interessanten Synergieeffekt zwischen seiner Klasse und den Mechanikern, Ingenieuren und anderen Handwerkern der Stadt. Nachdem sie jetzt mit einem breiteren Spektrum an Ressourcen arbeiten, haben sie einige sehr interessante Erfindungen gemacht“, sagt Ben. „Ah, das dürfte dich interessieren.“

Ben bleibt an einer Tür stehen, öffnet sie und zeigt auf die Stelle, wo das ursprüngliche Wohngebäude erweitert wurde und nun mit den Läden verbunden ist. Er erläutert eine Weile die verschiedenen Sicherheitsmaßnahmen und seinen Skill, einschließlich der Mana- und Punktkosten, sowie die Selbstverbesserungsfähigkeit des Gebäudes. Es ist eine interessante Diskussion, aber ich bemerke, dass Mel mit der Zeit ungeduldig wird.

Erst, als wird schließlich den Anbau verlassen, sagt Mel etwas. „Wie sehen deine Pläne für uns aus? Für die Einwohner?“

„Was meinst du damit?“, frage ich und hebe eine Augenbraue.

„Du scheinst nicht die Absicht zu haben, die Stadt zu verlassen. Willst du Leute auf der Basis ihrer Klassen und Skills auswählen? Auf der Grundlage der Levels?“, fragte Mel aggressiv.

„Auswählen?“, frage ich leise und stelle mich dumm.

„Das leitende Personal. Wir haben logischerweise bemerkt, dass jeder auf der Führungsebene entweder einen hohen Level hat oder einer von euch Yukonern ist.“

„Na ja, wir haben eben etwas mehr Erfahrung“, sage ich achselzuckend. „Und daher höhere Levels.“

„Schwachsinn“, knurrt Mel. „Ben hier weiß viel mehr über die Stadtplanung als du. Du meine Güte, er war schließlich Mitglied des verdammten Stadtrats. Und Mikito kann zwar gut kämpfen, hat aber über die Taktik noch einiges zu lernen. Wenigstens habt ihr Sam und Torg, die sich um die Farmen und das Handwerk kümmern."

„Meint ihr, dass es uns an Kompetenz mangelt?"

„Nicht an Kompetenz. Vielleicht eher an Erfahrung", wirft Ben ein.

Mel sagt: „Ihr Kinder habt–"

„Kinder? Du bist vielleicht ein oder zwei Jahrzehnte älter, aber wir sind nicht wirklich Kinder", raunze ich und atme dann tief ein. „Und wer ist hier das Kind? Ihr habt beide ungefähr die Hälfte unserer Levels. Und diese Levels sind wichtig, ob es euch passt oder nicht."

„Aber auch die Erfahrung aus der Zeit vor dem System!", faucht Mel. „Ihr glaubt, dass es nur um eure Levels geht, während –"

„Während ihr uns für das, was wir getan haben, nicht ausreichend Respekt zollt."

„Ich bin mir sicher, dass Mel dich nicht beleidigen wollte", sagt Ben rasch und tritt zwischen uns. „Wir wollen alle nur da helfen, wo wir es können."

„Vielleicht. Mich als Kind zu bezeichnen ist dabei aber nicht gerade hilfreich.", fauche ich. „Wir haben die Erfahrung, wie man in dieser neuen Systemwelt wirklich eine Stadt aufbaut. Und, ja, wir haben vielleicht nicht die gleichen Skills wie ihr, aber wir haben das auch bereits vorher getan, verdammt noch mal."

„Und das verstehen wir durchaus", sagt Ben und wirft Mel einen wütenden Blick zu, damit dieser endlich den Mund hält. „Aber wir möchten auch wissen, welche Pläne ihr für die Stadt habt."

„Da gibt es nicht viel zu erzählen. Wir werden unser Bestes tun, die Stadt wieder in Schuss zu kriegen und euch allen den Impuls zu geben, damit ihr wieder eine funktionsfähige Gemeinde werdet. Im Yukon hat das funktioniert", sage ich. „Und währenddessen machen wir auch noch die

Sekte fertig. Und wenn ihr uns in der Zwischenzeit helfen wollt, müsst ihr weiter im Level aufsteigen und uns dabei unterstützen, die Dinge unter Kontrolle zu halten. Ob es euch passt oder nicht, wir sind die beste Hoffnung der Stadt, bis die Sekte besiegt ist."

„Na schön. Wir werden weiter im Level aufsteigen, aber ihr fangt besser damit an, mit denen von uns aus Kamloops zu sprechen. Wir werden es nicht zulassen, dass wir in unserer eigenen Stadt ignoriert werden. Nicht schon wieder, und nicht von einem ... nicht von Menschen", sagt Mel verärgert.

Ich nicke. Er ist vielleicht etwas jähzornig und barsch, aber ich verstehe ihn. Und ich habe Pläne für diese Leute —es ist einfach noch zu früh, ihm diese zu offenbaren.

***

Die darauffolgende Woche vergeht wie im Flug. Gestern kamen die Hakarta-Trupps an. Sie haben sich gut angepasst, vor allem weil mein Team und ich uns Zeit nehmen und sicherstellen, dass alle sich an ihre Anwesenheit gewöhnt haben. Dann ziehen wir los. Ich nehme an, dass man doch etwas an Perspektive gewinnt, wenn man einen laufenden, sprechenden, meist höflichen Humanoiden mit den geifernden, fleischfressenden Monstern außerhalb der Stadt vergleicht. Es hilft auch, wenn der grüne Humanoide so aussieht, als ob er einen zerfetzen könnte, wenn man sich nicht anständig benimmt.

Im Laufe der Woche gelingt es Mikito den durchschnittlichen Level um einen zu erhöhen. Das ist ziemlich beeindruckend, wenn man bedenkt, wie wenige hochstufige Zonen es hier gibt. Das erinnert mich wieder daran, wie viel „Glück", wir in Whitehorse hatten.

„DROHNEN ONLINE“, meldet Kim und meine Minikarte wird aktualisiert.

Eine Sekunde später erscheint eine größere Karte vor mir, die Echtzeitdaten der Umgebung zeigt. Während die Bionetzwerke wachsen, werden die modifizierten Sensorendrohnen helfen, Lücken zu schließen und detailliertere Informationen zu liefern. Momentan lässt Kim sie ein Routinemuster abfliegen.

„Danke.“ Ich starre die Karte an und sehe, wie Daten flackern und sich aktualisieren, bevor sie stabil erscheinen. Einen Moment später lasse ich die Karte verschwinden und sehe wieder die Straße, auf der wir warten. Der Rest des Teams ist noch nicht hier, daher stehen nur Sam und ich mitten auf der Straße und teilen die Kartendaten, die er der Siedlung geschickt hat. „Ausgezeichnete Arbeit, Sam.“

Der Technomant knurrt zur Bestätigung, da er immer noch den Kopf unter der Motorhaube des modifizierten Trucks hat. Da er jetzt die Zeit und das Material hat, führt er Upgrades seiner Fahrzeuge durch – alles von Antigrav-Modulen bis zu Panzerplatten. Besonders auffällig ist die neue Strahlen-Panzerabwehrkanone auf dem Dach, die ihre eigene Energieversorgung besitzt. Die Kanone kann zwar nicht viele Schüsse abgeben, sie würde aber selbst mir Schaden zufügen.

„Die Teams sollten momentan im Norden bleiben“, sagt Mikito, die gerade um die Kurve kommt, zur Gruppe, die ihr folgt. „Vergesst nicht, dass die Hakarta zwar zur Unterstützung hier sind, ihr aber immer noch die primäre Verteidigungsstreitkraft seid. Ihr müsst die Teams rechtzeitig zurückholen, damit ihr euch dem Konvoi anschließen könnt. Achtet darauf, eure Angriffe zu rotieren!“

„Verstanden“, knurrt Mel und schüttelt den Kopf. „Ich mache das nicht zum ersten Mal, weißt du.“

Mikito schürzt die Lippen, nickt aber nur kurz und verlässt die Gruppe.

Lana kommt um die andere Ecke und behandelt ihre kleine Gefolgschaft ziemlich ähnlich. Torg, Benjamin und einige andere Leute, die den neuen Stadtrat bilden, hören der Rothaarigen zu. Auch wenn sie nicht gerade glücklich sind, hat die kurzfristige Lösung, die Alltagsgeschäfte durch eine örtliche Gruppe verwalten zu lassen, die Einheimischen etwas beruhigt. Im Gegensatz zu Mikito verabschiedet sich Lana nur und erklärt ihnen unsere allgemeinen Pläne. Statt wegzugehen folgt die Gruppe Lana bis zu mir hin.

„John", begrüßt Benjamin mich lächelnd und sieht sich unsere abfahrbereite Gruppe an. „Wir halten die Stadt für euch am Laufen."

„Danke." Ich lächle ihm dankbar zu. Ich bin ja nicht dumm – ich weiß, welches Risiko es darstellt, Fremden so viel Zugriff und Macht anzuvertrauen, aber ich habe einfach nicht viel Zeit. Ich muss einfach darauf vertrauen, dass Lana die richtigen Leute gewählt hat und dass Kim sie kontrollieren kann, während ich mich auf die wichtige Aufgabe konzentriere, alle am Leben zu halten. Ganz abgesehen davon, sind sie wohl schlau genug, erst nach der Beseitigung der momentanen Gefahr die Macht zu übernehmen. Falls sie mir die Stadt abnehmen wollen, wäre es unsinnig für mich, hier zu bleiben und ihnen zu helfen.

„Ich weiß echt nicht, was ich im Stadtrat soll", murmelt Torg wieder einmal und schüttelt den Kopf.

„Du kennst dich mit der Landwirtschaft aus. Genauer gesagt mit System-Farmen. Die Stadt konzentriert sich auf Farmen. Ich glaube, du passt da perfekt rein", antworte ich.

„Ich bin nur ein Leibeigener ...", sagt Torg, schweigt dann aber, als alle ihn anstarren. Er gibt seufzend auf.

Trotzdem mache ich mir eine mentale Notiz, ihn im Auge zu behalten und einen Nachfolger zu suchen. Man kann nie wissen, ob er nicht plötzlich in eine besser etablierte Stadt umziehen will.

„Genau, ihr haltet die Stadt am Laufen. Startet den Konvoi. Wenn alles klappt, sind wir bald wieder zurück. Kim kann uns nötigenfalls kontaktieren und weiß ungefähr, was wir vorhaben. Vor allem solltet ihr bauen, im Level aufsteigen und unsere Verteidigungssysteme stärken", sage ich.

Danach sind wir im Nu auf dem Highway. Lana sitzt in Sams Truck, während Mikito und ich vorausfahren. Etwa eine halbe Stunde später kommen wir an die Reichweitengrenze der Sensoren in Kamloops und finden das letzte Mitglied des Teams.

„Ingrid." Ich halte Sabre an und lehne mich vor, während meine Augen sie von oben bis unten ansehen. Nichts ist fehl am Platz und sie wirkt vielleicht nicht gerade entspannt, aber zumindest einigermaßen neutral.

„John. Meine Damen", sagt Ingrid und lässt ihren Blick einen Moment auf Sams Truck ruhen, bevor sie den Kopf schüttelt, um einen Gedanken loszuwerden, der sie stört. „Hast du meine Nachricht erhalten?"

„Ja", sage ich und tippe an meinen Helm, so dass ich ihr beim Gespräch in die Augen sehen kann. Irgendwie frage ich mich wirklich, warum ich überhaupt einen Helm trage. Ich bin stark genug, um bei Tempo hundertsechzig vom Motorrad auf meinen Kopf fallen zu könnten, ohne mehr als einen kleinen Kratzer davonzutragen. Aber die Jahre des Trainings hatten ihre Wirkung, und ich fühle mich unbehaglich, wenn ich ohne Helm auf dem Motorrad sitze.

Bevor Ingrid mehr sagen kann, greift sie Shadow, der sich angeschlichen hat, mit seiner riesigen Schlabberzunge an. Einige Minuten später hat sich Ingrid endlich von Lanas Hund und dessen Schatten befreit – und es ist bizarr, wie ein Schatten schlabbern und lecken kann. Von den Mädchen und

Sam wird sie etwas ruhiger begrüßt, während ich nervös mit den Fingern trommle.

„Haben sie alle aus Vernon zurückgezogen?", frage ich zögernd.

„Ja", sagt Ingrid.

„Und du bist dir sicher, dass niemand mehr in der Stadt ist?", murmle ich.

„Sicher? Nein, aber ich bin mir ziemlich sicher, dass die Sekte alle ihre Leute und die Leibeigenen abtransportiert hat", meint Ingrid. „Wenn noch Leute dort sind, sind sie so gut versteckt, dass wir sie nicht sehen können. Die könnten genauso gut verschwunden sein."

„Was hast du vor?", sagt Lana und neigt ihren Kopf in meine Richtung, wobei eine Locke über ihr Gesicht fällt und wütend beiseite geschoben wird.

„Die Stadt zu erobern. Die Leute finden, die bereit sind, nach Kamloops zu gehen und sie dorthin schicken. Dann werde ich die Stadt wieder ans System verkaufen", antworte ich.

„Was?"

„Häh?"

„*Maji?*"

„Warum?"

Ich sehe Sam an, der die letzte Frage gestellt hat. „Wir können die Stadt nicht halten. Und da unsere Bevölkerung so niedrig ist, lohnt es sich nicht, eine Menge kleiner Enklaven zu besitzen. Es ist besser, unsere Leute dort zu konzentrieren, wo wir schneller wachsen können. Außerdem können die Credits für den Verkauf einer Stadt–"

„Lukrativ sein", sagt Ali und grinst bis über beide Ohren. „Auf diese Weise hat John Sabre bekommen."

Ich sehe, dass viele nicken, aber Ingrid stellt schließlich die offensichtliche Frage. „Wirst du das teilen?"

***

Vernon zu organisieren und dessen Einwohner nach Kamloops zu schicken, ist nicht gerade angenehm. Die Leute sind stur, emotional und unvernünftig. Selbst wenn es unbestreitbare Beweise dafür gibt, dass ihre Stadt stirbt, oder bereits tot ist, wollen viele trotzdem nicht weg. Lana muss ihr beträchtliches Charisma vollständig einsetzen, um die meisten von ihnen zum Packen zu überreden. Wir können sie unmöglich alle bewachen, vor Monstern oder der Sekte schützen, wenn sie alleine sind. Dennoch lehnen einige Leute das ab. Manche tun das, weil sie uns nicht glauben. Andere halten das lediglich für einen weiteren Test. Aber Lana zieht ihr Ding durch, und in geringerem Umfang auch die anderen, und allmählich kommen Leute zu uns. Das nächste Problem ist natürlich, wie man die Leute zurück nach Kamloops transportiert.

„Sind wir fertig?", fragt Sam. „Der Konvoi müsste jetzt bereit sein."

„Wie lange wird das dauern?" Ich runzle die Stirn und versuche abzuschätzen, wie lange es dauern würde, eine Nachricht zu senden, damit der Konvoi in unsere Richtung fährt. Andererseits werde ich nicht einmal versuchen, das Rathaus zu besuchen, bevor wir zumindest die meisten Leute gesammelt und weggeschickt haben. Wir sind zwar bisher weder auf Fallen noch auf Widerstandsnester gestoßen, aber das bedeutet nicht, dass keine existieren.

„Ungefähr eine Stunde. Dürften gerade rechtzeitig zum Abholen kommen", sagt Sam und geht zu seinem Truck. Er starrte ihn eine Sekunde an und eine Abdeckung auf der Ladefläche rollt sich zurück, so dass eine Drohne nach oben schweben kann. Ich kann Teile meiner Drohnen darin sehen – der Rahmen einer Libelle wurde verstärkt und modifiziert. Die so entstandene graue Drohne ist kein Aufklärungsmodell mehr, sondern größer und aggressiver. Ich sehe die Läufe von zwei Strahlengewehren, und unter dem Fahrwerk hängt eine kleine Schüssel. „Ich werde es Kim mitteilen. Das dürfte nicht länger als eine Stunde dauern, und das Ding kann mich dann später anpeilen.“

„Wann hast du das gebaut?“, frage ich und sehe mir die neue Drohne an. Ich hatte so etwas nicht erwartet, diese Drohne unterscheidet sich deutlich von meinen und den anderen in der Stadt.

„In den letzten Tagen, nachdem ich die anderen für Kim modifiziert habe. Ich habe etwa ein halbes Dutzend Drohnen im Arsenal, aber ich kann momentan nur drei gleichzeitig kontrollieren. Na ja, drei wenn ich sie einigermaßen gut unter Kontrolle halten will“, sagt Sam ganz stolz. „Ich hatte es satt, mich in Mikitos PKF zu verstecken.“

Ich lächle und bitte Sam, die Nachricht zu senden, während ich ruhig herumlaufe. Wie immer kümmert sich Mikito um die wenigen Jäger, während Lana dabei ist, die anderen zu organisieren. Ich helfe Lana, wo ich kann. Ich schmeichle und beantworte Fragen, aber es überrascht mich nicht, dass die meisten Leute sich an Lana und später an Sam wenden. Es macht mir überhaupt nichts aus, dass sie sich um die Menschenmenge kümmern, und ich verschwinde ganz, als Ingrid zurückkehrt.

„Und ...?“, frage ich.

„Fallen. Jede Menge. Das ganze Gebäude ist auf die Sprengung vorbereitet. Mehrere Zaubersprüche und Geschütztürme sollen jeden angreifen, der den Kern zu betreten versucht. Vermutlich gibt es dort auch Minen“, sagt Ingrid kopfschüttelnd. „Es war nicht leicht, mich nahe genug anzuschleichen, um das zu entdecken. Die Stadtbewohner haben das Gebäude abgeriegelt. Ich habe gehört, dass einige Leute verletzt wurden, bevor man das Problem erkannte.

„Kannst du sie entschärfen?", frage ich.

„Sehe ich vielleicht so aus?", fragt Ingrid sarkastisch.

Ich zucke zusammen, als ich ihren Tonfall höre und blicke Sam an. Ich frage mich, ob er vielleicht helfen könnte.

„Spar dir die Mühe, Junge", meint Ali. „Er hat keinen Systemskill dafür. Oder sonstige Fähigkeiten. Fallen Entschärfen oder ähnliche Skills sind sehr spezialisierte Dinge. Man braucht beides, um sie richtig zu entschärfen."

„Großartig." Ich runzle die Stirn und gehe meine Optionen durch.

„Warum machst du dir darüber Sorgen? Aktiviere deinen Seelenschild und marschiere einfach rein", sagt Ali und winkt. „Du musst einfach immer wieder deine Heilzauber wirken, dann klappt das schon."

„Einfach reinmarschieren?", sage ich leicht amüsiert. „Man kann nicht einfach–"

„Mit deiner Gesundheit, deinen Skills und Zaubern?", sagt Ali. „Ja. Ja. Das stimmt. Es sei denn, du willst einige Tage damit verbringen, die feindlichen Verteidigungssysteme langsam zu demolieren."

„Dann halten wir uns an den Plan", sage ich und deute auf die Gruppe von Menschen, die immer noch langsam nach draußen geführt werden.

Während ich das sage, fährt der zweite Konvoi ab. Er enthält genug zusammengekratzte Fahrzeuge, um eine ausreichend große Gruppe zusammen mit unserer begrenzten Zahl von Jägern loszuschicken. Ich kann nur hoffen, dass die restlichen Jäger-Teams bald aus Kamloops ankommen. Anfänglich wollten wir nicht zu viele unserer Leute in den ersten Spähtrupps, aber nachdem wir jetzt die Lage kennen, müssen wir allmählich los.

***

Stunden. Es dauert Stunden, bis die Fahrzeuge aus Kamloops ankommen und die Flüchtlinge eingestiegen sind. Die Jägergruppen aus Kamloops sind endlich hier und schwärmen aus, um den Konvoi zu bewachen. Lana und Sam sind mittendrin. Sie führen die Leute zu den Fahrzeugen, verhandeln und erklären, warum jemand Omas Kleiderschrank nicht mitbringen darf. Das alles ist dumm, unvernünftig und emotional, und deshalb weiche ich dem aus. Ich sitze in der Nähe auf einem Bürogebäude, beobachte die Straßen und starre die Daten an, die Ali mir übermittelt.

Dort findet mich Ingrid. „Nichts?"

„Noch nicht", sage ich und rolle einen Schokoriegel in meiner Hand herum. „Ich hatte wirklich gedacht, dass sie uns inzwischen schon angegriffen hätten."

„Vielleicht warten sie darauf, dass du die Stadt in Besitz nimmst". meint Ingrid und deutet auf das verlassene Gebäude, in dem sich der Stadtkern befindet.

„Die können mich doch nicht für so blöd halten." Vielleicht bin ich paranoid, aber das fühlt sich zu sehr wie eine Falle an. Ich würde da nie reingehen, solange sich noch so viele Menschen in der Stadt befinden. Zudem könnten die Feinde angreifen, während ich auf dem Weg zum Stadtkern feststecke.

„Dumme Leute machen dumme Dinge", sagt Ingrid.

„Und du, mein Junge, hast schon einige Riesendummheiten begangen", fügt Ali hinzu.

„Sind wir bereit?", sage ich zu Ingrid, wobei ich Ali ignoriere. Sie nickt als Antwort. Ich entspanne mich etwas. Was auch immer der Grund für die Verzögerung ist, ich bin dankbar, dass wir inzwischen unsere eigenen kleinen Überraschungen vorbereitet haben.

„Wäre ich sonst hier?", raunzt Ingrid.

Ich will ihr gerade antworten, als ich etwas am Horizont bemerke. Ich runzle die Stirn und zoome mit dem Helm heran. Der Punkt wird mit einem erstaunlichen Tempo größer. Zwei Stummelflügel, ein abgeflachter, kegelförmiger Körper in Grau und herausragende Metallstücke sind alles, was ich sehe. Dahinter folgen größere, breitere Luftschiffe in einem gemächlicheren Tempo.

„Scheiße!" Per Gedankenbefehl aktiviere ich meine Funkverbindung. „Luftschiffe im Anflug. Bringt alle von den Straßen runter und in Deckung. Sam, wird werden deine Kanone brauchen. Ingrid, Mikito bereitet euch vor, die ankommende feindliche Infanterie abzufangen."

Während ich das noch sage, ist der von mir entdeckte Punkt deutlich größer geworden und nun mit bloßem Auge sichtbar. Einen Moment später zerstören seine Waffen einige Gebäude mit blau leuchtenden Strahlen. Ich springe vom Gebäude und rase zu einem anderen. Dabei leuchtet mein Seelenschild in einer hellen Korona aus Rot- und Blautönen auf, während Energie eindringt.

Ich renne und weiche den Angriffen aus, die auf mich gerichtet scheinen. Einige ewig während Sekunden später, als mein Seelenschild zerstört und meine nackte Haut geschwärzt ist, endet der Angriff. Das dröhnende Echo der zu schnellen Luftschiffe und der einstürzenden Gebäude hallt in meinen Ohren. Ich atme stockend und die gefilterte Luft in meinem Helm riecht muffig und steril. Ich ziehe mich an einem teilweise eingestürzten Gebäude hoch und ignoriere die fallenden schwarzen Punkte, welche die Luftlandetruppen der Sekte darstellen. Mein Team wird sich um die Invasoren kümmern müssen, die aus den Transportschiffen aussteigen. Ich hingegen muss meinen Fehler beheben. Ich hätte wissen müssen, dass die Feinde diese verdammten Luftschiffe einsetzen.

Ich hebe die Hand und konzentriere mich geistig auf das sich schnell zurückziehende Luftschiff, das bereits eine Kurve fliegt. Dann stelle ich die Verbindung her, senke das Potenzial auf einer Seite und erhöhe es auf der anderen. Verwende Mana, um den Strom einzuengen und meine Elementar-Affinität, um die Verbindungen im Kanal zu reduzieren. Dann noch mehr Mana, um den Prozess zu starten, während geheimnisvolle Symbole und Gedanken durch meinen Kopf wirbeln. Blitz schießt aus meiner Hand und überquert die Strecke in null Komma nichts. Ich kanalisiere die rohen Kräfte der Natur. Ali springt in den Strom, konzentriert den Energiefluss und verstärkt ihn mit seiner Fähigkeit.

Um die bewaffneten Luftschiffe herum leuchten Schilde auf und absorbieren den Schaden, den ich austeile, während der Blitz von Schiff zu Schiff springt. Diese Schutzschilde widerstehen meinem ersten Angriff, aber ich habe jetzt die Verbindung hergestellt und werde nicht zulassen, dass sie den Höhenvorteil behalten. Ich bin wütend auf mich selbst, denn ich habe vergessen, dass hier keine Drachen den Himmel beherrschen. Dass hier draußen Luftstreitkräfte durchaus möglich sind. Menschen sterben und sind umgekommen, weil ich einen Fehler gemacht habe. Dafür kann ich mich lediglich beim Feind revanchieren.

Feurige Strahlen zielen auf meine reglose Gestalt und mein wieder aufgefrischter Seelenschild leuchtet, während er Schaden absorbiert. Sekunden bevor mein Seelenschild versagt, verschwindet der Schutzschild des vordersten Luftschiffs. Weitere durch Ali kanalisierte Energie führt zu Kurzschlüssen in der Elektronik und schmilzt die Panzerung, während mein Fleisch kocht. Dabei bemerkte ich noch, dass ein zerstörerischer Strahl nach oben schießt, als Sams Truck das zweite Luftschiff vernichtet. Der Schmerz umhüllt mich wie eine Plastikfolie, während meine Nerven zischen und mein Körper brennt. Plötzlich spüre ich erleichtert, dass der zunehmende

Schmerz aufhört, als der Strahl verschwindet und das verbleibende Luftschiff abdreht.

„Es reicht, Junge", ruft Ali, und ich merke, dass er das schon seit einigen Sekunden getan hat.

Ich deaktiviere den Blitz und falle auf die Knie, während mein Körper versucht, sich zu heilen. Fleisch formt sich wieder, meine Haare wachsen langsam nach und die verbannte Haut fällt ab. Eine Hand berührt meine Seite und spritzt einen Gesundheitstrank ein, um den Heilprozess zu beschleunigen. Ich weiß, dass das System einen Teil des Schadens für mich reduziert. Es verringert die Auswirkung des Schadens, um meine Widerstände und meine Gesundheitspunkte zu simulieren. Meine Güte, das reduzierte sogar das Schmerzempfinden. Das System ist einfach bizarr.

„Wir müssen los", sagt Ali und zoomt aus der Karte heraus, damit ich die sich nähernden roten Punkte sehen kann.

Ich habe mich zur Zielscheibe gemacht. Wenn die Jäger-Teams aus Vernon und Kamloops und meine Freunde sie nicht verlangsamt und abgelenkt hätten, würde ich es jetzt mit den gelandeten Sektenmitgliedern zu tun haben.

John Lee
HP: 487/1700
MP: 729/1310
Zustand: Knusprig

Ich rapple mich hoch und betrachte meinen Zustand. Dann wirke ich kurz hintereinander Größere Heilung und Größere Regeneration. Das hätte ich eine Sekunde früher tun sollen, aber ich war so verdammt wütend. Das bin ich zwar immer noch, aber meine Rüstung ist fast völlig weg und meine Gesundheit extrem niedrig. Zuerst Sabre, dann der Kampf.

„Status", sage ich über den Kommunikationskanal der Gruppe und während ich mich zu Boden fallen lasse, frage ich mich, wie die Dinge laufen. Sabre fährt per Autopilot über die beschädigten Straßen zu mir.

„In der Stadt befinden sich 43 Sektenmitglieder. Sie gehen, wenn möglich, in Fünfergruppen vor, aber wir versuchen, diese Gruppen zu zersprengen. Die Levels reichen von etwa 30 bis zu Fortgeschrittenen Klassen, vermute ich", sagt Sam, dessen Stimme barsch und eilig klingt, als ob er etwas Besseres zu tun hätte. „Mikito, Lana und ihre Tiere führen die Kampfgruppen in direkten Kämpfen. Aber der Blutkrieger und der Felswerfer, die du erwähnt hast, überwältigen jede Gruppe, die sie finden. Wir vermeiden sie momentan, aber ..."

„Es sind 42", unterbricht ihn Ingrid. „Wir brauchen dich dort draußen, John."

„Bin unterwegs. Ich hole mir gerade Sabre." Ich eile zur Kreuzung, auf die Sabre gerade zurast. Mein Instinkt und die Karte lassen mich abrupt anhalten, bevor ich die Kreuzung betrete und mich zeige. Ein großer, wirbelnder Kegel aus Energie und Lianen fegt vor mir durch die Luft. „Ich könnte mich etwas verspäten."

Ich beschwöre mein Schwert und einige nachfolgende Klingen, konzentriere mich und springe dann leicht seitwärts hoch. Ich lande an der Gebäudemauer, meine Beine federn den Aufprall ab und schleudern mich dann wieder nach oben und nach vorne weiter. Ich wirble durch die Luft und schlage mit dem Klingenhieb um mich, als ich über das Gebäude komme. Ich schleudere die Klingenenergie auf meine Angreifer.

Kleine Fische, merke ich schnell, während ich einen Feuerball beschwöre. Ich schleudere ihn auf die Gruppe, die noch meinem früheren

Angriff ausweicht. Der Feuerball fliegt auf die Gruppe zu, während ein Sektenmitglied bereits seine Hand hebt, um einen Eisschild zu beschwören. Ich überrasche sie, indem ich per Versetzungsschritt in ihrer Mitte erscheine und meinen eigenen Feuerball ignoriere. Es ist verrückt, direkt in seine eigene Explosion zu springen, daher hat das niemand erwartet.

Ich schlage nach rechts und schneide den schnell handelnden Magier entzwei. Ich breche seinen beginnenden Zauber und ducke mich hinter seiner blutenden Gestalt. Dadurch dient mir sein halb durchtrennter Körper zum Schutz, als der Feuerball ankommt. Alles scheint sich in Zeitlupe zu bewegen, bis zum Moment, als der Feuerball explodiert und rotgoldene Zerstörung um sich schleudert, wie ein Kind, das Konfetti wirft. Im Vergleich dazu, als ich von der Strahlenwaffe des Luftschiffs gekocht wurde, ist dieser Schmerz sogar noch erträglich.

„Stirb", fauche ich, mache einen Schritt vorwärts und spieße ein weiteres Sektenmitglied auf.

Ein dritter Feind, der aufstehen will, nachdem ihn der Feuerball zu Boden geworfen hat, wird von Sabre überfahren. Ich springe auf das Motorrad, aktiviere die Mech-Umwandlung und stampfe mit einem nun metallumhüllten Bein auf die sich windende Gestalt. Danach ist es ein Leichtes, die übrigen Gegner zu eliminieren, da die zusätzliche Feuerkraft des Mech sie niedermetzelt.

Ich atme aus und erhole mich für ein paar Sekunden, dann muss ich weiter. Es folgen Minuten, in denen ich renne und ausweiche und die leuchtenden roten, grünen und blauen Punkte der Feinde auf meiner Minikarte jage.

Ich plane nichts, sondern übergebe Sam die Kontrolle. Da er in seinem Truck sitzen muss, hat er mit seinen Drohnen die bessere Übersicht und ist nicht direkt in den Kampf verwickelt. Ich rase von Gruppe zu Gruppe und erscheine in laufenden und entstehenden Gefechten als der plötzliche Tod. Dabei geht es ständig weiter, da ich mich dem Blutkrieger annähern will. Das Problem dabei ist, dass er sich mehrmals gespalten hat und seine Blutklone nun herumlaufen und meine Minikarte bevölkern. Die beiden, die ich erwische, werden leichte Beute – einer leichter als der andere – aber selbst diese abgeschwächte Version wäre zu stark für alle außerhalb unserer Kerngruppe. Und wenn ein Teammitglied seinem Hauptkörper begegnen sollte, würde das schnell sehr gefährlich werden. Zum Glück meldet Sam, dass Lana und ihre Tiere auf den Felswerfer gestoßen sind und zusammen mit dem Jägerteam gegen ihn kämpfen.

Als ich um die nächste Ecke komme, sehe ich ein leuchtendes Trio, das ein lohnendes Ziel darstellt. Allerdings bin ich nicht der Einzige, der über Sensoren und Informationen verfügt, und die drei treffen mich mit einem kombinierten Zauber. Wind, Elektrizität und kinetische Energie schneiden, erhitzen und schlagen Sabres Schild. Der kombinierte Zauber schleudert mich nicht nur durch ein benachbartes Gebäude, sondern gleich auch durch das nächste.

Sabres Schild hatte schon vorher einiges schlucken müssen und hält unter diesem Bombardement nicht lange durch. Das bedeutet, dass die Mech-Panzerung den Großteil einstecken muss. Der Schaden durchdringt sie, wie das immer so ist, bricht eine Rippe und verbrennt neu verheilte Haut. Nun steigt mir wieder der Gestank von angebratenem Fleisch in die Nase. Ich rolle weiter und komme aus der feindlichen Sichtlinie. Aber das hilft nichts, die Gegner feuern eine Reihe von Granaten ins Gebäude, die mich durch die Wand schleudern.

Doch diesmal aktiviere ich mitten in der Explosion den Versetzungsschritt und transportiere mich mithilfe von Alis Sichtlinie auf das Dach eines Gebäudes in der Nähe. Mir dreht sich wegen des Angriffs noch der Kopf und ich versuche, mich zu orientieren, während ich mich aufrapple. Sobald ich unten einige Gestalten sehe, handle ich instinktiv und feuere mein gesamtes Arsenal an Raketen auf die Gruppe ab. Für drei Magier wäre das eigentlich ein Overkill, aber die Typen pissen mich ziemlich an. *Tut mir leid wegen der Falle, Jungchen. Sie haben mehrere Unsichtbarkeitszauber übereinander gestapelt, um sich zu verbergen, und ich konnte sie nicht rechtzeitig durchdringen"*, sagt Ali.

Es ist ein schrecklicher Tausch – drei Sektenmitglieder gegen zwei Drittel von Sabres Panzerung und einen noch größeren Teil meines Manas. Ich fluche und renne weiter, während ich in den rauchenden Überresten der Stadt nach Feinden suche. Vernon war nie eine Großstadt – es besteht meistens aus drei- bis vierstöckigen Bürogebäuden in kurzen Häuserblocks – was bedeutet, dass ich bald wieder auf der Landstraße bin. Die Stadt liegt in Ruinen, und um mich herum sehe ich qualmende Gebäudereste und sich ausbreitende Brände. Der Sekte sind beim Angriff auf unsere Leute die Kollateralschäden völlig egal.

„Zwei Blöcke weiter, geradeaus", sagt Sam dringlich über Funk. Ich beschleunige, aktiviere erneut meine Zauber und Schilde und sehe, wie mein Mana wieder sinkt. „Der Blutkrieger – oder einer seiner Klone – läuft dir gleich über den Weg."

Ich grinse wölfisch und bin zufrieden, dass endlich etwas klappt. Ich hebe das an meinen Arm geschnallte automatische Gewehr und stelle sicher, dass die panzerbrechenden und hochexplosiven Projektile gewählt und einsatzbereit sind. Sie erzeugen relativ wenig Schaden, aber das Inlin-Gewehr spuckt genug Projektile aus, um das teilweise auszugleichen. In meiner anderen Hand halte ich mein Schwert, um einen Klingenhieb auszulösen. Darüber hinaus bereite ich den Schall-Impulsgenerator vor, um den Blutkrieger nach der Ankunft sofort mit allem zu bekämpfen.

Ein ohrenbetäubendes Kreischen, das so laut ist, dass es Glas zerschmettern und den Gleichgewichtssinn einer Person stören kann, ertönt, sobald der Blutkrieger die Straße überquert. Die rote, unbeständige Gestalt zeigt mir, dass ich nicht das Original bekämpfe, sondern lediglich einen Klon. Dennoch reicht der Schallimpuls, die Kreatur zum Anhalten zu zwingen. Wellen fließen über ihr „Fleisch", als der Impulsgeber angreift. Das gibt mir genug Zeit, alle meine Geschosse abzufeuern, damit die Projektile explodieren und die Gestalt durchbohren.

„Du", raunzt der Klon. „Du hast meine Freunde getötet."

„Vielleicht hättet ihr nicht versuchen sollen, uns umzubringen!" Ich fauche und renne auf das Wesen zu, wobei ich eine Energiewelle aus meinem Schwert und dessen nachfolgenden Kopien freisetze.

Der Klon dreht sich und weicht aus, indem er über und zwischen den fliegenden Energiesicheln herumspringt. Auf diese Demonstration seiner Beweglichkeit bin ich sogar etwas neidisch. Ich bin mir nicht sicher, ob ich das selbst mit meinen verbesserten Werten riskieren würde, vor allem nicht bei der knappen Zeit, die für Reaktionen bleibt.

„Ihr habt uns zuerst angegriffen", sagt die Kreatur, landet und schlägt seine Handfläche in meine Richtung. Ein Blutprojektil schießt heraus und bohrt sich direkt in meinen Schild.

Die Wucht zerschmettert gleichzeitig das Projektil und den Seelenschild, und es gelingt mir, das Monster zu Boden zu zwingen. Ich greife nach oben und ramme mein Schwert in seine Seite, wodurch meine Angriffsrichtung die nachfolgenden Klingen so in den Boden hämmert, dass der Klon gefangen ist. Ganz gleich wohin er sich bewegt, wird er zerschnitten.

„Das ist noch lange nicht vorbei", faucht der Klon, als er auszuweichen versucht und eine der nachfolgenden Klingen ihm in die Brust sticht.

Ich kanalisiere Frostklinge, weil ich ihm nicht mehr zuhören will. Aber dann kräuselt sich die Oberfläche des Blutklons und er explodiert, wodurch ich nach hinten geschleudert werde.

„Arschloch", sage ich stöhnend. Blinkende Lichter bei Sabre zeigen mir, dass die Explosion sogar noch mehr Schaden am armen Mech verursacht hat.

„Noch eine Gruppe eliminiert", sagt Ali und schwebt zur Stelle, wo ich mühsam wieder auf die Beine komme.

Das wären dann vier. Selbst wenn ich die verdammten Sektenmitglieder so schnell finde und töte, wie nur irgend möglich, sind sie im Vorteil. Wir sind zwar zahlenmäßig überlegen, aber die Feinde besitzen höhere Levels und die Initiative, da unsere Leute auf die ganze Stadt verteilt sind, um jeden zu retten. Sie greifen unsere Gruppen einzeln an und eliminieren Teams, während wir verzweifelt reagieren.

„Wir werden verlieren", sage ich nach einem Blick auf die Karte. „Genau. An alle, hier spricht John Lee. Absetzbewegung zu Sam. Bringt so viele Zivilisten mit, wie ihr könnt, aber jeder muss sich zurückziehen. Sam, koordiniere ihren Rückzug zu deiner Auffangstellung." Ich hoffe nur, dass ich mich klar genug ausdrücke und jeder versteht, was ich meine. Ich kenne das aus einigen Büchern und vielen Filmen und hoffe, dass die Begriffe das bedeuten, was ich glaube. „Ali ...?"

„Diese Straße entlang und dann nach links. Etwa vier Blocks weiter wird eine Gruppe von Jägern und Zivilisten vom Feind angegriffen", sagt Ali.

Ich verlasse mich jetzt lieber auf meinen Begleitergeist, da Sam alle Hände voll zu tun hat.

Ich fluche in Gedanken, weil ich weiß, dass wir Leute im Stich lassen, die dann gefangen oder getötet werden. Ich hoffe zumindest, dass die Sekte die Zivilisten nicht misshandeln wird, da klar ist, dass wir sie nicht zurückholen werden. Die Idee, sie aufzugeben, sie in den Händen der Sekte zu lassen, widerstrebt mir unheimlich. Aber ich muss an meine Kämpfer, meine Krieger denken. Es ist eine Sache, sie in den Tod zu schicken, aber sollte ich das für eine sinnlose Geste tun? Das wäre der schlimmste Verrat, den ich mir vorstellen kann.

***

Es kommt mir wie Stunden später vor, als wir endlich die überlebenden Mitglieder der Kampfklassen und die Zivilisten auf diverse Transportfahrzeuge verteilt haben. Wir haben im Rückzugskonvoi alles, von Antigrav-Schlitten bis zu einem Ford aus den 1940ern, und in diesen Fahrzeugen befinden sich blutige und verängstigte Zivilisten. Keine offenen Wunden – oder zumindest nicht viele, da das System damit beschäftigt ist, alle zu heilen. Heutzutage besteht keine Gefahr mehr, an alten Wunden zu sterben. Ich weiß, dass das ein schwacher Trost ist.

Aber die Sekte erlaubt uns den Rückzug. Seit ich diesen angeordnet habe, gab es allerdings immer noch brutale Kämpfe, darunter ein kurzes Gefecht mit dem Hauptkörper des Blutkriegers direkt neben Sams Truck. Es war anstrengend, mit ihm zu tanzen und seine Angriffe zu blockieren, während seine Freunde auf die Gruppe unserer Zivilisten feuerten. Der Blutkrieger zog sich schnell zurück, als Mikito erschien und überließ uns das Schlachtfeld. Selbst Fernkämpfer flohen, sobald sie merkten, dass sie ständig Leute an einen unsichtbaren Angreifer verloren. Während dieser Gefechte gelang es uns, fast zwei Drittel der feindlichen Kämpfer zu töten. Der Feind holte sich eine blutige Nase und musste sich zurückziehen, aber das war bestenfalls ein Pyrrhussieg.

„Halten sie immer noch durch?", frage ich Ali, obwohl ich die Informationen auf den Karten genau so wie er sehen kann.

„Ja", sagt Ali und lässt seine Finger über das Interface huschen. „Ich glaube nicht, dass sie weitere Leute abspringen lassen, aber wir sollten in Bewegung bleiben."

„Sam?", sage ich zu dem Technomanten im Zentrum des Konvois. „Kannst du dem Fahrer ganz vorn sagen, er soll das Tempo erhöhen?"

„Wird gemacht", antwortet Sam. „Aber wir benötigen auch weiter vorn Jäger. Die Zivilisten haben keine Lust, in einen Monsterangriff zu stolpern."

„Ich schicke Roland und Shadow", sagt Lana, die neben mir ein Strahlengewehr hält. „Mikito ...?"

„Ich werde nachfragen und ein paar Jäger finden", sagt Mikito, und in ihrer Stimme schwingt etwas mit, das ich nicht interpretieren kann.

Ich runzle die Stirn und starre Mikito an, die auf der Ladefläche eines Trucks steht. Aber da sie in der Panzerung ihres Mechs steckt, kann ich nichts erkennen.

„Vielen Dank", murmle ich und frage mich, ob das alles ist. Ich hoffe es.

Zahlen habe ich noch keine erhalten, aber ich weiß, dass wir ziemlich viele Jägergruppen verloren haben. Wir mussten eine Niederlage einstecken – und diesmal sogar eine schwere – aber ein Teil von mir will das nicht wahrhaben. All die Todesfälle ohne einen guten Grund, all der Schmerz und das Elend. Ich beiße die Zähne zusammen und sehe Vernon an, während der Konvoi abfährt.

Ich will zurückgehen, es unseren Feinden heimzahlen. Aber wenn ich das tue und sie den Konvoi angreifen, würde ich alles nur noch verschlimmern. Es ist besser, hier zu bleiben. Und außerdem ist ja Ingrid damit beschäftigt, Nachzügler zu jagen und den Feinden in der Stadt einen

Blutzoll abzufordern. Nein. Auch wenn ich gerne kämpfen würde, ist mein Platz momentan hier.

Aber ich schwöre, ich werde es ihnen heimzahlen.

Kapitel 12

Einen Tag später versammeln wir uns im Büroraum des Rathauses. Das ist das ganze Team, mit Ausnahme von Ingrid, sowie meinem „Stadtrat", inklusive Mel als Vertreter der Kampfklassen. Wir sitzen ungefähr in einem Kreis auf allen Stühlen und sonstigen Oberflächen, die wir finden können. Ich sage mir, dass wir irgendwann einen richtigen Konferenzraum brauchen, aber momentan will ich in der Nähe des Stadtkerns bleiben.

„Wir haben vier vollständige Teams und vierzehn weitere Kämpfer aus Kamloops verloren. Die Kämpfer aus Vernon hatten die höchsten Verluste. Wir haben kaum achtzig von ihnen hier, und das schließt diejenigen ein, die mit früheren Konvois kamen", sagt Mikito mit einem schmerzerfüllten Blick. „Ich weiß nicht, wie viele wirklich in der Stadt gestorben sind. Ich konnte keine genauen Zahlen beschaffen."

„Bei den Zivilisten ist das auch nicht anders. Natürlich gibt es keine Verluste aus den früheren Gruppen", sagte Benjamin kopfschüttelnd. „Wir haben über tausend Neuankömmlinge, und manche von ihnen stehen noch unter Schock. Ich bezweifle, dass uns viele von ihnen in den nächsten Wochen groß nützen werden. Allerdings ist jeder, der es bis jetzt geschafft hat ..."

„Ein Überlebenskünstler", sagt Mel grunzend. „Sie werden schon damit fertig."

Ich verziehe das Gesicht, muss aber nicken, da ich die harsche Wahrheit dieser Aussage erkenne.

Als ich Torg ansehe, beantwortet er die nächste Frage sofort. „Wir haben genug für sie zu essen. Die Vorräte sind etwas knapp, aber wir haben einige Farmen auf Verbrauchsgüter umgestellt, und das dürfte die Lage entspannen. Unsere Lager reichen momentan voll aus."

„Momentan", sage ich und wiederhole die Einschränkung. Ich frage beinahe, was „momentan" bedeutet, aber ich gehe davon aus, dass er es erwähnen würde, falls es ein ernstes Problem gibt. Ich sollte die Experten lieber machen lassen, ohne ihnen dauernd über die Schulter zu schauen.

„Wir haben auch genug Platz. Es gibt immer noch eine beträchtliche Anzahl an verlassenen Gebäuden, selbst systemregistrierten", sagt Ben leise. „Ich habe, so gut ich konnte, Upgrades durchgeführt, wenigstens sind sie jetzt warm und haben fließendes Wasser."

Ich fühle mich wiedermal erschlagen von der Absurdität, irgendwen anzuführen. Ich weiß nicht, ich verstehe doch gar nichts davon. Selbst aus dem System heruntergeladenes Wissen kann die Tatsache nicht verbergen, dass ich weder die Erfahrung noch das Temperament für diese Aufgabe besitze. Und das zeigt sich auch darin, dass eine Menge Jäger das Leben verloren haben.

„ANGREIFER WURDEN AM RANDE DES SENSORENBEREICHS ENTDECKT. SOLLEN WIR DROHNEN EINSETZEN, UM WEITERE ZONEN ABZUDECKEN?", sagt Kim und lässt die Benachrichtigung vor mir und allen anderen aufleuchten.

„Ja", sage ich.

„Nein", sagt Mel gleichzeitig und starrt mich wütend an. Er atmet tief ein, bevor er mir seine Gründe nennt. „Sie würden die Drohne wahrscheinlich entdecken, und dann wissen unsere Feinde, wie weit das Sensorennetz reicht."

Ich nicke nur kurz, während Mel Kim weitere Fragen stellt. Ich gehe direkter vor, rufe die Karte auf und sehe mir die Informationen an. Zwei Gruppen – jeweils vier und sechs Personen. Weitere Informationen gibt es nicht, da das Biosensoren-Netzwerk nicht sehr gut geeignet ist, weitere Details zu liefern. Zumindest abgesehen von der Tatsache, dass die Feinde zu Fuß sind.

„Wir kümmern uns darum", sagt Mel und steht auf. Ich runzle die Stirn. „Meine Leute brauchen die Erfahrung, die wir in diesem Kampf gewinnen können."

„Aber ...", protestiere ich.

„Lana leiht uns ihre Tiere, also haben wir genug Muskelkraft. Und wir haben trainierte Gruppen, die sich besser anschleichen als eure", unterbricht mich Mel. „Wir haben schon Pläne für so etwas gemacht. Lass uns diese Aufgabe erledigen."

Ich verziehe das Gesicht, nicke dann aber und lasse ihn gehen. Es ärgert mich, dass er recht hat, und dass seine Leute, die Kampfklassen, ins Gefecht ziehen, während ich hier sicher und nutzlos herumsitze. Ich starre schweigend vor mich hin, bis Mel geht. Dann räuspert sich Ali.

„Also, dann. Ich habe gute Nachrichten", sagt Ali und bewegt die Hand.

Daten erscheinen plötzlich: Details über Waffen, Rüstung und diverse magische und technologische Zubehörteile.

„Was ist das?", fragt Benjamin und runzelt die Stirn.

„Beute", sagt Ali grinsend und erklärt, wohin er während des Gefechts immer wieder verschwunden ist. „Ich habe in Vernon alle Leichen aufgesammelt, die ich finden konnte und sie ins Inventar und Johns Veränderten Raum geworfen. Die Ausrüstung ist ganz nett und stellt für die Stadt eine deutliche Verbesserung dar."

Eine Weile lang gehen wir uns die Liste schweigend durch. Ich sehe mir verschiedene, beliebige Teile an und analysiere die Informationen.

Kmino Humanoiden-Kampfpanzerung in Einheitsgröße (Stufe IV)

Die Kmino-Kampfpanzerung bietet einen vom Galaktischen Rat anerkannte Verteidigung der Stufe IV für alle abgedeckten Bereiche. Es ist anzumerken, dass die Kmino-Kampfpanzerung für alle standardmäßigen humanoiden Gestalten geeignet ist und sich (innerhalb von durch den Galaktischen Rat genehmigten Grenzen) anpasst, um selbst unter extrem anstrengenden Gefechtsbedingungen höchsten Tragekomfort zu bieten.

Haltbarkeit: 83/125

Inlin Solarburst Strahlengewehr v4.8

Das Inlin Solarburst ist die klassische, bewährte Primärwaffe für 217 Regierungsstreitkräfte – und 183 Rebellengruppen.

Grundschaden: 48

Manabatteriestand: 25/25

Gemahlener Elementar-Lehm

Der vor allem von Sprengmeistern und dem Militär verwendete Gemahlene Elementar-Lehm wurde durch einen geheimnisvollen Prozess stabilisiert, so dass die Mischung sicher und in den meisten Situationen stabil ist.

Grundschaden: 200

Ich nehme mir den Lehm, da man immer zusätzliche Sprengsätze gebrauchen kann. Außerdem habe ich quasi ein Talent für Sprengstoffe.

Proxima-Ohrringe der Regeneration

Die Marke Proxima bietet luxuriöse Schmuckstücke mit den besten Designs und der höchsten Regeneration. Zeigen Sie der geliebten Person, dass Sie Vertrauen in sie haben und kaufen Sie Proxima.

Gesundheits-Regeneration: +15

Mana-Regeneration: +3

„Sonst noch etwas wie die hier?“, frage ich Ali telepathisch und bewundere die Ohrringe.

„Etwas Ähnliches. Es gibt einen Penisring, aber da der Penis des Worick, dem wir das abgenommen haben, etwa so dick wie dein Arm war, dürftest du wohl kein Interesse daran haben. Die mehr traditionellen Sachen sind in den niedrigen Zehner-Leveln, mit Ausnahme eines Rings, den ich für dich aufgehoben habe“, sagt Ali. *„Das bedeutet, dass du ihn nicht für dich stehlen kannst.“*

„Für Lana dann?“, sage ich und sehe mir die Ohrringe an. Ich habe der jungen Dame eigentlich noch nie etwas gekauft … ich denke darüber nach und beschließe, dass von einer Leiche stammende Beute vielleicht nicht das ideale erste Geschenk für meine Quasi-Freundin wäre. *„Erinnere mich daran, dass ich was einkaufen muss.“*

„Alles klar, Junge. Ich werde Mikito mitteilen, dass wir das Zeug haben, wenn dir das recht ist“, sagt Ali und ich stimme telepathisch zu, bevor ich mir wieder die Liste ansehe.

Q'mmn Unendliche Flasche der Trunkenheit

Diese von den Klerikern des Gottes Q'mmn gesegnete Flasche enthält extrem hochprozentigen Alkohol. Diese Flasche erzeugt Ilmunax, eine aus den zermahlenen Körpern von Yuma-Würmern destillierte Spirituose.

„Ist sie wirklich unendlich?“, frage ich Ali.

„Nicht direkt. Der Segen verschwindet nach etwa zehn Jahren, aber für die meisten Leute ist das gut genug.“

„Aha.“ Ich wische mit dem Finger und entferne diesen Gegenstand aus der Liste.

Ich höre auf, die ganze Liste durchzugehen, nachdem ich Ali versprechen ließ, dass wir die wirklich guten Sachen schon behalten haben.

Das ist zwar etwas selbstsüchtig von mir, aber mein Team stellt immer noch unsere beste Verteidigung dar, und was unsere Überlebensfähigkeit steigert, ist auch für die Stadt gut. Zumindest kann ich das so rechtfertigen. Immerhin bin ich mir selbst gegenüber ehrlich genug, um zu wissen, dass ich nicht gerne mit anderen teile.

„Teilt den Rest mit den Kampfklassen und allen, die zuerst nach Vernon kamen und weist die Sachen entsprechend zu", befehle ich der Gruppe schließlich. Direkt im Anschluss schicke ich Kim die Anweisung, zu verfolgen, wer was bekommt. Der nagende Gedanke, dass die Korruption ein Problem darstellen könnte, geht mir nicht aus dem Kopf. Schließlich kenne ich diese Leute nicht sehr gut.

Man wirft mir einige überraschte Blicke zu, obwohl Ali absichtlich in der Stadtratssitzung erwähnt hat, dass wir diese Sachen teilen würden. Ich ignoriere sie und kümmere mich stattdessen um das nächste Thema, das mit der hohen Anzahl von Flüchtlingen in der Stadt zu tun hat. Es gibt viele Probleme, Wohnungen und Nahrung sind dabei erst der Anfang. Selbst wenn ich nicht der beste Entscheidungsträger bin, muss immer noch jemand das absegnen, was beschlossen wird.

***

Einige Stunden später liege ich am Boden des Zentralraums, mit den Beinen auf einem Stuhl und sehe mir meine Charakterdaten an. Nachdem wir uns aktuell nicht in Schwierigkeiten befinden, ist es an der Zeit, all die Benachrichtigungen anzusehen, die noch auf mich warten. Meistens geht es um Meldungen über mehr Erfahrung. Ich ignoriere sie, denn wie Ali mir einmal erklärt hat, hat es keinen Einfluss auf die Realität, wenn man das weiß.

Entweder habe ich die Erfahrung, oder ich habe sie nicht. Aber ich sollte mir lieber den tatsächlichen Charakterbildschirm und die neuen Levels ansehen.

Statusmonitor			
Name	John Lee	Klasse	Erethra-Ehrengarde
Volk	Mensch (M)	Level	39
Titel			
Monsterschreck, Erlöser der Toten			
Gesundheit	1780	Ausdauer	1780
Mana	1370	Mana-Regeneration	98 / Minute
Attribute			
Stärke	98	Beweglichkeit	169
Konstitution	178	Wahrnehmung	61
Intelligenz	137	Willenskraft	139
Charisma	16	Glück	30
Klassen-Fertigkeiten			
Mana-Erfüllung	2	Klingenhieb	2
Tausend Schritte	1	Veränderter Raum	2
Zwei sind Eins	1	Entschlossenheit des Körpers	3

Größere Entdeckung	1	Tausend Klingen	1
Seelenschild	2	Versetzungsschritt	2
Tech-Verbindung*	2	Sofort-Inventar*	1
Spalten*	2	Raserei*	1
Elementarhieb*	1 (Eis)		
Kampfzauber			
Verbesserter schwacher Heilzauber (II)		Größere Regeneration	
Größere Heilung		Manatropfen	
Verbesserter Manapfeil (IV)		Verbesserter Blitzschlag	
Feuerball		Polarzone	
Frostklinge			

Zumindest hatte all der Tod, all die Zerstörung einen Nutzen. Ich lächle grimmig und bemerke, dass ich dem schwer erreichbaren Level 40 immer näher komme. Noch etwas mehr und ich habe endlich Zugriff auf meine Klassen-Fertigkeiten der Stufe III. Wenn ich diese Skills in Vernon gehabt hätte, wenn ich nur etwas stärker gewesen wäre ...

Ich atme aus und unterdrücke Vorfreude und Bedauern gleichermaßen. Dann rufe ich mir selbst in Erinnerung – was ist, das ist. Aber ich bin eben nur ein Mensch und kein verdammter Mönch – wie diese kahlgeschorenen Typen in Roben, die unter Wasserfällen sitzen – und ich habe keine Kung-

Fu-Superkräfte. Daher lenke ich mich ab, indem ich die Sachen ansehe, die Ali für mich aufgehoben hat. Er hat sie sogar freundlicherweise als mein Eigentum markiert.

Zuerst hebe ich den Ring auf, den er erwähnt hat. Es ist ein einfaches Band aus schwarzem Stein, in das unbekannte Runen eingraviert sind. Oder es könnte eine Sprache sein. Auf jeden Fall erscheinen Informationen, als ich den Ring vor mein Auge halte.

Kryl-Ring der Regeneration

Die oft als Verlobungsringe benutzten Kryl-Ringe sind sehr populär und müssen Monate im Voraus bestellt werden.

Gesundheits-Regeneration: +30

Ausdauer-Regeneration: +15

Mana-Regeneration: +5

„Wieso ist die Gesundheits-Regeneration so viel besser als die Mana-Regeneration?", frage ich. Ich ignoriere die Ausdauer-Regeneration, weil das für mich noch nie ein Problem dargestellt hat. Ich habe eben keine Skills, für die das wichtig wäre, und meine grundlegende Regeneration ist so lachhaft hoch, dass ich mir nie darüber Sorgen mache. Andererseits muss sich Mikito mit ihren Hast-Zaubern und anderen Klassen-Fertigkeiten in dieser Hinsicht schon eher Gedanken machen.

„Die Mana-Regeneration ist immer der schwächste Wert", sagt Ali.

„Ich habe nach dem Grund gefragt."

„So ist das eben", antwortet Ali mit einem Achselzucken, da ihn der Grund offenbar nicht interessiert.

Ich knurre, weil es mich ärgert, dass der Geist manchmal so gelangweilt ist, was die Funktionsweise des Systems betrifft. Andererseits habe ich nie herausgefunden, wie die Sanitäranlagen meines Hauses funktionieren, was kann ich schon sagen?

Ich starre den Ring erneut an und frage mich, ob es mir etwas ausmacht, dass es der Verlobungsring einer Person war. Aber dann zucke ich mit den Achseln. Angesichts der Qualität gehörte der Ring wohl einem Sektenmitglied, und die sind alle Sklavenhalter. Wenigstens konnte ich ihnen das abnehmen.

Nachdem ich meine Zweifel durch eine, vermutlich recht fragwürdige, moralische Gleichung unterdrückt habe, schiebe ich den Ring über meinen Finger und beobachte, wie der Ring größer wird, um sich an ihn anzupassen. „He, der passt sich automatisch an. Hätten das andere Sachen auch getan?“

„Nein. Kryl-Ringe sind eigentlich sehr teuer. Das andere Zeug hier ist meistens Massenware“, sagt Ali und zeigt mir dann die nächste Benachrichtigung.

Monolam-Zeitmantel

Dieser Zeitmantel spaltete die Zeitlinie des Benutzers und passt seine physische, emotionale und psychische Präsenzwillkürlich gewählten Zeiten an. Dies führt dazu, dass der Benutzer von den meisten Sensoren und Individuen nicht entdeckt werden kann. Der Monolam-Zeitmantel verfügt über mehrere Einstellungen für unterschiedliche Situationen, um die Art und die Stärke der Signalverteilung anpassen zu können.

Anforderungen: 1 Befestigungspunkt, Mana-Maschine der Stufe IV

Dauer: Je nach Tarnstufe unterschiedlich

„Heißt übersetzt?“

„Du wirst unsichtbar gemacht, indem deine eigentliche Präsenz entweder in der Vergangenheit oder in der Zukunft erscheint. Das ist keine echte Unsichtbarkeit, und gelegentlich lohnt sich das nicht. Aber der Mantel kann deine Anwesenheit sehr gut und sehr schnell verbergen", sagt Ali. „Du kannst den Mantel so einstellen, dass er deine Präsenz von einigen Minuten bis zu mehreren Jahren in der Zeit verschiebt. Selbstverständlich steigen die Energiekosten, je mehr du mit der Welt interagierst."

„Aha", sage ich und reibe mir übers Kinn. Das ist gleichzeitig bizarr und wissenschaftlich. Oder vielleicht ist es Magie, wenn man bedenkt, dass wir von einer Art Zeitreise reden. Ich bin mir da nicht ganz sicher. „Sieht aus, als müsste der mit Sabre verbunden werden."

„Ganz genau", sagt Ali. „Das ersetzt zwar nicht den QSM, aber ..."

„Aber er könnte nützlich sein. Wie lange reicht die Ladung?", sage ich.

„Wenn wir Sabres Akkustand maximal um zwanzig Prozent reduzieren, was ich empfehle, dann reicht das von zwei Sekunden bis zu einer Stunde."

„Nett. Sam sollte das installieren, sobald er die Zeit dafür hat."

Dann sehe ich mir den Text für eine runde, braune Armschiene an, in die ebenfalls Runenzeichen eingraviert sind – allerdings andere.

Manaspeicher-Armschiene, Stufe III

Diese von einem unbekannten Handwerker geschaffene Armschiene dient als Akku für das persönliche Mana. Für Magier und andere von Mana abhängige Klassen unentbehrlich. Mana-Speicherverhältnis ist 50 zu 1.
Manakapazität: 0/350

„Null gespeichert?" Ich blinzle und starre die Informationen an.

„Ich habe den Rest des gespeicherten Manas entleert", sagt Ali. „Bei derartig verzauberten Objekten kann man die Manaarten nicht mischen. Du kannst die Armschiene momentan noch gar nicht benutzen. Du musst dich an dieses System gewöhnen, indem du jeweils eine kleine Manamenge abspeicherst."

„Trotzdem ist das ziemlich gut", murmle ich und schnalle sie an meinen linken Arm. Ich bewege Mana zu ihr hin, wobei ich die Menge vorsichtig kontrolliere. Aber dann verstehe ich gleich, was Ali meint. Die Armschiene weist mein Mana sofort zurück. Daher muss ich den Prozess langsamer und mit viel mehr Konzentration wiederholen. Ich verwende fast zwei Drittel meines jetzigen Manapools, bevor auch nur ein einziger Manapunkt in der Armschiene gespeichert ist.

„Keine Sorge, das bessert sich noch", versichert mir Ali. „Was du hineingeschoben hast, wird in einigen Stunden verschwinden. Vergiss also nicht, den Speicher wieder aufzufüllen, um ihn zu assimilieren."

Ich knurre zustimmend und sehe mir die nächste Benachrichtigung an, da ich neugierig bin, welche Waffe Ali ausgewählt hat. Interessanterweise ist es ein einfacher grünlicher Stahldolch, ohne Runen oder sonstige mystische Markierungen. Der geschwärzte Stahlgriff passt perfekt in meine Hand. Er ist unglaublich gut ausbalanciert und wurde offensichtlich von einem talentierten Handwerker angefertigt.

Feenstahl-Dolch

Feenstahl ist eigentlich kein Stahl, sondern eine unbekannte Legierung. Dies ist normalerweise für den Sidhe-Adel reserviert, und jährlich wird nur eine — nach galaktischen Maßstäben — geringe Menge an Feenstahl zum Kauf angeboten. Feenstahl lässt sich ausgezeichnet verzaubern.

Grundschaden: 28

Haltbarkeit: 110/110

Sonderfähigkeiten: Keine

„Das Ding ist scharf“, murmle ich und starre den Grundschaden an.

Natürlich ist „scharf“ nicht das richtige Wort. Man sollte eher sagen, dass das System den Dolch als extrem schädigend betrachtet, wodurch er mehr Wirkung zeigt – aber in jedem Fall ist das Ding fies. Ich bin fasziniert, dass der Dolch sich gut verzaubern lässt, obwohl ich momentan niemanden kenne, der diese Fähigkeit besitzt.

„Das stimmt. Das ist der Feenstahl immer. Deshalb sind Gegenstände aus Feenstahl so begehrt. Die Leiche, bei der ich den Dolch fand, hatte eine ziemlich hohe Stufe. Die Geschichte, wie diese Person an den Dolch kam, muss sehr interessant sein“, meint Ali.

„Was das betrifft ...“, sage ich stirnrunzelnd und klopfe auf den Dolch. „Wie selten ist er?“

„Wie selten waren Teslas?“

Ich nicke und bin relativ zufrieden. Selten, aber nicht völlig ungewöhnlich. Trotzdem sollte ich damit nicht unbedingt angeben, daher stecke ich ihn in mein Inventar. „Keine Gewehre?“

„Nichts, das eine besondere Verbesserung gewesen wäre.“ Ali zuckt mit den Schultern. „Du verwendest Gewehre nicht sehr oft, und obwohl diese Waffen Verbesserungen bieten, wären die meistens gering. Es ist effektiver, wenn du bewährte Sachen verwendest, als dauernd minimal höheren Werten nachzujagen.“

In der Hinsicht muss ich Ali zustimmen. In einem Spiel macht es vielleicht Spaß, die Ausrüstung zu wechseln, aber es dauert immer eine Weile, bis man sich daran gewöhnt. Und wenn die anderen Waffen nicht viel besser als meine jetzigen sind, was bringt das dann schon?

Nun folgen verschiedene Minen und Sprengstoffe, manche ungerichtet, andere gerichtet. Nur zum Spaß sehe ich mir einige an.

Shim Lun S-Stolperdraht-Mine

Statt einen spezifischen Angriff auszulösen, schleudert diese Mine messerscharfe Stolperdrähte ins Zielgebiet, die für ahnungslose Gegner eine Falle darstellen. Wird am besten mit Shum Lun Kontaktgift-Minenkanistern kombiniert.

Schaden: 15 pro Stolperdraht

Ollies Sprengschleim-Mischung

Lassen Sie sich nicht vom Namen täuschen – es handelt sich um eine Sprengmine. Ollies Sprengschleim-Mischung besteht aus einer instabilen chemischen Mischung und einem Schleimkern. Sie ist im galaktischen System berüchtigt und wurde in sechs galaktischen Regionen aufgrund übermäßiger Tierquälerei verboten.

Schaden: 125 Sprengschaden

Ares Grabdroiden-Druckmine

Die Grabdroiden-Druckmine setzt eine Reihe von Droiden frei, die auf den Zielkörper auftreffen und versuchen, sich in diesen einzubohren. Sobald sie sich im Körper befinden, bohren sie sich tiefer, um lebenswichtige Organe zu erreichen. Es ist darauf hinzuweisen, dass der Grabdroide gegen bestimmte, nicht standardmäßige und nicht humanoide Gattungen eventuell nutzlos ist.

Schaden: 15 HP / Sekunde

„Ali, wie viel Geld habe ich zur Zeit überhaupt?", sage ich. Ich weiß, dass mir der Kampf mehr eingebracht hat, aber ich habe mir nicht die Mühe gemacht, das nachzurechnen.

Ein kurzer Blick zeigt mir, dass ich etwas über 38.000 Credits habe – eine erbärmliche Summe, wenn man bedenkt, wie viele Feinde ich getötet habe. Anders als bei der Ausrüstung, die Ali den Leichen in der ganzen Stadt im Vorbeigehen abgenommen hat, erhalte ich nur dann Credits, wenn ich den jeweiligen Gegner selbst getötet habe. Ich halte das für etwas unfair, aber wenigstens ist es besser als die im System aufbewahrten Gegenstände, die völlig verschwinden.

Auch wenn es recht interessant ist, sich die Auswirkungen des Kampfes anzusehen, kann das nicht von der bitteren Erkenntnis ablenken, dass wir diese Schlacht verloren haben. Ich selbst habe vielleicht etwas hinzugewonnen, aber wir haben verloren. Momentan sondiert die Sekte unsere Front, schickt Gruppen in die Umgebung und versucht, Kämpfer nahe genug heranzukriegen, um unsere Schutzschilde unter Beschuss zu nehmen.

Vorläufig besteht zumindest ein Patt, aber das kann und wird nicht lange anhalten. Ich verziehe das Gesicht und hole ein neues Buch heraus. Das ist kein esoterischer Wälzer über das System, sondern etwas für unsere jetzigen Probleme Relevantes. Es beschreibt nämlich einen der vielen Konflikte des Erethra-Reiches und die darin verwendeten Taktiken. Ich hoffe, dass ich in diesem Buch etwas finde, das uns hilft. Ich habe hunderte von Punkten in Weisheit und Intelligenz – da muss mir doch etwas einfallen. Selbst wenn die Punkte nicht direkt so wirken, kann man ja wenigstens hoffen.

***

„John?", sagt Ingrid am nächsten Morgen leise.

Ich lasse das Buch verschwinden und stehe auf, bevor ich zum Zentralraum gehe und die Assassine begrüße. „Du bist zurückgekommen."

„Vor etwa einer Stunde. Ich wollte erst was essen und mich umziehen", sagt Ingrid. „In der Stadt gelang es mir, einen weiteren hochstufigen Feind mit Basisklasse zu erledigen, aber danach wurden die Sicherheitsmaßnahmen verschärft. Meistens habe ich sie nur beobachtet."

„Das reicht doch", sage ich, weil ich weiß, dass Ingrid alles gegeben hat. Ehrlich gesagt hat sie besser als alle anderen abgeschnitten, daher kann ich mich nicht beschweren.

„Momentan verschanzen sie sich. Ich glaube nicht, dass sie die Stadt verlassen wollen. Wahrscheinlich verwenden sie Vernon als Aufmarschgebiet für einen Angriff auf uns hier", sagt Ingrid. „Die Menschen, die noch dort sind, dürfen die Stadt ‚zu ihrem eigenen Schutz' nicht verlassen."

„Warum machen sie die Leute nicht einfach zu Leibeigenen?", frage ich stirnrunzelnd.

„Galaktisches Recht. Auch wenn man die Leute oft als Sklavenhalter bezeichnen möchte, erlaubt der Galaktische Rat offiziell keine Sklaverei. Die Leibeigenschaft – und der Übergang zur Leibeigenschaft – ist genau strukturiert. Wenn man nicht als Gesetzesbrecher verurteilt wurde, muss man einem Vertrag zustimmen, um ein Leibeigener zu werden", sagt Ali. „Natürlich gibt es eine Menge Schlupflöcher, und Leute werden auf verschiedene Arten ‚überredet', Leibeigene zu werden. Aber sie können nicht einfach dein ganzes Volk in die Leibeigenschaft zwingen."

„Nachdem du gegangen bist, haben sie in der Stadt etwa zehn weitere Kampfklassen eingeführt, aber das war es auch schon. Anscheinend wollten sie keine neuen hinzufügen, aber …", sagt Ingrid achselzuckend und erwähnt nicht, dass sie die Stadt weniger als einen Tag lang erkundet hat. „Ein Mitglied der neuen Klassen war eine Art Jäger. Zweimal hätte er mich fast erwischt. Ein total bizarres Ding – zwei Meter großes Eidechsenwesen mit Pelz in Lila und Rosa. Ich glaube nicht, dass ich mich bald wieder in die Stadt schleichen kann.

„Die Wesen werden als Badas bezeichnet", erwähnt Ali. „Intelligent, äh … ja, intelligent."

Ich starre Ali an und frage mich, warum selbst er zögert, aber dann lasse ich das lieber. Ich bin mir sicher, dass eine interessante Geschichte dahinter steckt. Aber momentan muss ich mich auf Ingrid und ihre Probleme konzentrieren. Ich hebe die Hand und rufe eine Karte der Siedlungen dieser Gegend auf. In British Columbia gibt es eine Menge kleiner Städte, mit Ausnahme von Kamloops, Vernon und Kelowna haben die meisten aber eine sehr geringe Einwohnerzahl.

„Ich glaube nicht, dass sie Merritt groß als Aufmarschgebiet verwenden werden", murmle ich und tippe das Symbol der Stadt südlich von Kamloops an. „Daher gibt es dort wahrscheinlich nur eine provisorische Basis." Als Ingrid *hmmm* macht, erkläre ich das: „Sie werden uns aus dieser Richtung angreifen. Mit einigen Gruppen sondieren. Bisher haben wir etwa fünf verschiedene Gruppen identifiziert. Aber alle sind niedrigstufig."

„Okay. Willst du, dass ich sie morgen töte?", fragt Ingrid und kommt gleich zu Sache.

„Nein. Mel setzt die Teams dazu ein, die die Sekte zum Training nutzen. Ich bin mir nicht sicher, ob sie dafür viel Erfahrung kriegen, aber ..." Ich zucke mit den Achseln.

Mel hat mir seine Pläne vorgestellt. Er will, dass die feindlichen Gruppen kommen und unsere Verteidigung sondieren. Er will sie zwischendurch sogar Erfolge erzielen lassen, denn seiner Meinung nach ist es wichtiger, unsere vollständigen Fähigkeiten zu verbergen, als jeden Kampf zu gewinnen. Ich bin nicht völlig davon überzeugt, aber da es trotzdem logisch klingt, lasse ich ihn das tun. So wie es aussieht, sind seine Ergebnisse bisher ganz gut – keine Verluste auf unserer Seite und ein Toter bei der Sekte. Allerdings werden Verletzungen des Feindes leicht heilen, also müssen wir sie ganz töten. Das ist vielleicht der Grund für die erbitterten Kämpfe in der System-Galaxie. Legt man die Gegner nicht um, kommen sie immer wieder.

„Na gut. Sag mir, was ich tun soll, wenn du das herausgefunden hat", sagt Ingrid und winkt. „Jetzt ruhe ich mich erstmal aus."

„Na klar", sage ich zu Ingrid und verabschiede mich. „Nochmals vielen Dank."

Ich erhalte keine Antwort, als die Frau abmarschiert und mich zurücklässt. Einen Moment später blicke ich zu Ali hoch.

„Ich habe über den Manastrom nachgedacht. Wir verwenden ihn als Energie für den Schutzschild der Siedlung und die Wachtürme, oder?", sage ich zu dem schwebenden Geist.

„Ja. Allerdings ist das meistens die Hintergrundströmung", meint Ali.

„Können wir die angesammelten Reserven aktiver einsetzen? Vielleicht gelegentlich die Wachtürme und Schilde damit verstärken?", sage ich.

„Das ist nicht die traditionelle Methode zur Nutzung des Manaüberschusses ...", sagt Ali.

„Und die nicht traditionelle Methode?", sage ich stirnrunzelnd.

„Zaubersprüche. Üblicherweise irgendeine die ganze Siedlung abdeckende Verzauberung", erklärt Ali.

„DAS IST MÖGLICH. UPGRADES WÄREN SOWOHL FÜR DIE WACHTÜRME UND DEN SCHILDGENERATOR ALS AUCH FÜR DEN KAUF EINER MANA-SPEICHERBATTERIE FÜR DIE SIEDLUNG ERFORDERLICH."

„Wo wird das Mana momentan gespeichert?", frage ich und runzle die Stirn. Schließlich sehe ich die Manadaten in den Informationen über die Siedlung.

„DAS MANA, AUF DAS DIE SIEDLUNG ZUGREIFEN KANN, ZIRKULIERT DURCH DIE ATMOSPHÄRE DER STADT."

„Um welche Rituale oder Verzauberungen geht es überhaupt?", frage ich Ali dann.

„Was auch immer du willst. Ich habe Rituale zur Wetterkontrolle, Lebensverbesserung, Erhöhung der Fruchtbarkeit und Handwerksrituale gesehen. Du kannst praktisch alles kriegen. Einschließlich defensiver Optionen", bemerkt Ali.

„Also dann, defensive Rituale", sage ich und nicke. „Ich glaube, ich muss mich mal mit Mel darüber unterhalten."

„Und die Credits dafür besorgen", erwähnt Ali. „Verzauberungen – vor allem Kampfverzauberungen – sind kostspielig."

Ich stöhne. Natürlich sind sie das. Alle guten Sachen sind teuer. Aber in Gedanken sage ich mir, dass ich Aiden fragen sollte. Ich weiß, dass er in Whitehorse Verzauberungen verwendet hat. Vielleicht könnten wir ihn dazu bringen, uns hier zu helfen. Während ich vor mich hin summe, entwerfe die Nachricht.

***

Es ist nicht schwer, Lana am nächsten Tag ausfindig zu machen. Selbst wenn ich keinen Zugriff auf das vollständige Überwachungssystem der Stadt hätte, ist die üppige Rothaarige sowohl auffallend als auch gut bekannt. Sie hat zudem ein empfindsames Gemüt, deshalb überrascht es mich nicht, sie mit den Flüchtlingen in einem provisorischen Büro zu finden. Dort erteilt sie der versammelten Menge Ratschläge. Glücklicherweise gibt es jede Menge Arbeit, daher geht es vor allem darum, die Leute den richtigen Stellen zuzuweisen.

Ich winke Lana zu, damit sie mich bemerkt, bevor ich wieder einen Schritt zurück mache und warte bis sie fertig ist. Ich sehe mir währenddessen die Flüchtlinge an, da ich neugierig bin, wie es ihnen geht. Es ist ein zusammengewürfelter Haufen, obwohl diese Gruppe hauptsächlich aus geschockten und unordentlichen Personen besteht. Es ist interessant, wie jemand so heruntergekommen aussehen kann, obwohl Kleidung und Körper völlig sauber sind. Das scheint eine tiefere Wahrheit zu enthalten, aber momentan bin ich zu müde, um nachzuforschen.

„John?", sagt Lana und ich wende meine Aufmerksamkeit wieder ihr zu.

„Oh, hallo." Ich lehne mich vor und gebe ihr schnell einen Kuss. Sie erwidert ihn, hebt aber dann eine Augenbraue um zu fragen, wieso ich hier bin. „Ich wollte dir das hier geben."

Ich überreiche ihr meinen Kauf, wobei das samtbezogene Kästchen in meiner Hand winzig erscheint. Lana nimmt das Kästchen und schürzt die Lippen, während sie es öffnet und die einfache Silber- und Goldkette sieht, in deren Kettenglieder Runen eingraviert sind. Ihre Lippen öffnen sich etwas, als sie die Kette und die dargestellten Informationen anstarrt.

Proxima-Halskette der Regeneration

Die Marke Proxima bietet luxuriöse Schmuckstücke mit preisgekrönten Designs und der höchsten Regeneration ihrer Klasse. Zeigen Sie der geliebten Person, dass Sie Vertrauen in sie haben und kaufen Sie Proxima.

Gesundheits-Regeneration: +20

Mana-Regeneration: +5

„Das …"

„Hier, lass mich dir helfen", sage ich, nehme die Kette und nähere mich ihrem Rücken. Lana hebt ihr langes, gewelltes rotes Haar, damit ich den Verschluss der Kette einschnappen lassen kann. Einen Moment lang fummeln meine Finger ungeschickt herum, während ich ihre graziöse weiße Haut anstarre. „Fertig."

Statt mit Worten zu antworten, dreht sich Lana um, lehnt sich vor und drückte ihre Lippen gegen meine, während sie mir die Arme um den Hals legt. Nach einer Weile beendet sie den Kuss. „Danke."

„Schon gut", sage ich verlegen.

„Was hat dich denn dazu gebracht?"

„Äh ... nichts. Ich dachte nur, dass ich das tun sollte", antworte ich, da ich meinen ursprünglichen Impuls nicht erwähnen will.

„Mmmmm", sagt Lana, bevor sie strahlend lächelt. „Nochmals vielen Dank. Du weißt schon, dass Richard ein Gespräch von Mann zu Mann mit dir führen würde, wenn er sähe, dass du mir solche Geschenke machst." Auf ihrem Gesicht erscheint ein Anflug von Trauer, den sie aber schnell wieder unterdrückt.

Ich nicke nur kurz, weil ich ihren Schmerz verstehe. Ich vermisse den Idioten auch.

„War das alles?", sagt Lana. „Nicht, dass ich deine Anwesenheit nicht schätze ..."

„Ja", sage ich, reibe meine Nase und akzeptiere meine Entlassung ohne Widerrede. „Wenn du keine Aufgaben für mich hast, will ich mir die Farmen ansehen und dann mit Mel und seinen Leuten reden."

„Ich erledige das hier", sagt Lana und schickt mich mit einer Handbewegung weg. „Ich sehe dich dann heute Abend."

Ich lächle, weil ich in diesen Worten ein heimliches Versprechen höre, und ich gehe plötzlich schwungvoller als vorher. Das Geschenk für sie war die Credits wert, auch wenn es meinen Kontostand ziemlich erschöpft hat.

***

„Können wir dir helfen?“

Freundlich gemeint oder nicht, sollte mich das offensichtlich davon abhalten, einfach in das kleine Einkaufszentrum zu stolzieren. Da die Innenwände und eine kurze Wand vor dem Parkplatz entfernt wurden, sieht das Einkaufszentrum nicht mehr so einladend aus, wie sich sein ursprünglicher Architekt das einst vorstellte. Und das war offenbar auch die Absicht. Vor dem Haupteingang stehen sogar zwei Wachen, die allerdings ziemlich gelangweilt wirken.

„Ich wollte nur sehen, wie es hier läuft“, sage ich und spähe an der Frau vorbei, die mich aufgehalten hat.

Die untersetzte, dunkelhaarige Frau tritt zur Seite, legt die Hände auf die Hüfte und versperrt mir das Blickfeld. Über ihrem Kopf erscheint ihr Status: KC Markowitz, Level 21 Büchsenmacher. Ich frage mich in Gedanken beiläufig, warum sie nur Anfangsbuchstaben als Namen hat. Das habe ich noch nie gesehen.

„Tut mir leid. Ich weiß nicht, was man dir gesagt hat, aber dieses Gebiet ist für die Öffentlichkeit gesperrt“, sagt die Büchsenmacherin und starrt die beiden Wachen wütend an.

„Ich bin John Lee.“ Ich grinse sie an. Als sie das nicht kapiert, füge ich hinzu: „Der Typ, der die Sekte rausgeworfen hat? Der Boss deines Bosses?“

„Oh ...“, sagt KC überrascht. „Tut mir leid. Das habe ich nicht ...“

„Schon gut, KC“, sage ich und deute auf das Gebäude. „Ben hat in seinen Berichten erwähnt, dass er eine Waffenfabrik eröffnet hat, und da war ich neugierig.“

KC zuckt erst zusammen, als ich ihren Namen verwende, atmet dann ein und nickt. „Ich kann dich herumführen, wenn du möchtest.“

„Das wäre toll!“ Teilweise bin ich aus Neugier hiergekommen. Aber ich möchte auch mehr Patronen für Sabre bekommen, obwohl ich mir nicht ganz sicher bin, ob die Leute hier dieser Aufgabe gewachsen sind. Um das herauszufinden, bin ich eben selbst gekommen.

„Also wir haben die Werkstatt – äh, die Fabrik – momentan in drei Bereiche aufgeteilt. Hier draußen", sagt KC und deutet auf eine Gruppe von Plastiktischen unter Partyzelten, die sie wahrscheinlich im nächsten Supermarkt erbeutet haben. Dort sind einige Arbeiter tätig. „Wir arbeiten mit Sprengstoffen und anderen, äh, leicht entzündlichen Stoffen."

„Ist das nicht gefährlich?" Ich runzle die Stirn und gehe zu den Tischen. Als ich näher komme, bemerke ich, dass die Tische mit tragbaren Schildgeneratoren voneinander abgeriegelt sind.

„Das ist immer noch besser, als ständig drinnen die Wände zu reparieren", sagt KC achselzuckend. „Wir führen alle mehrere Heiltränke mit, und bewahren hier nie zu viel Sprengstoff auf, damit wir die Explosionen überleben. Diejenigen, die mit diesen gefährlichen Chemikalien arbeiten, haben entweder viel in ihre Konstitution investiert, oder besitzen eine Klassen-Fertigkeit, um diese ... äh ... selbstverschuldeten Fehler abzuschwächen."

„Aha ...". Ich bleibe am nächsten Tisch stehen und beobachte die Arbeit, während ich KCs Erklärungen mit halbem Ohr zuhöre.

Dieser Arbeiter scheint an winzigen Projektilen zu arbeiten – vielleicht Mörsergranaten – und zieht Teile auseinander, schraubt andere zusammen, stellt den zu zwei Dritteln fertigen Gegenstand hin und füllt vorsichtig einen der vier Behälter in der Granate mit einer lilafarbenen Flüssigkeit. Danach füllt er einen weiteren Behälter, diesmal mit einer roten Flüssigkeit. Danach gießt er verschiedene Flüssigkeiten in die jeweiligen Behälter, bevor er diese mit einem gläsernen Stöpsel verschließt und die gesamte Baugruppe zusammenschraubt. Anschließend hält er seine Hand darüber und konzentriert sich auf das Produkt, das nun aufleuchtet.

„Er verwendet einen Skill für den Abschluss der Montage. Er heißt … äh … Montage", sagt KC. „Wenn Sherman Teile erhält, die man einfach kombinieren kann, schraubt er sie zusammen und schließt das Ganze dann mit seinem Skill ab. Der Skill vollendet alles und erzeugt ein vollständiges Produkt. So wie das." Sie deutet und ich nicke.

Das Leuchten um die Granate herum ist verschwunden. Nun steht da ein perfekter Gegenstand, statt des zusammengeschusterten Objekts von vorhin. Seine nächste Aktion überrascht mich.

Shermans Hände leuchten wieder auf, und er bewegt sie über den ganzen Tisch, wobei sich die Bewegungen auf den Mörser zentrieren. Er tut das zwanzig Sekunden lang, wobei der Bereich um seine Hand immer heller aufleuchtet. Dann gibt es ein leichtes Dröhnen verdrängter Luft und weitere zehn Mörsergranaten stehen auf dem Tisch.

„Was …?"

„Massenproduktion", sagt KC und zuckt mit den Schultern. „Wir alle besitzen diese Fähigkeit. Wenn wir das nicht als Teil unseres Fähigkeitenbaums erhalten, kaufen wir es eben im Shop. Das kann nur innerhalb von fünf Sekunden nach Abschluss deiner Arbeit aktiviert werden, aber dadurch erstellt das System weitere Kopien. Es gibt einige Variationen, wie eine kanalisierte Version, die der von Sherman ähnelt, und einen einmal einsetzbaren Skill, wie meinen."

„Wow …", sage ich und blinzle. Das ist unglaublich. Andererseits hat Sherman etwa fünf Minuten gebraucht, um elf Granaten zu produzieren. Und während ich zusehe, baut Sherman mit langsamen und sorgfältigen Bewegungen allmählich ein weiteres Objekt zusammen.

„Sieh dir seinen Manalevel an, Junge. Er hat fast nichts mehr. Daher benötigt jeder Einsatz etwa zehn Minuten, um elf Stück zu produzieren." Ali stöhnt. *„Nicht furchtbar für eine Basisklasse, aber auch nicht gerade toll."*

Und das erklärt natürlich, warum handgefertigte Projektilwaffen so teuer sind. Jede seiner Granaten erzeugt in drei Meter Umkreis um den Aufschlagpunkt Spreng-und Flammenwirkung, hat aber nur einen Grundschaden von 53. Nicht besonders gut. Wenn er Patronen anfertigte, könnte ich verstehen, warum jede davon mehrere Credits kostet. Dennoch ist das besser als die wenigen Schadenspunkte der nicht vom System erzeugten Waffen.

„Draußen haben wir also die gefährlichen Chemikalien", sagt KC und setzt ihre Erläuterungen fort, während sie mich durch die offene Tür führt. „Hier drinnen werden die einfachen, massiven Projektile angefertigt. Alles von panzerbrechenden Geschossen bis zu Kugeln, wie ich sie herstelle. Dann folgt das Lagerhaus, wo die Fertigprodukte hingebracht und inventarisiert werden."

Ich nicke und höre KC zu, während sie mich herumführt und mir die Fabrik zeigt. Obwohl sie mir mehrere Personen vorstellt, die an mir interessiert zu sein scheinen, dauert das nicht lange.

Als wir schließlich das Lagerhaus erreichen und KC ihre kleine Rede beendet, reiche ich ihr ein Projektil. So wie es aussieht, dürfte KC wohl meine beste Chance darstellen. „Könnt ihr so etwas herstellen?"

„Äh …", KC runzelt die Stirn, starrt das Projektil an und dreht es hin und her.

Es ähnelt unseren eigenen Patronen, da die Physik – zumindest die Grundlagen der Physik – sich nicht sehr geändert hat. Sie zieht eine kleine Zange aus ihrem Werkzeuggürtel und öffnet das Ende des Projektils mit einer Drehung, während sie es stirnrunzelnd anstarrt. Sie klopft eine Minute schweigend auf das Projektil und spielt mit ihm herum, bis ich mich räuspere.

„Ach ja. Entschuldigung. Nein", sagt KC kopfschüttelnd. „Ich habe keine Baupläne dafür. Ich müsste erst welche besorgen, oder nachforschen.

Es sieht eigentlich nicht so schwierig aus …" KC klopft eine Kante an, bevor sie ein Stück lässig auf den Betonboden wirft. Es explodiert in einer kleinen Rauchwolke, schleudert Betonsplitter herum und lässt mich zusammenzucken. Die anderen reagieren überhaupt nicht. „Ziemlich gute Reagenzie … ich glaube … ja …"

Ich huste, um ihre Aufmerksamkeit wieder auf mich zu ziehen.

„Nein. Das schaffe ich nicht. Dafür fehlt mir das Material. Ich könnte nach entsprechenden Untersuchungen in einigen Wochen etwas mit den vorhandenen Sachen zusammenbauen, aber es wäre minderwertig. Das hier ist ein ausgezeichnetes Stück Arbeit."

Ich seufze und nicke ihr zu. Der Besitz einer Siedlung bietet alle möglichen Vorteile aber kostenlose Munition scheint nicht dazu zu gehören. Wenigstens noch nicht.

„Kann ich das behalten?", sagt KC und hält die Teile des Projektils hoch.

„Selbstverständlich", sage ich kopfschüttelnd.

KC grinst und geht murmelnd weg, während sie das Ding ansieht. Ich stehe plötzlich allein in einem Lagerhaus voller Munition.

„Gut gemacht, Jungchen. Du bist ja so charmant. "

Ich grummle, schüttle den Kopf und verlasse das Lagerhaus. Ich sollte mich um mein nächstes Projekt kümmern.

✳✳✳

Ich klopfe sanft an die Tür des Wohngebäudes – vor allem, weil ich die beiden in der Mauer verborgenen Sprengminen entdeckt habe. Aufgrund der Minen, der Überwachungskameras, einer Schildverzauberung und wahrscheinlich einiger weiterer Spielsachen, die ich übersehen habe, ist dieses Gebäude das vermutlich am besten verteidigte Bauwerk der ganzen Stadt. Nicht allzu überraschend, wenn man bedenkt, wer hier wohnt.

„Erlöser", begrüßt mich der Hakarta mit ernstem Blick. Mir fällt auf, wie stramm er dasteht. „Gibt es ein Problem?"

„Nein, kein Problem", sage ich stirnrunzelnd. „Wieso glauben Sie, es gäbe welche?"

„Tue ich nicht. Sind Sie hier, um mit dem Lieutenant zu sprechen?", fragt der Hakarta.

„Also ..." Ich überlege mir die Antwort und nicke schließlich. Offensichtlich bevorzugt es der Soldat, wenn ich mit seinem Boss spreche. „Ja. Bitte."

„Na gut. Ich führe Sie zu ihm", sagt der Soldat und lässt mich herein. Dann schließt er die Tür und aktiviert die Warnsysteme erneut. Danach führt er mich mehrere Stockwerke hoch zu einer Eckwohnung. Dort klopft er an die Tür und signalisiert mir dann, zur Seite zu treten. „Warten Sie bitte hier. Ich werden den Lieutenant informieren."

Danach dauert es nur einige Minuten, bis wir die Formalitäten hinter uns haben und beide im bequemen Wohnzimmer mit einem beigefarbenen Ecksofa und Sesseln sitzen. Ich merke abwesend, dass alle Familienfotos von der Wand genommen und in der Ecke aufgestapelt wurden, da die Hakarta jetzt hier wohnen.

„Wie geht's, Lieutenant?", sage ich.

„Es geht uns gut. Keinerlei Beschwerden, Sir", sagt Lieutenant Nerigil. „Major Ruka hat uns im Voraus beschrieben, was wir zu erwarten haben. Und Ihr ... Kommandeur ist kompetent und bereit, sich Vorschläge anzuhören."

„Gut. Sehr gut", sage ich und nicke. „Soweit ich gehört habe, sind Ihre Leute meistens auf Wache?"

„Ja. Unser Vertrag umfasst nur die direkte Verteidigung der Stadt. Man könnte argumentieren, dass auch die Jagd auf diese Quälgeister Teil unserer Aufgaben ist, aber es wurde beschlossen, dass unsere Stärke eher in der Stadt selbst eingesetzt werden sollte. Wir bieten daher Wachdienste und führen gelegentlich Trainingseinheiten durch", antwortet der Lieutenant steif. „Wenn das akzeptabel ist, Erlöser."

„Oh, ich will mich hier gar nicht einmischen", sage ich und winke ab. „Ich wollte Sie nur mal besuchen. Sicherstellen, dass meine Leute keinen Streit vom Zaun gebrochen haben, weil … na ja …"

„Wir wie Ihre Orcs aussehen."

Ich huste und nicke etwas verlegen.

„Das ist verständlich. Der Hauptberuf meines Volkes erzeugt bei den meisten sesshaften Gattungen feindliche Gefühle. Wir haben gegen viele Gattungen gekämpft, aber auch an ihrer Seite. Es ist nicht überraschend, dass Sie uns aufgrund der Manalecks als kriegerisch betrachten", sagt Lieutenant Nerigil.

„Ah … ich bin froh, dass Sie das verstehen", sage ich mit einem Lächeln. Der Lieutenant nickt, und ich stehe auf und schüttle ihm zum Abschied die Hand. „Ich will Sie an Ihrem freien Tag nicht länger stören. Ich wollte nur sicherstellen, dass bei Ihnen alles in Ordnung ist."

„Unser Komfort befindet sich innerhalb der vom Vertrag festgelegten Parameter", bestätigt der Lieutenant und führt mich nach draußen.

Erst als ich das Gebäude verlassen habe, bemerke ich, dass er meine Frage über Streitereien seiner Leute aufgrund ihres Orcs ähnelnden Aussehens nie beantwortet hat. Ich drehe mich um und will wieder klopfen, weil es mich ärgert, so ignoriert zu werden.

„Lass das, mein Junge. Wenn er das nicht sagen will, ist es sein Problem. Du hast deine Aufgabe erfüllt."

„*Aber* ... "Ich fühlte mich schuldig. Für was? Für die ganze Menschheit? Für Rassisten oder idiotische Arschlöcher? Vielleicht ist das der Kanadier in mir – der Drang, sich zu entschuldigen.

„*Lass das. Du musst dich auf deine eigenen Kämpfe konzentrieren.* "

Ich seufze und gebe auf. Ali hat recht. Ich habe noch viel mehr zu tun, muss andere Leute besuchen und Trainingsprogramme durchführen. Weiter im Level aufsteigen. Sollen sich doch andere um die paar Beleidigungen und gebrochenen Nasen kümmern, falls es welche gibt.

Kapitel 13

Es ist acht Tage her, seit wir aus Vernon zurückgekehrt sind. Die Flüchtlinge haben sich größtenteils eingelebt, und viele arbeiten am Aufbau unserer Stadt. Es hilft natürlich, dass genug freie Wohnungen zur Verfügung stehen und die Mieten daher unglaublich niedrig sind. Selbst wenn ich große Bereiche direkt besitze, reicht die Zahl der Leute einfach nicht aus, um die meisten Gebiete tatsächlich zu bevölkern. Der kleine Bevölkerungszuwachs ist kaum spürbar.

Nach acht Tagen hat die Sekte immer noch nicht mit ihren sondierenden Angriffen aufgehört. Momentan gehen wir davon aus, dass ihnen die Truppenstärke fehlt, um Kamloops zu erobern – zumindest nicht, ohne dabei mehr Kämpfer zu verlieren, als sie riskieren wollen. Mit den Hakarta, meinem Team und den Mitgliedern der Kampfklassen aus Kamloops und Vernon besitzen wir eine beträchtliche Streitmacht in einer verschanzten Stellung. Auch wenn wir nicht genug Ressourcen für alle Upgrades haben, die ich gerne hätte, geben uns diese Verteidigungssysteme einen gewissen Vorteil. Zudem arbeitet Benjamin an den Zugangswegen. Einige der Sachen, die er sich ausgedacht hat, sind echt gemein. Und innovativ. Dennoch will ich unbedingt verhindern, dass die Sekte unseren Schutzschild durchdringt.

Mel hat unsere Kampfgruppen im Süden über den Thompson River geschickt, um unsere Angreifer zu belästigen, indem die Gruppe in dieser Gegend mit ihnen Verstecken spielte. Aufgrund der Klassen-Fertigkeiten, der Technologie und des bewaldeten Gebiets finden unsere Jägergruppen Feinde genauso oft durch Zufall wie mit einem Skill. Das bedeutet, dass wir nördlich des Flusses weiter jagen und leveln können, was gut ist. Einige Gruppen können dadurch in kontrollierten Umgebungen im Level aufsteigen, während andere mehr Erfahrung im echten Kampf gewinnen. Wie alle anderen gehe ich auch manchmal heimlich raus, um mehr Level zu gewinnen. Ich setze dabei meine höhere Konstitution ein, um spät in der Nacht und früh am Morgen ein Grinding durchzuführen. Leider stecke ich momentan auf Level 39 fest, und die verfügbaren Monster sind nur ein Tropfen auf dem heißen Stein.

Meine Gedanken, die vor allem das Durchlesen der morgendlichen Mail von Kim und der Siedlung verzögern sollen, werden durch einen Anruf unterbrochen.

„John.“

„Mel. Was ist los?“

„Wir brauchen dich am Tor. Da … da ist etwas Seltsames. Wir haben den Schutzschild aktiviert, nur für den Fall, aber du willst das bestimmt sehen.“

„Schon unterwegs“, sage ich, wische die Nachricht weg und laufe los.

Wenige Minuten später komme ich auf Sabre an. Ich stehe mit Mel, Mikito und einem Teenager am Rand des Siedlungsschilds und starre durch das schimmernde Feld auf die einzige blutbespritze Überlebende einer Gruppe. Als ich näherkomme, blickt mir die erschöpfte Brünette außerhalb des Schilds in die Augen und fasst ihren Bauch mit beiden Händen.

„Da bist du ja“, sagt Mikito erleichtert.

„Ich …“, sage ich und blicke sie und Mel an. „Warum lassen wir sie nicht rein?“

„Sie hat einen seltsamen Statuseffekt“, antwortet Mikito.

Ich sehe mir die Frau und ihren Status genauer an, bemerke ihren verwundeten Zustand und noch etwas, das mir bisher entgangen ist. Blutvektor.

Carla Flowers (Level 28 Flammenwisch)

HP: 44/490

MP: 210/210

Zustand: Verwundet, Blutvektor

„*Klassen-Fertigkeit. Sie ist infiziert. Wenn wir sie reinlassen, explodiert sie und gibt die Krankheit an alle anderen weiter. Außerdem stirbt sie sowieso*", erklärt *Ali*. Während er das sagt, sehe ich, wie ihre Gesundheit etwas sinkt.

„Er hat mich gehen lassen", sagt Carla Flowers leise. „Nachdem er mein ganzes Team getötet hat. Meine Freunde. Er nahm sich Zeit, drückte mich zu Boden und hat sie immer wieder zerhackt. Er meinte, du sollst wissen, wer uns tötet."

„Wer denn?", sage ich.

„Utrashi Wyt", sagt die Überlebende, deren Stimme leiser und schwächer klingt. „Versprich mir etwas. Versprich mir, dass du ihn tötest."

Ich beiße die Zähne zusammen, weil Wut in mir aufsteigt. Ich trete vor und werde nur von dem Schutzschild aufgehalten, als ich in ihrem Blick Schmerz, Verzweiflung und Zorn sehe. Ihren hellbraunen Augen abzulesen, weiß sie bereits um ihren Tod und dass sie sich nicht rächen kann.

„Versprochen. Ich schneide ihm den Kopf ab."

Als sie mein Versprechen hört, lächelt Carla etwas. Dann hebt sie die Hand, ruft ihr Mana auf und das Feuer kommt – so heiß und so schnell, dass es sie wahrscheinlich nicht spürt. Nicht allzu sehr. Mikito stolpert kurz vorwärts, bleibt dann aber stehen, da der Schild und ihr gesunder Menschenverstand sie zurückhalten. Aus dem Augenwinkel sehe ich, wie der Fremde neben Mikito mit blassem Gesicht zurückweicht und sich dann umdreht, um es nicht sehen zu müssen. Mel kneift die Lippen zusammen, wendet die Augen aber nicht ab. Ich auch nicht.

Ich sehe zu, wie sie brennt, bis weder von ihr noch von ihrer Ausrüstung etwas übrig bleibt. Wir stehen schweigend da, und mir stößt der Magen sauer auf, weil ich weiß, dass ich ihren Tod lediglich beobachten kann.

Ich spreche erst, als alles vorbei ist. „Was ist passiert?"

„Der Blutkrieger – Utrashi – hat sich in der Gruppe versteckt, die unsere Leute angegriffen hat. Er hat nur auf sie gewartet", sagt Mel und schüttelt den Kopf. „Meine Schuld. Ich hätte so etwas erwarten sollen. Wir haben die Tiere und Mikito mit den Jägergruppen rausgeschickt. Ich hätte auf die Idee kommen müssen, dass die etwas Ähnliches versuchen."

Ich blicke Mel wütend an. Seine Schuld. Ihr Tod, und das Sterben der anderen sind seine Schuld. Ich öffne den Mund, aber Mikito tritt zwischen uns. Die zierliche Japanerin legt den Kopf zurück, um mir in die Augen blicken zu können. Auch der Teenager verändert seine Haltung und lässt eine Hand zum Katana an seiner Seite fallen. Ich blicke Mikito automatisch an, sie starrt zurück und fordert mich heraus, etwas zu sagen

„Nicht deine Schuld", stoße ich hervor, ohne dass Mikitos Aufforderung nötig gewesen wäre. Ich bin wütend, aber ich verstehe, dass wir alle Fehler machen. Und eigentlich wäre ohne Mikito jede unserer Gruppen umgekommen. Sogar jene mit den Tieren. „Mikito, wir sollten Lana darüber informieren. Ihre Tiere ..."

„Schon erledigt. Wir werden ihre Tiere in engeren Formationen halten", sagt Mikito, die mein Zögern versteht. Keiner von uns will, dass Lana noch ein Tier verliert. Obwohl Lana jetzt sehr stark wirkt, ist sie durch den Tod ihres Bruders immer noch emotional labil.

„Wer ist der Junge?" Ich neige den Kopf zur Seite.

Mikito wirkt einen Moment verlegen, bevor ihr Gesicht wieder ruhig aussieht. „Das ist Lee-kun. Ich trainiere ihn als Aonisaibushi."

Lee dreht sich zu mir hin und verbeugt sich kurz. Ich muss ein Lächeln unterdrücken. Es ist bizarr, einen blonden, blauäugigen Teenager zu sehen, der sich verbeugt und ein Katana trägt.

„Aoni ...", sage ich und gebe dann auf. Mikito sprach das Wort so schnell und flüssig aus, dass ich es nicht wiederholen konnte. „Das war doch deine vorherige Klasse, oder?"

„Ja." Mikito nickt.

„Kannst du sie anderen verleihen?"

Mikito sieht Ali an, der seufzt und mich anblickt.

„Nicht direkt. Bei manchen Prestigeklassen kann man andere darin trainieren. Nicht bei allen Klassen, und es ist nicht allen möglich, aber wenn man einen höheren Rang als der Schüler hat, ist es machbar", erklärt Ali. „Das garantiert zwar nicht, dass der Junge es schafft, aber es wird möglich."

„Ich kann jeweils nur drei Lehrlinge annehmen", sagt Mikito und deutet auf den Jungen.

Ich nicke und bemerke, dass seine Klasse immer noch als Künstler angezeigt wird, was wohl bedeutet, dass er noch bei ihr studiert. Aber da ich Mikitos Klasse kenne, verstehe ich, wie nützlich es wäre, jemanden dort hinein zu bringen.

„Nachteile?", sage ich. Es muss welche geben.

„Erfahrung. Er verliert seine alte Klasse nicht. Die neue ersetzt sie nur allmählich, und dann fängt er wieder auf Level 1 an. Allerdings braucht er für den Aufstieg auf Level 2 so viele Erfahrungspunkte wie bei seinem früheren Level", erklärt Ali.

Ich sehe, dass das ärgerlich ist, aber da er erst Level 9 erreicht hat, dürfte es dem Jungen nicht so viel ausmachen.

„Danke“, murmle ich Mikito zu, weil sie das erklärt hat. Dann spreche ich Mel an, der bisher geduldig zugehört hat. „Na gut, dann sag mir, was du dagegen tust.“

***

Später am Abend findet mich Lana im alten Büro vor dem Zentralraum, wo ich auf dem Boden liege und an die Decke starre. Ali ist verschwunden, weil ihm mein Schweigen und meine schlechte Laune auf die Nerven gegangen sind. Ich habe mir nie die Mühe gemacht, neue Möbel zu besorgen, daher bietet der Boden die beste Option. Er ist nicht einmal schmutzig – die Gebäudemodifikationen sorgen dafür, dass Boden und Decke so sauber sind, dass man davon essen könnte.

„Ich habe dich beim Abendessen vermisst“, sagt Lana und setzt sich neben meine liegende Gestalt, nachdem sie die leere Verpackung einer Tafel Schokolade weggewischt hat. Der Timer für die Absorbierung läuft ab und einige Sekunden später verschwindet das Papier. Das ist eine nützliche Funktion. Einige Leute deaktivieren sie allerdings, da sie nicht versehentlich etwas Wichtiges verlieren wollen.

„Ich wollte lieber allein sein“, sage ich und starre weiter die Decke an.

„Um vor dich hin zu brüten?“, sagt Lana mit einem halben Lächeln.

„Um nachzudenken.“ Aber ein schwacher Impuls der Ehrlichkeit zwingt mich zu sagen: „Und vielleicht brüte ich auch etwas. Labashi hat gesagt, wir sollten angreifen. Den Feind in die Defensive zwingen, statt uns selbst zu verteidigen. Unser letzter Versuch ist recht spektakulär gescheitert.“

„Wir konnten die Flüchtlinge nicht einfach in Vernon lassen“, betont Lana.

„Wirklich?", sage ich stirnrunzelnd. „Ich glaube, das stimmt so nicht. Wir hätten durch die Stadt vorstoßen und die Sekte in Kelowna angreifen sollen, wie wir das geplant hatten – oder zumindest ihre fliegenden Einheiten in der Luft bekämpfen können. Stattdessen beschlossen wir, anzuhalten und die Stadt zu übernehmen, weil sie uns angeboten wurde – wir sind denen in die Falle gegangen. Dann haben wir Leute verloren, als wir Zivilisten schützen wollten, statt unsere Einheiten zu konzentrieren und dem Feind schwere Schläge zu versetzen. Wir haben vielleicht den Felswerfer in Vernon getötet, aber wir hätten den Blutkrieger ebenfalls erledigen sollen."

„Willst du damit sagen, du bereust es, ihr Leben gerettet zu haben?", warnt Lana.

„Ja, ich weiß. Aber wenn wir energischer angegriffen und uns darauf konzentriert hätten, Feinde zu töten, statt uns gegen sie zu verteidigen, wären sie vielleicht auch in die Defensive übergegangen. Wenn sich die Zivilisten selbst evakuiert hätten und wir mit vollem Druck gegen die Truppen der Sekte vorgestoßen wären, dann ..."

„Glaubst du nicht, dass die Sekte weitere Truppen geschickt hätte?", sagt Lana.

„Ich weiß nicht." Ich atme laut aus und schüttle den Kopf. „Ich bin kein General. Kein Taktiker. Ich frage mich nur, ob es besser gewesen wäre, anders vorzugehen. Und jetzt sind wir hier. Wir wurden in die Defensive gedrängt, obwohl das eigentlich dem Feind passieren sollte. Das kann so nicht bleiben. Die Sekte wird weitere Leute schicken, oder ihre Einheiten konsolidieren, irgend sowas."

„Du willst sie also erneut angreifen?"

„Ja. Allerdings müssen wir auch die Stadt schützen. Nur reichen die Hakarta dafür nicht mehr aus. Nicht nach den Verlusten, die wir bereits erlitten haben. Und wir können uns keine weiteren Söldner leisten", sage ich kopfschüttelnd. „Das bedeutet, wir müssen das Team hier behalten. Die Feinde haben genug Kämpfer hierher gebracht, um die Stadt erobern zu können, falls wir gehen. Und dann würden sie wohl eine Menge Schaden anrichten ...“

„Befürchtest du, sie könnten die Stadt zerstören?“, sagt Lana leise mit besorgter Stimme.

„Ja. Sie haben bewiesen, dass sie auch Zivilisten töten, und auch wenn das verpönt ist, ist es nicht vollständig verboten. Hier gib es keine UNO, die sie aufhalten kann. Nicht dass die in unserer Welt viel geholfen hätte ...“

Lana seufzt und drückt meine Hand. Ich erwidere die Geste. Die Verluste im Gefecht belasten uns alle, selbst wenn wir schon früher Ähnliches erlebt haben. Auf unserer Reise hierher sahen wir zu viele leere Häuser und verlassene Gebäude, zu viele Menschen, denen wir einfach nicht helfen konnten. Obwohl das System uns verändert hat, sind wir immer noch Menschen.

Einen Moment später legt sich Lana hin, so dass ihr Kopf auf meinem Bauch ruht. Dann streckt sie mir die Hand hin. Ich runzle die Stirn, ziehe dann einen Schokoriegel heraus und gebe ihn ihr. Wir liegen schweigend da, denken an unsere Verluste und was wir nun tun können. Aber mit ihrer schweigenden Anwesenheit fühlt es sich nur noch halb so schlimm an.

***

Tief in der Nacht wecken mich Alarmsirenen aus Träumen, an die ich mich glücklicherweise nicht mehr erinnern kann. Ich zucke hoch, als ich das schrille Geräusch höre, ebenso wie Lana. Ohne aufgefordert zu werden, zeigt Ali eine Karte mit dem Angriff auf den Schutzschild der Siedlung.

„Wer ist dafür zuständig?", sage ich, hole schnell Kleidung aus meinem Inventar und ziehe mich an.

„Ich bin mir nicht sicher. Mel und Mikito schlafen", sagt Ali und runzelt die Stirn. „Ah ... Leopold."

„Wer ist das?", sage ich und blicke Lana an.

Sie ist bereits aufgestanden und vollständig angezogen. Sie nickt mir zu und läuft zur Tür, um uns zur Angriffsstelle zu führen.

„Einer der Einwohner. Er war früher beim Militär und wurde deshalb ausgewählt", sagt Ali, der währenddessen seine Bildschirme überfliegt. „Er hat den Jägergruppen befohlen, sich einander anzunähern. Sollen wir den Befehl zurückrufen?"

Ich knurre und starre die Menge der Punkte gierig an. Etwa sechzig Sektenmitglieder, die einige Schützenpanzer besitzen, eröffnen das Feuer und hämmern auf den Schutzschild ein. Das reicht nicht, um den Schild sofort zu eliminieren, aber wenn wir sie nicht daran hindern, gelingt ihnen das in vier oder fünf Minuten. Andererseits haben wir nur zwei Jägergruppen – zehn Personen – dort draußen, und wer weiß, wie viele verborgene Angreifer die Sekte hat. Und ich bin eigentlich neugierig, wie sie so nahe herankamen, ohne einen Alarm auszulösen. Hinter dem Schild sammeln sich die Wachen, jetzt bereits über dreißig, und weitere strömen dorthin.

„Sie sollen nahe herangehen, aber nicht angreifen. Sonst sind sie tot", sage ich und reibe mir übers Kinn. „Wären die Strahlenwaffen hilfreich?"

„Ein bisschen schon", meint Ali und zuckt mit den Schultern. „Aber sie werden wahrscheinlich zerstört, sobald du die Schutzschilde öffnest."

„Verdammt", knurre ich und laufe durch die Straßen. Wir müssen wirklich eine Methode finden, diese Geschütze besser einzusetzen. „Schalte mich zu Leopold durch." Sobald mir Ali das Signal gibt, sage ich „Hier spricht John Lee. Wie sehen eure Pläne aus?"

„Hier spricht Mel. Ich habe Leopolds Rolle übernommen", sagt Mel. „Sobald wir eine kritische Masse hinter dem Schild haben, senken wir es und greifen sie konzentriert an. Alle haben spezifische Ziele erhalten. Unser Ziel besteht darin, möglichst viele Feinde möglichst schnell zu töten."

Leider können wir den Schild nicht ständig anheben und senken. Das würde unseren Leuten aber einen deutlichen Vorteil bieten. Der Wechsel erfordert viel Mana, und wenn wir das täten, würden wir den Schild schwächen und schließlich zerstören.

„Sind wir uns ganz sicher, dass es nur diese eine Gruppe gibt?", frage ich.

„Die Drohnen suchen bereits den Rest der Umgebung ab, und wir haben Wachen an allen anderen Eingängen. Wir haben alles abgedeckt", sagt Mel.

„Lana und ich sind fast da", informiere ich Mel, wobei ich die Straßen, durch die wir rennen, nur schattenhaft wahrnehme. Ohne einen Hauptgenerator muss jedes Gebäude selbst für Strom und Beleuchtung sorgen. Das bedeutet, die Straßen werden nur gelegentlich durch noch vorhandene Laternen beleuchtet.

Als wir um die Ecke kommen, hören wir das Knallen, Krachen und Zischen von Waffen und Klassen-Fertigkeiten. Unsere Strahlenwaffen eröffnen auch automatisch das Feuer und schädigen die Feinde.

„Feuer einstellen", befiehlt Mel einige Sekunden später.

Es ist nicht überraschend, dass danach noch viele Schüsse abgefeuert werden und er den Befehl mehrmals wiederholen muss. Mel und einige der anderen schreien die Schützen halbherzig an, da sie sich offenbar mehr Sorgen darüber machen, was sie sehen. Als ich näher komme, runzle ich die Stirn, da alle feindlichen Punkte von meiner Minikarte verschwunden sind. Da stimmt etwas nicht ...

Bevor ich eine dumme Frage stelle, springe ich auf die niedrige Mauer, mit der wir unseren Leuten eine erhöhte Angriffsposition bieten. Statt der Leichen zeigt die verbrannte und aufgewühlte Erde, welchen Schaden die Gruppe um mich herum ausgeteilt hat. Aber es gibt auch einige zerstörte automatische Geschützturme.

„Ali ...?", sage ich, weil ich keine Ahnung habe, was los ist.

„NACH DEN FEINDLICHEN SCHÜSSEN WURDE EINE FLUKTUATION IN DEN VOM SYSTEM BEREITGESTELLTEN DATEN FESTGESTELLT. VERMUTLICH WURDE EINE KLASSEN-FERTIGKEIT VERWENDET, UM FALSCHE SENSORDATEN ZU LIEFERN", meldet Kim. „MÖGLICHERWEISE HAT DIESE PERSON AUCH DIE ANNÄHERUNG DER TRUPPEN DER SEKTE VERBORGEN."

„Und der Schaden am Schutzschild?" Ich verzog das Gesicht.

„VERZÖGERT. DIE ANALYSE ZEIGT, DASS DER SCHADEN EINE MINUTE VORHER ZUGEFÜHRT WURDE, ABER UNSERE SENSOREN BEMERKTEN IHN VERSPÄTET."

„Das ist möglich?", sage ich und blinzle. Was für ein wahnsinniger Skill ist das denn?

„JA."

„*Dahinter steckt bestimmt jemand mit einer Fortgeschrittenen Klasse. Ich werde das recherchieren und nachsehen, ob ich die Klassen-Fertigkeiten und Klassen identifizieren kann. Aber freu dich nicht zu früh. Im System gibt es für alles, was man sich vorstellen kann, eine Million Optionen.*"

„Wo sind sie jetzt?", fragt Mel, der offensichtlich die gleichen Informationen erhalten hat. Ich sehe sie nicht auf unseren Sensoren, was äußerst beunruhigend ist.

„UNGEWISS."

„Zieh die Jägergruppen zurück", befehle ich Mel. Wenn diese sechzig Sektenmitglieder – und bezüglich der Anzahl kann ich mir nicht mehr sicher sein – unsere Jägergruppen angreifen, werden sie die im Nu auslöschen. Es ist besser, jetzt den Rückzug anzutreten.

„Was soll das alles?", knurrt Lana, deren Haar völlig durchgewühlt aussieht.

„Sie wollen unsere Kampfmoral schwächen", sagt Mel und deutet auf die verwirrten Leute um uns herum.

Die meisten sind ahnungslos, aber einige haben anscheinend schon von Kims Analyse gehört. Manche sind verärgert, andere rühmen sich damit, den Feind vertrieben zu haben.

„So kommt mir das aber nicht vor", sagt Lana, und Mel knurrt.

„Momentan nicht. Aber wenn ich mich nicht irre, werden sie das jetzt jede Nacht tun. Vielleicht mehr als einmal pro Nacht. Anfangs ist das nur nervig, dann wird es gefährlich, weil wir dauernd Leute auf Wache haben müssen." Mel stößt einen Seufzer aus. „Die Afghanen haben immer wieder mal Mörsergranaten in unser Lager geschossen. Man konnte sich nie richtig entspannen."

„Was schlägst du vor?", frage ich und blicke nach draußen.

„Nicht viel", meint Mel. „Wir können unsere Jägergruppen verstärken und hoffentlich herausfinden, wie viele Kämpfer der Feind schickt. Wenn wir einen Gegenangriff durchführen und dem Feind Verluste bescheren, wäre das ideal. Aber …"

„Aber das dürften sie erwarten", sage ich mit einem mürrischen Gesicht.

Mel nickt. Wir versuchen auch, eine ganze Stadt zu schützen, daher ist unsere Abwehrfront zu lang. Vielleicht können wir nach einigen Wochen ein Muster erkennen und Ingrid oder einige der anderen Teams rausschicken. Aber bis dahin gibt es keine Garantie, sie zu finden."

„Werden sie heute Nacht zurückkommen?“, frage ich, worauf Mel mit den Achseln zuckt. „Ich gehe zum Kern zurück. Vielleicht finden wir etwas ...“, sage ich und verabschiede mich.

Lana sagt, sie wolle noch etwas hierbleiben. Daher gehe ich allein weiter, bis ich Mikito und ihrem Lehrling begegne.

„Kim, diese Datenmanipulation. Können wir etwas dagegen tun? Bessere Daten auftreiben?“ frage ich laut.

„AUF DER GRUNDLAGE UNSERES MOMENTANEN GUTHABENS BESTEHT NUR EINE CHANCE VON 34 %, DURCH EIN SENSOR-UPGRADE DIE INTERFERENZ ZU BLOCKIEREN.“

„Wieviel müssten wir ausgeben, um wenigstens das zu erreichen?“

„ALLE MOMENTAN VERFÜGBAREN CREDITS.“

„Lohnt sich nicht“, sage ich kopfschüttelnd. „Vergiss das wieder. Was können wir sonst noch tun?“

„ES GIBT VIELE OPTIONEN. WAS WILLST DU ERREICHEN?“

Ich brumme, weil die alberne KI mir auf die Nerven geht. Zum Glück habe ich einen Begleitergeist, der weiß, wie man so etwas handhabt.

„Blechgehirn, es geht um die Angriffe. Was können wir tun, um sie abzuschwächen? Oder den Feinden dabei Verluste zuzufügen?“

„MOMENTANE SCHADENSWIRKUNG DER ANGREIFER WIRD SCHUTZSCHILD NACH FÜNF MINUTEN UND DREIUNDZWANZIG SEKUNDEN KONTINUIERLICHER ATTACKEN VERNICHTEN. WIR HABEN GENÜGEND CREDITS, UM REGENERATION DES SCHILDS ZU ERHÖHEN, DAMIT ES LÄNGER DURCHHÄLT.

WIR KÖNNEN AUCH EIN SCHILD-UPGRADE FÜR DAS FEUERN IN EINE RICHTUNG KAUFEN, DAMIT DIE WACHTTÜRME RELATIV UNGEFÄHRDET ANGREIFEN.

ZUSÄTZLICHE VERFÜGBARE ANGRIFFSMETHODEN UMFASSEN INDIREKTES ARTILLERIEFEUER VOM ZENTRUM DER STADT AUS. ZUDEM KÖNNEN WIR EINE SIEDLUNGS-VERZAUBERUNG KAUFEN, UM EINEN TEIL DER SCHÄDEN AM SCHILD AUF DIE ANGREIFER UMZULENKEN."

Ich runzle die Stirn und blicke nach oben. Selbst wenn ich es nicht sehen kann, weiß ich, dass der jetzige Schutzschild kuppelförmig ist. Indirektes Artilleriefeuer würde daher ein Loch in der Mitte der Kuppel erzeugen. Und da die Sekte, wie wir wissen, Luftfahrzeuge besitzt, wäre das vielleicht nicht die beste Idee. Andererseits sind Luftschiffe wenigstens leicht zu entdecken.

„Klingt interessant", sage ich. „Ich will das sehen."

Verbesserte Regenerationsrate für Schutzschild Stufe IV

Erhöht die Regenerationsrate eines Siedlungs-Schutzschilds durch Nutzung von mehr Umgebungs-Mana.

HP-Regenerationsrate: 250/Minute

Credits: 1,98 Millionen Credits

Upgrade für Schutzschild Stufe IV – Feuern in eine Richtung

Ermöglicht, durch eine Änderung der Frequenz und der Ausrichtung des Schutzschilds, aus der Siedlung zu schießen.

Erlaubt zeitweiliges Feuer aus dem Innern des Schilds nach außen. Muss aktiviert sein.

Dauer der Aktivierung: 5 Minuten.

Credits: 2,5 Millionen Credits

Automatische Artillerie Stufe IV

Diese automatischen Geschütze sind direkt mit dem Sensorennetzwerk der Siedlung verknüpft und können Ziele in bis zu 50 Kilometer Entfernung (je nach Sensorenreichweite) abschießen.

Grundschaden: -- (je nach Munition)

Kapazität: 5

Kadenz: 1 alle 5 Sekunden

Nachladedauer: 30 Sekunden

Credits: 2 Millionen Credits

Runische Verzauberung „Vergeltung" für Siedlungsschild (Stufe IV)

Die von ihrem Schöpfer Rqweervs Hivemate so benannte runische Verzauberung „Vergeltung" absorbiert Schaden am Siedlungsschild und leitet diesen direkt auf den Angreifer um. Diese runische Verzauberung ist in verschiedenen Wirkungsstufen verfügbar.

Grundschaden: 2 % des Schadens

Anforderungen: 200 Mana + 20 Mana-Instandhaltung

Credits: 5 Millionen Credits

Ich sehe mir die Optionen an und zucke zusammen, als ich die Preise sehe und rufe nochmals die Siedlungsdaten auf. 1,75 Millionen Credits. Man sollte meinen, eine Summe über einer Million wäre genug, aber da ich im Level aufgestiegen bin und mich jetzt um die Stadt kümmere, fühlt sich eine Million allmählich wie Kleingeld an. Unglücklicherweise habe ich erst kürzlich einen Großteil unseres Guthabens ausgegeben und die Wirtschaft kommt erst allmählich wieder in Schwung. Daher ist es unmöglich, im Handumdrehen weitere Millionen zu verdienen. Ehrlich gesagt bin ich erstaunt, dass wir überhaupt so viel haben. Momentan verdient die Siedlung täglich etwa 45.000 Credits. Das klingt vielleicht wie eine Menge, aber es enthält alle Mieten, den Verkauf der Sekte gehörender Waren, wie beispielsweise landwirtschaftliche Erzeugnisse, sowie die von uns erhobenen Steuern.

Meine Hand bewegt sich, um die Optionen zu löschen, die wir uns nicht leisten können. Aber dann halte ich inne. Nicht weil ich die Einkäufe erst im Kernraum wirklich aktivieren kann. Nicht weil uns das Geld für relevante Upgrades fehlt. Nein, weil mir klar wird, dass wir wieder einmal nur reagieren. Wir folgen ihren Spielregeln.

Ich lasse die Hand fallen, bleibe mitten auf der Straße stehen und sehe die Informationen an, während mir Gedanken durch den Kopf wirbeln. Dann nähert sich der Schimmer einer Idee, die knapp außerhalb meiner Wahrnehmung bleibt. Zeit. Raum. Aktion. Reaktion.

Selbst wenn ich die gewünschten Schritte durchführe, muss ich vorher Sam und den Shop besuchen. Aber vielleicht, nur vielleicht gibt es eine Möglichkeit.

Kapitel 14

Es gibt Dinge, die tut man, weil man es eben muss. Andere Dinge tut man, weil es die richtige Entscheidung ist. Und dann gibt es Dinge, die man tut, weil man sie gut kann. Aber was du als nötig betrachtest, und was andere für richtig halten, sind oft sehr unterschiedliche Sachen. Und dieses Prinzip bewahrheitet sich, als ich dem Team bei unserem verspäteten Frühstück meinen neuen Plan vorstelle.

Während ich um die Stadt herumschleiche, erinnere ich mich an die Diskussionen, die Blicke und die alles andere als frohen Gesichter. Für sie war es eine Sache, wenn Ingrid plötzlich verschwand. Sie war die Assassine, die Späherin, die Schurkin, die eben so agierte. Es war akzeptabel, sie aus der Stadt zu schicken, selbst wenn wir sie brauchten, um in der Nähe zu jagen. Das wurde sogar erwartet. Sie war der Freigeist, der überall herumflitzte. Ich? Ich sollte hierbleiben, bei der Umsiedlung der Flüchtlinge helfen, mich um Einkäufe und die Verteidigungssysteme und derartigen Quatsch kümmern.

Das ignoriert wiederum die Tatsache, dass ich dafür eigentlich nicht geeignet bin. Oder dass es hier jetzt schon Leute gibt, die sich dafür viel besser eignen. Selbst wenn ich spüre – wenn ich weiß – dass ich im Feldeinsatz am meisten bieten kann, sind viele über meine Entscheidung nicht gerade glücklich. Als ich ging, gab es sogar einige gemurmelte Kommentare, ich würde mich kindisch verhalten.

Da könnten sie sogar recht haben. So ist das eben mit dem menschlichen Gehirn – wir finden Rechtfertigungen für alles, um unsere Entscheidungen zu unterstützen. Ich glaube, dass Entscheidungen darüber, was man kaufen soll und wann, die Optimierung unserer Verteidigungssysteme, die Upgrades der Gebäude und die Mieten ... all das kann von anderen Personen übernommen werden, die mehr daran interessiert sind. Kim kann das durchrechnen und die anderen in Richtung meiner Gesamtziele leiten. Die Mitglieder des Stadtrats können sich darum kümmern, und Lana kann sie überwachen. Mikito hat ein Talent dafür, Jägergruppen auszubilden, während Mel die alltäglichen Kampfentscheidungen gut im Griff hat. Auch wenn ich den älteren Mann nicht besonders mag, hat er bisher eine anständige Leistung geliefert.

Meiner Meinung nach können diese Personen alles übernehmen, was ich bisher getan habe. Aber niemand von ihnen besitzt meine Klasse, meine Skills oder Sabre. Im Vergleich zu den anderen besitze ich die höchste Mobilität und Schlagkraft. Daher laufe ich über das relativ offene Gelände in der Nähe der Stadt und verwende meine Verstohlenheit, um die Jägergruppen zu finden. Ich habe Sabre in meinen Veränderten Raum gesteckt, da ich beschlossen habe, momentan lieber ohne Rüstung unterwegs zu sein. Obwohl Sabre mobil ist, würde ich das PKF in keinem Modus als verstohlen betrachten.

Glücklicherweise halten sich die Monster in dieser Gegend von mir fern. Sie spüren den Levelunterschied und weichen mir aus, wenn sie mich entdecken, und wenn ich sie bemerke, mache ich einen Umweg. In den letzten Stunden habe ich noch kein Anzeichen unserer potenziellen Angreifer entdeckt.

Das überrascht mich nicht gerade. Das Terrain südlich von Kamloops ist relativ flach und öde. Es gibt mehr Ebenen als Wälder, bis das Gelände nach etwa fünf Kilometern wieder hügelig und bewaldet wird. Aber ich habe weder die Absicht, in den Wald zu gehen, wo sich die meisten Jägergruppen aufhalten, noch unsere Angreifer herauszutreiben. Stattdessen wandere ich weiter nach Süden.

Vielleicht werde ich im Südwesten bei Logan Lake vorbeischauen, aber am Ende will ich Merritt erreichen. Auch wenn ich nicht so viel Schaden anrichten kann wie die Sektenangreifer, könnten Ali und ich wenigstens weitere Informationen über sie sammeln, wenn es uns gelingt, uns unbemerkt annähern zu können.

Nach Stunden, in denen wir herumschleichen und die Gegend erkunden, finden wir endlich etwas – eine kleine Gruppe von Aliens, unter denen sich nur zwei Humanoide befinden. Ich habe noch nie eine so bizarre Gruppe gesehen. Sie besteht aus einer albtraumhaften Fischkreatur in einem ovalen Flüssigkeitsbehälter auf drei mechanischen Beinen, aus einer fließenden Masse gelblicher Tentakel und Mäuler und einem katzenartigen Wesen mit einem Widderkopf, das ein zusätzliches Paar Hände besitzt. Wenigstens sehen die beiden Humanoiden größtenteils menschlich aus, auch wenn sie seltsam gefärbt sind – eher wie in *Farscape* als in *Star Trek*.

„Was sind das für Dinger?", frage ich Ali telepathisch.

„Die sehe ich nicht sehr oft. Das Wasserwesen ist ein Pismeen, das schleimige Tentakelding ein Mohran, und den Widderkopf könnte man als Satyr bezeichnen. Du kannst seinen Namen weder richtig aussprechen noch hören, also verwenden wir Satyr", plaudert Ali. *„Das muss wohl eine der gemischten Jägergruppen der Sekte sein. Es ist nicht ungewöhnlich, dass galaktische Organisationen Minderheitsgattungen zusammen einsetzen."*

Ich brumme. Ich hatte bemerkt, dass Gruppen, wie die Truinnar, Hakarta oder Yerick, üblicherweise aus einer Gattung bestehen. Wenn man die dominante Macht in seiner Region ist, fällt es wohl leichter, Gruppen aus einer einzelnen Gattung zu bilden. Dadurch sind gemischte Gruppen seltener, da sie eben Minoritäten enthalten.

„Schaufeln wir ihr Grab?", fragt Ali, nachdem er die beiden anderen Gattungen identifiziert hat.

Ich ignoriere ihre Namen für den Moment und überlege, welche Optionen ich habe. *„Nein. Wir werden sie verfolgen. Ich will sehen, ob sie sich mit* *unseren mitternächtlichen Angreifern treffen. Erzähl mir mehr über diese bizarren Wesen."*

Ich stelle sicher, dass die Gruppe sich noch weiter von uns entfernt, bis fast an die Grenze meiner Erfassungsreichweite. Selbst jetzt haben ihre Symbole auf meiner Minikarte eine seltsame Schattierung. Damit zeigt Ali an, dass ich sie sehen kann, er aber keine Informationen aus dem System erhält.

„Okay. Also, fangen wir mal mit den Satyrn an. Erstens solltest du dich nie auf einen Saufwettbewerb mit ihnen einlassen —Alkohol hat keine Auswirkung auf ihren Körper ...", beginnt Ali.

Ich höre nur halb hin, da ich gleichzeitig aufpassen muss, nicht entdeckt zu werden. Dennoch kann ich damit die Zeit totschlagen und gleichzeitig einige Informationen über die neuen Gattungen erhalten.

***

Die nächsten Stunden fühlen sich surreal an. Ich sehe, wie die feindliche Gruppe sich auf der Karte bewegt und sich bemüht, unbemerkt zu bleiben. Gleichzeitig sucht sie nach unseren Jägern. Ich sehe all diese Gruppierungen ganz klar auf meiner Karte. Zweimal wäre die Sekte fast auf unsere Leute gestoßen – und umgekehrt – wenn da nicht ein Hügel und ein besonders dichtes Waldstück gewesen wären. Ich bin aber froh, dass das nicht geschieht, da ich sonst die ganze Zeit verschwendet hätte.

Seltsam nachzudenken, was für einen Unterschied ein einfaches Abbiegen nach links oder eine Verspätung um fünf Minuten gemacht hätte. Aber trifft das nicht auf unser ganzes Leben zu? Eine halbe Stunde hier, eine andere Entscheidung da und unser Leben wäre ein völlig anderes. Wenn ich mir an dem Samstag keinen Kaffee geholt hätte, wäre ich Anne nie begegnet.

Und wenn man das weiter zurückverfolgen will – wenn ich an jenem Morgen aufgestanden wäre, sobald mein Wecker geklingelt hatte, hätte ich Zeit gehabt, mir selbst einen Kaffee zu machen. Hätte ich Anne nicht getroffen, wäre ich nie nach Whitehorse gekommen. Hätte nie meine Klasse erhalten. Nie Lana oder Ali getroffen.

Unbedeutende Entscheidungen, geringfügige Änderungen, und der Kurs unseres Lebens könnte so weit abweichen. Jeden Tag ärgern wir uns über Fehler in unserer Vergangenheit, über frühere Taten und stellen uns unzählige Abzweigungen des Zeitstroms vor. Wir werden vielleicht nie erfahren, welche der hunderttausend kleinen Entscheidungen unserem Leben eine andere Richtung geben konnten. Dennoch kritisieren wir uns für diese Entscheidungen, als ob uns irgendwie der optimale Pfad bekannt wäre.

Als der Abend anbricht, sehe ich, wie die Gruppe langsam Richtung Süden marschiert. Ich frage mich, ob sie mich endlich zu meiner Beute führen werden. Natürlich geht das nicht so einfach. Zwanzig Kilometer von Kamloops entfernt, weit außer Sichtweite der Siedlung, betritt die aus mehreren Gattungen bestehende Gruppe die Straße, ruft verschiedene Transportmittel herbei und rast los. Ich starre den Mech-Shrimp verblüfft an und muss über diese verrückte Systemwelt nur den Kopf schütteln. Mech. Shrimp.

Ich lasse mir Zeit, bevor ich die Straße erreiche und ihnen folge, da ich weiß, dass ich mich nicht verbergen kann, wenn ich ihnen zu nahe komme. Vielleicht ist das mein Fehler. Es hat etwas für sich, ihre Leute immer wieder anzugreifen und selbst die kleinen Fische zu töten, bis sie niemanden mehr in den Kampf werfen können.

Aber ...

Manchmal muss man einfach warten. Langfristig planen. Hoffen, den ganzen Einsatz zu gewinnen, statt dem Feind hier und da ein paar Chips abzunehmen. Daher fahre ich die Straße entlang, bleibe im Schatten und warte ab. Vielleicht entdecken wir etwas. Vielleicht versage ich. Aber ich fühle mich zum ersten Mal seit Tagen wieder nützlich.

***

Die Nachricht von Mel, die später am Abend eintrifft, ist aufgrund ihrer Kürze und der enthaltenen Fakten ärgerlich. Noch ein Angriff um zehn, und dann wieder einer um zwei Uhr morgens. In keinem Fall kommen die Angreifer über die Straße, die ich beobachte. Das bedeutet, dass meine Anwesenheit hier wenig bringt.

Dennoch ... auch ein negativer Fortschritt ist noch ein Fortschritt. Oder kann man das überhaupt als negativen Fortschritt bezeichnen? Wahrscheinlich nicht, wenn ich so darüber nachdenke. An solche Sachen denkt man einfach, wenn man in einer kleinen Mulde sitzt und frühmorgens eine dunkle Straße beobachtet, nachdem man den ganzen Tag zuvor wach war.

Ich muss zugeben, die Möglichkeit, dass diese Gruppe an mir vorbeigeschlichen ist, besteht. Aber ein Skill, der sechzig Individuen vor dem System verbirgt – oder zumindest ihre Daten vor Leuten verschleiert, die im System recherchieren – wäre sehr mächtig. So stark, dass er wohl erst durch mehrere Upgrades erreicht wird. Ein Skill, der sechzig Personen vor dem System und auch vor visuellen und anderen Sichtliniensensoren versteckt, ist faszinierend. Wenn ich die Stärke in verschiedenen Klassen richtig verstehe, wäre das ein Skill der Meisterklasse. Und wenn sich ein Sektenmitglied der Meisterklasse hier befände, dann würden sie sich nicht mit all dem Kleinkram abgeben.

Daher stellt sich die Frage, was ich nun tun soll. Option 1 – ins Gebiet um Kamloops zurückkehren und zusammen mit den Jägergruppen nach den Angreifern suchen. Das wäre die sichere und kluge Option. Wir würden die Angreifer eliminieren und der Siedlung etwas Ruhe bieten. Aber das dürften die Feinde auch erwarten.

Die andere Option, jene, die ich bevorzuge, besteht darin, die Angreifer zu ignorieren. Ich weiß, dass die Gruppe, die ich verfolgt habe, nun in ein anderes Gebiet gezogen ist. Wahrscheinlich ein Aufmarschgebiet in Merritt oder anderswo. Ich könnte diese Typen angreifen und ihnen das Leben erschweren. Aber sobald ich eine ihrer Jagdgruppen außerhalb ihrer Stadt eliminiere, wissen sie auch, dass wir unsere Taktik geändert haben und dass ich hier bin.

Das würde bekanntermaßen die Hunde des Krieges entfesseln. Und das bedeutet, ich müsste den maximalen Schaden austeilen, sobald ich angreife. Ich seufze, lehne mich zurück und beobachte weiter die Straße, während mir all das durch den Kopf geht.

Stunden später gebe ich es schließlich auf, Jägergruppen auf diesem Straßenabschnitt zu finden und blicke meinen braunhäutigen Freund an. Ich muss nicht sprechen, aber da es keine Monster oder Sektenmitglieder in der Nähe gibt, möchte ich wieder einmal meine Stimme hören. „Bin ich selbstsüchtig?“

„Ja“, sagt Ali automatisch und hält dann inne, während er über meine Frage nachdenkt. „Ja. Wieso fragst du das?“

„Lana“, sage ich und erinnere mich an das, was sie zu mir gesagt hat.

„Ach so.“ Ali zuckt mit den Schultern. „Mach dir keine Sorgen. Du bist intelligent. Mit Ausnahme einiger ziemlich dummer Gattungen sind wir alle egoistisch.“

„Da soll ich wohl danke sagen.“

„Ach komm schon, Schluss mit der üblen Laune. Und was murmelst du dauernd vor dich hin? Was ist, das ist?", sagt Ali. „Das läuft aufs Gleiche hinaus. Du bist selbstsüchtig, weil du die Stadt verlassen und das allein erledigen willst. Lana ist selbstsüchtig, weil sie dich wieder in Kamloops haben will, sicher und an ihrer Seite. Ihr habt beide das Recht egoistisch zu sein."

„Gier ist gut?", murmle ich und Ali rollt mit den Augen.

„Bis zu einem gewissen Punkt schon." Ali zuckt mit den Schultern. „Was, willst du nicht im Level aufsteigen?"

Ich stöhne laut und denke an den einen Level, der mir noch bis 40 fehlt. All diese Skills, all die Macht. Ja, das kann ich zugeben. Ich will wachsen, will einen höheren Level. Will stärker werden. Und das ist gierig und selbstsüchtig, aber auch praktisch und vernünftig und sogar gemeinnützig, da ich das Bollwerk meiner Gruppe und meiner Stadt bin. „Also ... egoistisch. und gierig, menschenfreundlich und wütend."

„Oder, wie ich es ausdrücken würde, intelligent", meint Ali.

„Weil wir von Intelligenz sprechen", sage ich und runzle die Stirn. „Warum hast du nicht vorgeschlagen, dass ich eine militärische KI kaufe? Oder ein Upgrade von Kim auf eine militärische KI durchführe?"

„Wahrscheinlich weil das keine gute Idee wäre. Du nimmst wohl an, dass KIs wie euer Skynet sind. Aber sie ähneln eher ‚the Machine‘.

„‚The Machine‘.?" Ich sehe Ali fragend an und hebe eine Augenbraue. Er seufzt.

„*Person of Interest*. Fantastische Serie", sagt Ali. „KIs haben nur begrenzte Fähigkeiten, einmal wegen der durch den Galaktischen Rat angeordneten Einschränkungen, aber auch wegen der Informationen, die sie aufrufen können. Sie sind nur so gut wie die zur Verfügung stehenden Informationen, und du, mein Junge, kannst ihnen in dieser Hinsicht nicht viel liefern. Eine gute militärische KI benötigt eine Menge Daten, um zu funktionieren und die bestmöglichen Prognosen zu stellen. Außerdem muss die KI trainiert werden, damit sie richtig funktioniert."

„Warum?", sage ich stirnrunzelnd und schüttle den Kopf. „Kann die KI nicht beispielsweise die optimalen Optionen auf Grundlage der jetzt verfügbaren Daten identifizieren? Ich dachte, das Training ergibt sich durch den Aufkauf der Datenbank."

„Das ist ein anderes Training. Ich will das mal ganz einfach erklären. Wenn ich dir vorschlage, dass wir alle Ex-Leibeigenen töten sollten, damit die Sekte durch die Wiedereroberung der Stadt nichts gewinnt, würdest du das tun?" Ich starre Ali wütend an, und er nickt kurz. „Genau. Aber das ist eine praktische Lösung, vielleicht sogar die einfachste. Eine KI könnte entscheiden, dass das die beste Lösung ist und dir das mitteilen. Und wenn du sie ablehnst, musst du ihr den Grund dafür erklären. Sie unterrichten."

„Ach so ..." Ich neige den Kopf zur Seite und blicke Ali an. „Und wie lange dauert es, bis man einer KI so etwas beigebracht hat?"

„Wie lange ist der Bandwurm?", sagt Ali. „Das hängt vom Typ, der Stufe, den Ressourcen und davon ab, wie gut du als Lehrer bist und ob du wirklich weißt, was du willst. In deinem Fall? Ziemlich lange."

Ich seufze und nicke. Ich verstehe, was Ali sagen will, und auch, dass wir nicht genug Informationen haben, um der KI bessere Entscheidungen zu ermöglichen. Schließlich sind wir nicht mit dem Internet oder so etwas verbunden, und daher hätte die KI nur begrenzte Daten über die Welt. Solange wir nicht eine Menge Geld ausgeben wollen, um Informationen aus dem System zu kaufen, würde uns das deutlich behindern. Ali kann nur deshalb auf so viele Informationen zugreifen, weil er ein verbundener Begleiter ist. Selbst Kim muss sich auf die allgemeinen Informationskanäle des Systems und die von der Siedlung gelieferten Daten verlassen.

Trotz all dieser Zusicherungen mache ich mir über die von größeren Organisationen verwendeten KIs Sorgen. Aber da ich in dieser Hinsicht gerade nichts tun kann, stelle ich lieber keine Fragen. Ich habe schon genug Albträume, und die Vorstellung einer über die ganze Galaxis vernetzten KI fehlt mir gerade noch.

***

Danach muss ich lediglich meine Reise nach Merritt fortsetzen. Als die Sonne schließlich aufgeht, befinde ich mich auf einer ausreichend entfernten und hoch gelegenen Position, von der aus ich die Kleinstadt beobachten kann. Mein Hügel befindet sich zwischen den Highways 5 und 97C, so dass ich Bewegungen auf beiden Fernstraßen entdecken kann – eher mittels meiner Karte als visuell – und so auch die Stadt selbst im Auge behalte. Aus dieser Entfernung und mit dem neuen klassenexternen Skill, den ich im Shop gekauft habe, sowie Alis Hilfe, dürfte ich in Sicherheit sein. Ich lese die Beschreibung der Klassen-Fertigkeit erneut, primär um mich zu beruhigen.

Geschrumpfte Fußspuren (Klassenexterne Fertigkeit Level 1)
Reduziert die Systempräsenz des Benutzers und erhöht dadurch die Chance, der Entdeckung durch vom System unterstützten Sensorenskills und Geräten zu entgehen. Erhöht auch den Preis von Informationen über den Benutzer. Reduziert Mana-Regeneration permanent um 5.

Nach dem Angriff untersuchte ich, wie die Feinde wohl unseren Sensoren entkommen waren. Neben anderen Klassen-Fertigkeiten war auch diese hier verwendet worden. Manche reine Tarnungs-Skills, wie die von Ingrid, verbergen den Benutzer völlig. Aber sie sind sehr kostspielig und können normalerweise nur von bestimmten Klassen genutzt werden. Viele davon sind aktive Skills, die sofort Mana aus dem Manapool abziehen. Obwohl ich aufgrund meiner Mana-Regeneration einige dieser Skills theoretisch verwenden könnte, bin ich auch ein direkter Kämpfer. So einen Skill zu unterstützen schien daher eine schlechte Idee, da die dauernde Nutzung aktiver Skills negative Nebenwirkungen hat.

Andere Fertigkeiten, wie Geschrumpfte Fußspuren, sind weniger effektiv, aber in ihrer Wirkung viel konzentrierter. Und natürlich viel billiger. Da ich mich auf meine echten Tarnfähigkeiten verlassen kann, muss ich nur meine Spur im System reduzieren. Solange ich also nicht zu aggressiv vorgehe, dürfte ich von einem nur gelegentlich suchenden Feind nicht entdeckt werden. Und mit Alis Hilfe können wir sogar einen Teil der ausgehenden Informationen manipulieren.

Ich lächle deswegen und wende mich wieder der unter mir liegenden Ortschaft zu. Die Siedlung, die vor allem für ein Country-Music-Festival bekannt war, ist nur noch ein Schatten ihrer einstigen Größe. Allerdings habe ich das Festival nie besucht. Das sollte nicht falsch verstanden werden, ich habe nichts gegen Country Music, aber mir wird es ganz anders, wenn ich an die Menschenmasse auf solchen Festivals denke.

Trotzdem sollte das nicht die Geisterstadt sein, die ich vor mir sehe. In der vergangenen Stunde habe ich etwa ein Dutzend verschiedener Individuen gesehen, die meisten davon außerirdisch aussehende Kreaturen. Aber ich entdeckte keinen einzigen Menschen. Vielleicht liegt es daran, dass alle gestoben sind – das ist zwar unwahrscheinlich, aber möglich. Ich vermute eher, dass sie vertrieben wurden, oder dass die Bürger so eingeschüchtert wurden, dass sie es nicht wagen, sich zu zeigen.

Ich gehe wieder die visuellen Optionen in meinem Helm-Interface durch. Infrarot, UV, Röntgen, Vergrößerung – nichts hilft mir. Die

Entfernung ist zu groß und die Gebäude sind zu robust, um Details zu verraten. Ich kann nicht einmal feststellen, ob es sich um ein Dorf oder eine Stadt, eine sichere Zone oder nur um eine Reihe nicht beanspruchter Gebäude handelt, die das über uns herrschende System nicht will.

Sehr frustrierend. Aber ich setze meine Überwachung dennoch fort und erkenne allmählich, wer dort lebt, und wie viele es sind. Ich kundschafte das aus, denn wenn ich angreife, will ich – nein, muss ich – sicher sein, dass mein Angriff effektiv ist.

***

Tage. Ich beobachte, zähle, plane. Tage, während Kim mir durch das System immer wieder Daten sendet, um mich auf dem Laufenden zu halten. Wie erwartet, sinkt die Kampfmoral aufgrund der ständigen Störangriffe und der gelegentlichen Kämpfe, bei denen jemand umkommt. Natürlich gewinnen wir hier und da ein Gefecht, aber da wir nicht wissen, mit wie vielen Feinden wir es zu tun haben, scheint dies ein ständiger, nie endender Kampf zu sein. Selbst unsere Gruppen im Norden, die im Level aufsteigen wollen, melden Angriffe, was ihren Fortschritt zusätzlich verlangsamt. Die Sektenmitglieder wollen uns zermürben und unsere Leute in Schach halten, bis sie bereit sind. Es ist eine Belagerung, auch wenn es weder Katapulte noch Schützengräben gibt.

Aber die Tage der Beobachtung haben doch etwas gebracht. Ich weiß jetzt, wie viele Sektenmitglieder es in Merritt gibt – 23 – und ich habe sogar ihre Gruppierungen herausgefunden. Inzwischen kenne ich auch die Routine der Feinde sehr gut. Ich sehe, dass sie immer mindestens zwei Gruppen zuhause lassen und abwechseln, wer jeweils an diesem Tag jagt. Zweimal kam eine Gruppe zurück, bei der ein oder zwei Individuen fehlten. In einem

Fall schienen sie sogar völlig übermütig zu sein und ich erfuhr später an diesem Tag, dass sie eine unserer Jägergruppen fast ausgelöscht hatten. Das war ein schlimmer Tag, und ich musste mich davon abhalten, sofort anzugreifen.

Ehrlich gesagt habe ich alle nötigen Informationen bereits seit mindestens einem Tag, aber ich zögere, weil ich wissen will, ob es nicht eine Falle ist. Die Tatsache, dass sie getrennt blieben und zu verschiedenen Zeiten schlafen und hinausgehen, lässt es zu einfach erscheinen. Eine leere Stadt, in der sich nur Sektenmitglieder befinden, scheint überhaupt verdächtig. Aber trotz der ganzen Bemühungen kann ich keine Falle sehen. Manchmal kann man nur die Falle zuschnappen lassen und hoffen, dass man wieder rauskommt.

Ich beschließe, eine kleine Dummheit zu begehen und krieche in die Stadt, nachdem die zweite Gruppe endlich die Siedlung verlassen hat. Wenn sie ihrer Routine in etwa folgen, würde eine dritte Gruppe innerhalb der nächsten Stunde losgehen, während zwei Gruppen bleiben und sich tagsüber ausruhten. In diesem Moment werde ich zuschlagen.

Hinter einem Haus versteckt, hole ich Sabre aus dem Inventar und führte die Mech-Transformation durch. Ich warte einen Moment, lausche und sehe mich um. Hat mich jemand entdeckt? Da ich nichts sehe, aktiviere ich den Zeitmantel und beginne, weiter in die Siedlung zu schleichen. Ich runzle die Stirn, da ich immer noch keine Nachricht darüber erhalte, dass jemand diese Stadt beansprucht hätte.

„Ali?"

„John. Ich hab dich auch lieb."

„Was ist denn mit der Stadt los?"

„Sie haben den Stadtschlüssel vor einigen Wochen verkauft. Wahrscheinlich als sie begonnen haben, die Leute abzutransportieren. Danach gab es auch weniger Daten über

die Aktivitäten der Stadt im System, daher gehe ich davon aus, dass das der Fall ist.", sagt Ali, dessen Augen über die Benachrichtigungsfenster huschen.

„Dann dürfte die Stadt wenigstens keine Sensoren haben", sage ich, um der Situation etwas Gutes abzugewinnen.

Eigentlich will ich Merritt. Es liegt recht praktisch auf halbem Weg, aber da der Schlüssel verkauft wurde, müssen wir entweder jedes Gebäude einzeln an uns bringen oder den Siedlungsschlüssel wieder erwerben. Dabei stellt sich aber die Frage, warum die Bevölkerung nicht genug Land gekauft hat, um die Siedlung zu behalten. Schließlich hat Ali erklärt, dass man das System dazu zwingen kann, eine Siedlung zu erstellen, indem man genug Grundstücke kauft.

Aber das sind nutzlose Gedanken, während ich vorsichtig weiterschleiche. Ich knurre und konzentriere mich wieder auf die ziemlich wichtige Aufgabe, nicht entdeckt zu werden. Auch wenn sich die Sekte in der Stadtmitte zu gruppieren scheint, heißt das nicht, dass es keine Patrouillen gibt.

Aufgrund all der Vorsicht gibt es wenige Probleme, bis ich einen halben Häuserblock weit im historischen Innenstadtbezirk bin. Historisch für nordamerikanische Verhältnisse – also weniger als hundert Jahre alt – nicht aus europäischer oder asiatischer Perspektive, wo das die letzten Jahrhunderte oder ein Jahrtausend umfassen könnte. Das Zentrum besteht aus niedrigen Gewerbebauten vom Beginn des vorigen Jahrhunderts. Die Sektenmitglieder haben das Coldwater Hotel in Beschlag genommen, wobei jeder wahrscheinlich eine Suite bewohnt. Das ist gar keine schlechte Idee, denn eines der Upgrades in einem registrierten Hotel sind eine Wäscherei und andere Reinigungsoptionen. Vorausgesetzt, jemand hat das Hotel gekauft, was ich getan hätte.

„Das wurde doch gekauft, oder? Weißt du, welche Upgrades es besitzt?", frage ich Ali, weil ich momentan nichts anderes zu tun habe.

„Es ist registriert. Das sind in etwa alle verfügbaren relevanten Informationen. Klimaanlage, Manamotor und Batterie, Sonardusche und Sanitäranlagen, und so weiter ...", sagt Ali achselzuckend, während er neben mir schwebt.

Das überrascht mich nicht. Schließlich würde ich anderen Personen nichts über die von mir gekauften Sicherheitsupgrades erzählen. Leider bedeutet das, nicht genau zu wissen, wie stark die Mauern sind.

Während ich meine nächsten Schritte überlege, sehe ich, wie ein humanoides Reptilienwesen das Gebäude verlässt. Das schlanke, smaragdgrüne Sektenmitglied schlendert sorglos die Straße entlang, wobei das Licht der Morgensonne auf dem Körper der Kreatur lila Glanzpunkte erscheinen lässt.

???? (Level 29 Krieger (?))

HP:

MP:

Zustand: Ahnungslos

„Was sollen die Fragezeichen?"

„Momentan will ich nicht zu tief sondieren."

Ich weiche zurück und verberge mich, während ich den Timer des Zeitmantels ansehe. Ich muss bald etwas tun ...

Dennoch lasse ich die Kreatur gehen um zu erledigen, was auch immer sie vorhat. Wenn ich Ingrid wäre, würde ich diesen perfekten Moment nützen, um die Kreatur zu töten. Anschleichen, in den Rücken stechen und den Lärm des Angriffs verstummen lassen, so dass sie tot ist, bevor es jemand merkt. Aber ich bin nicht Ingrid und habe keine Skills für lautlose

Angriffe oder um ihre Hilferufe stummzuschalten. Ich könnte auch nicht wie im Film hingehen und ihr den Hals durchschneiden – das System erschwert es, jemanden mit einem Treffer zu töten. Es ist vielleicht nicht unmöglich, aber ziemlich schwierig. Besser ist, sie gehen zu lassen, als den Überraschungseffekt gegenüber den anderen zu verlieren.

Sobald sie verschwunden ist, fahre ich mit meinem ursprünglichen Plan fort. Ich platziere leise eine Reihe von Sprengsätzen um das Gebäude herum. Da ich mich mit Sprengungen nicht besonders gut auskenne, folge ich dem bewährten Motto „viel hilft viel." Schließlich muss ich sowohl das Gebäude als auch dessen Bewohner vernichten. Und eigentlich bringe ich nur den geplünderten Sprengstoff zurück. Ich kann ja doch sehr großzügig sein.

Erst als ich fertig bin und mich hinter dem gegenüberliegenden Gebäude verstecke, kann ich mich entspannen. Zum Glück ist die Sekte keine militärische Organisation. Statt Aufklärer, Aufpasser und einen festen Zeitplan zu besitzen, lungern diese Mitglieder nur herum und genießen offensichtlich ihre Freizeit. Das erinnert mich eher an die Mitglieder der Abenteurergilde in Carcross als an Capstan und die Truinnar oder die Hakarta.

Statt weiter darüber nachzudenken zünde ich die Sprengsätze. Eines ist an Explosionen interessant – man hört sie erst, nachdem man von der Druckwelle getroffen wurde, da sich die Luft schneller als das Geräusch bewegt. Zudem gibt es nach der anfänglichen Ausbreitung der Explosion ein sekundäres „Saugen" – horror vacui. Obwohl die Sprengsätze so angebracht waren, dass sie den Großteil ihrer Wirkung nach innen und oben richteten, trifft mich genug, um den Schutzschild meines armen Mechs und meine kümmerliche Deckung kräftig durchzuschütteln. Wie gesagt, bin ich nicht gerade ein erfahrener Sprengmeister.

„*Einer erledigt*", meldet Ali, während ich aufstehe und mich umsehe.

Das Gebäude auf der anderen Straßenseite ist verschwunden, und nur eine Masse aus systemverstärktem Holz, Stahl und Beton ist noch übrig. Die Gebäudereste und einige andere Bauwerke, die von der Explosion getroffen wurden, stehen in Flammen. Am Boden sehe ich kleine und nicht so kleine Krater an den Stellen, wo ich die Sprengsätze platziert habe. Ohne die Verstärkung durch das System, hätten die Explosionen den im Haus schlafenden Sektenmitgliedern wohl noch mehr Schaden zugefügt.

Aber gerade als ich das denke, bewegt sich das Geröll. Eine starke orangefarbige Kreatur mit mehreren Armen und einem Haarknoten schiebt eine Säule weg, dann folgen noch zwei kurze Humanoiden. In einer Ecke strömt roter Rauch aus den Betontrümmern und wirbelt im Kreis. Einige Sekunden später schießt ein Eiskegel in der Nähe des Rauchs aus dem Boden, und in der Mitte des Kegels ist eine Gestalt zu sehen.

Bevor die Gruppe sich wieder ganz fangen kann, öffnen sich die Abdeckungen über meinen Mini-Raketenwerfern und die Projektile fliegen heraus. Einen Sekundenbruchteil danach hebt sich meine linke Hand, ein Feuerball bildet sich und schießt vorwärts. Ich wirke den Zauberspruch mehrmals, so schnell ich kann. Obwohl ich den Blitz bevorzuge, ist die Gruppe dort für diesen Zauber zu sehr verstreut. Zumindest jetzt.

Die mehrarmige Kreatur mit dem Haarknoten faucht, packt ein Trümmerstück, das doppelt so groß ist wie sie und hält dieses vor ihren Körper, während die Raketen heranrasen. Die beiden Humanoiden ducken sich hinter dem Monster und rollen sich etwas zusammen, um ihre Körper gegen die Explosionen abzuschirmen. Überall verteidigen sich die Sektenmitglieder – mit Ausnahme eines Pechvogels, der sich genau im Moment der Explosion aus den Trümmern gräbt.

Sprengköpfe schleudern Wellen aus Flammen und komprimierter Luft um sich, wirbeln Trümmer auf und verwandeln sie in Schrapnell. Kurz darauf explodiert auch mein erster Feuerball und die Flammen bilden eine verzerrte Kugel, die alles unter sich umhüllt. Der zweite und dritte Feuerball explodiert bald danach, und die Sektenmitglieder tun ihr Bestes, um sich zu schützen.

„Drei weitere neutralisiert", meldet Ali, während ich noch einen Feuerball schleudere.

Aber mein Überraschungsangriff ist nun vorbei und die Gruppe erwidert das Feuer. Zauber, Strahlenwaffen, eine Säure und andere Dinge zielen auf mich, hämmern auf Sabres Schild und bald auf meinen ein. Statt mich auf einen Fernkampf einzulassen, konzentriere ich mich und springe ich mit Versetzungsschritt vorwärts und verberge mich hinter dem größtenteils geschmolzenen Eiskegel vor dem anfliegenden Feuerball.

„Auuu! Diese Zauber tun echt weh", sagt Ali telepathisch zu mir, während er immer noch unsichtbar nach vorn flitzt. *„Du hättest mich warnen können, dass du wegspringst."*

Ich hebe den Fuß, drehe mich und steche meine Klinge in den Körper des Magiers. Sie bohrt sich durch seine Schulter, der abgetrennte Arm fällt zu Boden und ein Schmerzensschrei ertönt. Ich mache eine Granate scharf und werfe sie vor meine Füße. Dann springe ich mit einem Versetzungsschritt zu Mr. Haarknoten und ignoriere die ständigen Nörgeleien meines Begleitergeists. Während die Granate explodiert und dem Magier den Rest gibt, attackiere ich den Typen mit dem Haarknoten.

Er ist echt gut. Das Messer in seiner Hand, das fast ein Schwert ist, bewegt sich mit beeindruckender Geschwindigkeit und blockiert sowohl meinen Überraschungsangriff als auch die darauffolgenden Attacken. Wir tanzen umeinander herum und schlagen zu, während sich der letzte Humanoide neben ihm mühsam aufrappelt, da sein Körper schwere Brandwunden aufweist. Leider habe ich keine Zeit, ihn zu erledigen. Nur genug Zeit, einen Schnitt ins Bein abzubekommen, während ich mein Schwert in die Brust von Mr. Haarknoten bohre und diesen Kampf beende.

„Die dritte Gruppe ist unterwegs. Zwanzig Sekunden", sagt Ali, und sein kleiner Körper saust nach unten und schlägt dem verbrannten Humanoiden seine winzige Faust gegen den Kopf. Auch wenn die Faust winzig ist, fällt das Wesen aufgrund der Wucht des Hiebs und seiner Verletzungen zu Boden.

„Gut gemacht!" Ich grinse den nun sichtbaren Geist an. Aber im nächsten Augenblick wird er von einem enormen Armbrustbolzen zur Seite gefegt.

Ich drehe mich um und sehe die Reptilienkreatur weiter hinten um die Ecke rennen, wobei sie die Armbrust an ihren Körper gedrückt hält. Ich knurre und überlege, ob ich sie jagen soll. Aber dann fällt mir Alis Meldung ein. Statt Zeit zu verschwenden springe ich von den Trümmern weg, wobei meine Hände eiligst Minen auf der Straße verteilen. Manche landen auf dem Boden und Stolperdrähte werden nach außen geschleudert und verschwinden fast, bevor mein Helm-Interface sie für mich markiert. Andere graben sich ein und warten in der Erde verborgen auf ihre Gelegenheit.

„Drei Sekunden", sagt Ali, der nun wieder unsichtbar und immateriell ist. Aber während er neben mir schwebt, drückt er eine Hand gegen seine Seite, wo er blaues Licht blutet.

„Danke", murmle ich.

Ich höre auf, Minen zu legen und wirble herum. Dann ziehe ich mein Strahlengewehr aus dem Inventar und lege den Kolben an meine Schulter. Das erste Sektenmitglied, das um die Ecke kommt, wird an der Taille von einem Strahl getroffen. Die Rüstung schmilzt, Fleisch verbrennt und er erleidet Schnittwunden. Er wirft sich zur Seite, um den Schüssen auszuweichen, aber ich folge ihm und feuere immer wieder.

Rote und grüne Blitze treffen neben mir auf. Ein massiver Metallstachel zerbricht an Sabres Schild aber dann knacken Windklingen den Schild. Ich stecke einen weiteren Schuss ein und verletze den Mistkerl, bevor ich rückwärts springe und mir dabei die Levels der Gruppe ansehe. Keine Namen, nur Klassen und Levels. Eine Mischung aus Kampfklassen, wobei die meisten momentan einfach nur als „Krieger", „Schütze", „Heiler" oder „Magier" angezeigt werden. Ihre Levels reichen von den hohen 20ern zu den mittleren 30ern.

Ich feuere schnell aus meinem Inlin-Gewehr und starte gezielt Raketen, während ich mich langsam zurückziehe und ihren Angriffen ausweiche. Trotz meiner höheren Beweglichkeit führt das reine Volumen an Schüssen dazu, dass ich ständig getroffen werde und mein Seelenschild jede Sekunde schwächer wird. Trotzdem mache ich weiter und locke sie näher heran.

Die ersten beiden Krieger treten auf Minen, und die Explosionen lassen die Fetzen fliegen. Einer wird in die Luft geschleudert, nachdem ein S-Draht ein Stück seines Fußes abgeschnitten hat. Der andere wird in Sofortbeton gefangen und versucht verzweifelt, sich zu befreien. Er kratzt an seinem Fleisch, während Würmer sich in seinen Körper graben. Der Heiler nimmt Tempo weg, bevor der Beton ihn erreichen kann. Sein mechanisch-biologischer Körper bleibt dann stehen, und er bewegt vierfingrige Tentakel, so dass seine Kameraden von Magie umhüllt werden. Die anderen, Fernkämpfer, feuern weiter und reduzieren meine Schilde.

Polarzone. Ich hebe die Hand und wirke den Zauber, der die Temperatur um die Gruppe herum sofort reduziert. Eine Sekunde später aktiviere ich den Schall-Impulsgenerator und das durch Mark und Bein gehende Kreischen erschwert meinen Angreifern das Zielen und lässt sie stolpern. Ali flitzt zwischen ihnen herum, und sein für sie unsichtbarer Körper leuchtet, während er seine Elementar-Affinität aktiviert und die Vibrationen und

Moleküle in der Umgebung nutzt. Ich habe eine vage Ahnung, was er vorhat, als er die Stabilität der Moleküle um uns erhöht – oder vielleicht zerbricht er sie. Ein raffinierter Trick, den ich mir später genauer ansehen muss.

Obwohl die Gruppe desorientiert ist und angegriffen wird, weigert sie sich, durch das Minenfeld zu laufen. Die beiden Gegner, die sich darin befinden, versuchen sich zu befreien. Der Heiler ist momentan zu verwirrt, um seine Zauber zu wirken. Statt ihnen die Zeit zu bieten, sich wieder zu erholen, rufe ich Verbesserter Blitzschlag auf, obwohl mein Mana bereits auf ein Drittel gesunken ist. Zu viel. Während die Elektrizität durch die Luft schießt und zwischen den Körpern und dem Boden tanzt, lasse ich mir von Sabre die gespeicherten Manatränke einspritzen. Der Druck auf meinen Schläfen, der Mana-Kopfschmerzen ankündigt, verschwindet. Zudem fühlt sich mein ganzer Körper erfrischt an, da die Mana-Regenerationstränke auch meine natürliche Regenerationsrate erhöhen.

Natürliche. Haha!

Ich breche den Zauber Blitzschlag ab, bevor er mein Mana zu sehr reduziert, da ich mir das nicht viel länger leisten kann. Stattdessen renne ich in das Minenfeld und richte weiterhin den Großteil meiner Angriffe auf den Heiler. Es erfordert Zeit, den Minen auszuweichen und sicherzustellen, dass ich nicht jene auslöse, die keinen Freund-Feind-Sensor besitzen. Mein Schall-Impulsgenerator endet und kann das Heulen nicht mehr fortsetzen, so dass sich die Gruppe wieder erholt.

„Ach Mann, ich kam gerade in Schwung", beschwert sich Ali, dessen unsichtbarer Geisterkörper nun nicht mehr wackelt.

Ich muss zugeben, dass die Gruppenmitglieder sehr erfahren sind. Da sie verletzt und beschädigt sind, trinkt der Heiler seine eigenen Heiltränke, als der Magier in die Hände klatscht, worauf Erde hervorschießt und den Heiler verbirgt. Während der Magier das tut, schleudert der Fernkämpfer einen Kanister über die wachsende Erdmauer, der in einer kleinen Staubwolke explodiert. Eine Sekunde später erhalte ich eine neue Meldung:

Nano-Maschinenverschmutzung entdeckt.

Die Mana-Regeneration wird in der Umgebung 5 Minuten lang um 31,4 % reduziert.

Ich knurre, da meine Beute nun außer Sichtweite ist, und einer der Nahkämpfer die Hand vorstößt. Eine einzelne Silbernadel multipliziert sich, bis Tausende die Luft erfüllen und mit einem bösartigen, dunkelroten Licht leuchten. Ohne zu stoppen durchdringen sie meinen Seelenschild und bohren sich durch Sabres Panzer in meinen fleischigen Körper.

Du wurdest vergiftet!
-13 HP pro Sekunde (nach Widerständen)
Dauer: 00:0:33

Schmerz explodiert aus den Nadeln, als ob sie Säure durch meinen Körper pumpen würden. Ich fauche, als ich die Dauer bemerke und ändere meine Richtung. Dabei werfe ich eine Granate auf die zuckende Gestalt des festgeklebten Nahkämpfers und konzentrierte mich dann auf den Feind, der mich vergiftet hatte.

Man sollte meinen, dass ein Giftmischer, na ja, verschlagen und böse aussehen würde. Vielleicht schleimig. Aber ich sehe eine extravagante, schlanke Gestalt vor mir, die einen bunten, geflickten Umhang trägt und eher d'Artagnan oder einem der drei Musketiere ähnelt. Auch sehr humanoid, mit Ausnahme der Tatsache, dass das schnurrbärtige Gesicht von einem einzelnen Auge dominiert wird. Ich renne vorwärts und setze einen

Klingenhieb ein, so dass d'Artagnan sich ducken muss. Dabei schleudert er jedoch zwei Stacheln mit einem Unterhandwurf auf mich. Diese durchdringen wenigstens meinen Seelenschild nicht, obwohl dieser plötzlich eine eklig grüne Farbe annimmt.

Seelenschild korrumpiert

-15 HP pro Sekunde

„Junge, die ziehen sich zurück. Und Team 1 und 2 sind auf dem Weg hierher. Ich habe Team 1 bereits auf meinem Monitor. Sie sind verdammt schnell", informiert mich Ali,

Ich knurre etwas und bringe die letzten Meter hinter mich, während mein beschädigter und abgenutzter Schild schließlich versagt. Ich werfe mich nach vorn, aber d'Artagnan blockiert mein Schwert und drückt es mit einem Stachel zur Seite. Aber er hat nicht erwartet, dass das Schwert verschwindet. Das bringt ihn lange genug aus dem Gleichgewicht, so dass ich vorwärts trete und seine Brust und seinen Unterleib durchschneide. Während er schreit, beschwöre ich ein Schwert in meine andere Hand und erledige die Aufgabe, indem ich ihm den Kopf abschlage. Als er stirbt, wische ich mit der Hand durch seinen Körper und werfe ihn in mein Inventar. Dann blicke ich zu seinem verbrannten und zuckenden Landsmann, den die Würmer zerfleischen.

„Erinnere mich daran, ein Heilmittel für diese Minen zu kaufen", sage ich telepathisch zu Ali, während ich zu dem Mann renne, um ihm den Gnadenstoß zu geben.

Der Geist taucht einen Moment später hinter der Erdmauer auf und fliegt auf mich zu, während er mit einer Handbewegung einen kleinen Bildschirm vor mir erscheinen lässt. Der Rest der Gruppe, mit der ich gekämpft habe, wird langsamer und schließt sich der zweiten Gruppe an. Gleichzeitig erscheint die erste Gruppe, die die Stadt verlassen hat, am Rande meiner Minikarte. Es ist klar, dass sie mich jetzt nicht mehr einzeln angreifen und sich sammeln, um sicherer zu sein.

„Kann ich sie erreichen?", frage ich Ali telepathisch und überlege, ob ich noch einige aus der konsolidierten Gruppe herauspicken sollte.

„Die fliehende Gruppe? Klar. Aber sie werden wahrscheinlich Zeit schinden und dich aufhalten wollen", sagt Ali.

Ein schneller Blick auf mein Mana und die verringerte Regeneration zeigt mir, dass diese wieder gefährlich niedrig ist. Deshalb habe ich Versetzungsschritt nicht früher eingesetzt, weil dieser Skill so kostspielig ist. Es ist besser, etwas Mana aufzuheben, falls ich fliehen muss.

„Du solltest wenigstens aus der Nanowolke rauskommen, Junge", sagt Ali, während ich zögere.

Ich nicke und springe auf das Dach eines benachbarten Gebäudes, wobei mir Sabres Sprungdüsen helfen, die Strecke zurückzulegen. Ich könnte das auch aufgrund meiner Fähigkeiten tun, aber die Sprungdüsen und die Antigrav-Platten machen es viel einfacher. Während ich durch die Luft fliege, erneuere ich den Seelenschild und zucke zusammen, als ich sehe, wie mein Mana wieder fällt.

„Zeit zum Gehen", sage ich und gesagt, getan.

Ich sollte besser verschwinden, bevor sie sich sammeln und versuchen, mich aufzuspüren. Ich könnte vielleicht gewinnen, aber die Idee, von einer Gruppe von Kämpfern mit Fortgeschrittenen Klassen umzingelt zu werden, beunruhigt mich. Und es wäre möglich, dass sie auch einige echt gefährliche Kämpfer ins Gefecht bringen. Ohne den QSM – meinem Quanten-Status-Manipulator, der mich teilweise in eine andere Dimension versetzt – besitze ich weniger Optionen für die Flucht. Daher ist es besser, den Kampf zu verschieben und sie nacheinander anzugreifen.

Auf jeden Fall habe ich zugeschlagen. Jetzt folgt der nächste Teil meines Plans.

Kapitel 15

Einen Tag und eine Nacht später kann ich mich endlich entspannen. Diese Schweine hatten jemanden mit Fähigkeiten als Spurenleser und ich musste daher fliehen und gegen die konsolidierten Gruppen kämpfen, die von einer weiteren Jagdgruppe verstärkt wurden, welche nicht aus dieser Stadt stammte. Auch wenn ich nicht weiß, welcher der drei Gegner, die ich in unserem letzten Gefecht getötet habe, der Spurenleser war, glaube ich nun, dass ich sie abgeschüttelt habe. Oder sie lachen sich kringelig, während ich mich am Grund dieses Sees verstecke.

Ich denke wieder darüber nach, was ich gewonnen habe. Das ist der Vorteil von Kämpfen gegen mehrere intelligente Wesen — der Erfahrungszuwachs ist eindeutig besser als beim Töten von Monstern. Ich habe drei Viertel des Wegs zum nächsten Level hinter mir und weitere 70.000 Credits verdient. Leider ist die Beute nicht besonders brauchbar — einige mittelmäßige, persönliche Waffen, eine beschädigte Rüstung und die übliche Mischung aus Mana- und Heiltränken. Es gibt aber doch einige interessante Sachen.

Triffgits Blutegel der Giftneutralisierung

Entfernen garantiert die meisten Gifte der Stufe IV und V, wenn sie innerhalb von zwei Stunden nach der Infektion angebracht werden. Dürfen nicht im Systeminventar untergebracht werden.

Ich starre die winzige Flasche zuckender Blutegel an und verziehe angesichts der schwarzgrünen Kreaturen das Gesicht. Sie sehen wirklich wie irdische Blutegel aus, aber laut Beschreibung ernähren sie sich von Gift statt von Blut. Trotzdem müsste ich ziemlich verzweifelt sein, bevor ich die Dinger verwende.

Q'saex Nanoschwarm-Granate

Dieser speziell entwickelte Nanoschwarm wird Ihrem Feind nicht direkt Schaden zufügen, sondern sich ständig vermehren und dadurch das Mana in seiner Umgebung aufbrauchen. Dies reduziert zeitweilig die Mana-Regeneration in den betroffenen Gebieten.

Wirkung: -40 % Mana-Regeneration

Dauer: 20 Minuten

„Das ist gefährlich", murmle ich und starre die beiden Granaten in meiner Hand an. Ich stecke sie wieder in die externen Behälter an Sabre.

„Machst du dir über das Grey-Goo-Szenario Sorgen, bei dem Naniten die Welt zerstören? Keine Angst. Die Naniten sind so programmiert, dass sie sich nach zwanzig Minuten abschalten. Und selbst wenn das nicht der Fall wäre, würde das System sie bald deaktivieren", versichert mir Ali, während er im See herumflitzt und einige Fische jagt, die Barrakudas ähneln. Auf Level 3 sind die für mich nicht gefährlich, und angeblich schmecken sie ganz lecker.

„Wie sicher bist du dir da?"

„Sehr. Es gibt eine Menge Daten darüber, dass das System die Nanitenausbreitung unterbinden kann. Zahlreiche Studien haben sogar gezeigt, dass das System Nanomaschinen und deren Reproduktion sowie außer Kontrolle geratene KIs behindert", sagt Ali.

„Ich sehe, dass hier 40 Prozent erwähnt werden", bemerke ich. Natürlich könnten die Mitglieder der Gruppe verschiedene Spielsachen gehabt haben, aber das hier sieht wie etwas aus, für dessen Kauf das Team sein Geld zusammengelegt hat.

„Vierzig Prozent im Vergleich zum galaktischen Standard, weißt du? Wir befinden uns in einer manareichen Umgebung in einer Dungeonwelt, daher zeigt das weniger Wirkung", antwortet Ali.

„Stimmt", sage ich und höre das Echo meiner Stimme im Helm.

Ich atme die wiederverwertete Luft ein und könnte schwören, dass ich meine nicht geputzten Zähne rieche. Ich weiß, dass das psychologisch ist, weil der Helm und Sabres Umweltfilter all das herausgefiltert haben, aber ich bin hier schon seit Stunden. Dennoch zwinge ich mich, weiterhin geduldig zu sein. Noch zwei Stunden, das habe ich mir versprochen. Zwei Stunden und dann bin ich hier raus.

***

Wenn die Straßen perfekt sind und gutes Wetter herrscht, vergessen wir oft, wie groß Kanada ist. Auch wenn das Wetter heute schön ist – ein warmer Sommertag mit einer leichten Brise – sind die Straßen in furchtbarem Zustand. Auf Highway 5 zwischen Merritt und Hope gibt es eine Strecke, die aus einem Sumpf besteht. Die Straße selbst ist unter trübem Wasser verborgen, aus dem irgendwelche Dinge nach Sabre greifen wollen. Ich bin froh, dass ich das PKF mit Antigrav-Platten ausgestattet habe, so dass ich die plötzlichen Veränderungen in der Umgebung mühelos durchquere.

Wenn die Straße frei ist, vergessen wir die Größe unseres Lands und meinen, eine dreistündige Fahrt am Wochenende sei völlig normal. Mehr als ein Bekannter aus Übersee hat mir gesagt, dass man nach dieser Fahrzeit in vielen Teilen der Welt schon in einem anderen Land wäre.

Aber ohne Straßen und mit Monstern und Feinden überall brauche ich dafür nicht einige Stunden, sondern ganze Tage. Nachdem ich abwechselnd mal neben der Straße und mal querfeldein gefahren bin, nähere ich mich schließlich dem Lower Mainland. Nicht Vancouver selbst, sondern Mission, wo ich auf Highway 7 wechsle.

Irgendwie frage ich mich, ob es total verrückt ist, direkt in die Höhle des Löwen zu gehen. Natürlich ist es verrückt, aber ich hoffe, Ali und Geschrumpfte Fußspuren verringern wenigstens das Risiko. Ingrid wäre hier besser geeignet, könnte sich einschleichen und jemanden erstechen. Aber sie hat ihre eigene Aufgabe zu erledigen. Aufgrund meiner Stealth-Skills, der Klassen-Fertigkeiten und meiner Fähigkeit, sehr schnell zu fliehen, bin ich die beste Option für Vancouver. Zumindest versuche ich mir das selbst einzureden.

Sobald ich mich Mission nähere, verlasse ich die Straße. Querfeldein dauert das länger, da ich Sabre wegpacke und zu Fuß gehe. Ich wäge das Für und Wider meiner hautengen Hightech-Rüstung ab und entscheide mich schließlich dafür. Auch wenn ich nicht weiß, wie viele Menschen in diesem Gebiet so etwas besitzen – in Whitehorse trug jeder eine Variation dieser Rüstung – sie ist schwarz, macht wenig Lärm und bietet zusätzlichen, passiven Schutz. Statt ohne diesen Schutz auskommen zu müssen, nehme ich mir dafür lieber beim Anschleichen mehr Zeit.

Gassen und Nebenstraßen erweisen sich als sehr nützlich, um möglichst wenige Begegnungen zu haben und wenn, dann keine nennenswerten. Alis Spürsinn erlaubt es uns, potenzielle Probleme zu umgehen, bevor diese uns bemerken. Dadurch begegnen uns nur einige niedrigstufige Monster, die wir getrost ignorieren können. Wir sehen sowieso nur wenige intelligente Wesen, mit Ausnahme gelegentlicher Plünderergruppen, die in verlassene Gebäude einbrechen und nach brauchbaren Dingen suchen.

Als ich mich der Innenstadt von Vancouver nähere, finde ich erstaunlicherweise ein verlassenes Bürogebäude, wo früher Leute mickrige Eigentumswohnungen für Millionen an andere verkauft haben. Ironisch, dass genau die Leute, die von den Immobilienmaklern über den Tisch gezogen wurden, nun ihre Büros plündern. Ich beobachte jene Plünderer durch die Feinster und bin neugierig, was sie mitnehmen. Manchmal ist es Nahrung, natürlich ist Schmuck dabei, aber auch banalere Dinge. Klopapier, Slipeinlagen, Bücher, LPs und DVDs werden häufig mitgenommen.

Es dauert eine Weile, bis ich das verstehe. Verbrauchsgüter und Schmuck, klar. Aber die LPs und DVDs ergeben erst Sinn, als ich erkennte, dass sie Kultur repräsentieren. Musik. Dinge, die wir nicht mehr erhalten oder herstellen können, die uns in schwierigen, unsicheren Zeiten Trost spenden. Eine Welle der Trauer überschwemmt mich, als mir klar wird, dass wir nie mehr ein neues Werk von ZZ Ward, Meatloaf oder Whedon erleben werden. Das, was wir haben, was bereits produziert wurde, ist alles, was wir je haben werden.

Nach einer Weile unterdrücke ich die Trauer und konzentriere mich auf die geplünderten Waren. Während eines Atomkriegs würden wir nach Öl und Lebensmitteln suchen, aber hier gibt es überall Nahrung. Und Öl ist nutzlos, da die meisten unserer Maschinen nicht funktionsfähig sind und Manamotoren viel effizienter sind. Gewehre – nicht systemregistrierte Gewehre – sind lächerliche Spielsachen, die gerade noch gegen das schwächste Ungeziefer nützlich sind.

Nein, in dieser Apokalypse sind Levels die wichtigste Ressource. Leute erzeugen Levels, daher sind sie wichtig, aber ein hochstufiges Individuum ist dennoch bedeutender als eine Reihe niedrigstufiger Personen.

„Weißt du, das System ist schon recht elitär", flüstere ich Ali zu, während ich in die Hocke gehe und auf der Karte zusehe, wie die Gruppe zu einem anderen Gebäude geht. Diesmal haben sie beschlossen, jemanden Wache stehen zu lassen. Als mir Ali telepathisch ein *Was?* schickt, erkläre ich meinen Gedankengang.

„Sprich im Kopf. Und natürlich ist es das", sagt Ali. *„So ist das System eben. Aber erzähl mir nur nicht, dass deine Gesellschaft fair gewesen wäre. Im System hast du wenigstens eine Chance, im Level aufzusteigen."*

Statt mich mit Ali über die Vor- und Nachteile der Demokratie zu streiten, stelle ich ihm eine weitere Frage, die mir schon seit einer Weile durch den Kopf geht. *„Wie auch immer. Das können wir eh nicht ändern, oder? Aber ich habe eine andere Frage. Was würde eine sehr reiche oder mächtige Gruppe daran hindern, jede Menge Skills im Shop zu kaufen und dadurch unbesiegbar zu werden?"*

„Mmmm ... nichts? Oder ihre praktische Veranlagung, schätze ich. Offensichtlich stellt die Mana-Regeneration eine Grenze für passive Fähigkeiten dar", sagte Ali und wackelt mit den Fingern. *„Und da man die meisten Skills zur Verstärkung der Mana-Regeneration nicht stapeln kann, lässt sich das nicht umgehen. Bei den aktiven Skills gibt es das Problem des Manapools. Es ist nicht schwer, eine Menge verschiedener Skills zu kriegen, aber wenn du es dir nicht leisten kannst, sie einzusetzen, bringen sie dir wenig. Aber ja, klar gibt es Leute, die viel mehr Kraft haben, als es ihr Level erklären würde, weil sie eine Menge Skills gekauft haben."*

Ich nicke langsam. Am Ende haben eben Leute mit Geld und Einfluss immer einen Vorsprung, ob im System oder in unserer alten Welt. Wenn man dann noch einberechnet, dass wir im Vergleich zum Rest der Galaxis viel weniger wissen, sind wir Menschen deutlich im Nachteil. Aber das geht in Ordnung. Wie mein Vater einmal sagte – selbst wenn du doppelt so schwer arbeiten musst, um halb so gut zu werden, sind die meisten Leute nicht einmal bereit, den ersten Schritt zu machen.

Was ich vor mir sehe, auf der Karte und durch den gelegentlichen Blick aus dem Fenster, zeigt mir, dass das stimmt. Die Sektenmitglieder, gegen die ich gekämpft habe, waren ordentlich, intelligent und erfahren. Aber im Vergleich zu den menschlichen Teams auf dem gleichen Level, vor allem denen aus Whitehorse, fehlt ihnen etwas. Ein Vorteil, der Ehrgeiz, den wir haben. Ich kann es sogar bei diesen Jungs sehen, wie sie sich bewegen und plündern. Und wenn ich daran denke, haben das auch die Yerick, wenn auch in einem etwas geringeren Maße.

Wenn wir überleben, wenn wir die Kolonisierung unserer Welt überstehen und nicht verzweifeln, könnten wir sogar ganz gut dastehen. Aber dazu müssen wir unsere eigenen Gebiete kontrollieren, unsere Städte. Und das bedeutet, dass wir die Dreizehn-Monde-Sekte vollständig schlagen müssen. Ich setze mich bequem hin und warte, bis die Gruppe geht, damit ich mich wieder meiner Aufgabe zuwenden kann.

***

Mein erstes großes Hindernis ist der Pitt River. Statt den Fluss auf der Brücke zu überqueren, gehe ich etwas nordwärts und laufe mitten in der Nacht durch leere Straßen, bis ich zu einem verlassenen Golfplatz komme. Von dort aus schwimme ich im frühen Morgenlicht durch den Fluss und verstecke mich in einem teuren, aber ramponierten Haus. Wer auch immer dieses Haus gebaut hat, war ein Fan des typischen Westküstenstils mit vielen Fenstern. Als dann die Monster kamen, gab es kaum etwas Stabiles, das sie aufgehalten hätte. Ich ignoriere die Monate alten Anzeichen eines Kampfes und bin froh, dass Aasfresser die Leichen verschwinden ließen.

Danach besorge ich mir einige alte Kleidungsstücke. Blue Jeans und ein T-Shirt mit einem Goth-Mädchen und einem Ankh ersetzt meine Kampfausrüstung. Ich behalte aber eine Pistole und ein Strahlengewehr, die ich offen trage, sowie meine Springerstiefel. Auch wenn die Waffen etwas teurer als normal sind, läuft heutzutage jeder bewaffnet herum. Eine kurze Diskussion mit Ali führt dazu, dass er einige Informationen über meinen Status modifiziert. Er kann nicht viel bezüglich meines Levels tun, aber jetzt erscheine ich als Level 39 Gardesoldat. Hoch genug, um etwas Aufmerksamkeit zu erregen, bei einer oberflächlichen Untersuchung würde ich aber immerhin nur als Basisklasse erscheinen.

Es ist relativ einfach, am nächsten Abend in Richtung Vancouver Innenstadt zu gehen. Ich stelle sicher, dass ich mit den Plünderern ankomme, damit ich auf den Sensoren der Sekte nur ein weiterer Punkt auf den Straßen von Coquitlam bin. So ist das eben mit dem Lower Mainland und Kanada. Auch wenn wir neunzig Prozent unserer Bevölkerung verloren haben, war diese vorher immer in einigen Großstädten konzentriert. Selbst zehn Prozent von einer Million sind noch eine Menge Leute. Und da alle kleineren Städte in der Nähe verlassen wurden, kamen die Überlebenden hierher. All diese Menschen müssen jagen, Landwirtschaft treiben, bauen und sich auf andere Weisen verbessern. Das bedeutet Jagdgruppen, Plünderer, Bauern und andere. Die Sekte besitzt und kontrolliert zwar die Stadt, aber sie hat nicht genug Mitglieder, um jeden einzelnen zu überwachen.

Das bemerke ich als Nächstes. Roxley ließ seine Wachen Uniformen tragen, damit sie leicht bemerkbar waren. Schließlich fallen auch Polizisten auf, und genau das hilft dabei, den Pöbel unter Kontrolle zu halten. Die Sektenmitglieder tun hier etwas Ähnliches, vor allem dadurch, dass sie einfach *anders* als wir Menschen aussehen. Allerdings erwähnt Ali bald, dass nicht jeder Außerirdische ein Sektenmitglied ist. Dann modifiziert er nach etwas Grummeln die Beschreibungen der Außerirdischen. Jetzt wird jedes Sektenmitglied, das seine Loyalität öffentlich zeigt – was wohl auf alle zutreffen dürfte – über dem Kopf mit einer Statusleiste markiert. Das ist gut, denn ich will wirklich keine unschuldigen Wesen töten.

Es ist interessant, die Reaktionen der anderen Menschen auf diese Gattungen zu beobachten. Nur wenige der Leute sprechen mit ihnen. Noch weniger scheinen die Aliens auch noch freundlich zu behandeln. Natürlich wollen sich einige bei der Sekte einschmeicheln, aber entweder haben sie kein Talent dafür, oder sie übertreiben es bei den Außerirdischen, damit es leicht ist, ihre Motive zu erkennen. Bei den meisten Leuten bemerkt man aber eine stille Bitterkeit und Wut, die sich in Blicken aus dem Augenwinkel und verächtlichen Grimassen manifestieren, wenn die Sektenmitglieder nicht hinsehen.

Und das Verhalten der Sektenmitglieder hilft auch nicht gerade. Viele benehmen sich wie Kleinspurganoven, schubsen Leute weg und nehmen anderen Geld ab. Sie schikanieren die Menschen so oft sie können.

„Sie machen das viel zu einfach, verdammt noch mal", sage ich Ali telepathisch und beobachte zwei Bestien, die gerade eine Gruppe von Plünderern filzen. Das erklärt auch, warum die meisten Menschen normale Taschen statt ihr Inventar verwenden. Ich frage mich allerdings, wie die Sekte Leute daran hindert, Dinge in ihrem Inventar hereinzuschmuggeln.

„Inspektoren. Sie können in dein Inventar sehen, entweder mit deiner Zustimmung oder auch ohne, wenn sie stark genug sind", beantwortet Ali meine stillschweigende Frage. *„Geh hier nach rechts. Da vorn kommt eine gelangweilt aussehende Gruppe von Sektenmitgliedern die Straße herunter. Wir sollten sie lieber umgehen."*

„Okay, verstanden", sage ich seufzend. Ich bin zwar nicht der Einzige, aber die meisten, die ihnen aus dem Weg gehen, laufen vor mir. Da die Sektenmitglieder die von ihnen bewachten Menschen verärgern, kann ich mich leichter unter die Menge mischen, weil niemand diesen Typen begegnen will. *„Es gibt hier nicht viele Leibeigene."*

„Wir befinden uns immer noch am Rand. Sie werden die Leibeigenen in der Nähe behalten. Schließlich wollen die Herrscher nicht, dass sie entkommen", sagt Ali.

Ich nicke und streiche mir nachdenklich übers Kinn, während ich die Umgebung ansehe. Ehrlich gesagt sieht die Stadt bisher wie alle Siedlungen aus, die ich erlebt habe. Zerbrochene Fenster und Türen, verlassene Autos, die auf den Straßen vor sich hin rosten. Gelegentlich erscheinen Monster und verstecken sich dann, sobald sie den Levelunterschied spüren. Manchmal greifen ein paar durchgedrehte Monster an und werden eliminiert. Natürlich gibt es eine Menge verlassener und nutzloser Autos auf den Hauptstraßen, aber ich vermeide diese Straßen größtenteils.

Nach einer Weile erkenne ich die Unterschiede. Die Manaströme sind in einer Großstadt konzentrierter und steigen an, je tiefer ich in das Lower Mainland vordringe. Obwohl Coquitlam ein „Dorf" sein dürfte, könnte man es auch als eine Zone zwischen Level 10 und 20 betrachten, und in einigen der bewaldeten Parks und Nachbarschaften steigt der Zonenlevel noch weiter an. Hier wachsen und gedeihen Monster, die den unregulierten Manastrom der Stadt zu nutzen scheinen.

Auf der Karte verweisen die zahlreichen Monsterpunkte bei bestimmten Gebäuden – dem Krankenhaus, dem Campus, einem seltsamen Einkaufszentrum – auf Monsterschlupfwinkel, um die sich noch niemand gekümmert hat. Vielleicht werden sie sich zu Dungeons entwickeln. Und dann gibt es zerstörte Gegenden, wo ganze Gebäude in Trümmern liegen und wohl durch Perioden intensiver Kämpfe vernichtet wurden.

Aber ich sehe keine Menschen – zumindest keine, die dort ihren Wohnsitz haben. Das ist überraschend. Ich hätte Widerstandsnester erwartet, Gruppen die in leicht zu verteidigenden Bereichen ihre eigenen Gemeinschaften bilden. Aber ich sehe keine. Hier und da gibt es einige Gruppierungen, aber keine größeren Siedlungen.

„Ist das normal?", sage ich zu Ali.

„Nichts ist normal. Aber wenn ich die Sekte wäre, würde ich es nicht zulassen, dass sich hier draußen eine unabhängige Gruppe ansiedelt. Es wäre einfach, sie unter Druck zu setzen, damit die Leute dorthin kommen, wo man sie besser beobachten kann", meint Ali. *„Und wenn jemand das nicht tut … na ja, hier draußen gibt es genug Monster."*

„Eine sehr praktische Ausrede", knurre ich. Einen Moment lang kocht die Wut in mir auf, aber ich unterdrücke sie. Das ist jetzt nicht der richtige Zeitpunkt dafür. Dennoch ärgere ich mich, dass Menschen gezwungen werden, das bisschen Stabilität und Sicherheit aufzugeben, das sie aufgebaut haben, nur um es den Sektenmitgliedern leichter zu machen.

„Ihr habt aber etwas Ähnliches getan", kritisiert mich Ali. *„Wie viele Siedlungen und Menschen hab ihr nach Whitehorse oder in die nächste sichere Zone geschleppt?"*

„Ich habe ihnen immer die Wahl gelassen", sage ich und erwähne dadurch den wichtigen Unterschied.

Auch wenn ich das vielleicht wollte, habe ich anderen nie meine Meinung aufgezwungen. Selbst dann nicht, wenn sie sich für ihren Tod entschieden. Gott weiß, ich hätte es gerne getan. Vor allem bei diesen idiotischen Familien, die beschlossen, mitten in einem von Monstern überlaufenen Gebiet zu bleiben wäre die bessere Option, als in eine sichere Zone umzusiedeln, weil die Menschen ja so böse sind.

Idioten.

Sie waren so verbohrt und überzeugt, die Menschheit wäre von Natur aus böse und wir würden unseren niedrigsten Instinkten folgen, sobald das Licht ausgeht, und wollten nicht sehen, was sich direkt vor ihren Augen ereignete. Und sie verdammten sich selbst und ihre Kinder dazu, allein in der Wildnis ums Überleben zu kämpfen. Manchmal frage ich mich, ob es besser gewesen wäre, nur die Kinder mitzunehmen.

Aber darauf gibt es keine gute Antwort. Um die Kinder mitzunehmen, hätte ich wahrscheinlich die Eltern vor ihren Augen töten müssen. Ich bezweifle, dass ihnen das geholfen hätte, stabile und gut angepasste Individuen zu werden. Und wer hätte sich dann um sie gekümmert? Hätte ich sie in der nächsten Stadt abgesetzt und um eine gute Seele gehofft, die bereit ist, eine Gruppe traumatisierter Kinder zu adoptieren? Eine Regierung hat, zumindest theoretisch, eine Reihe von Methoden, für derartige Kinder zu sorgen. Aber ich und mein Team können nicht einfach Kinder entführen, nur weil wir der Meinung sind, ihre Eltern würden sich nicht gut um sie kümmern.

Trotzdem…manchmal denke ich immer noch an diese Kinder.

„Es wird hier draußen langsam spät. Du solltest dich beeilen." Die tiefe und volltönende Stimme reißt mich aus meinen trüben Gedanken.

Ich blinzle und sehe mich um. Mitten auf der Straße stehend knirsche ich mit den Zähnen und balle meine Hände zu Fäusten. Dann schüttle ich den Kopf. „Sorry."

„Mach dir keine Sorgen. Wir haben das alle erlebt", sagt der Mann und lächelt mich freundlich an. Er ist Ende dreißig und in seinen Augen findet sich eine Spur der Zurückhaltung, als er mir die Hand reicht. Er ist einsachtzig groß, schlank, braunhaarig und hat eine Gitarre auf seiner Schulter und einen Beutel vor den Füßen. Ich sehe mir schnell seine Klasse und seinen Level an – ein Level 21 Gutachter. „Damian."

„John", sage ich und schüttle ihm die Hand. Ich bin froh, dass er nicht fragt, warum ich reglos mitten auf der Straße stehe. Aber sein mitfühlender Blick zeigt mir, was er wahrscheinlich denkt. Wir haben alle unsere eigenen Albträume.

„Das sind Analyn und Jonah." Damian deutet auf eine kurzgewachsene Filipina mit einem Strahlengewehr, das fast so groß wie sie ist, sowie einen älteren, fast großväterlichen Mann, der ihr Lasttier zu sein scheint und vier Säcke auf dem Rücken trägt. „Bist du ein Jäger?"

„Wie hast du das herausgefunden?", frage ich.

„Keine Beutel, daher bist du kein Plünderer", erklärt Damian und deutet auf meine Gewehre. „Und die hier sehen aus, als ob sie öfters einen Kampf erlebt haben. Genau wie du."

„Ziemlich gut geraten", sage ich und lächle Damian an. Ich bleibe stehen, weil ich neugierig bin, was er vorhat.

„Irgendwas Gutes erwischt?" Damian winkt die Straße hinunter, um anzuzeigen, dass wir weitergehen sollten.

Ich laufe neben ihm. „Einigermaßen." Ich zucke mit den Achseln und denke an die verschiedenen Tierteile, die ich von den Monstern erbeutet habe, welche mich einfach nicht in Ruhe lassen wollten. Es ist wohl reine Angewohnheit, dass ich die Beute mitnehme, da ich dafür nur eine kümmerliche Menge an Credits erhalte. „Diesmal war das eher eine Aufklärungsmission."

„Außerhalb des Mainlands? Du bist entweder tapfer oder dumm", sagt Analyn mit einem leichten Lächeln.

„Ich kann mich besser verbergen, wenn ich allein bin", sage ich mit einem Achselzucken. „Ich habe einige Skills in diesem Bereich."

„Aha ...", antwortet Analyn und nickt.

„Falls du eine Karte angefertigt hast, kenne ich einige Leute, die sogar dafür bezahlen würden", sagt Damian. „Gute Informationen über die Gegend dort sind schwer zu finden. Alle konzentrieren sich auf den von der Sekte in der UBC geschaffenen Dungeon und den neuen, der sich in der SFU gebildet hat."

„Der UBC-Dungeon wurde wohl von der Stadt gebildet. Das ist teuer, stellt aber eine ausgezeichnete Methode dar, um den Manastrom in der Region zu konzentrieren. Der von ihnen erwähnte Dungeon nordwestlich von hier ist natürlich", sagt Ali telepathisch zu mir. *„Die Siedlungen in der Umgebung sind alles Dörfer, mit Ausnahme von Vancouver selbst, das ist eine Stadt."*

Ich brumme zur Bestätigung und sehe mich in meiner Umgebung um. Trotz der ganzen Sachen, die wir tragen, kommen wir flott voran. Unsere höheren Werte bedeuten, dass ein normales Schritttempo fast dem Joggen aus der Zeit vor dem System entspricht, ohne uns über die Ausdauer Sorgen machen zu müssen.

Da Damian gesprächig zu sein scheint, versuche ich einige Informationen von ihm zu erhalten, ganz einfache Sachen. Er redet nur zu gerne über die Sekte und ich erhalte so ein lückenhaftes Bild der Stadt. Ich will nicht, dass meine Ahnungslosigkeit zu deutlich wird, daher stelle ich Suggestivfragen und lasse Ali den Rest ergänzen.

Wie Ali erwähnte, war die Anfangsphase sehr blutig. Monster, sowohl mutierte als auch über Portals herbeitransportierte, erschienen überall in der Stadt. Und viele Menschen starben. Aber nach diesen ersten Todesfällen hielten die Leute erstaunlich gut durch und lernten, entweder zu fliehen, sich zu verstecken oder zu kämpfen. Anders als in Whitehorse erschienen hier einige sehr hochstufige Monster, darunter ein Land-Drachling, der den ganzen Stanley Park zu seinem Lager machte. Aber dann beruhigte sich die Lage und die örtlichen Armeeeinheiten und die Polizei wurden mit den sich weiterentwickelnden Monstern fertig.

Leider beschloss das System – oder vielleicht der Galaktische Rat – dass das nicht gut genug war und brachte in einer einzigen Nacht weitere hochstufige Monster über ein Portal hierher. Die Zerstörung war unglaublich. Das gesamte Gebiet um False Creek, einschließlich der Brauerei und des Arsenals, waren zerstört worden, der Himmelsriese starb schließlich unter den ständigen Angriffen von Hunderten. Der Land-Drachling tötete sogar eines der hierher teleportierten Monster, als eine vielköpfige Chimäre in den Park gezwungen wurde.

Aber das Opfer der Kämpfer konnte nicht verhindern, dass in dieser Nacht Tausende starben. Ähnliche Tragödien wiederholten sich überall in der Stadt. Jedes größere Aufmarschgebiet wurde von einem hochstufigen

Monster angegriffen. Von da an endete der Widerstand, und Gruppen teilten sich in viel kleinere Untergruppen auf.

„Kommt dir das nicht verdächtig vor?", frage ich Ali telepathisch.

„Falls es dich interessiert, das war kein einmaliges Ereignis. Während dieser Phase gab es immer wieder einen plötzlichen Rückgang eurer Bevölkerung – und ich nehme an, dass dies auf derartige Angriffe zurückzuführen ist. Ich müsste Informationen kaufen, um mir ganz sicher zu sein, aber ..."

Ich zwinge mich zu einem neutralen Gesichtsausdruck und höre Damian zu, aber in Gedanken knurre ich. Dahinter steckt eine Geschichte, und irgendwann muss ich sie herausfinden.

Eine Woche später erschien die Sekte und beanspruchte alle Städte des Lower Mainland. Laut Ali haben sie die Schlüssel der Dörfer sofort gekauft, als diese verfügbar wurden. Statt den Rest der Siedlungen zu verbessern, konzentrierte sich die Sekte ganz auf Vancouver und verwandelte es in vier Monaten in eine vom System anerkannte Stadt. Fast die ganze Innenstadt ist Eigentum der Sekte – mit Ausnahme von Downtown Eastside, wo sich einige Menschen versammeln.

Im Gegensatz zu unseren kleineren Siedlungen gibt es im Lower Mainland eine ganze Reihe von Shops. Jede Siedlung hat einen, und Vancouver sogar zwei – einen in der Kunstgalerie in der Innenstadt und einen weiteren mitten in Queen Elizabeth Park. Burnaby's Shop befindet sich in Metrotown, wo zahlreiche Menschen in diesem enormen Einkaufszentrum leben und daher nicht im direkten Einflussbereich der Sekte sind. Im Gegensatz zur Innenstadt von Vancouver, wo die meisten Leibeigenen wohnen, gehört das Einkaufszentrum in Burnaby laut Damian freien Menschen und wird von diesen verwaltet. Technisch gesehen mieten sie die meisten Läden, aber man kann schon sagen, dass sie ihnen gehören.

Als ich das höre, beschließe ich, heute Abend nicht direkt in die Innenstadt von Vancouver zu gehen. Wenn ich Nachforschungen anstellen und einen sicheren Rückzugsort finden will, wäre das Einkaufszentrum wohl die bessere Wahl. Je näher wir Burnaby kommen, umso mehr Menschen bemerke ich. Einige von ihnen sehen auch sehr interessant aus ...

George Pierre (Level 19 Brecher – Sektenmitglied)

HP: 380/380

MP: 170/170

Zustand: Keiner

„Verdammte Verräter", flucht Analyn vor sich hin, als sie eine Gruppe von fünf Sektenmitgliedern sieht, vollständig in Grau gekleidet und mit dem Symbol der Sekte auf dem Arm.

Ich werfe ihr einen Blick zu, während Damian erst die Frau und dann mich besorgt anstarrt. Ich lächle ihn kurz an, stelle aber sicher, dass ich der Gruppe aus dem Weg gehe. Daraufhin entspannt sich Damian etwas.

„Es scheint mehr von ihnen zu geben", sage ich leise zu ihm.

„Die Sekte zahlt gut, gewährt Rabatte im Shop, und wenn man sich ihnen anschließt, muss man kein Leibeigener werden", sagt Damian in einem neutralen Ton. „Und kann man es den Leuten vorwerfen, nachdem die Sekte den Widerstand besiegt hat?"

„Ja", zischt Analyn, während Jonah energisch nickt.

„Das sind gefährliche Worte", sage ich in einem lockeren Ton. Ich möchte gern mehr über die Widerstandsbewegung erfahren, aber es wäre etwas zu offensichtlich, jetzt darüber Fragen zu stellen

„Hey, jeder sagt das", meint Damian und zuckt lässig mit den Achseln. „Eigentlich mag diese Typen niemand, aber ..."

Aber man muss irgendwie überleben, und in dieser Hinsicht verstehen wir einander zumindest teilweise. Wir stimmen dem vielleicht nicht zu, und es gefällt uns nicht, aber wir können es verstehen. Nach all diesen Ereignissen klingt eine Periode der Sicherheit oder des Komforts ziemlich attraktiv. Selbst wenn man sich dafür kaufen lässt.

Nachdem wir den menschlichen Sektenmitgliedern ausgewichen sind, gehen wir nach Süden. Erstaunlicherweise folgt mir die Gruppe nach Metrotown. Oder vielleicht ist das gar nicht so überraschend, wenn man bedenkt, was sie mir, einem eigentlich Fremden, gegenüber geäußert haben. Sobald wir die ziemlich düsteren Lagerhäuser und Industrieanlagen hinter uns gelassen haben – von denen viele zu Brutstätten für Monstergruppen geworden sind – erreichen wir die Wohngebiete. Diese wirken wie üblich ziemlich bedrückend, und daher joggen wir weiter südwärts. Die Unterhaltung lässt nach und wird weniger nützlich, es geht nur noch um die typischen Witze und Sticheleien, die ich größtenteils ausblende.

Bevor ich mich versehe, erreichen wir Kingsway, die zu den meisten Straßen diagonal verläuft und von mehrstöckigen Ladengebäuden gesäumt ist. Diese Straße ist nur einen Katzensprung vom Einkaufszentrum Metrotown entfernt. Überraschenderweise haben die Läden keine Besitzer – die meisten sind geschlossen, andere beschädigt und ausgeplündert. Ich starre die Gebäude einen Moment an und schüttle den Kopf, da meine glücklicheren Erinnerungen im Kontrast zur jetzigen Realität stehen. Dann beeile ich mich, die Gruppe wieder einzuholen.

Wenn man in einem Einkaufszentrum war, kennt man anscheinend alle. Oder vielleicht kennt man alle, wenn man in einem riesigen Einkaufszentrum für die Mittelschicht war. Sie alle enthalten Läden bestimmter Marken, die ihre kleinen Nischen abdecken, haben helle künstliche Beleuchtungen und

Food-Courts, wo das „Essen" beim besten Willen kaum essbar ist. In anderen Worten ist es völlig seelenlos und öde.

Anscheinend hat sich nicht viel geändert. Da der Shop sich dort befindet, wo früher eine riesige Buchhandlung war, wurde der Rest des Einkaufszentrums aufgeteilt, um das Kaufen und Verkaufen zu erleichtern. Statt Fragen zu stellen, die mich als Fremden markieren würden, folge ich der Gruppe und tue so, als würde ich gerne mit den Leuten plaudern. Gelegentlich ziehe ich Sachen aus meinem Inventar und verkaufe sie.

Jeder Teil des Zentrums scheint einer anderen Gruppe zu gehören. Wir verbringen die meiste Zeit im Plündererbereich, wo „normale" Güter für Menschen ge- und verkauft werden. Auch wenn Zaubersprüche ganz nett sind, wollen Menschen immer noch Geschirrspülmittel, Haargel, Klopapier und mal andere Kleider. Natürlich könnte man das selbst irgendwo plündern, aber für viele Leute ist Bequemlichkeit wichtiger als der Preis. Ich erhalte nicht viele Credits, und die Gruppe feilscht eine Weile, da die Preise fluktuieren, je nachdem, was andere Teams anschleppen, aber letztendlich haben wir alles verkauft.

Danach gehen wir in einen anderen Bereich, um Monsterteile zu verkaufen. Erstaunlicherweise gibt es zwei Sektionen, eine für Nahrung und eine für nicht essbare Teile. Wir gehen zuerst zum Bereich für nicht essbare Sachen und feilschen mit mehreren Händlern, die nur einen Teil unserer Ware kaufen wollen. Diesmal verhalte ich mich aktiver, da meine Rolle als Jäger bedeutet, ich sollte auch mehr Beute haben.

„Du weißt schon, dass er dich gerade übers Ohr gehauen hat", sagt Jonah kopfschüttelnd. „Fünf Credits für Creller-Zähne? Du hättest mindestens acht pro Stück kriegen sollen!"

Ich zucke mit den Achseln, weil ich keinen Kommentar abgeben will. Ali sieht ebenfalls unzufrieden aus, wie er da unsichtbar neben mir schwebt und offenbar ganz wild darauf ist, sich einzumischen. Auch wenn das nicht ganz zu meiner Rolle passt, habe ich einfach nicht die Geduld, über ein paar Credits zu feilschen. Ein einziges Beutetier könnte das ganze verlorene Geld ausgleichen. Deshalb habe ich mich in Whitehorse nie darum gekümmert, sondern die finanzielle Seite immer Ali überlassen.

Beim Herumblicken erkenne ich, dass viele der Käufer hier nur Mittelsmänner sind. Sie besorgen kleine Mengen erbeutbarer Komponenten für andere. Das wird deutlich, wenn man sieht, wie aufgeregt die Händler sind, wenn diese Einkäufer vorbeischlendern, da sie meistens nicht so energisch feilschen. Zudem hilft es, ihre Klassen sehen zu können, die von einem generellen Werkzeugmacher bis hin zu einem hochspezialisierten Waffenschmied oder Alchemisten reichen. Manche sind wirklich seltsam, wie der Augur oder der Binder.

Als wir fertig sind, verkaufen wir das Fleisch, was bei uns allen den Großteil unserer Ware ausmacht. Während wir Monsterkomponenten durch das Looten von Monsterleichen erhalten, bringt sowas auf den niedrigeren Levels meistens nur Fleisch ein. Es überrascht nicht, dass der Nahrungsbereich aus dem Food-Court und einem Teil der Läden um diesen herum besteht. Hier wird an den Marktständen kaum gefeilscht. Große Pappschilder über jedem Stand listen auf, was verkauft und angekauft wird, sowie die entsprechenden Preise.

„Mrs. Cho verkauft wieder ihre Burger!", sagt Damian aufgeregt, und seine Augen leuchten etwas. „Ich stelle mich an. Ihr könnte meinen Anteil verkaufen."

„Wird gemacht!", antwortet Analyn begeistert, nimmt Damians Tasche und blickt mich an. „Du solltest dir ihre Burger nicht entgehen lassen."

„Äh ..." Ich sehe mir die lange Schlange an und werfe Damian einen Blick zu. „Dann hol mir ein halbes Dutzend."

Bald haben wir den Rest unserer Sachen verkauft – oder zumindest das, was ich zeigen will – und verlassen die Stände nach einer Verabschiedung.

„Hier ist eine Menge los", sagt Analyn und blickt sich demonstrativ um. „Wir haben eine Wohnung in einer der Wohnanlagen hier. Komm, wir essen zuhause."

Das ist offensichtlich eine Einladung. Natürlich könnte es auch eine Falle sein, aber nach kurzem Zögern nicke ich. Realistisch gesehen muss ich mir um eine Falle keine Sorgen machen, selbst wenn sie dreimal so viele Leute dort hätten. Da Ali Dinge entdecken kann und ich einen ausreichenden Level habe, wäre eine Flucht ein Leichtes.

Nachdem ich zugestimmt habe, verlassen wir drei schnell das Gebäude und gehen zur Wohnanlage. Ich habe bestimmt nicht die Absicht, hier den Shop zu besuchen. Sonst würde ich bei jedem Einkauf eine Steuer an die Sekte zahlen. Warum zum Teufel würde ich das wollen?

Die beiden Wohngebäude sehen interessant aus, da sie von massiv wirkenden Stahlmauern umgeben sind, die eindeutig nicht zum ursprünglichen Grundriss gehören. Auf den Mauern befinden sich mehrere kleine Kugeln, die bereit sind, magische Energie abzufeuern. Sobald wir das Gebäude betreten, scheint es aber nicht sonderlich verändert worden zu sein, da die Inneneinrichtung größtenteils dem Originalzustand entspricht, einschließlich der cremefarbenen Fliesen.

„Mietet ihr die Wohnung nur?", frage ich.

„Nein, wir sind Teilbesitzer. Uns gehört die Wohnung, aber wir müssen in das allgemeine Sicherheitskonto einzahlen. Abstimmungen über Änderungen an unseren Instandhaltungsgebühren und größere Upgrades werden vom System durchgeführt, obwohl es einige Administratoren gibt", antwortet Jonah, der offensichtlich von diesem Thema fasziniert ist. „Viel besser als ein verdammter Beirat. Jeder kann Änderungen vorschlagen, über die einmal im Monat abgestimmt wird. Selbstverständlich können die Administratoren Vorschläge blockieren, aber nur dreimal hintereinander. Damit nicht dauernd dumme Ideen erscheinen."

„Aha", sage ich, da meine Neugier nun mehr als gestillt ist.

Allerdings dämpft meine zurückhaltende Antwort den Enthusiasmus von Jonah kaum. Ich höre einen langen Vortrag darüber, wie das System eine Wohnanlage mit mehreren Eigentumswohnungen verwaltet, die verschiedenen Optionen und die jeweiligen Vor- und Nachteile. Ich täusche Aufmerksamkeit vor, um höflich zu sein, aber ich muss erleichtert seufzen, als Damian schließlich mit Tüten voller Essen zurückkommt.

Am Ende der Mahlzeit – die wirklich lecker war, wie ich zugeben muss – ändert sich Damians Verhalten und er wirkt überraschend ernst. Er legt seinen Burger weg und deutet auf Jonah. Dieser holt ein kleines Gerät heraus und tippt es an, bevor er dem Anführer seines Teams zunickt.

„Woher kommst du? Ehrlich?", fragt Damian mit strengem Gesicht.

Ich starre die Gruppe an und bemerke beiläufig, dass Analyn die Hand an ihre Waffe legt, die ungefähr in meine Richtung zeigt. Nicht direkt auf mich, aber nahe genug. Jonah weicht ebenfalls etwas zurück, und er rollt eine kleine Metallscheibe zwischen seinen Fingern.

„Ursprünglich aus Whitehorse", lautet meine ehrliche Antwort. Ich bin neugierig, wie sich das entwickeln wird. „Aber in letzter Zeit war ich in Kamloops."

„Wir haben von Kamloops gehört. Sogar, dass es euch gelungen ist, eine ihrer Invasionsgruppen zurückzuschlagen, als sie die Stadt zurückerobern wollten", sagt Damian und schüttelt den Kopf. „Du musst dich mehr bemühen, unauffällig zu bleiben. Für einen Einwohner dieser Stadt bist du zu optimistisch und selbstsicher. Niemand hier bewegt sich wie du."

„Ausgenommen die Forscher", erklärt Analyn.

„Ja, aber die kennen wir", antwortet Damian.

„Forscher?"

„Dungeonforscher. Hochstufige, unabhängige Mitglieder der Kampfklassen. Sie zahlen einen hohen täglichen Steuersatz und müssen daher die Dungeons ständig wiederholen, um finanziell dabeizubleiben", erklärt Damian sofort. „Diese Typen verschwenden keine Zeit damit, zu Fuß zu gehen. Bei denen gibt's nur Luxusfahrzeuge."

„Hört sich nicht sehr praktisch an", sage ich kopfschüttelnd.

„Wer spricht denn von praktisch? Schließlich ist es nicht teuer, die umbauen zu lassen", erklärt Damian und zuckt mit den Schultern. „Es geht nur darum, alte Träume auszuleben. Wer möchte nicht einen Jaguar fahren?"

„Danke für die Infos", sage ich schließlich und denke über Damians Worte nach. Da ich meinen Status nicht weiter ändern kann, wird es schwieriger sein als erwartet, in die Stadt zu schleichen.

„Frage ihn, warum es so wenige hochstufige Mitglieder der Kampfklassen gibt, wenn er glaubt, sie alle zu kennen" drängt Ali telepathisch.

Nach einem Moment erkenne ich, was der Geist vorhat und stelle die Frage.

„Na ja ... darüber müssen wir uns ebenfalls noch unterhalten. Bist du hier, um der Sekte Ärger zu machen?", fragt Damian.

„Ich habe zuerst gefragt."

„Sind wir hier im Kindergarten?", murmelt Damian und rollt mit den Augen. Als ich die Antwort verweigere, seufzt Damian. „Wir haben vor einigen Monaten eine Menge Leute verloren, als die Sekte die Rebellion unterdrückte. Sie haben alle Rebellen verhaftet, sie verprügelt und anschließend auf einen anderen Planeten transportiert."

„Was?“, sage ich in einem lauter werdenden Tonfall und lehne mich vorwärts. Ich bemerke, dass Analyn angesichts meiner plötzlichen Bewegung zusammenzuckt, sich dann aber wieder beruhigt.

„Deshalb will ich ja wissen, was du vorhast. Wir können und werden keinen neuen Kampf mit der Sekte beginnen. Wir haben unsere Lektion gelernt – eine zahlenmäßige Überlegenheit ist irrelevant, wenn die Feinde genug Fortgeschrittene Klassen haben, um uns in den Boden zu stampfen. Und immer, wenn Leute beinahe eine Fortgeschrittene Klasse erreichen, verschwinden sie plötzlich“, sagt Damian und verzieht das Gesicht.

„Rein juristisch ist es nicht erlaubt, Leute zu entführen, wenn du dich das fragst. Aber Gesetze ohne Menschen, die ihnen Geltung verschaffen, sind nur Bits im Elektronenfluss.“

„Ich will etwas gegen die Sekte tun“, sage ich. Ich warte darauf, wie sie wohl reagieren. Wenn sie mich an die Sekte verkaufen wollen, hätten sie das bereits tun können. Und wenn sie aufgrund meiner Reaktion beschließen, das jetzt zu tun, soll dem so sein. Ich könnte sie töten, sie haben mich allerdings recht fair behandelt. „Sie haben Kamloops in den letzten Wochen ununterbrochen angegriffen. Wenn wir das weiter zulassen, werden unsere Feinde schließlich gewinnen.“

„Was hast du vor?“, fragt Damian mit glitzernden Augen.

Ich seufze. „Ehrlich gesagt bin ich mir nicht ganz sicher. Ich wollte mich in die Stadt schleichen und herausfinden, was hier läuft, bevor ich aktiv werde. Aber es wird wahrscheinlich in Blut und Tränen enden. Wie jedes Mal.“

„Hast du nicht gehört, dass sie mehrere Mitglieder der Fortgeschrittenen Klassen haben? Sieben davon alleine in dieser Stadt“, sagt Damian ernst.

„Woher weißt du das?", sage ich. Ihrem Gespräch nach zu schließen, können diese Typen meinen Level nicht erkennen.

„Sie haben es uns gesagt. Und ein Freund von mir, der Inspektor ist, hat es bestätigt. Sieben Mitglieder Fortgeschrittener Klassen, von denen sechs zu Kampfklassen gehören und Levels zwischen 14 und 39 haben. Außerdem ein ziviler Administrator der Fortgeschrittenen Klasse mit Level 38", sagt Damian. „Vergiss deine Idee, in Vancouver Ärger zu machen. Sobald du das tust, werden sie dich töten und danach dem Rest von uns das Leben schwer machen."

„Ich bin nicht so leicht zu töten", sage ich, sowohl um sie zu warnen, als auch um mein Selbstvertrauen zu signalisieren. Einige Leute rollen mit den Augen. Sie haben wohl schon öfters überoptimistische Typen getroffen. „Aber vielen Dank für diese Informationen."

„Du wirst deine Meinung nicht ändern, oder?"

„Überhaupt nicht", sage ich mit einem leichten Lächeln. Obwohl ich entspannt aussehe, bin ich innerlich nervös und warte darauf, was sie nun tun.

„Ich entdecke keine neuen Gestalten in der Nähe. Falls sie Hilfe herbeigerufen haben, ist diese noch nicht angekommen", versichert mir Ali.

„Das habe ich mir schon gedacht." Damian atmet aus und sackt zusammen. Er reibt sich übers Gesicht, und als er spricht werden Niedergeschlagenheit und Trauer sichtbar. „Nach der Revolte haben sie diejenigen von uns allein gelassen, die niedrige Stufen haben. Obwohl sie eigentlich wissen müssten, wer wir sind. Es gibt vielleicht Hunderte von uns, aber wir sind alle in den Zwanzigern. So nutzlos sind wir", sagt Damian.

„Alle Personen mit höherem Level müssen im Olympischen Dorf bei False Creek bleiben. Dort kann man sie leicht kontrollieren. Und selbst von denen gibt es nur etwa fünfzig. Die Sekte hat einige Kämpfer der

Fortgeschrittene Klasse ständig in ihrer Nähe, darunter einen Beschwörer mit seinen Dämonenhunden und einen Aufseher."

„Es sind nicht mehr viele von euch übrig", sage ich in einem neutralen Ton.

„Nicht viele, nein. Nach der Revolte fanden wir heraus, wie sehr sich alles geändert hatte. Die gesamte Innenstadt gehört ihnen, und sie haben sie zu ihrer eigenen Welt gemacht. Überall gibt es Überwachungskameras, und wer diese Zone betreten will, muss ein Armband mit Identitätsdaten tragen. Ihre Leibeigenen werden dazu angestachelt, alle Unbefugten in der Innenstadt zu melden, daher kann sich der Großteil unserer Leute nicht einschleichen. Und wen es uns gelänge, haben sie der Zentralbibliothek einen eigenen Schutzschild gegeben, damit der Stadtkern sicher bleibt.

Ich öffne meinen Mund, sage dann aber nichts und runzle nur die Stirn, als Damian das sagt. Und darüber, wie er es sagt. Ich neige den Kopf und blicke Analyn an. Sie wirkt ausdruckslos, während Jonahs Gesicht eine Spur von Zorn und Bitterkeit widerspiegelt.

„Für einen Typen, der sich ständig beklagt, liefert er mir eine Menge nützlicher Informationen", sage ich telepathisch zu Ali.

„Dadurch kann er alles ableugnen. Wenn die Feinde wissen, wer er ist, kann er immer noch behaupten, er habe sich nur beschwert und seine Lektion gelernt", sagt Ali und betrachtet Damian und seine Gruppe mit einem Anflug von Respekt.

„Klingt hart", sage ich und reibe mir übers Kinn.

„Haha! Hart. Die verdammten Feinde aus den Fortgeschrittenen Klassen waren hart. Sie hatten während der Revolte ein Invasions-Team mit diesem Blutkrieger, der aber inzwischen die Stadt verlassen hat. Seine Klone haben unseren Gruppen schwer zugesetzt. Und dann war da noch das Medium. Hatte keine große Flächenwirkung, aber seine Zaubersprüche erledigten jeden mit einem einzigen Treffer. Die erlitten alle einen Hirnschock, bis sie umfielen", raunzt Jonah und schüttelt den Kopf.

„Wenigstens hab ihr nicht gegen das Knochenmonster kämpfen müssen. Was auch immer wir darauf abfeuerten, wir konnten seinen Panzer einfach nicht durchdringen. Ich habe meinen Skill Durchdringender Stoß viermal verbessert, und es hat dem Monster nicht mal weh getan", sagt Analyn kopfschüttelnd. „Und auch der Sekten-Vollstrecker war nicht von schlechten Eltern. Er hat mühelos zwischen seinen Gewehren und anderen Skills gewechselt und wenn nötig Lücken gefüllt."

„Wenn sie sich nicht zurückgehalten hätten, um unsere Leute lebendig zu erwischen, wären unsere Verluste noch höher gewesen", sagt Damian leise und starrt mich an. „Du solltest aufgeben und heimgehen. Mach uns nicht noch mehr Ärger."

Ich seufze und nicke, während ich die Gruppe noch einen Moment ansehe. „Danke. Für das Essen. Aber da wir uns in anderer Hinsicht nicht einigen können, gehe ich wohl besser."

„Du wirst da draußen keinen Tag lang überleben", sagt Damian düster. „Verschwinde einfach aus der Stadt."

Statt Damian zu antworten, lächle ich und gehe kopfschüttelnd hinaus. Keiner der drei versucht, mich aufzuhalten, so dass ich mit meinen Gedanken allein bin.

„Glaubst du, sie werden mich verraten?", frage ich Ali, während ich auf den Lift warte.

„Sie geben dir wahrscheinlich etwas Vorsprung, aber mit ziemlicher Sicherheit, ja. Willst du wirklich nicht umkehren? Wir haben eine Menge herausgefunden. Und außerhalb der Stadt verfügen wir über viel mehr Vorteile", sagte Ali leise und mit besorgter Stimme.

„Wir sind noch nicht fertig. Ich will mir immer noch die Innenstadt ansehen. Wenn sie mir nur eine Stunde geben, komme ich rein."

„Und was dann? Die haben es dir doch schon gesagt, es gibt jede Menge Überwachungssysteme."

„Dann tanzen wir", sage ich mit einem wilden Grinsen.

Kapitel 16

Ganz egal, was die Leute sagen, ich bin nicht völlig durchgedreht. Klar, ich bin tollkühn, aufbrausend und manchmal zu selbstsicher. Aber nicht völlig durchgedreht. Ich würde nicht sagen, dass ich absolut normal bin, nach den Standards vor dem Erscheinen des Systems ist das wohl kaum noch jemand. Aber es stellt sich die Frage, ob die Definition des geistig Normalen sich verändert hat, da wir nun für unser Überleben kämpfen und töten.

Da man mir deutlich aufgetragen hatte, zu gehen, werde ich natürlich bleiben. Ich bin aus mehreren Gründen nach Vancouver gekommen, und es reicht mir nicht, einige Ziele nur teilweise abzuschließen. Erstens ist es wichtig, die Stadt auszukundschaften. Natürlich könnte ich diese Informationen kaufen, aber es ist immer noch besser, die Veränderungen selbst zu sehen. Abgesehen davon, dass ich die richtigen Fragen benötige, um die Informationen zu kaufen, und diese dann bezahlen muss. Es ist billiger und einfacher, es mit eigenen Augen zu sehen. Bisher habe ich es erst bis nach Burnaby geschafft, was bestenfalls einer Vorstadt gleicht. Nein, ich muss Vancouver selbst besuchen.

Zweitens ist es nötig, die feindlichen Streitkräfte zu spalten. Wenn sie einen Angriff in Vancouver fürchten, können sie weniger Truppen nach Kamloops senden. Falls wir aber total in der Defensive bleiben, können sie ihre verbleibenden Kräfte konzentrieren. Auch wenn mein Kampf in Merritt die Feinde geschwächt und alarmiert hatte, reichte das nicht aus. Ich muss sicherstellen, dass sie in der Defensive blieben.

Momentan bin ich fast wie die Königin in einem Schachspiel, welche hinter den feindlichen Linien losgelassen wird. Ich würde zwar nicht sagen, dass ich jede andere Figur garantiert besiegen kann, aber unter den richtigen Umständen stelle ich eindeutig eine Gefahr dar. Das bedeutet, dass sie mich entweder herumstreifen und vereinzelt Gegner eliminieren lassen, oder mich aktiv verfolgen. Das klappt jedoch nur, solange sie mich nicht in die Ecke treiben. Was bedeutet, unberechenbar bleiben zu müssen – genau deshalb gehe ich direkt in die Höhle des Löwen.

Drittens muss ich weitere Feinde töten, um meinen nächsten Level zu erreichen. Ich könnte zwar Monster jagen, aber auf dem jetzigen Level brauche ich Zehntausende von Erfahrungspunkts, um aufzusteigen. Monster abzuschlachten würde mich nicht allzu bald auf den nächsten Level bringen. Und es wäre zwar möglich, eine höherstufige Zone zu finden, aber dann würde ich keine Bedrohung für die Sekte darstellen. Ganz egal, ob es richtig oder falsch ist, würden mir die Sektenmitglieder eine Riesenmenge an Erfahrung und Credits einbringen.

Und letztlich ist die Eroberung von Vancouver notwendig, um all das zu beenden. Deshalb müssen wir herausfinden, wie stark diese Typen sind, und ob die Einwohner uns helfen werden. Das bedeutet, ich muss die Streitkräfte sondieren, die sie zurückgelassen haben und Kontakte knüpfen. Die Sekte hat zwar den anfänglichen Widerstand gebrochen, aber es gibt hier genügend Leute, die uns sehr nützlich sein könnten, wenn sie überzeugt sind, dass wir eine Chance auf den Sieg haben. Egal was diese Leute glauben, die zahlenmäßige Überlegenheit stellt einen wichtigen Faktor dar – wenn auch nicht so wichtig wie das noch vor dem System war.

Natürlich lässt sich das so einfach sagen. Die Tatsache, dass wir in Kamloops Widerstand leisten, ist zwar ermutigend, aber das allein dürfte sie nicht dazu bringen, ihr Leben und ihre Freiheit zu riskieren. Und das sollte es auch nicht. Wir alle haben so hart ums Überleben kämpfen müssen, das alles für eine sehr geringe Hoffnung aufs Spiel zu setzen, wäre eine ziemlich blöde Idee.

Das aber bedeutet, ich muss beweisen, dass wir der Sekte nicht nur wehtun können. Dass wir in der Lage sind, sie zu besiegen. Die beste Methode besteht darin, es ihnen hier und jetzt zu zeigen. Mitten in ihrer

Festung. Natürlich riskiere ich dabei mein Leben. Aber als ich mit einem Tempo, das selbst ein Gepard schnell finden würde, über Kingsway trabe, grinse ich unter der Sichtscheibe meines Helms.

Das hier? Das ist der Mist, für den ich heute lebe.

***

Ich erreiche Broadway zwanzig Minuten später und habe mein Tempo etwas reduziert, weil ich auf Kingsway einigen Sektengruppen ausweichen musste. Von hier aus komme ich entweder über die Cambie-Street-Brücke in die Innenstadt, oder muss einen Umweg machen und durch den östlichen Bezirk gehen. Beide Optionen bringen mich in die Innenstadt von Vancouver. Das Problem ist, die Brücke ist von hier aus zwar nicht sichtbar, ich bemerke aber die zahlreichen aufgereihten Punkte auf meiner Minikarte, die zeigen, dass Leute Schlange stehen, um dorthin zu kommen. Wenn ich da eindringen will, geht der Krach sofort los.

Deshalb gehe ich dem Strom der Menschen um mich herum aus dem Weg und überlege mir meine nächsten Schritte. Ich erreiche die Innenstadt unmöglich, ohne viel Staub aufzuwirbeln, daher sollte das ganz unten auf meiner Liste stehen. Es wäre einfach, von hier aus in das ehemalige Olympische Dorf zu kommen und die Gebäude und dort lebenden Dungeonforscher zu sehen. Selbstverständlich habe ich keine Garantie, dass jemand zuhause ist, und ich weiß auch nicht, was ich zu ihnen sagen würde. Aber ...

Ein massives Projektil prallt gegen meinen Magen und lässt mich etwas nach vorn klappen. Eine Sekunde später kochen Energiestrahlen mein Fleisch, zerfetzen meine Kleidung und schleudern mich durch die Fenster des Cafés, mitten durch die Innenwände und zur anderen Seite wieder hinaus, während magische Pfeile meinen Körper verfolgen.

„Dumm." Das Wort erreicht mich nach dem Ende der Angriffe, da die Gruppe schlau genug ist, mich erst zu verhöhnen, nachdem sie mich getroffen hat.

Als ich aufpralle und weiterrolle, habe ich bereits meinen Seelenschild aktiviert, um die nächste Angriffswelle abzufangen. Um mich herum flammt die überschüssige Energie der Angriffe auf und reduziert meine Sicht beträchtlich. Das ist seltsam, aber vermutlich eine absichtliche Nebenwirkung.

„Du hast es wirklich gewagt, in unsere Stadt zu kommen", ruft die gleiche Stimme höhnisch. „Als wir deine Position im System gekauft haben, konnten wir kaum glauben, dass du hier bist."

Ich kicke mich mit einem Rückwärtssprung aus dem unmittelbaren Angriffsbereich und kann dann endlich sehen, gegen wen ich kämpfe. Eine Sekunde lang. Eine wallende grüne Wolke bedeckt die Umgebung, beizt den Lack ab und schmilzt Plastik, sobald sie mit etwas in Berührung kommt. Ich sehe, wie mein Seelenschild unter dem Einfluss der ätzenden Giftwolke schwächer wird, und höre dann die Schreie unschuldiger Passanten.

„Arschlöcher", fauche ich und blicke durch Alis Augen, um mit einem Versetzungsschritt aus dem Wirkungsbereich zu springen.

Ich erscheine direkt über einem meiner Angreifer, damit ich direkt nach unten fallen kann und das Schwein aufschneide, wobei ich die Klinge in seinem Körper verdrehe. Ich bin mir nicht einmal sicher, wen ich töte, da der Angriff zu plötzlich und unerwartet kam, als dass Ali mir die Systeminformationen hätte zeigen können.

Ich stoße mich vom Körper des Sektenmitglieds ab und springe nach hinten, bevor weitere Schüsse eintreffen. Dann blinzle ich überrascht, als der

Körper, den ich als Leiche betrachtet hatte, sich vor meinen Augen heilt. Die blasse Kreatur dreht sich zur mir hin, und ich sehe einen Mund voller Fangzähne und übergroße Augen, während das Blut wieder in den Körper strömt.

„Igitt! Gen-Trolle. Genetisch modifizierte Kreaturen, denen die Trollregeneration eingepflanzt wurde. Nach ständigen Problemen hat man vor einigen hundert Jahren aufgehört, sie zu produzieren. Etwa neunzig Prozent der Testsubjekte wurden völlig wahnsinnig. Die Überlebenden schlagen sich am Rand der Gesellschaft durch", erklärt Ali telepathisch, während seine Finger umherfliegen und um mich herum Daten erscheinen lassen.

„Nicht. Jetzt", raunze ich und ein Feuerball fliegt auf den Gen-Troll zu, während Ali spricht, da ich mich in den nächsten Minuten rein auf das Überleben konzentrieren muss.

Flammen explodieren und hüllen die Kreatur ein, die vor Schmerz schreit und auch einige seiner Kameraden mit dem Feuer trifft. Sekunden später sprinte ich weg und versuche, etwas Abstand von meinen Angreifern zu gewinnen. Ich ziehe Rauchgranaten aus meinem Inventar und werfe sie, während ich mich auf das Rennen und Ausweichen konzentriere. Mein Seelenschild wird schwächer, ein weiterer Schuss zerfetzt ihn und der Laserstrahl trifft meine Haut und verbrennt sie, so dass Muskeln und Sehnen sichtbar werden. Ich zucke reflexhaft und bewege mich aus dem Strahl, bevor ich total wütend auf mich selbst mit einem Versetzungsschritt wegspringe.

Ich hätte wissen müssen, dass sie meine Position im System kaufen würden. Sobald sie erkannten, dass ich allein hier war, wollten sie herausfinden, wo ich mich befand. Sie mussten mich nicht aufspüren, sondern lediglich die Informationen kaufen. Selbst wenn das teuer war, konnten sie das ein- oder zweimal tun, um meine Position einzugrenzen und dann ihre Teams auf mich loslassen. Der einzige gute Aspekt war, dass sie zu früh geschossen hatten. Statt ihre Streitkräfte zu konsolidieren und dann auf mich einzuhämmern, schickten sie die Gruppe in meiner Nähe zum Angriff.

Vor mir befindet sich nun eine Gruppe von neun Sektenmitgliedern, die meinen Weg zum Fluss blockieren. Die Hälfte von Ihnen sind Menschen, die übrigen Aliens. Einige Reptilienwesen, eine wolfsähnliche Kreatur und ein Hakarta eröffnen das Feuer, als sie mich sehen. Meine Hände zucken und ich ziehe die Überreste eines gepanzerten Käfers mit Level 38, der so groß wie ein Auto ist, aus meinem Veränderten Raum. Ich halte ihn vor mich, damit die Leiche alle Schüsse absorbiert, während Ali vorwärts flitzt.

Sekunden, um an Boden zu gewinnen und die nötige Entfernung zu erreichen. Ich springe mit dem Versetzungsschritt wieder in den Himmel über der Gruppe und wirke einen Klingenhieb nach unten, so dass die Welle aus blauem und rotem Licht die Angreifer unter mir trifft. Ich hätte mehr Klingen und mehr Klingenhiebe verwenden können, aber ich muss mein Mana aufsparen. Irgendwie bedauere ich den Tod der Menschen und wünschte, sie hätten sich ferngehalten. Aber wir alle treffen Entscheidungen, und sie wollten mich töten. Diese Idioten hatten nicht einmal Level 30.

„Über uns!"

Der Schrei endet abrupt, als ich direkt auf dem Körper des Gnolls lande und mein Knie und Schienbein sein Schlüsselbein brechen, nachdem eine Sekunde vorher meine Klinge in seinen Körper eingedrungen ist. Mit einem seitlichen Ruck reiße ich der Kreatur den Kopf ab und tanze dann zwischen meinen Angreifern, dass das Blut nur so spritzt. Einfache Sektenmitglieder, alle levelmäßig in den mittleren 20ern und niedrigen 30ern. Nichts Besonderes, und manche haben nur einige hundert Gesundheitspunkte, keiner über fünfhundert. Es dauert nur Sekunden, sie zu schneiden, zu verletzen und zu töten. Da mein Schwert seelengebunden ist, bewirkt es selbst ohne Verzauberung und ohne Zielen fast hundert Schadenspunkte. Weil sie nur miserable Rüstungen und Abwehrmaßnahmen besitzen, fallen meine Angreifer mit verzweifelten Schreien zu Boden. Als weitere Sektenmitglieder sterben, strömt die Erfahrung in mich. Mit jeder Sekunde nähere ich mich meinem nächsten Level.

Eine riesige Knochenhand rast heran und erwischt mein hastig zur Abwehr gehobenes Schwert. Ich ergreife die Klinge mit einer weiteren Hand, aber die Wucht des Schlags schleudert mich durch mehrere Gebäude, als die Physik und ein Skill mich wegfegen. Der Hieb bricht meinen Arm und fast ein Viertel meiner Hitpoints verschwindet durch diesen einzigen Angriff. Als ich mich in den Trümmern eines Gebäudes aufrapple, rennt das Knochenmonster auf mich zu.

Ich steche eine Spritze in das nackte Fleisch meines Oberschenkels, um den Heiltrank direkt in meinen Körper zu injizieren. Das Fleisch heilt sich und mein Arm wird so abrupt wieder gerade, dass ich mein Schwert fallen lasse. Ich starre den leuchtenden Monsterexpress an, der auf mich zurollt, grinse und springe mit einem Versetzungsschritt weg.

„Ich habe dich", kichere ich, während ich der Fortgeschrittenen Klasse ausweiche.

Nun befinde ich mich mitten zwischen meinen ursprünglichen Verfolgern, wobei die Gruppe aufgrund der unterschiedlichen Laufgeschwindigkeiten gar nicht mehr so kompakt ist. Neben mir ist ein Magier oder ein Angehöriger einer anderen Unterstützungsklasse. Ehrlich gesagt, nehme ich mir nicht die Zeit, ihn zu identifizieren, aber ich bemerke die spärlichen Überreste seiner Gesundheitspunkte.

Ich wirble herum, rufe mein Schwert wieder in meine Hand, hacke sein Bein über dem Knie ab und bohre die Klinge dann in seinen Körper. Als ein weiteres Sektenmitglied ein Gewehr hebt, packe ich den Magier am Kopf und halte ihn zur Abwehr vor mich bevor ich Manapfeil wirke und dem Zauber in meiner rechten Hand forme. Während ich den Magier gegen seinen Kameraden werfe, beenden die Manapfeile sein Leben und geben mir Zeit, bis zum anderen Gegner zu sprinten. Etwas trifft mich von der Seite, bricht zwei Rippen und lässt mich wimmern.

„Mana", warnt mich Ali telepathisch, während ich mein neustes Opfer zerhacke und dabei vor Schmerz wild grinse.

Mehr Punkte und noch mehr Punkte bewegen sich auf uns zu. Ich renne wieder los, während bei jedem Schritt Schmerz durch meinen Körper schießt. Eine Hand zuckt und spritzt einen Mana-Regenerationstrank in meinen Körper, während ich laufe und einen weiteren Seelenschild bilde.

„Springen", sage ich Ali telepathisch.

Jetzt strömen zu viele Sektenmitglieder aus der Innenstadt. Manche fliegen über das Wasser, andere rasen über die Brücke und Main Street entlang. Da komme ich nie rüber, ich habe nur noch die Hälfte meiner Gesundheit übrig. Das ist zwar immer noch mehr, als die meisten Sektenmitglieder besitzen. Aber jedes Mal, wenn ich anhalte und töte, schießen sie auf mich und reduzieren meine Regeneration. Und das Erschreckende ist, dass ich erst einem ihrer schweren Geschütze begegnet bin.

„Schon unterwegs. Bleib am Leben!", sagt Ali telepathisch zu mir.

Ich nicke und ducke mich kurz hinter einem Haus, das unmittelbar danach von zwei Zaubersprüchen und etwas vernichtet wird, das wie eine Mörsergranate aussieht. Die Explosion schleudert Trümmer herum und hämmert gegen meinen Seelenschild, der wieder schwächer wird.

Ich drehe mich in der Luft, rufe Sabre auf und beginne die Umwandlung. Ich habe das deshalb nicht vorher getan, weil ich nicht genug

Platz und Deckung hatte. Schließlich stellte die Umwandlung eine ziemlich wehrlose Phase dar. Als ich noch daran denke, trifft mich bereits ein weiterer Zauberspruch, Windklingen in Kombination mit einem Frostzauber, der den Mech und meinen Schild beschädigt.

Als wir landen, blinkt die Anzeige für Sabre bereits gelb auf, und Texte verweisen auf beschädigte Schaltkreise, die während der Übergangsphase getroffen wurden. Ich platziere den Mechschild sofort über den Seelenschild, renne los und gewinne an Geschwindigkeit

Ein Laserstrahl feuert, diesmal aus dem Wall-Centre-Hotel. Er durchdringt beide Schilde und verliert erst an Sabres Panzerung seine Wirkung. Ein einzelner Schuss hat über tausend Punkte Schaden angerichtet! Ich vermute, es war das Werk eines Sekten-Vollstrecker. Ich zucke zusammen und starte Ausweichmanöver. Dabei bin ich froh um die Nachladezeit von Skill und Waffe des Feindes.

„Ali ...“

„Bin fast da, Junge“, meldet Ali.

Vor mir brechen Mauern auf. Ich grinse hinter meiner Helmscheibe, springe hoch und aktiviere die Düsen, um noch höher zu kommen. Dann schießen Tentakel aus der Mauer und greifen nach meinem Körper. Während einer meinen Oberkörper und ein weiterer meinen Kopf umschlingen will, verbinde ich mich mit Alis Wahrnehmung und löse den Versetzungsschritt aus. Überraschenderweise bemerke ich, dass mein Mana viel schneller als üblich absinkt.

Nach einer Mikrosekunde stehe ich wieder aufrecht, nach einer weiteren packe ich das Sektenmitglied und hämmere mit der Faust auf die Kreatur ein. Diesmal ist es lilafarben mit Kiemen, und Augen, die sich bizarr weiten, als mein Schlag sie trifft. Zu meinem Erstaunen kippt das Sektenmitglied nach vorn, und mein Angriff bricht Knochen. Ich höre nicht auf, kann nicht aufhören, während ich herumwirble und mein Schwert durch seinen Rücken bohre. Eine schnelle Drehung, ein unterdrückter Schrei, und ich mache mich auf und davon. Erfahrung strömt wieder in mich ein, und aus dem Augenwinkel bemerke ich eine Benachrichtigung.

„Das war zu einfach!", rufe ich Ali telepathisch zu.

„Ziviles Sektenmitglied", antwortet Ali und fliegt weg.

Ein Teil von mir zuckt zusammen – ein kleiner Teil, da ich ja auf der Flucht bin. Wir befinden uns jetzt hinter der sich zusammenziehenden Linie, und die Feindgruppe kehrt um und folgt uns. Vor uns eilen noch mehr Sektenmitglieder heran. Ich wähle eine Gruppe aus, die ich bekämpfen will und sehe, wie meine Regeneration aktiv wird und die Rippen wieder an die richtige Stelle zieht. Über 900 Hitpoints, aber nur 300 Mana. Das läuft gut. Wenn man bedenkt, dass ich in einen Hinterhalt geraten bin.

„Aaaarrrgghhhhhhhhhhh!" Alis telepathischer Schrei überrascht mich.

Ich blicke zurück und sehe, wie der Geist durch die Luft wirbelt und sich den Kopf hält. Eine Sekunde später verschwindet er in einem Lichtblitz und wird verbannt. Durch unsere telepathische Verbindung kann ich den brennenden Schmerz des geistigen Angriffs auf ihn spüren.

Ich fluche leise und aktiviere das Zeitverschiebungsmodul und einen Manatrank in Sabre. Die Injektion strömt durch meinen Körper und gibt mir einige hundert Manapunkte zusätzlich. Das reicht, um per Versetzungsschritt einen Strommast in der Nähe zu erreichen. Ich orientiere mich kurz und wiederhole den Zauber. Und dann erneut, so dass ich innerhalb von Sekunden fast eineinhalb Kilometer zurücklege. Aber ich kann mich nicht ausruhen und teleportiere mich schnellstmöglich in eine abgelegene Gasse. Dort verwandle ich Sabre, um die größere Geschwindigkeit und Mobilität zu nutzen, die der Motorradmodus bietet.

Ohne Ali kann ich nicht so weit wegspringen, wie ich möchte. Ich kann mich nicht einmal davonschleichen, solange alle nach mir suchen. Mein einziger Vorteil besteht darin, jetzt endlich in Burnaby zu sein, außerhalb des eigentlichen Gebiets von Vancouver. Das bedeutet, das feindliche Sensorennetzwerk ist hier wohl weniger effektiv und ich bin aus ihrer anfänglichen Umzinglung ausgebrochen. Momentan hilft mir nur die Geschwindigkeit.

Das war wahrscheinlich insgesamt keine gute Idee.

***

Sobald ich etwas ruhiger atme, wäge ich meine Optionen ab, während ich die stark reduzierte Minikarte ansehe. Ohne Alis höhere Sensorenfähigkeiten ist die Karte auf den Bereich geschrumpft, den meine Fertigkeit Größere Entdeckung erreicht. Weniger Details und geringere Reichweite. Das ist zwar immer noch besser als das, was die meisten anderen Leute haben, das weiß ich, da viele sich auf Technologie oder verbesserte Sinne verlassen müssen. Dennoch fühle ich mich ohne Ali halb blind.

Ich bemerke eine kleine, blinkende Benachrichtigung am Rande meines Interface und werde dadurch von meinen Sorgen abgelenkt, während ich durch Nebenstraßen donnere. Mit einem schnellen Gedankenbefehl lese ich die Nachricht und muss grinsen. Endlich!

Levelaufstieg!

Du hast Level 40 als Erethra-Ehrengarde erreicht. Wertepunkte werden automatisch verteilt. Du kannst 9 Gratis-Attributpunkte und 3 Klassen-Fertigkeitspunkte verteilen.

Klassen-Fertigkeiten der Stufe III freigeschaltet

Klingt doch schon viel besser. Ich gebe meinen ersten Klassen-Fertigkeitspunkt für Portal aus, meine Fähigkeit zur Langstrecken-Teleportation. Sie blitzt auf, und Sekunden später werden Details angezeigt. Ich ducke mich noch mehr auf mein Motorrad hinab und sehe, wie Angriffe harmlos von Sabres erneuertem Schild abprallen, während ich an einer weiteren Feindgruppe vorbeirase.

Portal (Level 1)

Wirkung: Erzeugt ein 2 mal 2 Meter großes Portal, das den Benutzer mit einem bereits besuchten Ort verbindet. Kann auch von anderen verwendet werden. Die Maximalreichweite von Portalen beträgt 100 Kilometer.
Preis: 250 Mana + 100 Mana pro Minute

Verdammt. Die Reichweite ist ziemlich enttäuschend. Bei weitem nicht so groß, wie ich mir gewünscht hätte. Warum sollte denn die Entfernung relevant sein, wenn man schon die Gesetze der Raumzeit manipulieren kann? Ich unterdrücke diesen Gedanken, da ich weiß, dass es momentan nichts bringt, sich über die Reichweite zu beklagen. Dennoch fahre ich in eine Seitenstraße, weiter auf eine Hauptstraße und überrasche die nächste Gruppe der Sektenmitglieder.

Der Schall-Impulsgenerator gibt mir genug Zeit, meine Klinge als improvisierten Speer einzusetzen, während ich mich gefährlich weit von meinem Motorrad lehne. Ich lasse mein Schwert in der Brust des Sektenmitglieds stecken, dort wo sich sein Herz befinden sollte. Falls seine Physiologie der von Menschen ähnelt. Der Feuerball, den ich dann schleudere, erledigt die Aufgabe, und ein blinkendes Symbol am Rand meines Interface zeigt mir, dass ich wahrscheinlich Erfahrung für diesen Kill erhalte. Ich habe aber weder die Zeit noch den Wunsch, das nachzusehen.

Ich lasse die anderen zwei Punkte für den Moment ungenutzt. Obwohl ich Pläne dafür habe, hängen diese davon ab, ob ich die nächsten Stunden überlebe. Wenn ich diese Punkte nutze, um plötzlich an Kraft zu gewinnen, könnte ich damit von hier entkommen.

Reflexartig drehe ich den Kopf und schaue mich um. Hoch über mir bemerke ich ein glitzerndes Licht. Ich sehe nicht eine, sondern ein halbes Dutzend Drohnen entlang meines Rückzugwegs. Mit einem Knirschen und Flackern verschwindet Sabres Schutzschild erneut. Etwas flattert an mir vorbei – fleischig, teils rosa, teils knallblau – und ich blicke wieder nach vorn und achte darauf, wohin ich gehe. Diesmal erhalte ich keine Nachricht über mehr Erfahrung, daher habe ich das, was ich gerade überfahren habe, wohl nicht getötet. Per Gedankenbefehl erhöhe ich die an das Schild-Ladegerät fließende Energie, damit die Manabatterie stärker genutzt und der arme Schutzschild überhitzt wird.

In meinem persönlichen Manapool habe ich nur noch einige hundert Punkte übrig. Das reicht kaum für zwei Versetzungsschritte, und danach leide ich an Mana-Entzug und bin fast nutzlos. Ich schieße auf die wenigen Sektenmitglieder, die in meine Nähe kommen – mehr um sie in Deckung zu zwingen, als um ihnen Schaden zuzufügen. Aber ihre Angriffe tun mir weh und schwächen Sabres Schild. Danach schützen mich nur noch Sabres Panzerung und meine Gesundheit. Das erinnert mich erneut daran, dass Skills unwichtig sind, wenn man nicht genug Mana dafür hat.

Ich fahre Slalom und hoffe, dem Feind da draußen damit das Zielen zu erschweren. Rein instinktiv wechsle ich meine Richtung etwas früher als sonst. Eine Sekunde später explodiert die Stelle, die ich sonst erreicht hätte. Der Asphalt ist verschwunden und ich sehe die Kanalisation, als der Sekten-

Vollstrecker erneut feuert. Selbst dieser Beinahetreffer reicht aus, um meine Nanitenrüstung zu schmelzen und mein nacktes Fleisch zu verbrennen, so dass der Schweiß wie Dampf hochschießt.

Verdammt! Ich kann das nicht länger riskieren. Eine Sekunde später aktiviere ich einen zweiten Manatrank, schon den zweiten innerhalb einer Stunde. Mein Mana steigt sofort an. Ich öffne das Portal und fahre direkt in seine düstere Leere hinein, Sekunden bevor ich auf den Trank reagiere und in die Finsternis schreie.

Kapitel 17

„*Das war einfach nur dumm*", sagt Ali, der neben mir im stockdunklen See schwebt.

Wir befinden uns wieder am Boden des Sees, wo sich mein Portal befindet, umgeben von Fischen und dem beschädigten Teilen meines Mechs. Zum Glück kann man das Portal gerichtet einstellen, weshalb niemand ahnt, dass ich mich auf dem Grund eines Sees befinde. Wenn die wüssten, dass ich hier bin, hätte ich wahrscheinlich einen weiteren tödlichen Laserstrahl geschluckt. Als ich hierher teleportiert wurde, verlor ich aufgrund der Reaktion auf den Trank, des Mangels an Mana und dem erlittenen Schaden fast das Bewusstsein. Es gelang mir gerade noch, die Umwandlung zum Mech zu aktivieren, so dass ich im Anzug steckte und unter Wasser überleben kann.

„*Damian hat den tödlichen Laser nicht mal erwähnt*", knurre ich Ali an. Sabre verwendet nur das Minimum an Mana, lediglich für das Zeitverschiebungsmodul, die Lebenserhaltung und die Nanitenfabrik. Als ich erwache, bin ich vollständig geheilt, und selbst die Mana-Kopfschmerzen sind fast verschwunden.

„*Er hat ihn vermutlich nicht eingesetzt*", sagt Ali. „*Schließlich wollten sie ja die Menschen am Leben halten. Leichen sind nicht gerade die besten Zwangsarbeiter.*"

„*Das erinnert mich an etwas. Nekromantie …?*", frage ich.

„*Das funktioniert. Man kann so Zombies und Skelette und ähnliche Wesen schaffen, aber das ist auch nicht effektiver als bei anderen Beschwörern. Die Untoten sind nicht besonders intelligent, daher können untote Arbeiter nur die einfachsten Aufgaben erledigen.*"

„*Gut zu wissen.*" Ich seufze und nehme mir Zeit, meine letzten beiden Skillpunkte zu verteilen. Danach rufe ich neugierig meinen neuen Status auf, um zu sehen, wo ich stehe.

Statusmonitor			
Name	John Lee	Klasse	Erethra-Ehrengarde
Volk	Mensch (M)	Level	40
Titel			
Monsterschreck, Erlöser der Toten			
Gesundheit	1850	Ausdauer	1850
Mana	1400	Mana-Regeneration	102 / Minute
Attribute			
Stärke	100	Beweglichkeit	175
Konstitution	185	Wahrnehmung	61
Intelligenz	142	Willenskraft	142
Charisma	16	Glück	32
Klassen-Fertigkeiten			
Mana-Erfüllung	2	Klingenhieb	2
Tausend Schritte	1	Veränderter Raum	2
Zwei sind Eins	1	Entschlossenheit des Körpers	3
Größere Entdeckung	1	Tausend Klingen	1
Seelenschild	2	Versetzungsschritt	2
Portal	3	Sofort-Inventar*	1
Spalten*	2	Raserei*	1

Elementarhieb*	1 (Eis)	Geschrumpfte Fußspuren*	1
Tech-Verbindung*	2		
Kampfzauber			
Verbesserter schwacher Heilzauber (II)			Größere Regeneration
Größere Heilung			Manatropfen
Verbesserter Manapfeil (IV)			Verbesserter Blitzschlag
Feuerball			Polarzone
Frostklinge			

„Du bist dort draußen fast abgekratzt, Junge", sagt Ali leise.

Ich muss dem Geist zustimmen. Ich wollte zwar das Risiko eingehen und hatte mich vorbereitet, aber ich hatte nicht erwartet, dass es gleich so riskant würde. Ohne Entschlossenheit des Körpers und ohne meine extrem hohe Gesundheit sowie der überlegten Anwendung des Seelenschilds wäre ich wohl mehrmals umgekommen. Zum Glück kann ich eine Menge Schaden aushalten, und der Versetzungsschritt macht es Feinden ziemlich schwer, mich in die Enge zu treiben. Selbst die Widerstände der Erethra-Ehrengarde helfen ein wenig, meist gegen Sekundäreffekte wie Feuer und Kälte.

Deshalb musste ich das tun. Mikito ist zäh und schnell, und ehrlich gesagt wird sie in einem direkten Kampf bald tödlicher sein als ich. Ihre Waffe teilt mehr Schaden aus als meine und besitzt eine größere Reichweite.

Zudem verfügt sie in direkten Duellen über mehr Fähigkeiten und Systemskills. Lana wäre ziemlich schnell gestorben, weil sie zu defensivschwach ist, und Ingrid ... na gut, Ingrid hätten sie wahrscheinlich nicht erwischt, selbst wenn sie gewusst hätten, wo sie sich aufhielt.

„Wie lange bleiben wir noch hier?", fragt Ali und planscht mit der Hand im Wasser herum.

„Ich bin mir nicht sicher. Hängt davon ab, ob sie noch mehr Credits ausgeben wollen, um mich zu lokalisieren. Wenn sie es nicht tun, ist das ein ausgezeichnetes Versteck. Sollten sie es aber tun, muss ich abhauen", sage ich und will mir übers Kinn streichen – aber mein Helm ist im Weg. Ich runzle die Stirn und möchte unbedingt etwas essen, kann aber gerade nicht. Na ja, mit Ausnahme des verdammten Nahrungskonzentrats, das die Naniten herstellen können. Aber das kann man nicht als Essen bezeichnen.

„Ich würde sowieso empfehlen, dass du dich von hier weg teleportierst", sagt Ali.

Ich seufze. Da ich diesmal mehr Punkte in das Portal investiert habe – genauer gesagt alle meine restlichen Punkte – hat sich die Reichweite deutlich erhöht. Dennoch tut es momentan weh, Mana in irgendeiner Form einzusetzen. Selbst die Beschwörung von Ali war schmerzhaft gewesen, aber in seiner Anwesenheit fühle ich mich sicher.

Trotzdem hat der verdammte Geist ja recht. Einige Minuten später strecke ich mich und genieße das Gefühl, weder von Sabre noch von meiner Rüstung umhüllt zu sein, während ich im Rathaus von Kamloops stehe. So sehr es schmerzte, fühle ich mich nach einem Reinigungszauber gleich viel besser. Allerdings verspreche ich mir auch zusätzlich noch eine heiße Dusche. Aber zunächst ...

„Leute. Ich bin wieder da", sage ich über Funk und schicke eine Nachricht an die Gruppe.

Lana und Sam antworten sofort. Ich verspreche, sie bald zu besuchen. Aber zuerst muss ich essen, da mein Magen wieder knurrt.

„Ingrid hat einige Nachrichten hinterlassen", sagt Ali und deutete auf die Kugel des Stadtzentrums.

Ich brumme, gehe zur Kugel, lege meine Hand darauf und sehe die Nachrichten.

In Seattle, sicher, Stadt ist seltsam — mehrere Shops im Gebiet, die jeweils ihre eigene „Stadt" erzeugen, anders als in Whitehorse. Die Sekte kontrolliert die meisten kleineren Siedlungen nördlich von Seattle und etwa einen Viertel der Shops im nördlichen Seattle selbst. :(Sie hat in letzter Zeit nach einem energischen Gegenstoß der Menschen an Boden verloren. Schicke weitere Informationen, sobald ich mehr weiß.

Ich runzle die Stirn und lese die Nachrichten schnell durch. Ich bin froh, dass sie gut angekommen ist, selbst wenn die Botschaft nun eine Woche alt war.

Keine Nachricht für mich? Du Arsch. :P

Habe einige freundliche — in manchen Fällen zu freundliche — Menschen getroffen. Es gibt mehrere konkurrierende Gruppen Überlebender hier unten, deren Stützpunkte an ihren Shops ausgerichtet waren. Manche benehmen sich wie Mad Max, während andere versucht haben, anständig zu bleiben. Zu den anständigeren Gruppen gehören zahlreiche Geeks, die fast alle Magierklassen gewählt haben. Sie befinden sich in der Nähe des Hauptquartiers von Microsoft, und dann gibt es eine Gruppe von Hipster-Baristas, die den besten Kaffee machen, den man sich vorstellen kann. Wir müssen das auch kriegen — ihr Kaffee schmeckt himmlisch und erhöht die Mana-Regeneration, ohne andere Tränke zu beeinträchtigen. Ich schreibe das, während ich an einer Tasse nippe. So lecker.

Du hattest recht. Die Menschen hier halten die Sekte wirklich auf Trab. Sie wehren sich stur, und die Sekte muss einen Großteil ihrer Truppen hier stationieren. Ich habe eine Reihe von Spähern gesichtet, welche die Sekte beobachten. Wenn die Sekte Einheiten verschiebt, wird die geschwächte Gruppe angegriffen. Wenn die Sekte nicht so viele Mitglieder der Fortgeschrittenen Klassen hätte, wäre sie schon total ausgelöscht worden.

Es gibt weitere Gruppen, die Liam – der Boss der Kaffeeröster – mir noch vorstellen will. Er ist sehr nett und bekundet sein Interesse. Aber er geht davon aus, dass alle zu aufgedreht sind, um wirklich zu helfen. Bestenfalls kriegen wir etwas mit mehr Schwung. Aber ich sehe mal, was ich machen kann. Ich werde vielleicht einige Sektenmitglieder töten müssen, um etwas zu beweisen.

P.S. Fast vergessen. Nahezu jeder, der eine Gruppe anführt, gehört zu einer Fortgeschrittenen Klasse, obwohl niemand über Level 15 ist. Bisher war der höchste, den ich gesehen habe, auf Level 13, aber ich glaube, dass sie ihm Kills zugetrieben haben, denn alle anderen in seiner Gruppe sind in den 30ern. Die Magiergruppe steht kurz vor dem Übergang in die Fortgeschrittene Klasse – in einigen Monaten werden ihre besten Mitglieder dort sein. Sie sind unglaublich gut, aber sehr vorsichtig.

Interessant. Anscheinend ist es wenigstens einer Gruppe gelungen, die Erfahrung des Systems etwas zu manipulieren. Oder ich mache mir vielleicht in dieser Hinsicht zu viele Sorgen. Es könnte ein Dutzend verschiedener Erklärungen dafür geben, dass der Anführer viel mehr Erfahrungspunkte hat. Ich sehe mir das später gerne nochmals an ...

Immer noch keine Nachrichten? Was, stinke ich etwa? Ein Mädchen kann sich hier recht verlassen vorkommen.

Weißt du noch, dass ich dir gesagt habe, dass ich kein Talent dafür habe, mit Leuten zu plaudern, und dass du lieber Lana schicken sollst? Ich habe dich also gewarnt. Ich musste vielleicht einige Amerikaner töten. Ehrlich gesagt waren sie rassistische, sexistische, frauenfeindliche Folterknechte. Außerdem wollten sie einige meiner neuen Freunde töten und boten gute Beute. Hüte dich also vor den Söhnen Odins, wenn du hierher kommst.

Ich werde hier weiterhin mit Leuten reden, aber ich glaube nicht, dass wir viel Hilfe erhalten. Sie sind etwas zu sehr in Kleingruppen zersplittert. Wenn das nicht der Fall wäre, hätten sie die Sekte wohl schon lange besiegt. Ich werde mich aber weiterhin bemühen. Es hat Spaß gemacht.

Als ich die letzte Nachricht lese, reibe ich mir über Gesicht. Das hat uns gerade noch gefehlt. Eine weitere Gruppe von Feinden. Andererseits ließ schon ihr Name darauf schließen, was für Idioten sie sind. Eine Gruppe, die unbedingt die Wikinger nachahmen will, wird nie hoch auf meiner Freundesliste stehen. Im Ernst, Leute, lest mal ein paar Geschichtsbücher.

Ich überlege, was ich schreiben will, bevor ich eine schnelle Nachricht an Ingrid verfasse, Ich danke ihr für die Hilfe und lasse sie wissen, dass mein Plan etwas vorangekommen ist. Danach schicke ich einige weitere Briefe, einfache Nachrichten an alte Freunde eben.

Sobald das erledigt ist, sehe ich schnell etwas nach und zucke zusammen. Die Einrichtung einer Anti-Teleportationsanlage würde fast zweihundert Millionen kosten. Obwohl das nützlich wäre, entscheide ich mich dagegen. Eigentlich kann ich mir das sowieso nicht leisten, aber es geht um die Absicht. Schließlich ist ein Skill für die Langstrecken-Teleportation, der mehr als eine Person umfasst, ziemlich selten.

Als ich die Kugel loslasse und weggehe, sehe ich mir meine Umgebung prüfend an. Sabre liegt am Boden. Die Manabatterie wird langsam aufgeladen und Naniten kriechen über den Rahmen, um Kratzer und durchgebrannte Komponenten zu reparieren. An der Außen- und Innenseite sehe ich vertrocknete Blutspuren, die das Wasser irgendwie nicht wegwaschen konnte. Ich hebe den Arm und will einen Reinigungszauber auf Sabre wirken, aber dann halte ich inne und starre die flackernden Ziffern an.

Seltsam. Ich blicke verwirrt meine Hand an und verstehe nicht, was ich da sehe. Dann zittern meine Beine und eine Welle der Schwäche zwingt mich auf die Knie, während ich stoßartig atme. Ich bekomme kaum Luft und mein Brustkorb fühlt sich beengt an. Zudem zittern meine Hände plötzlich unkontrollierbar. Dann zuckt mein Oberkörper und meine Zähne klappern, als die Erinnerungen an die Schlacht plötzlich auftauchen und ich alles wieder vor mir sehe. Der Laserstrahl, ein Schwert, das Rüstungen durchbohrt, eine Knochenfaust. Momente der Krise, der drohenden Gefahr. Ein Moment nach dem anderen.

Nachbeben. Ich weiß, was das ist und verstehe die Auswirkungen. Ist das nicht offensichtlich? Die Rückkehr der Erinnerungen, das Zittern – das ist ganz natürlich. Nachdem ich jetzt in Sicherheit bin, löst mein Bewusstsein endlich die Sperren, die mich vor dem Wahnsinn bewahrt haben. Das tut gut, ich verarbeite dadurch die brutalen Kämpfe, und meine Nerven und mein Körper werden neu organisiert und zurückgesetzt.

Das ist vielleicht ganz natürlich, aber ich habe trotzdem Tränen in den Augen. Eine Frau, die von einer Sprengladung weggeschleudert wird und deren braune Augen Schock und Entsetzen ausdrücken. Eine Unschuldige, die mein effekthascherisches Gefecht zufällig erwischt hat. Ein grünäugiger Außerirdischer mit schlitzartigen Pupillen, der mich aus wenigen Zentimetern Entfernung anstarrt, während sein Lebensblut verströmt. Schmerzensschreie und ein immer noch gegen einen Bürgersteig aus grauem Beton kickendes Bein. Erinnerungen.

Das Zittern hört langsam auf, die Erinnerungen verblassen und ich atme wieder normal. Ich reibe mir mit der Hand übers Gesicht und wische die Tränenspuren weg. Dann spucke ich Blut aus, weil ich mir auf die Lippe gebissen habe. Vielleicht könnte und sollte ich diese Episoden mithilfe des Systems besser handhaben. Aber ich erleide ja nicht immer so einen Nervenzusammenbruch. Vielleicht könnte ich all das durch Willenskraft und einen Skill auslöschen.

Aber ich bin froh, dass ich das nicht tue, nicht kann. In mir ist so wenig übriggeblieben, was ich eindeutig als menschlich identifizieren könnte. So wenig von dem schüchternen Programmierer, der ich in der Zeit vor dem System war. Es ist besser, manchmal einen Nervenzusammenbruch zu erleiden, weil ich das Töten und die Gewalt hasse und bedauere, als all diese Gefühle zu entfernen. Ich wüsste nicht, ob ich die daraus entstandene Person noch ausstehen könnte.

Inzwischen knurrt mein Magen, und die gelegentlich während der Arbeit gegessenen Schokoriegel reichen nicht mehr. Zum Glück gibt es in der Nähe ein Restaurant namens Loose Goose, das ich auf Alis Drängen besuche. Ehrlich gesagt fehlt mir die Energie, ihm zu widersprechen. Ich muss zugeben, mir stockt fast der Atem, als ich den Preis sehe – bis mir klar wird, dass es ein All-you-can-eat-Buffet ist. Ich finde es aber lustig, dass sie den Namen, aber nicht das Dekor in Metallic-Rot geändert haben, das noch von der vorherigen Restaurantkette stammt.

Mithilfe des Essens und der gesegneten Ruhe kann ich meine Nerven langsam wieder beruhigen. Als Sam mich dann findet, bin ich wieder einigermaßen normal, geistig und emotional im Gleichgewicht. Das ist schon eines der „Geschenke" des Systems. Oder vielleicht habe ich zu viel Erfahrung.

„Weißt du, als offizieller Eigentümer der Stadt solltest du nicht versuchen, deinen Leuten die Haare vom Kopf zu fressen", sagt Sam und setzt sich neben mich.

„Ja, ja, auch schön, dich zu sehen", begrüße ich den Technomanten und nicke dem silberhaarigen Mann zu.

„Hast du deinen Plan durchgeführt?", sagt Sam.

„So ungefähr. Greifen die Feinde immer noch an?"

Sam nickt und blickt grimmig drein.

Als ich das sehe, frage ich: „Was?"

„Vor zwei Tagen hätten wir Mikito beinahe verloren. Der Blutkrieger und sein Team erwischten ihre Gruppe bei der Jagd im Park. Sie haben alle Angriffe auf sie konzentriert, und da sie sich weigerte, zu fliehen ...", sagt Sam und schüttelt den Kopf.

„Wie hat sie das überlebt?", sage ich mit besorgter Stimme. Nur ein bisschen besorgt, da er „beinahe" sagte. Was uns in dieser Welt nicht umbringt, macht uns tatsächlich stärker.

„Ihr Auszubildender blieb lange genug bei ihr, damit das Team sich entfernen, dann zurückschleichen und die Feinde erneut überraschend angreifen konnte. Es gelang dem Team, einige Gegner zu töten, und Mikito verwundete den Blutkrieger. Aber ihr Auszubildender überlebte nicht."

Scheiße. Ich frage mich, wie die Japanerin damit fertig wird. Einen Auszubildenden, einen Lehrling zu verlieren, muss schlimm für sie sein.

„*Wo ist sie?*", frage ich.

„*Draußen.*"

Natürlich ist sie draußen, jagt und schleppt die Gruppen herum, damit die Leute im Level aufsteigen. Ganz gleich, ob sie ein überentwickeltes Pflichtgefühl besitzt oder ihre Trauer unterdrücken will, sie ist mit ihren Leuten da draußen.

„Lana sagt, sie brauche etwas Zeit", sagt Sam, als er meinen besorgten Gesichtsausdruck bemerkt.

Ich nicke und akzeptiere seine Worte. Trotzdem will ich später mit Mikito darüber reden.

„Die Nachtangriffe?", frage ich.

Sam verzieht das Gesicht – mehr muss ich gar nicht wissen. Natürlich erklärt er es trotzdem und beschreibt die verschiedenen Methoden, mit denen Mel versucht hat, die Feinde zu erwischen, bevor sie flohen. Selbst wenn die ganze Stadt wach ist und Gruppen nachts herumstreifen, hilft das kaum, die lästigen mitternächtlichen Angriffe zu stoppen.

„Wir hätten Ali bei den Nachtangriffen brauchen können", sagt Lana und setzt sich schwungvoll neben mich, während ich alles auf meinem zuletzt gefüllten Teller verputze.

Nachdem mein Magen endlich voll ist, schiebe ich die Teller weg und sehe meine Teilzeit-Liebhaberin an. Ihr verärgerter Gesichtsausdruck zeigt mir, dass sie immer noch wütend über mein abruptes Verschwinden ist.

„Hey, Lana. Ali konnte die Feinde letztes Mal nicht finden. Und ich glaube nicht, dass er diesmal sehr hilfreich wäre", sage ich und zucke mit den Achseln. „Und ich brauchte ihn."

„Und wie oft ist er dabei beinahe umgekommen?", fragt Lana Ali in einem süßen Ton, wobei ihre violetten Augen jedoch glitzern und mit Gewalt drohen, falls Ali ihr nicht die Wahrheit sagen würde.

„Äh ... sprechen wir über die Gesamtzahl oder die Gefechte? Nur zwei größere Kämpfe. Ungefähr ... ein Dutzend Mal? So etwa", sagt Ali achselzuckend. „Irgendwann habe ich nicht mehr mitgezählt."

„Nur ein Dutzend. Und ich gehe davon aus, die waren alle in Vancouver", sagt Lana und ignoriert mich immer noch.

„Größtenteils. Die Flucht in Merritt war härter als erwartet – sie hatten einen Fährtenleser", erklärt Ali.

„Ah. Und natürlich hätte es nichts gebracht, einen Verstohlenheits-Skill zu kaufen", sagt Lana mit vor Sarkasmus triefender Stimme.

Ich zucke zusammen, weil ich mich an die Credits erinnere, die sie mir anbot, um diesen Skill zu kaufen. Aber ich habe es natürlich abgelehnt. Der Stolz, nur meine eigenen Credits zu verwenden hinderte mich daran – und meine idiotische Sturheit. Obwohl sie es nicht direkt sagt, kann ich ihr „Ich hab's doch gesagt" hören.

„Na ja, ein einziger Punkt hätte dem Jungen wohl kaum gegen den Fährtenleser geholfen", verteidigt mich Ali.

„Vielleicht nicht sehr viel. Aber was sagt ihr denn immer? Alles steht auf Messers Schneide?", sagt Sam und mischt sich in die Unterhaltung ein. „Ich habe gerne eine Menge Skills. Selbst wenn ich sie nicht alle nutzen kann, ist es immer eine gute Idee, mehr Optionen zu besitzen."

„Ja, aber du kannst diese Skills auch in deine Maschinen integrieren", betont Ali.

Ich muss blinzeln, ich wusste nicht einmal, dass Sam dazu fähig ist. Irgendwann muss ich mir mal Sams vollständige Fertigkeitenliste ansehen, um herauszufinden, was er alles kann. Irgendwie habe ich das Gefühl, das wird mich angenehm überraschen.

„Wenn wir dann genug darüber geredet haben, wie dumm ich mich benommen habe ...", sage ich und starre Ali an. Er öffnet den Mund, um mir zu widersprechen, aber ich fahre fort. „Ich bin im Level aufgestiegen. Wie läuft der Rest des Plans?"

Das ruft ein kurzes Lächeln hervor, aber Lana blickt sich in dem offenbar ungesicherten Raum um. Ich nicke ihr zu, damit sie mehr erzählt.

Einen Moment später tut sie das auch. „Wir machen Fortschritte. Es ist uns gelungen, unser Einkommen zu verdoppeln und wir dürften daher einige gute Upgrades für die Siedlung kaufen können. Auch die Jagdgruppen sind um einige Levels aufgestiegen. Allerdings ist die Kampfmoral immer noch niedrig, und wir haben während deiner Abwesenheit eine ganze Gruppe verloren.“

„Gut“, sage ich und denke über ihre Worte nach. „Ich habe jede Menge mit dir zu besprechen.“

„Heute Abend?“, fragt Lana und blickt durch das Fenster den Himmel an.

In einigen Stunden kommt die Dämmerung – genug Zeit, mich zu waschen und auszuruhen, und auf Mikitos Rückkehr zu warten. Dennoch zögere ich angesichts meines geistigen und emotionalen Zustands.

„Nein. Morgen“, sage ich.

Lana runzelt die Stirn, da sie etwas in meinem Gesichtsausdruck sieht. Aber sie nickt nur und küsst mich auf die Wange. „Dann sehe ich dich heute Abend.“

Ich öffne meinen Mund, schließe ihn dann aber und unterdrücke meine automatische Ablehnung. In Gedanken kritisiere ich mich, sage aber kein Wort. Warum würde ich sie heute Abend nicht bei mir haben wollen?

„Schätzungsweise, weil du ein Idiot bist und vor deinem Mädchen nicht schwach aussehen willst“, sagt Ali und kichert, als ich ihn verblüfft ansehe. *„Ach, komm schon. Ich bin seit über einem Jahr bei dir. Es ist ein Leichtes, deine Gedanken zu lesen.“*

Ich knurre und sehe, wie die Rothaarige geht. Dann blicke ich zu Sam hinüber und bemerke, dass der ältere Mann schon weg ist. Nach einem Moment entdecke ich ihn zwischen den Buffettischen mit einem Riesenhaufen Fleisch auf seinem Teller. Ich muss wirklich schlimm drauf sein, wenn ich ihn so einfach übersehen habe. Deshalb beschließe ich, mir den Rest des Tages frei zu nehmen. Morgen und all das, was damit zusammenhängt, wird schon noch kommen.

Kapitel 18

Zu meiner Überraschung ist der Abend mit Lana ganz angenehm. Völlig egal, ob sie verärgert ist oder nicht, scheint die Frau zu verstehen, dass ich mich etwas entspannen muss. Daher verläuft der Abend hauptsächlich in geselligem Schweigen. Inklusive einer sehr angenehmen Massage, die auch zu nichts wirklich Anstrengendem führt. Vielleicht wache ich deshalb am nächsten Morgen spät auf, als sich Lana neben meinem Arm bewegt, um aufzustehen.

„Guten Morgen, Schätzchen", begrüße ich Lana lächelnd. Ich bewundere den Rotschopf erneut. Ihre blasse Haut mit einigen Sommersprossen und die Andeutung athletischer Muskeln, die ihre Weiblichkeit betont.

„Morgen", sagt Lana und lächelt mir zu, während sie sich anzieht. „Fühlst du dich besser?"

„Ja", sage ich und neige den Kopf zur Seite. „War es so offensichtlich?"

„Für die Leute, die ich kennen? Definitiv", sagt Lana.

„Du scheinst viel besser ...", sage ich langsam und zögernd. Sie scheint weniger aufgeregt und wütend zu sein als gestern.

„Ich musste einfach eine Nacht lang ausspannen. Und ich brauchte Zeit, um zu verstehen, dass du, weißt du, wieder da bist. Lebendig." Lana, die nur ihr Hemd trägt, geht neben mir in die Hocke und legt eine Hand auf meinen Arm. „Ich weiß, du bist einfach so. Genau das ... na ja, das gefällt mir an dir. Aber es ist nicht leicht zu wissen, dass du dich ständig in Gefahr bringst."

Ich blinzle und denke erst einmal über ihre Worte nach. Nach einem Moment drücke ich ihre Hand und lächle sie schief an. „Tut mir leid. So habe ich das eigentlich nie betrachtet."

„Nein, natürlich nicht. Du Dummkopf", sagt Lana zärtlich und küsst mich dann auf die Stirn. „Jetzt geh und putz dir die Zähne. Die anderen warten schon auf uns."

Ich nicke und sehe Lana beim Anziehen zu, bevor ich aufstehe. Ich spüre ein seltsames Gefühl im Bauch. Es ist schon so viele Jahre her, seit es jemandem wichtig war, was ich tat oder wo ich war, dass es sich komisch anfühlt. Bei Luthien habe ich das nie gefühlt, und dieser Aspekt unserer Beziehung hätte ein Warnsignal für mich sein sollen. Ich schüttle den Kopf und verspreche, mich in Zukunft zu bessern.

***

Ich schiebe die Überreste meines Frühstücks weg und sehe die um mich herum sitzende Gruppe an. Diesmal sind alle aus meinem Team anwesend inklusive dem früheren Stadtrat und des sehr müde wirkenden Mel. Erstaunlicherweise kamen letzte Nacht keine Angreifer, aber das hinderte den Revolverhelden nicht daran, die ganze Nacht aufzubleiben.

„Also", sage ich und unterbreche die Unterhaltungen. „Fangen wir an."

Im Laufe der nächsten Stunde liefern mein Team und der Stadtrat mir ausführliche Informationen über den Status der Stadt. Insgesamt könnte man sagen, es hat sich nicht viel geändert, aber die Änderungen waren meist positiv. Höhere Levels, eine wachsende Wirtschaft und eine zufriedene Bevölkerung sind die positiven Faktoren. Die negativen Aspekte betreffen die Sekte, die uns immer noch bedroht.

„Vielen Dank", sage ich, nachdem endlich alle fertig sind. „Wie viele von euch wissen, hat sich Ingrid gemeldet. Wir werden aus den USA wohl nicht viel Hilfe erhalten, aber es ist auch unwahrscheinlich, dass die Sekte es riskiert, Truppen von dort abzuziehen, um uns anzugreifen. Erst muss sie nämlich die Situation im Süden stabilisieren. Das bedeutet, wir müssen uns nur um die Einheiten in British Columbia kümmern. In Vancouver sieht es schlimmer aus, als wir gehofft hatten. Die Sekte ist dort viel stärker als hier."

Ich berichte kurz von der Rebellion, den Abschiebungen und den Fortgeschrittenen Klassen, gegen die ich kämpfte. Mehrere Leute im Raum atmen heftig ein oder wirken sehr skeptisch, während ich den Kampf beschreibe. „Das ist so ziemlich der Stand der Dinge."

Nachdem ich fertig bin, flüstern die Ratsmitglieder und Mel miteinander, ebenso Sam, Lana und die anderen. Weil sie mich bereits gut genug kennen, spricht mein Team allerdings eher weniger.

Nachdem das anfängliche Gemurmel verstummt, melde ich mich zu Wort. „So wie ich es sehe, haben wir die gleichen zwei Optionen, mit denen wir vor Wochen angefangen haben. Wir können uns verschanzen, währenddessen unseren Leuten beim Levelaufstieg helfen und hoffen, dass wir das schneller tun, als die Sekte Ressourcen auf diesen Planeten bringt. In dieser Zeit kann die Sekte uns willkürlich angreifen und uns zermürben. Natürlich müssen sie Truppen für diese Störangriffe umleiten, aber ..." Ich zucke mit den Achseln, weil ich annehme, sie wüssten, was ich meine. Die Sekte muss ihre Angreifer nicht im Level hochbringen, nicht so wie wir.

„Oder ...?", sagt Torg.

„Oder wir gehen ein gewisses Risiko ein. Deshalb habe ich mich ja auf den Weg gemacht." Ich zögere, bevor ich ihnen sage, was ich geplant habe. Das Team weiß es natürlich, weil wir darüber bereits gestritten haben. „Wir greifen den Feind an. Attackieren Vernon erneut, und kurz darauf Kelowna. Aber diesmal nicht nur mit meinem Team, sondern mit einem großen Teil unserer Streitkräfte – ein richtiger Angriff. Gleichzeitig greifen wir die Gruppe an, die uns nachts immer wieder belästigt hat."

„Wir wissen nicht einmal, wo die ist!", sagt Mel verbittert.

„Wir können ihren Standort im Shop kaufen", sage ich. „Das wird teuer und kostet vermutlich einen Großteil unserer Ersparnisse, aber das geht."

„Damit würdest du die Stadt ungeschützt lassen! Sie ist nur einige Autostunden von Vancouver entfernt. Wenn diese Mitglieder der Fortgeschrittenen Klasse oder einige Gruppen angreifen, verlieren wir alles", sagte Benjamin kopfschüttelnd. „Das Risiko ist einfach zu groß."

„Und du willst zwei oder sogar drei Gruppen angreifen. Dafür haben wir nicht genug Leute", fügt Mel hinzu.

„Wir haben hier immer noch die Hakarta. Und das ist der andere Grund, weshalb ich gegangen bin. Wisst ihr, ich haben jetzt diesen Skill", sage ich lächelnd.

Es dauert nicht lange, bis ich ihnen das Portal erklärt habe. Mel versteht die Vorteile als erster, während die anderen das erst nach einigen Erläuterungen kapieren. Das macht mir nichts aus. Es hat selbst bei mir eine Weile gedauert zu verstehen, was das Portal alles ermöglicht. Letztlich geht es um einen Aspekt – Mobilität.

„Ich stimme zu, ihr könnt ziemlich schnell Verstärkung schicken, vor allem wenn wir Skills und Technologie benutzen, um euch auf dem Laufenden zu halten, aber ...", sagt Ben skeptisch. „Es ist immer noch ein Risiko. Die Sekte hat viele Kämpfer der Fortgeschrittenen Klassen dort draußen."

„Das ist der Grund, weshalb wir einige Freunde eingeladen haben", sagt Lana lächelnd. „Sie können ihre Heimat nicht lange verlassen, wären aber hoch erfreut, in einem kurzen Gefecht auszuhelfen."

„Freunde?", sagt Mel mit einem Glitzern in den Augen, als er mein Team ansieht. „Ich nehme an, die sie sind kampfstark."

„Einige der besten Kämpfer, die wir kennen", sage ich mit einem Lächeln.

„Wann wollt ihr den Plan umsetzen?", sagt Ben mit einem besorgten Ausdruck.

„Naja, heute“, sage ich und blicke hoch, als Ali mir signalisiert, dass wir eine Antwort erhalten haben.

***

Die Mitglieder des Stadtrats verlassen den Raum ziemlich verärgert, weil ich das durchgepeitscht habe. Lana steht neben mir und wartet. Sie spricht erst, nachdem alle weg sind.

„Warum hast du dir eigentlich die Mühe gemacht?“, sagt sie echt neugierig.

„Mühe?“, wiederhole ich.

„Ihnen eine Option zu bieten. Du hast schon vorher gewusst, was du machen wirst“, sagt Lana.

„Ach so … ich habe gehört, man solle als Anführer seine Entscheidungen den anderen gegenüber zumindest erklären.“

Lana starrt mich verwundert mit großen Augen an und kichert schließlich. Ich verziehe das Gesicht, weil mir das Kichern etwas auf die Nerven geht. Na schön. Ich bin nicht gerade an die Menschenführung gewöhnt. Zumindest nicht in dieser Hinsicht. Meine Güte, selbst vor dem System war ich bei meinen Jobs eher der Eigenbrötler.

Als das Kichern aufhört, sagt Lana: „Tut mir leid. Aber nächstes Mal solltet du den Leuten vielleicht mehr Zeit geben, sich an die Idee zu gewöhnen, bevor du auf deine Entscheidung bestehst.“

Ich überlege, was ich von ihren Skills gesehen habe und nicke. Ein Blick auf die Uhr zeigt mir, dass ich noch etwas Zeit habe, bevor ich das Portal öffnen sollte.

„John?“, sagt Lana und ich wende ihr wieder meine Aufmerksamkeit zu. „Warum bist du immer noch der Eigentümer der Stadt?“

„Hmmm?", sage ich und neige den Kopf zur Seite.

„Warum hast du sie nicht einfach den Einwohnern zurückgegeben?", fragt Lana. „Demokratische Wahlen ausgeschrieben oder so etwas? Die Stadt zu behalten passt eigentlich nicht zu dir."

„Bist du es leid, von mir die ganze harte Arbeit zu bekommen?", spotte ich.

„Ehrlichgesagt schon", raunzt Lana, bevor sie einen etwas sanfteren Ton verwendet. „Die Leute wollen wissen, was zum Teufel vorgeht. Manchmal deckst du deine Karten einfach nicht auf."

Ich zögere, bevor ich nicke. „Tut mir leid. Und das stimmt. Seite dem Erscheinen des Systems bin ich etwas paranoider geworden. Es liegt daran, dass alles, was man sagt, nun käuflich ist ..."

„Du machst dir Sorgen, dass jemand herausfindet, was du tust?", fragt Lana.

Ich nicke. „Es ist eigentlich albern. In der Theorie ist eine allumfassende Überwachung großartig, aber das hilft nichts, wenn man nicht sucht. Und wir sind so unbedeutend ..." Das sind wir wirklich, im Großen und Ganzen. „Aber ich habe einfach das Gefühl, ich sollte nicht über meine Zukunftspläne reden."

Lana schweigt, während ich mich mit den praktischen und emotionalen Folgen beschäftige. Ich öffne mehrmals den Mund und schließe ihn wieder, aber schließlich konzentriere ich mich auf den praktischen Aspekt.

„Weißt du ungefähr, wie der Galaktische Rat funktioniert?" Nachdem sie verneint, fahre ich fort. „Stell dir das wie die Vereinten Nationen vor. Jede Welt entsendet einen Vertreter in den Galaktischen Rat. Im Rat selbst gibt es einen inneren Kreis, eine kleinere Gruppe, die alle Entscheidungen trifft – wie der UN-Sicherheitsrat. Allerdings haben diese Typen eine Menge Macht und bewirken auch etwas. Beispielsweise haben sie die Erde zu einer

Dungeonwelt gemacht. Um einen Sitz in der Generalversammlung zu erhalten, muss man seine eigene Welt kontrollieren – oder zumindest den Großteil davon. So ähnlich, wie um den Status einer Großstadt zu erreichen – aber für seine ganze Welt. Natürlich ist es manchmal unmöglich, so viel von einer Welt in seinen Besitz zu bringen. In diesen Fällen muss eine Art Wahl abgehalten werden", sage ich und blicke Lana an, um zu sehen, ob sie das versteht.

„Interessanterweise hat noch nie eine Dungeonwelt einen Sitz im Galaktischen Rat erhalten. Dort kämpfen zu viele Interessengruppen miteinander, und daher bekommt niemand den Sitz."

„Und das willst du ändern", sagt Lana leise und starrt mich an. Ich nicke langsam und sie verzieht das Gesicht. „Das ist ehrgeizig."

„Ein bisschen vielleicht. Aber du hast die Yerick gesehen. Sie haben ihre Welt verloren. Uns sollte nicht das Gleiche passieren. Aber um an der Wahl teilzunehmen, um die Sache in Gang zu bringen, benötigen wir – benötige ich – einen Anteil." Ich deute mit der Hand ums uns herum, auf die ganze Stadt.

„Du denkst nie in kleinen Dimensionen, oder?", sagt Lana und umarmt mich.

„Nein, denn genau das brauchen wir. Als Gattung", sage ich leise.

Ich werde nicht zulassen, dass wir wie die armen Yerick werden, eine weitere Gattung, die zwangsweise ins System integriert wurde. Jetzt kontrollieren sie nicht einmal mehr ihren Heimatplaneten und müssen als Abenteurer ständig durch das galaktische System wandern. Es geht ihnen ganz gut – für Bürger der dritten Klasse – aber ich will nicht, dass das der Menschheit zustößt. Vielleicht ist es Wahnwitz mir vorzustellen, ich könnte da etwas bewirken, aber es ist besser, als herumzusitzen und nur zum Spaß im Level aufzusteigen.

„Wenn wir schon von den Yerick reden ...", sagt Ali demonstrativ und klopft auf sein Handgelenk.

Ich nicke dem Geist zu und beende mein Gespräch mit Lana. Ich muss wieder an die Arbeit.

***

Ich kann zum ersten Mal das von mir beschworene Portal bewundern. Es ist das dritte von mir erzeugte Portal, aber nun werde ich weder beschossen, noch muss ich mich in einem See verstecken. Keine dieser Situationen führt dazu, seine Schöpfung ausgiebig ansehen zu können. Das Portal selbst ist ein im Raum klaffendes Loch, das von einem schimmernden goldenen Licht umgeben wird. In der Mitte befindet sich ein tiefschwarzer Bereich, der weder Licht reflektiert noch Hinweise liefert, was sich dahinter befinden könnte. Wenn ich das Portal nicht generiert hätte, würde ich zögern, hindurch zu gehen. Glücklicherweise vertrauen mir meine Freunde und sind nicht so paranoid wie ich.

Ein riesiger Yerick kommt zuerst heraus. Der fast drei Meter große Anführer der Yerick in Whitehorse ist breitschultrig, muskulös und dickköpfig. Im wahrsten Sinne des Wortes. Die Yerick sind das, was wir als Minotauren bezeichnen, Kreaturen mit großer Stärke und Entschlossenheit. Selbstverständlich sind sie in Wirklichkeit nur Abenteurer, die oft in Dungeons kämpfen, aber das ist eher eine Folge des Manalecks. Hinter ihm folgt eine etwas kleinere Minotaurin in einem einfach gepanzerten Jumpsuit, welche sich amüsiert umsieht.

„Erste Faust. Nelia!" Ich begrüße meine Freunde und ehemaligen Kameraden mit einem Lächeln und reiche ihnen die Hand.

Capstan ergreift meine Hand vorsichtig, um sie nicht zu zerquetschen, ebenso Nelia.

„Schön dich zu sehen, Erlöser. Ich sehe deinen Levelaufstieg", knurrt Capstan.

„Ich deinen ebenfalls. Vielen Dank, dass ihr gekommen seid", sage ich.

„Du musst dich nicht bedanken. Nur bezahlen." Capstan wirft mir ein Lächeln zu.

Ich weiß, er meint das primär als Witz. Aber obwohl ich weiß, dass er ein Freund ist, finde ich das Lächeln ziemlich einschüchternd. Während Lana die beiden begrüßt, wende ich mich der nächsten Gestalt zu, die aus dem Portal kommt. „Mike?"

„Tu nicht so überrascht." Mike Gadsby, Regionalwächter Level 8, lächelt mich an. Ich erwidere das Lächeln und bemerke seine neue Fortgeschrittene Klasse und den in Blaugrau und Chrom gehaltenen Arm. „Und ja, den habe ich aufgerüstet." Mike spannt seinen linken Arm an und grinst, wobei sein Schnurrbart mitwackelt.

„Sorry, das hat mich nur überrascht. Ich hätte gedacht–"

„Jason würde kommen? Nie und nimmer. Rachel lässt ihn nicht aus den Augen, vor allem, weil sie bald ein Kind bekommt", sagt Mike lächelnd. Bevor ich weitere Fragen stellen kann, wie es ihnen geht, wird Mike ernst. „Und außerdem ist es mein Beruf, die Bürger Kanadas zu beschützen. Ich habe meinen Diensteid lange vor dem System abgelegt.

„Das haben wir beide", sagt Amelia, die untersetzte Ex-RMCP-Polizistin, die nun aus dem Portal tritt. Sie trägt wieder ihre alte Uniform, diesmal leicht verändert, um einen gepanzerter Jumpsuit darunter zu kriegen. Nachdem sie die Öffnung passiert hat, zuckt sie zusammen, als sie zurück ins Portal blickt. „Das Ding ist so unheimlich."

„Hmmm?", Ich bin neugierig, was sie zu sagen hat. Bei der sofortigen Teleportation fühlt man nichts – zumindest geht es mir so.

„Die ganze Sache mit der Teleportation. So bizarr ..."

Ich nicke ihr verständnisvoll zu. Amelia hat ihre Fortgeschrittene Klasse noch nicht erreicht, ist aber nur einige Levels davon entfernt. Da ist nicht besonders überraschend. Da Jason Wachdienst hat, muss Mike in Carcross eine aktivere Rolle spielen, was seinen höheren Level erklärt. Amelia hingegen ist in der Stadt geblieben und hat sich mit den tagtäglichen Polizeiaufgaben beschäftigt.

Ich blinzle, als Vir, Amelias Kollege und ein Truinnar, nach ihr erscheint. Er trägt seine silbergraue Uniform und hat die Hände hinter dem Rücken verschränkt. Vir ist die rechte Hand von Lord Roxley, und ich glaube auch dessen Spionagechef. Zudem patrouilliert er gelegentlich mit Amelia die Straßen von Whitehorse. Da Vir einen sehr hohen Level besitzt, werde ich ihn natürlich nicht ablehnen. Dennoch bin ich nicht gerade glücklich, ihn oder das zu sehen, was ich mit ihm verbinde.

Der dunkelhäutige Humanoid mit den spitzen Ohren begrüßt mich mit einem zusammengekniffenen Lächeln. „Mr. Lee."

„Warum sind Sie hier?" Ich runzle die Stirn.

„John ...", tadelt mich Lana und geht auf Vir zu, um ihn zu begrüßen.

„Ich habe Mr. Lees Reaktion erwartet, Ms. Pearson." Vir beugt sich vor uns küsst Lanas Hand. „Er ist, wie immer, sehr berechenbar. Mein Lord hat mich gebeten, Ihr jetziges Unternehmen so gut wie möglich zu unterstützen."

„Und natürlich zu melden, was hier vorgeht", sage ich gehässig.

„Selbstverständlich", meint Vir, der sich wegen seiner sekundären Aufgabe nicht schämt.

„Na ja, jetzt seid ihr hier." Ich schließe das Portal, nachdem ich sichergestellt habe, dass sonst niemand kommt. „Dann fangen wir an."

***

Stunden später. Zuerst die Begrüßung, dann die gegenseitige Vorstellung, und schließlich erkläre ich allen, welche Rolle ich für sie geplant habe. Dann folgen die Fragen über die potenziellen Probleme, all die Notfallpläne, die ich entwickelt habe, oder die wir entwickeln müssen.

Am Ende folgt der Plan dem, was wir bereits besprochen haben. Indem wir einige meiner Leute und den Trupp der Hakarta nach innen verlegen, können wir mit meinem Team, den Leuten aus dem Yukon und den Jägergruppen andere Gebiete angreifen. Natürlich wurde viel darüber diskutiert, ob wir uns aufspalten oder nacheinander angreifen sollten. Schließlich entscheiden wir uns für gleichzeitige Angriffe, da wir unserer Ansicht nach ausreichend viele Leute haben.

Als wir fertig sind, ist der halbe Nachmittag vorbei, und da wir etwas essen und alle Teilnehmer informieren müssen, wird das alles erst morgen losgehen. So wie es aussieht, müssen die wenigen Pechvögel, die zurückbleiben, sich mit der Stadt vertraut machen.

„Bis morgen dann", sage ich und blicke die Gruppe an.

„Ich verstehe immer noch nicht, warum ich die Stadt bewachen muss", knurrt Amelia an Mike und Lana gerichtet.

„Na ja, als Wächter sind deine Skills eher auf die Verteidigung ausgerichtet. Und die Leute, die hierbleiben, müssen vor allem Zeit für uns gewinnen", erklärt Lana geduldig.

„Aber Mike geht mit!", protestiert Amelia.

„Meine Skills stärken die Leute in meiner Umgebung, und zudem kann ich auch Schaden wirken. Du bist auf Einzelkämpfe und eine breit angelegte Abwehr ausgelegt. Ich bin für einen Angriff besser geeignet, vor allem, falls das Knochenmonster oder der Sekten-Vollstrecker dort draußen sein sollten", sagt Mike geduldig.

Amelia verzieht das Gesicht, sagt aber nichts mehr.

Dann findet mich Capstan und bäumt sich über mir auf. „Es gefällt mir gar nicht, Nelia zurückzulassen."

Die neben ihm stehende Nelia schnaubt leise.

„Tut mir leid. Wir brauchen hier eine Heilerin, um länger Widerstand leisten zu können. Die Jägergruppen hier sind viel heilintensiver als in Whitehorse, daher dürften die Angriffsgruppen gut zurechtkommen", sage ich.

„Ja. Aber ich habe trotzdem einen Vorschlag ..." Dann wird Capstan von aufheulenden Alarmtönen unterbrochen und eine blinkende Nachricht erscheint vor uns.

„Was ...?", rufe ich und starre die Karte an, auf der plötzlich mehr zu sehen ist.

Überall erscheinen rote und grüne Punkte. Während ich noch überrascht reagiere, erscheint eine weitere Meldung, die eine rasante Abschwächung des Schutzschilds anzeigt.

KRIEGSERKLÄRUNG

ALS EIGENTÜMER VON KAMLOOPS WERDEN SIE DARÜBER BENACHRICHTIGT, DASS JETZT EIN KRIEGSZUSTAND ZWISCHEN DER DREIZEHN-MONDE-SEKTE UND DEM DORF KAMLOOPS (EIGENTÜMER JOHN LEE) BESTEHT.

ALLE KRIEGSRECHTLICHEN VORSCHRIFTEN GELTEN, BIS BEIDE SEITEN FRIEDEN SCHLIESSEN, EINE SEITE VERNICHTET WIRD, ODER EIN GALAKTISCHES JAHR ABGELAUFEN IST.

Das System-Benachrichtigungsfenster ist diesmal ein enormer, blauer Bildschirm mit Text in Großbuchstaben. Ich blinzle, lese den Text durch und lasse ihn dann schnell verschwinden.

Ali sagt: „Wir werden angegriffen.“

Kapitel 19

Alle im Raum sind erfahrene Kämpfer. Ob wir das wollen oder nicht, verstehen wir alle, dass es manchmal einzig auf die Geschwindigkeit ankommt. Ich gebe lediglich meinem Team den Befehl, als Reserve zurückzubleiben. Alle anderen können daher zu den Stellen an der Mauer eilen, wo wir angegriffen werden. Während die Yukoner losrennen, kläfft Mel bereits Befehle, um sie in seine Pläne zu integrieren.

„Wer auch immer die Angreifer verstecken konnte, maskiert immer noch ihre Klassen und Levels", meldet Ali allen über das städtische Benachrichtigungssystem. Das wird für jene verwirrend, welche nicht an der Verteidigung beteiligt sind, stellt aber die schnellste Methode dar, wichtige Informationen zu verbreiten.

„Verstanden", antwortet die knackende Stimme Mels über Funk. „Ich führe gerade die Neuankömmlinge in die Kommunikationsprotokolle ein. Bald können wir richtig kommunizieren. Bis dahin allen nicht essentiellen Funkverkehr einstellen."

„Ich habe den Prozess zur Aktivierung der Robowächter gestartet", sagt Sam, der vor sich hinstarrt. „Seit du weg warst, haben wir einige Upgrades bei ihnen installiert, John. Ich habe auch meine Drohnen in der Luft. In ein paar Minuten kann ich dir detailliertere Informationen liefern."

„Die Schilde halten durch, aber wahrscheinlich noch maximal zwei Minuten lang", meint Lana.

Wie aus dem Nichts erscheint Roland neben mir und ich springe vor Schreck fast in die Luft. Wahrscheinlich sogar ganz, wenn Ingrid das nicht auch dauernd tun würde. Dadurch bin ich ziemlich daran gewöhnt, dass verbündete Wesen versuchen, mich zu Tode zu erschrecken.

Gedanken rasen durch meinen Kopf. Wenn die Feinde den Siedlungsschild so schnell schwächen, bedeutet das, sie haben mehr als ihre ursprüngliche Angriffsgruppe hierher gebracht. Es müssen ziemlich viele

Kämpfer sein. Die Symbole auf der Karte zeigen mir mindestens hundertzwanzig an. Darunter befinden sich wahrscheinlich auch mehrere Charaktere mit Fortgeschrittener Klasse. Eine Frage wäre natürlich, was sie hier tun.

Aber eigentlich geht es gar nicht darum. Die grundsätzliche Frage ist, was ich dagegen tun werde. Ohne ein Wort zu sagen, begebe ich mich zum Stadtkern.

„Jetzt müssen wir kein Geld dafür aufheben, die Feinde zu lokalisieren", murmle ich und sprinte durch den Korridor, während mir Lana auf ihrem Tiger folgt. Irgendwie frage ich mich, ob das ein Systemskill oder eine normale Fähigkeit ist.

„Nicht feuern, bis ich den Befehl gebe. Ja, ihr auch!", kläfft Mels Stimme über Funk und befiehlt den Teams, sich zu sammeln.

„Und das bestätigt, dass der Sekten-Vollstrecker hier ist", sagt Ali.

Ich bemerke, dass ein einziger Treffer fast einen Drittel unserer Schildpunkte vernichtet, was auf den Angriff des Vollstreckers zurückzuführen ist.

„*Kuso*", faucht Mikito.

„Können wir ihn lokalisieren?", kläffe ich Ali an. Wir müssen ihn eliminieren. Wenn wir in einen Kampf geraten und er von draußen feuert, wird das nicht gut ausgehen.

„Nichts", sagt Ali und schüttelt den Kopf. „Das System liefert mir keinerlei Daten über diese Typen."

„Zwei meiner Drohnen konnten diesen Schuss gut beobachten. Ich versuche, seinen Standort jetzt zu triangulieren. Ich schicke einige Drohnen in diese Richtung", sagt Sam über den Funkkanal des Teams.

Als ich schließlich die Kugel des Stadtkerns erreiche, schlage ich mit der Hand darauf und rufe „Empfehlungen!"

„Drei Optionen. Manafeld – es erhöht die Sammlung von Mana in der Umgebung und steigert für alle in der Stadt die Mana-Regeneration. Mit einem Upgrade kann man die Sektenmitglieder davon ausschließen. Später könnte das mit einer Verzauberung verknüpft werden, welche die Effektivität steigert, aber ich glaube nicht, dass wir uns das momentan leisten können. Robowächter der Stufe IV wären eine gute Verbesserung. Wir können nicht viele kaufen, aber damit könnten wir mit den niedrigstufigeren Sektenmitgliedern Paroli bieten. Letzte Option – ein Schildupgrade. Das würde uns mehr Zeit bringen", sagt Lana mit leuchtenden Augen.

„ICH STIMME MS. PEARSON ZU", sagt Kim.

Das ist nicht besonders überraschend, da Lana und Kim zusammengearbeitet haben, um die Sicherheit der Stadt zu gewährleistet. Was das betrifft …

„Kim, du kontrollierst doch die Strahlen-Geschütztürme. Ziele wenn möglich auf niedrigstufige Sektenmitglieder, konzentriere dein Feuer und eliminiere sie. Sobald das erforderlich ist, wechselst du zur Luftabwehr", befehle ich der KI. Erst danach merke ich, dass ich damit vielleicht Mels Befehlen widersprochen habe. Ach, was soll's …

„VERSTANDEN."

Ich nicke und überlege kurz. Die letzte Option verwerfe ich gleich wieder. Sie wäre vielleicht brauchbar gewesen, wenn der Sekten-Vollstrecker nicht Teil des Angriffs wäre. Aber er wird selbst einen verbesserten Schild irgendwann durchschneiden. Das lohnt sich nicht. Ich vermute auch, dass wir aus diesem Grund keine Dinge wie Artillerie und nicht einmal Strahlenwaffen gewählt haben – es ist zu wahrscheinlich, in der Hitze des Gefechts ausversehen unsere eigenen Leute zu treffen. Dadurch bleiben mir noch das Mana-Regenerationsmodul, das uns in einem längeren Kampf leichte Vorteile bietet, oder die Robowächter. Da ich mir nicht sicher bin, rufe ich die Werte für beide Optionen auf.

Mana-Sammelfeld

Durch eine Kombination aus Verzauberungssymbolen und verbesserten Naniten erhöht das Mana-Sammelfeld den gesamten Manastrom innerhalb der Siedlung. Höherwertige Felder steigern die Regenerationsrate mehr. Hinweis: In nicht stabilen Gebieten kann dies die Spawnrate von Monstern erhöhen.

Wirkung: 5 % Steigerung der Mana-Regenerationsraten

Preis: 2,3 Millionen Credits

Upgrade: Gezieltes Mana-Sammelfeld (+1,5 Millionen Credits)

Monolam-Robowächter der Stufe IV

Die in zahlreichen Städten in der ganzen Galaxis eingesetzten Monolam-Robowächter sind mit Schall-, Strahlen- und Kinetik-Waffensystemen ausgestattet, um eine Vielzahl an Monsterbedrohungen zu eliminieren.

Preis: Je 500.000 Credits

Als Lana sagte, dass wir uns nicht viele Robowächter leisten können, war das kein Witz. Bei dem Preis zucke ich zusammen. Und wenn ich sie kaufe, da bin ich mir sicher, werden sie nur wenige Minuten nach Gefechtsbeginn zerstört. Irgendwie geht mir die Verschwendung auf den Wecker und ich weigere mich, schwer verdiente Credits einfach wegzuwerfen. Ich hoffe, meine Knausrigkeit tötet keinen und kaufe das Mana-Sammelfeld.

„MANA-SAMMELFELD GEKAUFT. IMPLEMENTIERUNG BEGINNT", zeigte eine blinkende Meldung Kims vor mir. „MANA-REGENERATIONSRATEN WERDEN WÄHREND DES

INTEGRATIONSPROZESSES IN INTERVALLEN UM 5 % ERHÖHT.“

Ich fluche leise vor mich hin, als ich merke, dass das nicht sofort geschieht und bereue meine Entscheidung bereits. Naja, immer noch besser als nichts.

„Der Schild ist zerstört“, sagt Lana.

„Jetzt!“, brüllt Mel gleichzeitig.

Die darauffolgenden Explosionen und die Welle von Skills überlasten kurz mein Display. Die Punkte der Sektenmitglieder verschwinden kurz von der Karte. Leider sind wir nicht die einzigen, die Pläne für einen zu erwartenden Angriff haben, denn anscheinend ist keiner der Feinde verwundet.

Einen Moment später sehe ich, wie unsere Leute und die vorhandenen Robowächter weiter vordringen und die angreifenden Sektenmitglieder vor dem zerstörten Schild und außerhalb der eigentlichen Stadt treffen. Nun beginnt die Schlacht wirklich.

✳✳✳

Punkte. Alles, was wir von hier aus sehen können, sind Punkte. Ich bin jetzt angezogen und Sabres sich immer noch reparierende Form umhüllt meinen Körper. Die strukturelle Integrität und die Panzerung liegen bei etwa 30 Prozent. Das ist viel niedriger, als ich gerne hätte, aber so ist das eben. Mikitos PKF hat sie endlich erreicht. Nun steht sie geduldig neben mir, bewaffnet und kampfbereit. Sam ist draußen und fährt seinen modifizierten Truck ganz langsam in Richtung des Gefechts, während er seine Drohnen steuert. Das bietet uns eine Echtzeitanzeige seiner Suche nach dem Sekten-Vollstrecker. Um uns herum drängen sich Lanas Tiere in den Kontrollraum.

Von hier aus sehen wir nur Punkte, die aufleuchten und sich bewegen, während sie einander angreifen.

Jeder Punkt ist ein Leben. Jeder Punkt, der verschwindet, ist ein weiterer Tod, für den ich verantwortlich bin. Wenn ich wollte, könnte ich die echten Bilder, den wirklichen Kampf sehen. Es wäre leicht genug, Kameras dorthin auszurichten, um das Blut zu sehen und die Schmerzensschreie zu hören. Aber das tue ich nicht. So abgebrüht ich auch sein mag, kann ich ihnen nicht einfach beim Sterben zusehen. Denn wir müssen warten. In Stellung bleiben …

„Wächter, treibt das Medium in die Enge. Wir können nicht zulassen, dass es noch jemanden angreift. Heiler, bringt den Minotauren wieder auf die Beine! Er muss wieder den Knochenkrieger bekämpfen, da der Elf ihn nicht allein zurückhalten kann. Sam, kannst du etwas gegen den Cyborg unternehmen? Wer behält den Assassinen im Auge? Team 2 bis 6, greift diese Magier von der Flanke her an. Die anderen halten diesen Blutkrieger …" Mels Stimme, die ständig über Funk Befehle brüllt, hält mich auf dem Laufenden.

Die Hakarta kämpfen gegen den Blutkrieger und seine Klone, sowie gegen die Mehrzahl der Sektenkämpfer. Das weitreichende Gefecht wird nur durch die Minenfelder begrenzt. In manchen Fällen trifft nicht einmal das zu. Einige Punkte bewegen sich schnell über die Karte und landen in einem Minenfeld. Eine Person dort draußen – oder mehrere – haben wohl Spaß daran, Sektenmitglieder herumzuwerfen.

In jedem Kampf umgibt die Krieger der Fortgeschrittenen Klassen, oder solche, die diese fast erreicht haben, ein leerer Bereich, da sich niemand mit diesen Titanen anlegen will. Noch während des Gefechts ändern sich die Farben und Markierungen auf meiner Karte, da Ali weitere Informationen hinzufügt. Bald erhält jeder Krieger der Fortgeschrittenen Klassen seine eigene purpurrote Farbe, und ich erschrecke, als ich sehe, wie viele es davon gibt.

„Sieht aus, als ob sie alle Fortgeschrittenen Klassen geholt hätten, die sie kriegen konnten, um einen Präventivschlag auszuführen", sagt Ali, während seine Finger durch die Luft huschen. *„Die Tatsache, dass wir mithilfe des Portals fliehen mussten, hat wohl unsere Schwäche bloßgelegt."*

Ich kann nur nicken und meine Emotionen unterdrücken. Ich kann und werde ihnen nicht freien Lauf lassen. Das ist weder die richtige Zeit noch der richtige Ort dafür. Aber das Bedauern bohrt sich doch in mich hinein und entkommt der straffen Kontrolle, die ich über alles andere habe. Wenn doch nur einmal ein Plan klappen würde ...

„Wer ist das ... aaaah. Wir haben einen verdammten Assassinen hier draußen. Wir müssen ihn finden." Das ist wieder Mels Stimme. Gleichzeitig flackert ein Punkt und verschwindet dann.

Er hat uns noch nicht erwähnt. Ich weiß nicht, ob er uns zutraut, im entsprechenden Moment das Richtige zu tun, oder ob er vergessen hat, dass wir hier draußen sind.

Gruppen blauer Punkte erscheinen wieder um die Mauern herum und auf den Gebäuden, die in die Stadt führen. Nach einem Moment wird mir klar, was das für Punkte sind – die Reserve aus Zivilisten, die nun mithilft. Zwei Punkte flackern auf und verschwinden. Eine einfache, gerade Linie, die wir hier ziehen könnten. Ein Signal.

„Ich habe ihn." Sams Stimme klingt eiskalt.

Ein neuer Punkt, fast einen Kilometer weit entfernt. Ich kenne den Ort, weiß, dass sich dort ein Gebäude befindet, obwohl ich es noch nie aufgesucht habe.

„Ich kann uns nicht direkt dorthin bringen", sage ich und begebe mich mit meinem Skill bereits dorthin. Ich kann Portale nur an Stellen erzeugen, die ich besucht habe, oder in einigen Dutzend Metern Umkreis. Aber dieser Punkt ist zu weit entfernt. „Mikito, Lana, greift sie von hinten an. Der Sekten-Vollstrecker gehört mir.“

Ich höre Bestätigungen, während sich das Portal öffnet. Der Ausgang an der anderen Seite des Portals befindet sich hinter den feindlichen Linien, zwischen dem Sekten-Vollstrecker und unseren Angreifern. Das bietet uns die Gelegenheit, die feindlichen Streitkräfte zu spalten und unsere Mobilität auf dem Gefechtsfeld voll auszunutzen. Allerdings verbraucht der Zauber fast einen Viertel meines Manas, und ich muss diesen Kampf noch zu Ende bringen.

Ich sehe mich nicht um, als ich zur Stelle des Sekten-Vollstreckers renne, denn ich vertraue meinen Freunden, den Gegnern einen schweren Schlag zuversetzen. Ich hatte überlegt, ob wir näher am Gefecht auftauchen sollten, damit die Mädchen den Feind schneller angreifen, aber der Sekten-Vollstrecker stellt die größere Gefahr dar. Es ist nicht einmal so sehr der plötzliche Tod, den er über andere bringt – es ist der Schrecken, den er verbreitet. Und es überrascht nicht, dass die Leute sich fürchten. Selbst wenn meine Schilde aktiviert sind, kann ich gerade mal einen seiner Schüsse aufhalten.

Ich sehe ein Glühen, einen Lichtblitz, als der Vollstrecker sein Gewehr bewegt. Im Nu springe ich mit einem Versetzungsschritt unter das graue Bürogebäude, auf dem er liegt. Etwas zu weit, aber der Lichtblitz, den ich aus dem Augenwinkel wahrnehme, zeigt mir, dass ein Zögern katastrophal gewesen wäre. Ich springe am Rande des Gebäudes durch die Luft. Einen Augenblick später zerbricht um mich herum der Beton, als mein Körper gegen die dünne Gebäudewand prallt.

Ich ergreife die Gebäudekante mit einer Hand, ziehe mich hoch und wirble nach oben, während ich den Klingenhieb vorbereite. Der Vollstrecker ist verschwunden und hat sein Scharfschützengewehr zurückgelassen. Ich starre die extralange, dreiläufige Waffe an, dann tippen meine Finger sie sanft an und schieben sie in meinen Veränderter Raum. Zu lange. Ich bin zu lange hier und bezahle dafür. Meine Welt fängt Feuer, als die sechsgliedrige Kreatur in Silber gekleidet ihren reflektierenden Tarnumhang fallen lässt und mit einer großen Schulterwaffe das Feuer eröffnet.

Die Explosion schleudert mich zurück. Sabres Schild verschwindet zuerst, und auch mein Seelenschild ist fast um die Hälfte schwächer geworden. Ich kann nicht verhindern, dass die Explosion meinen Körper vom Gebäude und in die Luft fegt. Dennoch aktiviere ich meine Mini-Raketen, so dass jeder der kleinen Gefechtsköpfe durch den Himmel rast und den Vollstrecker und seine Umgebung trifft. Während ich stürze, bricht das Dach zusammen und der Vollstrecker fällt in das unter unserem Ansturm zusammenbrechende Gebäude.

Vom Sturz erholend, starre ich das Gebäude an und gehe die verschiedenen Sichtoptionen meines Helmvisiers durch. Seltsamerweise sehe ich nichts als die Schatten des einstürzenden Gebäudes. Nichts, bis ein funkelnder Speer durch die Luft fliegt und mich zu einer hastigen Ausweichbewegung zwingt.

„Er oder sie oder es wird durch die Rüstung abgeschirmt. Ich werde mein Bestes tun, um deine Fähigkeit Größere Entdeckung zu stärken, damit du ihn/sie/es als Umriss erkennst", sagt Ali.

Einen Moment flackert Neugier in mir auf, aber ich habe gerade keine Zeit, mich um das Geschlecht seltsamer Aliens und die entsprechenden grammatikalischen Auswirkungen zu kümmern.

Mein Schall-Impulsgenerator stößt eine Schallwelle aus, die mir durch Mark und Bein geht und das Gleichgewicht des Feindes stört. Das wirkt nur eine Sekunde, bevor sich sein Helm schließt und den Großteil des Lärms blockiert, aber das reicht Ali, um eine Markierung anzubringen. Danach feuere ich eine Salve aus dem Inlin-Gewehr und hämmere mit Explosionen und kinetischem Tod auf den Feind ein. Ein kleiner, tragbarer Schutzschild blinkt um das Wesen herum auf und lenkt die Sprengwirkung ab, die noch weitere Teile des Gebäudes zerstört. Dieses knirscht, als sich Stützpfeiler biegen. Zur weiteren Erschwerung meiner Sicht, wird zudem überall Staub aufgewirbelt.

Er ist gut. Oder sie ist gut. Sehr gut. Selbst zwischen den Schüssen bewegt sich mein Feind, und aus einer anderen Waffe gefeuerte Granaten explodieren um mich herum. Dann wird einige Sekunden lang gerannt, gesprungen, geschossen und Angriffen ausgewichen, während wir beide versuchen, einen Treffer zu erzielen. Dabei versuche ich, mich dem Vollstrecker zu nähern, während mein Gegner versucht, Abstand zu gewinnen und mir auszuweichen.

Jetzt.

Durch diesen Gedankenbefehl springe ich mit dem Versetzungsschritt an die Stelle, wo ich den Vollstrecker erwarte und wirble mein Schwert herum. Aber ich treffe nichts als Luft. Eine Explosion knallt, trifft aber nicht mich, sondern die Luft um mich herum mit klebrigem Sofortbeton, der meinen Schutzschild bedeckt. Ich drücke gegen den Boden, um mich zu befreien –vergebens. Die Servomotoren von Sabre mühen sich ebenso, wie meine Muskeln, es bringt aber nichts.

„Los, Junge. Er wirft überall Minen um dich herum!", raunzt Ali.

Ich ducke mich so tief ich kann und drücke mich mit beiden Füßen vom Boden weg. Der Sofortbeton hält noch eine Mikrosekunde länger und zerbricht dann. Keinen Moment zu früh, da die Minen detonieren und mich noch höher schleudern. Die Überreste des Betons und meines Schilds explodieren gleichzeitig und ich wirble durch die Luft.

„Verdammter Mistkerl", fauche ich, als dann ein Laserstrahl in meinen Körper schießt.

Ich drehe und wende mich beim Fallen, während der Strahl meinen Bewegungen folgt und Teile der Rüstung schmelzen lässt. Ein Klingenhieb durchdringt Rauch und Staub und lässt mich besser sehen, während der Angriff das ferngelenkte Lasergewehr zerfetzt.

„*Hinter dir!*", ruft Ali und sendet mir das Bild des Sektenmitglieds, welches gerade mit einem anderen einläufigen Gewehr zielt. Mein Begleitergeist kann ihn sehen, und das genügt mir.

Ich reagiere aber einen Moment zu spät. Der Schuss trifft mich in den Rücken und tritt durch die Brust aus, was mich einen Drittel meiner Hitpoints kostet. Aber dann springe ich mit dem Versetzungsschritt. Der Sekten-Vollstrecker nimmt bereits den Finger vom Abzug und rollt sich zur Seite –diesmal zu spät. Ein Klingenhieb mit Tausend Klingen sendet zahlreiche blaue und rote Kraftwellen durch das Gebiet unter mir, bevor ich lande. Der Vollstrecker ist in dem projizierten Energieangriff gefangen und kann ihn nur blockieren und absorbieren, wobei rosa Blut aus den verwundeten Gliedmaßen spritzt.

Wir kämpfen am Boden weiter, zu nahe beieinander als dass der Feind fliehen könnte. Zwei kurze Schwerter erscheinen in den oberen Händen meines Gegners. Eines leuchtet giftgrün, das andere schimmert an der Schneide – ein klares Anzeichen einer Monofilamentwaffe. Na ja, so nahe man eben in dieser Hinsicht einem Monofilament kommen kann. In den unteren Händen sehe ich einen seltsam leuchtenden Stock und einen kleinen ovalen Schild.

Der Vollstrecker ist gut. Er kämpft schnell und klug, lässt Waffen los, die sich verheddern oder beschädigt sind und wechselt urplötzlich zu neuen Angriffen über. Ein Taser, ein peitschenartiger Stab, der sich um mein

Schwert wickelt, eine explodierende Klinge – all das wird aus dem Sofort-Inventar eingesetzt, während ich meine Seelenklinge nutze. Aber leider schummle ich auch. Die erste Frostklinge verlangsamt das Wesen etwas, und die weiteren Schwertschläge verstärken diesen Effekt. Immer wenn es versucht, mir das Schwert abzunehmen, sende ich es weg und rufe es dann zurück.

Der Vollstrecker ist gut, aber Mikito und Roxley sind besser. Und ich habe mit den beiden lange genug trainiert, um meinen Vorteil in puncto Systemskills und Tempo richtig einzusetzen. Wie Mikito immer sagt, sind Systemskills zwar nett, normale Fähigkeiten sind aber ebenso wichtig. Das und die Bereitschaft, zu sterben.

Ein Stoß der Monofilamentklinge trifft in Richtung Herz. Aber die Kreatur streckt sich zu weit vor und erwartet, dass ich zurückfalle und fliehe. Stattdessen drehe ich mich gerade genug weg, um nicht aufgespießt zu werden, weigere mich aber, die mir gebotene Gelegenheit zu verpassen.

Ich schlage nach links und nutze den Schwung meiner Ausweichbewegung, um den Vollstrecker aufzuschlitzen. Erst mit der linken Hand, wodurch ich den Schutzschild aufreiße und den Rest des Panzeranzugs zerstöre. Dann folgt meine Rechte, die eine zweite Klinge hält, nahe genug, um keine Ausweichmöglichkeit zu bieten. Danach hacke ich direkt nacheinander die oberen Arme und den Kopf ab, so dass überall um mich herum rosa Blut fließt.

Als ich meine Seite berühre, bemerke ich, dass Sabre total ramponiert ist. Ich schiebe den Mech in meinen Veränderten Raum und gebe damit den geringen Schutz ganz auf, den er mir noch geboten hätte. Daraufhin atme ich tief ein und spritze mir einen Heiltrank. Anschließend setze ich mehrere Heilzauber ein und wende mich dem Hauptkampfgebiet zu. Bei den mächtigen Göttern, ich hoffe, wir gewinnen.

***

Rechts von mir liegen die rauchenden Trümmer eines Flugzeugs. Die Strahlenwaffen der Stadt verfolgen einen zweiten, fliegenden Angreifer, drehen sich um und feuern immer wieder. Ich frage mich, wie ich die Explosion des Flugzeugs überhören konnte. Aber daran will ich gerade nicht denken, als ich zum Kampfgebiet renne. Über mir flitzen Sams Drohnen herum, mit deren Waffen er die Kämpfer am Boden beschießt. Nur wenige Feinde machen sich die Mühe, diese Drohnen anzugreifen, wohl weil sie sich mit anderen, größeren Problemen beschäftigen.

Neben dem Flugzeug schwingt der Knochenkrieger seine Faust, die jedoch mit einer erschütternden Wucht von Capstans Axt getroffen wird. Knochensplitter werden gegen den Körper des Kriegers geschleudert und enthüllen das gelbliche Fleisch darunter, während Capstan den Angriff fortsetzt. Beide Kontrahenten beginnen mit enormer Gesundheit und Widerstandskraft, aber nur Capstan wird von einer hochstufigen Heilerin unterstützt – der Unterschied ist deutlich sichtbar.

In der Mitte, wo der Kampf am heftigsten wütet, müssen die Streitkräfte der Sekte sowohl nach vorn verteidigen als sich auch um Lana, Mikito und die Tiere kümmern, die von hinten angreifen. Die Hunde stürzen sich vor und beißen Sektenmitglieder, während Roland jeden anspringt und erledigt, der Lana bedroht. Annas Flammen kontrollieren ihre Seite des Gefechtsfelds, da sie Wellen feindlicher Verstärkungen blenden und verletzen. Mikito kämpft allein und wirbelt zwischen zwei Blutkrieger-Klonen hindurch. Dabei verpasst sie ihnen und jedem Sektenmitglied schwere Schläge, welche das Pech haben, in ihre Nähe zu geraten. Sie ist ein verschwommener Geist und bewegt sich so schnell, dass niemand mithalten kann.

Vor Lana und Mikito liegt der Großteil unserer Einheiten. Wortwörtlich im Falle Amelias. Eine weitere Frau steht über ihr, und aus ihren Händen, die sie über der gefallenen Wächterin hält, strömt weißes Licht. Eine leuchtende Blase schießt aus Mike heraus und fliegt schimmernd vorwärts, bevor sie etwas schrumpft und erneuert wird. Gleichzeitig schlägt der Regionalwächter ein Sektenmitglied mit seinem bewährten Knüppel zur Seite. Ich sehe, dass er sich abmüht, dem Medium näher zu kommen, das dort steht und Mike einfach anstarrt.

„Telepathische Angriffe sind nicht wirklich sichtbar", sagt Ali – als ob er mir das erklären müsste.

Während Ali das sagt, zuckt das Medium zusammen, als Lichter an seinem Schutzschild aufblitzen. Mel prallt vom Schild ab und feuert weiter auf das Medium, während andere Sektenmitglieder ihn angreifen. Kämpfer auf beiden Seiten sind in ein wildes Handgemenge verwickelt, Zaubersprüche explodieren in einem Chaos aus Farben, Rauch und Staub, welches über dem Schlachtfeld zu einem Wirbelsturm aus extrem heißer Luft wird. Ein laufender Eiselementar schlägt auf zwei Jäger ein und umhüllt sie stellenweise. Gleichzeitig spielt ein Musiker eine elektrische Gitarre, deren Klänge berühmte Helden vor ihm bilden, so dass er seine Feinde im wahrsten Sinne mit der Macht der Musik angreifen kann.

Links von mir steht Vir über den Überresten einer fast vier Meter großen Kreatur, welche rauchen und bluten. Blut tropft über Virs Hand, erzeugt aber seltsamerweise keine Flecken auf seiner Kleidung. Er sieht sich kurz um und stürzt sich dann zurück ins Kampfgetümmel. Zwischen den zerfetzten Überresten unserer Robowächter trabt ein riesiges Krokodilwesen vorwärts, um Vir abzufangen.

All das und mehr huscht durch mein Blickfeld, während ich renne und dabei überlege, wo meine Unterstützung am nützlichsten wäre. Aber was auch immer ich entscheide, eine Antwort scheint klar zu sein. Wir gewinnen.

Kapitel 20

Mein Sprint ermöglicht es mir, brüllend gegen einen Blutklon zu prallen. Als ich näherkomme, sehe ich das knallrote Gesicht, das mich erstaunt ansieht, bevor es sich in einen Wasserfall aus Blut verwandelt. Mikito nutzt diese Ablenkung, um ihren Klon ebenfalls aufzuspießen und zu zerfetzen.

„Kämpfe dich in die Mitte vor", raunze ich Mikito an. „Ich erledige das Medium."

„*Endlich*", ertönt eine Stimme in meinem Kopf, und das fühlt sich wie meine Gespräche mit Ali an. Allerdings klingt diese Stimme, als ob tausend Fingernägel über eine Schiefertafel kratzen würden.

„*Ach du Scheiße. Junge ...*"

Ali beendet seinen Satz nicht. Glücklicherweise muss er das auch nicht. Als ich das Medium anstarre, erscheinen die Daten über seinem Kopf.

__Patrag Yn Drnak (Meister-Medium Level 1)__
HP: 570/570
MP: 1483/2120
Zustand: Manaverstärkung, Telepathischer Sturm, Telekinetischer Schild

Gerade noch waren wir dem Sieg so nahe. Und jetzt explodiert in unseren Köpfen eine telepathische Bombe. Sie ist nicht extrem schädlich, zumindest nicht für mich – mein Training als Erethra-Ehrengarde hilft mir, die Hälfte des Angriffs zu neutralisieren. Aber die dadurch erzeugte Ablenkung ist stark genug, unsere Leute völlig aus dem Konzept zu bringen. Und in einem Kampf um Leben und Tod kann selbst eine Sekunde der Verwirrung tödlich sein.

Ein versäumtes Ausweichmanöver. Ein Skill, der nicht eingesetzt wird. Ein Moment der Ablenkung, der sich auf dem Schlachtfeld dutzendfach wiederholt, kann das Blatt rasch wenden. Capstan erhält einen Schlag gegen die Brust und sein Körper fliegt durch die Luft, während der Knochenkrieger auf Nelia zustürmt. Virs Skill versagt, sein Angriff bildet sich nicht und erlaubt es dem Krokodil, sich auf ihn zu stürzen. Roland faucht und verfehlt ein Sektenmitglied, das an ihm vorbeischlüpft und Lana in den Bauch sticht.

„Vielen Dank für den Angriff. Ohne deine Aktion hätte ich die Ältesten nie überzeugen können, dass ich mehr Leibeigene opfern muss", sagt das Medium direkt in meinem Kopf. Seine Stimme ist spöttisch und triumphierend. Da das Medium sieht, dass ich immer noch auf den Beinen stehe, blickt es mich direkt an.

Vorwärts. Ich eile vorwärts, wobei mein Seelenschild wieder aktiviert ist. Das Gebiet um das Medium herum ist zu voll, um es mit dem Versetzungsschritt überqueren zu können. Zumindest nicht auf dem Boden. Nach einem kurzen Blick verwende ich meinen Skill und springe nach oben.

Zu spät. Ein Stachel aus telepathischer Energie trifft mein Bewusstsein und lähmt mich. Ich kann mich nicht bewegen und muss stillstehen, während ein Assassine neben mir erscheint und einen Energiespeer in meinen Schild stößt.

Nach einem Moment schlägt eine Naginata zu und zerfetzt die Kniesehne des Assassinen. Das Sektenmitglied fällt, während ich vorwärts stolpere und einen weiteren Angreifer mit voller Wucht wegstoße. Von meinem Seelenschild ist kaum noch ein Drittel übrig. Ein Sprengprojektil trifft ihn zusätzlich. Aber die Explosion breitet sich um mich herum aus und zerstört den Schild eines weiteren Angreifers, so dass sich eine vorübergehende Lücke für mich bildet. Bevor ich aber vorstoßen kann, bohrt sich ein weiterer telepathischer Stachel in mein Gehirn. Dieser bringt zwar keine Lähmung, dafür entsetzlichen Schmerz .

„Dagegen kann ich dir nicht helfen", sagt Ali, als ich in die Knie gehe und nur eine ausgestreckte Hand mich davor hindert, auf die Schnauze zu fallen.

Eine warme Flüssigkeit tropft aus meiner Nase und ich spüre den metallenen Geschmack von Eisen auf den Lippen. Meine freie Hand hebt sich und ich habe den Zauber Blitzschlag auf den Lippen, als ein weiterer Angriff kommt. Diesmal ist der Schmerz so schlimm, dass es sich anfühlt, als ob ich weine. Warme Tränen strömen aus meinen Augen, und mein Gehirn scheint zerrissen zu werden. Der Schmerz ist so extrem, ich kann nicht einmal mehr schreien.

„Ich bin beeindruckt. Du lebst noch. Ich frage mich, welche Widerstände dich so lange am Leben halten?", spottet das Medium. *„Oh, warte, deine Freunde scheinen sich ganz gut zu schlagen. Einen Moment ... "*

Ich spüre erneut Schmerzen, als eine telepathische Bombe explodiert. Statt eines Stachels, fegt nun eine Welle durch mein Bewusstsein und schockt meine Körperzellen, so dass ich stolpere. Obwohl das nicht so stark wirkt wie der Einzelangriff, ist es immer noch schmerzhaft.

„Euer Wächter geht mir echt auf die Nerven. Einen Moment, ich muss ihn umlegen."

„Neiiiin ..." Ich rapple mich hoch und sehe mich um.

Eine chaotische Szene. Nach ihrer kurzen Gegenoffensive werden unsere Leute zurückgedrängt. Amelia liegt noch am Boden, aber Mel und der Heiler stehen bei ihr. Mikes schimmernde Blase hat nur noch einen Viertel ihrer Größe und deckt nur eine kleine Gruppe unserer Kämpfer ab. Die beschützten Individuen sehen ruhiger aus und haben deutlich mehr Hitpoints. Als ich vorwärts trete, während mein Gehirn zu durcheinander ist, einen Skill aufzurufen, sehe ich wie das Medium auf Mike deutet.

Mit dem Schmerz werde ich fertig. Der Schmerz ist ein Begleiter, ein Freund. Er ist ein geistiges Artefakt, eine Bremse, die dich daran hindern soll, dich zu verletzen. Er ist stark und mächtig, aber letzten Endes ist er eine

Illusion. Du glaubst mir nicht? Dann sag mir, was zum Teufel Liebeskummer ist.

Der Schmerz ist nur eine Fata Morgana, ebenso wie der Zorn. Das ist ganz einfach. Ich öffne die Schleusen und erlaube dem wogenden Meer des Zorns, den Schmerz zu verdrängen.

„Ali. RASEREI", brülle ich, um ihn und meine Freunde zu warnen.

Dann drehe ich durch und löse die Fertigkeit aus. Wenn das Medium mein Gehirn deaktivieren will, helfe ich ihm dabei. Das Medium kneift die Augen zusammen, als ich schreie. Das lange Haar meines Feindes fliegt nach hinten, als er mit einer Handbewegung seinen nächsten Skill auf mich statt auf Mike wirkt.

Der telepathische Stachel bohrt sich in mich, aber der Schmerz ist nur von sekundärer Bedeutung. Weit weg. Er bedeutet mir nichts, nicht mehr. Nur eine Zahl auf meinem Display, etwas Blut auf meinen Lippen. Ich halte die Schwerter in den Händen, stürme vorwärts, schlage und steche. Irgendwie bemerke ich sogar, dass meine Leute sich zurückziehen und Abstand halten, um mir den Weg frei zu machen.

In diesem Moment verschwindet mein Seelenschild, was ein weiterer schwerer Schlag für meinen externen Schutz darstellt. Aber das reicht bei weitem nicht, denn ich packe meinen Angreifer am Hals. Es ist ein dünner Hals, ein kleiner Oberkörper. Ich erwürge meinen Angreifer und erhalte dadurch einen neuen Schutzschild aus Fleisch.

Noch ein Schmerzstachel, der aber diesmal von Furcht begleitet zu sein scheint. Und das Medium sollte mich auch fürchten, denn als ich ihm näherkomme, brennen meine Augen mit unverminderter Wut. Sektenmitglieder stürzen sich auf mich und versuchen, mich zu verlangsamen. Manche werden von unseren Jägern abgefangen, während die Sekte immer mehr Angriffe ausführt.

Ich renne vorwärts und halte die Leiche des Sektenmitglieds vor mir. Sie zuckt, während jeder Angriff sie trifft, die Haut zerreißt und Knochen sichtbar macht. Grausam. Würdelos. Aber das ist mir egal, jetzt gerade wenigstens. Ein Blitzschlag bildet sich um meine andere Faust und wird zu meiner Schwertspitze kanalisiert. Ich hebe sie und schleudere den Zauberspruch, um auf dem schlammigen, blutigen Feld ein Massaker anzurichten. Sektenmitglieder schreien, als der Zauber zwischen ihnen tanzt, mein Mana reduziert und ihnen das Leben nimmt.

Meine Kopfschmerzen werden intensiver, als mein Mana sinkt, aber das ist bedeutungslos. Was zählt ist die Nähe zu diesem psychopatischen, langhaarigen Punk, der gerade rückwärts stolpert, um mehr Abstand von mir zu gewinnen. Zu langsam, viel zu langsam. Der Blitz tanzt um die Ränder seines Schildes, aber nicht darüber hinaus. Nicht einmal, als sich Pfeile der Elementarwut abspalten und andere treffen. Das Medium verzieht das Gesicht und macht eine schiebende Bewegung. Ich rutschte durch das Wegdrücken einer unsichtbaren Kraft nach hinten.

Ich drehe mich herum und schleudere die rauchende Leiche gegen den Schild. Diese prallt ab und hinterlässt auf der unsichtbaren Barriere einen schmierigen, grünen Blutstreifen. Drei Schritte bringen mich näher und ich treffe den Schild direkt, wobei mein Schwert in einem glühenden Bogen gegen die unsichtbare Blase schlägt. Das Medium weicht zurück und der Schild erzittert unter jedem Hieb. Eine Hand hebt sich und wischt das aus meiner Nase fließende Blut weg.

„Du Soonak-Wurm", schreit der Feind wütend.

Ein Stachel aus Schmerz begleitet seine Worte. Mir egal. Ich konzentriere mich darauf, immer wieder anzugreifen und mit meinem Schwert auf den Schild einzuschlagen. Gelegentlich spüre ich einen weiteren Angriff, einen Schlag gegen meine Beine, meine Brust, meinen Arm. Aber das ist jetzt völlig unwichtig im Vergleich dazu, dass ich das zu Ende bringen muss, damit das Medium niemandem mehr schaden kann. Mein Arm fühlt sich schwer an, und der Boden ist durch das schlammige Blut ganz rutschig. Blutiger Schlamm?

„Heile ihn!", sagt Mel über Funk. Ich frage mich, wen er meint.

„AKTIVIERUNG VON PROTOKOLL 148.2.8. SEKUNDÄRUNTERSTÜTZUNG FÜR EIGENTÜMER. ALLE ANGREIFER WERDEN ANVISIERT."

Eine sanfte Wärme wischt über mich hinweg und mein Körper kann sich etwas besser bewegen. Ali fliegt herunter, runzelt einen Moment die Stirn und wird dann ganz in der Welt sichtbar. Eine Sekunde später leuchtet er auf, und Lichtstrahlen stechen einen Angreifer in meiner Nähe.

Eine Explosion trifft mich, Fleisch brennt und Nerven schreien. Ich hebe eine riesige Kreatur aus schwarzem Marmor auf, die mich wegziehen will. Dann werfe ich sie gegen den Schutzschild des Mediums und werfe einen Moment später mein Schwert, um das Monster daran festzunageln. Nach einem schnellen Schritt stoße ich eine zweite Klinge in den Körper und bohre ein Loch in den Schild.

„Kontrolle, Junge. Kontrolle! Der Skill sollte dir etwas mehr Kontrolle bieten", schreit mir der besorgt klingende Ali telepathisch zu.

Ich habe keine Zeit für seine Sorgen. Schließlich lebt das Medium noch und zieht sich zurück. Noch ein Katzensprung, nur noch ein bisschen. Aber jetzt erscheint der verdammte Blutkrieger und versperrt mir den Weg mit zwei seiner Klone.

Wir tanzen, ich ducke mich und schlage mit jeder Bewegung zu. Ich opfere meine Fähigkeiten und meinen Körper um mir Möglichkeiten zu bieten, ihn zu verletzen und zu töten. Aus dem Augenwinkel sehe ich, dass Mikito in ihrem eigenen Tanz gefangen ist. Sie kämpft gegen den Assassinen, der mich fast aufgespießt hätte. Lana und ihre Tiere drängen die übrigen Sektenmitglieder weg, damit sie mir nicht zu nahe kommen, Sams Drohnen schweben über uns und bieten etwas Ablenkung, indem sie gegen den Schutzschild des Mediums einhämmern, der sich ständig neu bilden will.

„Du wirst fallen!"

Eine telepathische Bombe trifft uns alle erneut. Leute stolpern, weil der Schmerz ihre Sinne überlastet und ihre Hirne wieder angegriffen werden. Ich drehe mich von einem Schlag weg und sehe, wie der Sekten-Assassine einen Dolch bis zum Griff in Mikitos Oberschenkel rammt. Mein Schwert blockt einen weiteren Schlag ab und verschwindet eine Sekunde später aus meiner Hand, während ich meinen Schwung zu einem Ausfallschritt nutze. Der Klon gurgelt und explodiert und bespritzt mich mit Blut, das wie Säure brennt. Eine weitere sanfte Lichtwelle schwebt über mich hinweg. Ich gehe wieder in die Defensive und pariere einen hohen Schlag, bevor ich die Klinge zu Boden drücke und dadurch eine Öffnung in der Abwehr meines Angreifers erzeuge.

Ich lasse einen Klingenhieb aus meinen Händen zischen und erwische den Blutkrieger, dessen Finger herumwirbeln. Einen Moment später schwebt das aus mir fließende Blut und verbindet sich mit dem Blutkrieger vor mir. Es ist auch nicht nur mein Blut, denn das Blut aller um uns herum schwebt in Blutfäden heran.

„Regenerationsfertigkeit. Je mehr Blut es gibt, desto mehr heilt er sich. Du darfst ihn das nicht zu lange tun lassen" sagt Ali, der nun nicht mehr leuchtet, sondern körperlos neben mir schwebt und völlig erschöpft wirkt.

Ich muss lauthals lachen. Die Finger des Blutkriegers halten einen Moment an und die Blutfäden erstarren, als er mich hört. Nach dem kurzen Zögern macht er weiter, während ich vorwärts schreite und mit meiner Klinge versuche, sein Leben zu beenden. Wer mich aufhalten will, wird ebenfalls getötet. Ein weiterer telepathischer Stachel greift mich an, während der letzte Blutklon versucht, mir den Weg zu versperren.

Nach einigen Schlägen und einem Klingenhieb schmerzt mein Kopf. Mein Mana ist sehr tief gefallen, da die Raserei meine Regeneration schwächt. Aber das ist egal, der Klon ist tot und ich marschiere zum Krieger. Nach einer schnellen Fingerbewegung fällt das Blut um ihn herum zu Boden und Schwerter erscheinen in seinen Händen.

„Du wirst das nicht überleben. Das schwöre ich beim Blut und den Herzen meiner Freunde", sagt der Krieger, rutscht zurück und blockt jeden meiner Schläge ab.

Ich verschwende kein Wort auf ihn, da der Krieger nur ein Hindernis auf dem Weg zum Medium darstellt. Nach so vielen Angriffen muss das Mana des Mediums erschöpft sein, so wie meines. Dennoch ist dieser Feind gefährlich. Sein intelligenter Einsatz der telepathischen Bombe hat unseren Truppen eine Menge Schaden zugefügt.

Ohne Mana kann der Gegner keine Zaubersprüche mehr einsetzen. Ich muss mich nun lediglich auf etwas Technologie und die Fähigkeiten verlassen, die Mikito und Roxley mir eingetrichtert haben. Das, und die in mir aufkochende Wut. Ein Schlag versucht, meine Füße zu treffen. Ich absorbiere ihn und lasse die Klinge in meine Wade eindringen, die unter mir nachgibt. Damit bietet sich mir endlich eine Gelegenheit. Ich packe den Arm des Blutkriegers und zerre ihn auf meine Waffe. Mein Schwert schneidet nach oben und gräbt sich in seinen Körper. Ich drehe es hin und her, um sein Herz zu finden. Er reißt kurz darauf die Klinge aus meinem Bein, doch seine Kraft kommt gegen meine nicht an. Wir drehen und wenden uns, während mehrere Heilzauber ihn und mich stärken, schließlich ist er am Ende.

Danach schleudere ich die Leiche des Blutkriegers zur Seite und werfe mich gegen den Telekinetischen Schild. Dieser blitzt auf und gibt unter meinem Angriff nach, bevor er sich wieder ausdehnt. In diesem Moment durchbohren Kugeln aus Sams Drohnen den Schild und verletzen das Medium.

„Wahrscheinlich ein managestützter Schild. Man kann ihn nicht völlig brechen, bis dem Feind das Mana ausgeht", sagt Ali und sieht den immer noch flackernden Schild an.

Ich antworte Ali mit einem wortlosen Fauchen, mache einen Schritt zurück und stürze mich dann vorwärts, wobei ich die Klinge mit beiden Händen halte. Das drückt gegen die Seifenblase des Schilds und verbiegt sie.

Schluss mit der Angeberei und dem Spott. Während das Medium versucht, sich zurückzuziehen, sehe ich in seinen Augen die nackte Angst.

„Warum stirbst du nicht endlich?", schreit das Medium.

Seine Hände bewegen sich, ziehen Manatränke, Rauchbomben und Granaten heraus, sogar zwei Drohnen und ein beschworenes, fliegendes Schwert. Aber nichts davon macht mir etwas aus. Das sind nur Ablenkungen, die meinen Körper durch Feuer, Schüsse und Schnitte schädigen, während ich in einer Ekstase aus Wut und Schmerz nach vorn stürme. Gelegentlich treffen blaue und weiße Lichter meinen Körper, regenerieren ihn und reparieren Schäden, während Sams Drohnen die beschworenen Gegenstände für mich angreifen.

Es spielt keine Rolle, denn letztlich ist das ein Kampf meiner Gesundheits-Regeneration und Ausdauer gegen seine Mana-Regeneration. Und im Gegensatz zu ihm verfüge ich über Helfer. Der Schild platzt und das durch meine erhöhten Attribute unterstützte Schwert stößt nach vorn und durchbohrt die Brust des Mediums. Der Feind keucht Blut und blickt mich aus großen Augen ungläubig an, bevor er vorwärtsfällt. Verdammte

Glaskanonen. Ich reiße mein Schwert mit voller Wucht aus seinem liegenden Körper, bevor ich mich wütend umblicke.

Sein Tod war befriedigend und fühlt sich richtig an. Aber ich bin noch nicht fertig, überhaupt noch nicht. Sie haben es gewagt, meine Stadt anzugreifen und meine Freunde zu verletzen. Wenn sie sterben wollen, erfülle ich ihnen diesen Wunsch gerne. Auf meinem Gesicht erscheint ein wildes Grinsen, bevor ich mich wieder in die Schlacht stürze.

Kapitel 21

Das einzige, das trauriger ist, als eine gewonnene Schlacht, ist eine verlorene. Als ich das blutgetränkte Feld ansehe, auf dem die Leichen von Verbündeten und Feinden herumliegen, gehen mir diese Worte durch den Kopf. Gleichzeitig durchzuckt mich das Gefühl der Dankbarkeit über unseren Sieg. Der Gestank von verbranntem Fleisch vermischt sich mit dem scharfen, beißenden Geruch von geschmolzenem Plastik und korrodiertem Metall. Ich höre entfernte Stimmen –von denen einige Schmerz ausdrücken, andere Trauer – sowie ein leises Pfeifen, als mein gequältes Gehör sich langsam erholt. Blut tropft aus meinen Wunden, aber die Haut und die Muskeln formen sich wieder und Knochen verschieben sich in meinem Körper, um ihre ursprüngliche Position zu finden.

Während meine Feinde fallen, gewinne ich allmählich wieder an Kontrolle und Klarheit. Als ich auf einer Hügelkuppe stehe und mein Körper langsam heilt, frage ich mich, ob das gut so ist. Auch wenn der Skill Raserei sich als nützlich erwies, war es beängstigend, wie ich mich kurz völlig darin verloren hatte.

Aber ... kann man wirklich sagen, dass ich mich darin verloren habe? Oder hat dieser Skill mich mehr zu dem gemacht, was ich eigentlich bin? Ist eine wutentbrannte Person dann nicht mehr diese Person? Und wäre eine verliebte Person dann eine andere? Oder sind wir nur Markierungen auf einer Skala und verändern uns von einem Atemzug zum nächsten? In der Ferne wird die Sonne kurz von einer Wolke verdeckt, so dass sich die Szene vor mir verfinstert.

„Du hast gesagt, dieser Skill mache das normalerweise nicht?“, frage ich Ali telepathisch, während ich etwas Echtes, Reales, finden will

„Genau. Zorn, ja, aber nicht so viel. Wahrscheinlich liegt es daran, dass du das nicht gekauft oder über eine Klasse erhalten, sondern es dir selbst verdient hast“, sagt Ali

und reibt sich das Kinn, während er im Schneidersitz neben mir schwebt. *„Dazu kommt noch dein üblicher ... äh ... emotionaler Zustand, und das war's."*

„Genau." Ich seufze und reibe mir das Gesicht. Wenigstens habe ich mehr Kontrolle ausgeübt, war präsenter gewesen, als beim letzten Mal, als ich diesen Zustand ausgelöst habe. Damals hatte ich im Grunde einen Nervenzusammenbruch. Aber vorhin war es mir einfach egal gewesen, ob ich sterbe. Mir hatte nur der Tod meiner Feinde etwas bedeutet.

„John ...?", sagt Lana, die in meine Richtung humpelt. Ich starre die zerkratzte und blutende Rothaarige ausdruckslos an, bevor ich müde lächle. Sie erwidert das Lächeln und studiert mein Gesicht, bevor sie erleichtert reagiert. „Besser. Viel besser."

„Du magst den verrückten, wütenden John nicht?", sage ich in einem lockeren Ton, der eigentlich nicht zu meinen Gefühlen passt.

„Ich bin keine Betty Ross", antwortet Lana. Sie seufzt, als ich sie verwirrt anblicke. „Bruce Banners Freundin. Der Hulk?"

„Oh. Stimmt." Ich nicke energisch. Ich war ein Programmierer, daher weiß ich natürlich, wer Bruce Banner ist. Die Frage ist, wieso weiß Lana das?

„Ich mag Liv Tyler und Edward Norton", erklärt Lana.

„Wie viele haben wir verloren?", frage ich und beende die gekünstelte Heiterkeit, da ich das wirklich wissen muss.

„Zu viele", sagt Lana und umarmt mich. Sie zuckt zusammen, rümpft die Nase und schiebt mich weg, nachdem sie mich riecht. „Amelia ist schwer verletzt. Vir verspricht ihre Heilung durch Roxley, mit Unterstützung des Shops, aber momentan liegt sie im Koma. Wir haben auch die Hälfte der Jäger in Kamloops und einen Viertel der Hakarta verloren. Und Mel."

Ich zucke etwas zusammen, als ich das höre. „Sonst niemanden?"

„Nein", sagt Lana leise und schüttelt den Kopf. „Wir hatten Glück. Ich glaube nicht, dass die Feinde unsere Verstärkungen erwartet haben. Wenn du das Medium nicht in Schach gehalten hättest, wäre es vielleicht viel schlimmer ausgegangen."

„Ich erinnere mich an Mikito ..." flüstere ich und denke an den Dolchstich.

„Der Assassine konnte fliehen", raunt Lana und schüttelt dabei den Kopf. „Er rannte davon, als er sah, dass sich das Blatt gewendet hat. Das ist wohl der einzige Grund für Mikitos Überleben."

Ich atme erleichtert aus und sehe mich wieder auf dem Schlachtfeld um. Irgendwo im Hinterkopf, dem, Teil der immer wieder Wunden aufkratzt, bemerke ich, dass Lana keine echten Zahlen genannt hat. Oder die Verluste unter den Zivilisten. Aber ich hoffe, es gab keine, da wir die Kämpfe auf die Außenbezirke beschränkt haben. Irgendwie weiß ich, dass die Details unserer Schlacht, die lange Liste unserer Verluste, noch auf mich warten. Aber momentan kann ich wenigstens darüber froh sein, ist keiner meiner engsten Freunde ums Leben gekommen.

Nur eine Sekunde lang.

„Wie sieht der nächste Schritt aus?", fragt Mike, der gerade zu mir rüber stampft. Er ist verletzt, aber wie bei den meisten von uns, heilt sich sein Körper bereits. Aufgrund der Zauber, der Skills und der Heilung durch das System verschwinden die Wunden bald. Wenigstens die körperlichen.

Mikito geht leise zwischen den Jägern herum und wirkt ihren schwachen Heilzauber, während sie anderen auf die Beine hilft. In einigen Fällen nimmt sie am Plündern der Leichen teil.

„Sie müssen alle verfügbaren Kräfte zusammengezogen haben, um uns anzugreifen, bevor wir offensiv werden konnten. Mein Portal-Skill muss ihnen Angst eingejagt haben", sage ich, da ich es für die wahrscheinlichste Erklärung halte. Die Feinde mussten keine militärischen Genies sein, um zu erkennen, dass wir unsere Streitkräfte konzentrieren konnten. Dadurch waren wir in der Lage, sie härter anzugreifen, als sie es konnten. Deshalb schlugen sie zuerst zu.

„Du willst ihre Städte erobern", sagt Lana leise und mit einem besorgten Ausdruck. „Ich glaube nicht, dass unsere Leute ..."

„Ich bin dabei", sagt Mike und nickt entschlossen.

„Wir gehen mit. Unsere Gebühr hängt schließlich davon ab, wie viele Städte erobert werden", sagt Capstan, der mit Nelia zu mir kommt. Offensichtlich ist sein verbessertes Gehör nicht nur dafür nützlich, Feinde auf dem Schlachtfeld zu hören.

„Unsere Verteidigungssysteme ...", widerspricht Lana.

„SCHILD HAT 38 % AUFLADUNG. ALLE ROBOWÄCHTER MOMENTAN ZERSTÖRT. ELF STRAHLEN-GESCHÜTZTÜRME SIND JETZT AKTIV. PERSONAL WURDE LOSGESCHICKT, UM MIT REPARATUR DER NUTZBAREN TÜRME ZU BEGINNEN", zeigt Kim uns allen.

„Wir werden nicht alle mitnehmen. Sobald mein Mana wieder aufgeladen ist, kommen nur einige von uns mit. Wir schauen in Merritt vorbei, ob alles in Ordnung ist und fahren dann nach Kelowna. Wenn ich recht habe, besitzen die Feinde nur noch Mitglieder der Basisklassen. In diesem Fall öffnen wir hier ein Portal und löschen sie aus", sage ich.

„Ein vernünftiger Plan", stimmt Capstan leise zu, während er seine Axt abschnallt und mit dem Axtkopf nach unten auf dem Boden platziert. Er legt die Hände auf den Griff und nickt Mike und Nelia zu.

Lana schürzt die Lippen, starrt uns an und spricht dann. „Na schön. Aber nehmt Roland mit. Er kann mit euren Bikes mithalten ..." Als sie meinen Gesichtsausdruck sieht, hält sie plötzlich inne. „Was?"

„Sabre funktioniert nicht mehr", sage ich. „Es wird Wochen dauern, bevor er wieder einsatzfähig ist. Ich hatte daher gehofft ..."

„Die Hunde zu verwenden?“, sagt Lana und kneift die Augen missbilligend zusammen.

„Na ja ...“

„Wenn sie nicht zurückkommen, solltest du das besser auch nicht“, droht Lana. Manche würden das vielleicht als eine übertriebene Drohung betrachten, aber ich weiß, sie meint es ernst.

„Natürlich.“

„Das würden wir nicht im Traum wagen. Tierbändigerin.“

„Ihre Heilung hat Priorität.“

***

Nach einem kurzen Sprung befinden wir uns in Vernon. Diesmal benötigen wir nur einige Minuten, um sicherzustellen, dass die Siedlung wirklich verlassen ist und sich keine einzige Seele hier aufhält – versteckt oder nicht. Nachdem wir bestätigt haben, dass es hier keine Feinde gibt, machen wir uns auf den Weg nach Kelowna. Vorher nehmen wir natürlich die Siedlung in Besitz.

Während ich mich an Howard festhalte und der Hund die Kilometer mühelos hinter sich bringt, habe ich Zeit, mir kritische Fragen zu stellen. Statt nach Kelowna, hätten wir direkt nach Vancouver gehen können, aber ich will auch sicherstellen, dass wir uns zuerst um die in der Nähe liegende Siedlung kümmern. Unsere Flanken zu schützen, bevor wir den wahren Feind angreifen.

In Kelowna finden wir seltsamerweise keine Sektenmitglieder. Allerdings gibt es Menschen, von denen viele lediglich herumstehen und völlig verwirrt über die Lage sprechen. Die Gruppe zerstreut sich etwas, als wir uns nähern, und die Spannung steigt, sobald sie unser teilweise aus Aliens bestehendes Team sehen. Als die Menge zurückweicht, starre ich einen älteren Mann an, der unbeirrt stehenbleibt.

„Guten Tag, mein Sohn", grüßt mich der Alte. Er lehnt sich auf einen Stock, und seine grauen Augen blicken mich unbekümmert an. Ein Reinigungszauber und neue Kleidung haben dafür gesorgt, dass die meisten von uns akzeptabel aussehen. Zumindest wenn man nicht zu genau hinblickt. Ich werfe einen Blick auf seine Statusleiste und sehe zu meiner Belustigung, dass er ein Level 18 Winzer ist. „Ich bin Kyle Reimer."

„John Lee", sage ich, springe von Howard hinunter und gehe zu ihm, um ihm die Hand zu reichen. Kyle schüttelt meine Hand, woraufhin ich wieder seinen Stock ansehe.

„Reine Gewohnheit. Vor dem System hatte ich Probleme mit der Hüfte", plaudert Kyle. „Könntest du mir sagen, was ihr vorhabt? Anscheinend streitet ihr euch mit der Sekte."

„Als ihr die Grenze überschritten habt, löste das eine Nachricht über eure Invasion aus", erklärt mir Ali telepathisch.

„Den Sektenmitgliedern hat es nicht besonders gefallen, dass wir Kamloops unter unsere Kontrolle gebracht haben. Ich beabsichtige, das auch mit Kelowna zu tun. Wo sind sie?", sage ich und blicke am Rand meines Interface die seltsam leere Minikarte an. Sie ist natürlich nicht ganz leer, sondern nur leer von Feinden.

„Sie sind vor etwa einer Stunde ziemlich eilig verschwunden." Kyles Stimme klingt gedehnt und hat einen keuchenden Unterton, den man bei älteren Leuten hört, dennoch scheint viel Kraft vorhanden. „Sie haben sich nicht lange aufgehalten und nur einige ihrer Lieblings-Leibeigenen mitgenommen. Wir sahen dann noch, dass sie ostwärts abzogen."

„Ah ..." Ich stelle mir eine Karte der Provinz vor. Der Osten bringt sie wirklich nicht nach Vancouver, aber da sie auch Luftfahrzeuge verwendet haben, könnte sich dort höchstens ein passender Sammelplatz befinden.

„Sehr schön. Willst du einen Job?"

„Wie bitte?", sagt Kyle, der zum ersten Mal seit Beginn unseres Gesprächs überrascht wirkt-

„Ich werde die Stadt übernehmen, aber bald darauf werden wir weiterziehen. Ich brauche eine Art Verwalter. Wärst du daran interessiert?", sage ich mit einem aufmunternden Lächeln.

„Und wieso glaubst du, du könntest mir vertrauen?", sagt Kyle und kneift die Augen zusammen. Zu meinem Erstaunen hat er mein Angebot nicht abgelehnt.

„Ein paar Sachen. Erstens hast du nicht sofort zugesagt, also bist du intelligent. Zweitens bist du zu einem Gespräch bereit, also hast du Ei– ich meine Mut", sage ich, da ich dem alten Mann gegenüber meine Ausdrucksweise mäßigen will. „Und drittens werde ich zurückkommen und dir den Arsch versohlen, wenn du krumme Dinger drehst." Den letzten Satz habe ich natürlich absichtlich so gewählt.

„Das könntest du wahrscheinlich", sagt Kyle, in seiner Stimme schwingt keine Furcht mit. „Aber ich muss dir sagen, dass ich nichts von dieser blödsinnigen Leibeigenschaft halte. Oder von den neuen Systemgesetzen. Wir sind hier immer noch in Kanada und folgen unseren Prinzipien. Frieden. Ordnung. Eine verantwortungsvolle Regierungsführung. Und wenn dir das nicht passt, kannst du mich gleich zu meinem Schöpfer schicken."

Ich lächle den älteren Mann etwas an. Er hat wirklich Eier. Dann drehe ich mich seitlich und deute zu Mike, „Der Mann hier ist ein Freund. Er war bereits früher ein Polizist. Falls ich gegen diese Prinzipien verstoßen will, wäre er durchaus bereit, mich daran zu hindern."

„Stimmt das, Junge?", ruft Kyle Mike zu. Dieser nickt und blickt ihn ernst an. Kyle überlegt kurz, nickt dann und streckt mir die Hand hin. „Abgemacht."

„Gut. Ich bin gleich wieder da", sage ich, steige wieder auf Howard und reite zum Rathaus. Unterwegs frage ich mich unwillkürlich. *„Warum hat die Sekte die Siedlung und die Gebäude nicht verkauft?"*

„Das wäre sinnlos. Sobald die Sektenmitglieder dir den Krieg erklärt haben, hat das ihre Verkaufsoptionen eingeschränkt. Das hindert beide Seiten daran, den gesamten Besitz zu verkaufen, wenn sie glauben, sie würden verlieren, um dadurch die Gegner zu zwingen, das alles vom System zu kaufen. Wenn du das jetzt versuchst, würde die andere Seite die Siedlung kostenlos bekommen, und alle Credits würden dir abgezogen", sagt Ali.

„Moment. *Ich kann die Stadt jetzt nicht verkaufen?"*, sage ich stirnrunzelnd.

„Doch, das kannst du, aber falls die Sekte den Ort vor der Friedenserklärung erobert, würde sie ihn kostenlos erhalten", erwidert Ali. Ich öffne den Mund, um zu protestieren, dass das unsinnig ist. Aber dann spüre ich einen langen Seufzer. *„Ich vereinfache das juristische Verfahren für dich. Glaube mir, es wäre eine totale Zeitverschwendung, Siedlungen zu verkaufen. Und niemand mit auch nur etwas Verstand würde sie kaufen."*

Ich könnte mich näher mit dieser Thematik befassen und werde das wahrscheinlich auch, aber jetzt ist nicht die richtige Zeit dafür. Ich lege meine Hand auf die schwebende Sphäre, die den Stadtkern darstellt und wische die erscheinenden Benachrichtigungen mit geübter Routine weg. Ja, ich will die Kontrolle übernehmen. Ja, ich werde warten, während die Sekte darüber informiert wird, dass ich versuche, mir ihr Eigentum zu krallen. Ja, ich bin nervös, während ich auf einen möglichen Angriff warte. Und, ja, letztendlich werde ich jemandem die Rechte übertragen.

Danach ist die Teleportation an eine Stelle knapp außerhalb des Lower Mainland ein Leichtes. Es war nicht unerwartet, dass die Sekte Kelowna aufgegeben hat. Aber es ist eine totale Überraschung, in all den kleinen Siedlungen auf dem Weg nach Vancouver kein einziges Sektenmitglied zu finden. Selbst die normalen Einwohner verstecken sich meistens, da die ständigen Systemnachrichten und die Gerüchteküche alle, mit Ausnahme der ganz Verzweifelten, von den Straßen fernhalten.

„Das ist beunruhigend", sagt Capstan, als wir das Rathaus von New Westminster verlassen. Vor Vancouver warten nun nur noch zwei größere Siedlungen. Meistens stoßen wir nur vor und versuchen, die Sekte zuerst zu finden, bevor wir uns mit dem Rest der Administration beschäftigen – vor allem, weil uns niemand aufhält.

„Glaubst du, sie konzentrieren in Vancouver ihre Streitkräfte ?", sage ich leise.

„Ja." Capstan blickt sich um und seufzt. „Es ist aber möglich, dass sie eingesehen haben, dass ihre Verluste zu hoch sind und sie auf dieser Dungeonwelt keine Stellungen mehr halten können."

„So wie du das sagst, klingt es schlimmer als ein direkter Kampf", meldet sich Mike zu Wort. „Ich weiß euren Kampfgeist zu schätzen, aber ich hätte gerne mal Frieden."

„Zu welchem Preis?", fragt Capstan kopfschüttelnd. „Wenn die Sekte Frieden schließen wollte, hätte sie schon einen Parlamentär geschickt. Ohne einen solchen, und angesichts der Tatsache, dass der Erlöser an diese Welt gebunden ist, wird es wohl kaum zu einem Friedensschluss kommen."

„Was er meint, um das allen zu erklären, die etwas schwer von Begriff sind", sagt Ali und starrt dabei demonstrativ mich und Mike an, „ist, dass sie sich zurückziehen, um ihre Truppen an eine andere ihrer vielen, vielen Fronten zu verlagern. Sobald sie dort gewonnen haben, kehren sie auf diese

Welt zurück, um den Krieg zu beenden. Und das nächste Mal werden sie euch nicht unterschätzen."

Mit diesem morbiden Gedanken reist die Gruppe durch die verbleibenden Städte. Wir sehen kein einziges Sektenmitglied, und der einzige echte Widerstand kommt in Form automatisierter Waffen. Da wir vermutlich für die Reparaturen zahlen müssen, bemühen wir uns, den Schaden möglichst gering zu halten. Aber wir bleiben wachsam, weil wir uns an frühere Fallen erinnern.

Das ändert sich erst, als wir schließlich die Innenstadt von Vancouver erreichen.

Beim Halt vor dem Bibliotheksgebäude aus Stein und Glas, das an das Kolosseum erinnert, stoße ich auf eine interessante Personengruppe. Es gibt drei Untergruppen, die jeweils eine keilartige Formation einnehmen und miteinander diskutieren. Selbst ohne Alis Hinweise erkenne ich, dass dies vor allem Mitglieder der Kampfklassen sind. Oder zumindest Individuen wie Damian, die immer wieder ihr Leben aufs Spiel setzen. Ich merke das an der Art, wie ihre Augen sich bewegen, der entspannten Haltung mit einer Andeutung von Spannung, der Gewichtsverteilung und dem Abstand zwischen ihnen. All diese Kleinigkeiten führen zu einer wichtigen Schlussfolgerung.

„Guten Abend, Leute", sage ich lächelnd und springe von Howard ab.

Einige Leute zucken zusammen, als sie Capstan und die Hunde sehen, aber niemand benimmt sich ausgesprochen aggressiv. Dennoch spüre ich eine definitiv unfreundliche Stimmung. Damian reißt die Augen auf, als er mich sieht und zieht offenbar richtige Schlussfolgerungen.

„Und du bist?" Die Frage kommt von einer großgewachsenen Frau indischer Abstammung. Sie trägt eine einfache, cremefarbene Bluse, eine blaue Weste und Jeans und führt offenbar eine der Gruppierungen an.

Erstaunlicherweise besitzt diese Frau, die schätzungsweise Ende dreißig ist, keine sichtbaren Waffen. Selbst wenn sie eine Magierin wäre – worauf ihr Manapool hindeutet – ist es seltsam, dass sie keine einzige Waffe mitführt.

„Guten Abend", begrüßt mich gleichzeitig ein älterer weißer Mann. Er ist wohl in den Mittvierzigern, breitschultrig und besitzt ein Gewehr und ein Schwert am Gürtel. Sein Lächeln wirkt äußerst einladend. Aber wenn man in seine braunen Augen blickt, fehlt diesen jegliche Wärme.

Da die beiden gleichzeitig das Wort ergriffen haben, starren sie einander zornig an.

Ich würde es am liebsten eskalieren lassen, entscheide mich aber dagegen und antworte beiden. „Guten Abend. Ich bin John Lee, und das sind meine Freunde." Ich stelle alle hinter mir kurz vor, wobei ich auch die Hunde und Roland nicht vergesse. Selbstverständlich erwähne ich ihre Klassen und Levels nicht, obwohl ich mehrere Leute bemerke, die anderen diese Informationen zuflüstern.

„Was machst du hier", faucht die indische Frau mich an und stützt die Hände auf die Hüften.

„Ich werde natürlich die Stadt in meinen Besitz bringen, Anika", sage ich lächelnd und verwende dabei demonstrativ ihren Namen. Anika Kapoor, Level 39 Beschwörer.

„Christian Hecker", antwortet der ältere Mann leise, als ich mich ihm zuwende. Level 38 Infanteriesoldat. Der erste, den ich bisher gesehen habe. „Anscheinend weißt du, was hier los ist. Vielleicht könntest du uns darüber aufklären."

„Ich werde mich gern mit euch unterhalten. Nachdem ich der Sekte die Kontrolle entrissen habe", sage ich und trete nach vorn.

Die Gruppe zieht sich etwas zusammen und will mich offensichtlich aufhalten. Ich blicke mir die etwa fünfzig Mitglieder der Kampfklassen an, von denen niemand über Level 40 ist. Das müssen die „Eliten" sein, die Damian erwähnt hat. Oder zumindest ein Teil davon. Interessanterweise bewegt sich die dritte keilförmige Gruppierung nicht, zu der auch Damian gehört.

„Tut mir leid, aber wir können das noch nicht zulassen", sagt Christian, dessen Stimme Bedauern ausdrückt. Allerdings trifft das auf seine Körperhaltung gar nicht zu. Anscheinend will er nur höflich sein.

„Was lässt dich eigentlich glauben, wir würden dir unsere Stadt überlassen? Wenn die Sekte verschwunden ist, werden wir sie sicherlich nicht in deine Hand fallen lassen", sagt Anika und starrt mich an.

„Also ...", sage ich und versuche, das diplomatisch auszudrücken.

„Hört mal, Leute, ihr könnt den Jungen nicht aufhalten, egal was ihr tut. Nicht ihn allein, und erst recht nicht in Begleitung seiner Freunde", sagt Ali und wird für alle sichtbar. Ich merke, wie sich einige Hände und Waffen bewegen, bevor sie innehalten.

„Du bist etwas überoptimistisch für jemanden mit Level 40, oder?", sagt Anika grinsend.

„Wir machen also ein Ding draus, oder?", fauche ich.

Die ausdruckslosen Blicke von Anika und Christian sind Antwort genug. Ich bemerke, wie Mike vortritt, um etwas zu sagen. Capstan und Nelia bleiben neben den Tieren und beobachten die Umgebung. Obwohl der Bibliotheksplatz offen und leer ist, gibt es um uns herum Gebäude, in denen sich Scharfschützen aufhalten könnten. In denen sogar höchstwahrscheinlich Scharfschützen lauern.

Wenn Lana hier wäre, hätten wir uns vielleicht hingesetzt und mit ihnen verhandelt. Aber sie ist in Kamloops und kümmert sich dort um unsere Leute. Und ich habe einen sehr langen Tag hinter mir, einen Tag voller Blut und Tod. Und diese Leute wollen sich streiten, wer hier das große Tier sein soll. Innerhalb von Sekunden wirbeln all diese Gedanken und der Frust über die Ereignisse des Tages wild durch meinen Kopf. Als Mike mich erreicht, habe ich bereits eine Entscheidung getroffen.

Ich muss mich nicht bewegen, um den Versetzungsschritt zu aktivieren, ich benötige lediglich eine Sichtlinie. Im Nu erscheine ich neben Anika. Mein Fuß stößt vor und wirft sie zu Boden, dann kauere ich über ihr und drücke ein Schwert gegen ihren Nacken. Die andere Hand leuchtet auf. In der Handfläche formt sich ein Blitzschlag, den ich auf Christian richte. Ich schleudere ihn aber nicht, da ich im Moment nur Eindruck schinden will. Aber bevor ich antworten kann, unterbricht mich jemand.

„Versetzungsschritt. Verbesserter Blitzschlag. Mana-Erfüllung und ein seelengebundenes Schwert." Damian spricht mit leiser Stimme, als seine Augen mich von oben bis unten ansehen. „Sein Seelenschild wird auch die meisten Angriffe ablenken. Zumindest lange genug, damit er diese Aufgabe erledigen kann." Ich hebe eine Augenbraue und blicke Damian an, der mit den Achseln zuckt. „Was? Willst du sie gegen dich kämpfen lassen?"

„Na ja, ich hatte gehofft ...", sage ich und verziehe das Gesicht, als mich jemand boxt. Der Schlag durchdringt meinen Seelenschild nicht, aber das Aufflackern des Schilds und das Druckgefühl erwecken meine Aufmerksamkeit.

Anika liegt noch immer unter mir und Blut tropft von ihrem Nacken, weil sie sich bewegt und dadurch geschnitten hat. Sie faucht mich an und ihre Hand leuchtet immer noch. „Runter. Von. Mir."

Ich zögere und zeige ihr, dass ich das absichtlich tue. Dann stehe ich langsam auf. Ich bin bereits von den Keilformationen umgeben. „Wie mein Freund gesagt hat, werde ich mit euch fertig. Mit euch allen." Na ja, das ist eine leichte Übertreibung, aber das werde ich ihnen ja nicht auf die Nase binden. „Aber wenn ihr nicht einmal mich aufhalten könnt, wie könnt ihr euch dann gegen die Sekte verteidigen? Oder gegen andere?"

„Du willst also, dass wir dir einfach so unsere Stadt überlassen? Damit du nach Lust und Laune darüber herrschst?", sagt Christian, und die Höflichkeit verschwindet etwas aus seinem Tonfall.

„Ich bin nicht sehr launisch", antworte ich und blicke mich in der Gruppe um. „Aber momentan vergessen wir eine Tatsache, wenn wir darüber streiten, wem die Stadt gehören soll. Sie gehört immer noch der Sekte. Also werde ich reingehen und sie ihr wegnehmen. Danach können wir darüber reden, was passieren soll."

„Und wenn uns deine Vorschläge nicht gefallen? Wirst du uns dann alle vermöbeln? Das Recht des Stärkeren?", raunzt Anika verächtlich.

„Vielleicht nicht das Recht, aber auf jeden Fall die Effizienz. Bis ihr die Stadt gegen mich oder andere verteidigen könnt, die daran interessiert sind, habt ihr in dieser Hinsicht nicht viel zu sagen", antworte ich und sehe mir die ganze Gruppe an. „Oder habt ihr vergessen, was nach eurer letzten kleinen Rebellion passiert ist?"

Als ich das sage, wird mir klar, dass ich vielleicht zu weit gegangen bin. Viele fauchen, knurren und ducken sich sogar, weil ich ziemlich sicher einen wunden Punkt getroffen habe.

Zum Glück bricht Damian das Schweigen, hebt die Hände und macht einen Schritt zurück. Seine Gruppe folgt ihm und weicht ebenfalls aus. „Du kannst die Stadt haben. Vorläufig zumindest. Aber darüber reden wir noch ausführlich."

„Wenn du schwörst, dass du ein Treffen abhältst, in dem wir sowohl die Aktionen der Sekte als auch deine diskutieren, werde ich mehr oder weniger gern zulassen, dass du zeitweilig die Kontrolle über die Stadt übernimmst", sagt Christian. „Aber wir werden dich im Auge behalten."

„Natürlich", antworte ich, obwohl ich eigentlich nur „Ja, ja", sagen möchte. Aber ich bin kein Kind mehr, und obwohl mir diese politischen Spielereien widerstreben, ist das besser als ein direkter Kampf. Ich habe meine Skills verwendet, um meine Stärke zu demonstrieren. Aber wenn ich übertreibe, dränge ich sie in die Ecke und die Fetzen fliegen. Und das will ich nun wirklich nicht.

Anika faucht mich an. Ihre Augen bewegen sich zu meinen Freunden und den Hunden, bevor sie die bereits geschlossene Wunde an ihrem Nacken berührt. Statt etwas zu sagen, tritt sie zögernd zurück, da mir die anderen beiden Gruppierungen bereits den Weg freigegeben haben.

Ich befehle dem Rest meines Teams, wachsam zu bleiben und gehe dann weiter. Ich bin nicht überrascht, aber leicht verärgert, da wieder einmal die Mitglieder der Kampfklassen die entscheidende Rolle gespielt haben. Abgesehen von der Plünderergruppe Damians, die aber größtenteils auch aus Kämpfern besteht. Das haben wir immer wieder bemerkt. Obwohl groß von Gleichheit geredet wird, übernehmen immer die Kämpfer die Führung und wedeln mit ihren übergroßen Schwertern.

Gedanken wie diese begleiten mich, bis ich das oberste Stockwerk der Bibliothek und der Stadtkern-Kugel erreiche. Solche Gedankengänge beschäftigen mich, bis ich die Stadt übernommen habe, eine Nachricht an Lana und die anderen geschickt, sowie eine weitere Botschaft an Ingrid. Dann ersetze ich die Sicherheitsmaßnahmen, die ich auf dem Weg hierher beschädigt habe. Glücklicherweise ist es günstiger, Sachen zu reparieren, als sie neu zu kaufen. Meistens jedenfalls.

„Also, Junge, in einer Hinsicht hatten die Leute ganz recht", sagt Ali.

„Hmmm?", sage ich zu dem Geist, während ich mich umdrehe und mich auf den Weg nach unten mache. Beim Hinausgehen werfe ich einen

Blick auf die reparierte Metalltür, die stationären Geschütztürme und die Fallen. „In welcher Hinsicht?“

„Du solltest wirklich überlegen, deine eigene Gruppe zu bilden. Momentan geht alles an das System zurück, wenn du stirbst. Ohne eine Art von Organisation bist du ... na ja, nur du.“

„Das haben sie aber nicht ...“, seufze ich und schüttle den Kopf. Egal. Ali mag gerne voreilige Schlüsse ziehen. Aber recht hat er. Nur möchte ich momentan nicht daran denken. Wir haben Blut und Tränen vergossen, wir haben Verluste erlitten, aber wir haben es geschafft. Vancouver gehört uns. Soweit wir wissen, hat sich die Sekte aus British Columbia zurückgezogen. Das ist vielleicht ein kurzfristiger Waffenstillstand, eine kleine Atempause, aber es ist echt. Wir haben die Schlacht gewonnen, wenn auch nicht den Krieg.

Und dafür bin ich dankbar. In dieser elenden Welt können wir nicht mehr erhoffen, als kurze Momente des Friedens und der Dankbarkeit. Also werde ich das Portal nach Kamloops nehmen und die Sorgen über die nächsten Schritte auf morgen verschieben.

###

Ende

John und sein Team kehren in

Die brennende Küste (Buch 5 der System-Apokalypse)

zurück, wo weitere Herausforderungen auf sie warten!

Hinweis des Autors

Vielen Dank für die Lektüre von Buch 4 – ich hoffe, es hat Ihnen gefallen. Es fiel mir nicht leicht, dieses Buch zu schreiben, einige Aspekte des Systems und des größeren Galaktischen Systems mussten detaillierter dargestellt werden, bevor ich fortfahren konnte. Zudem habe ich mich gefragt, wie genau ich den Aufbau der Siedlung beschreiben sollte, da ich zwar an den damit verbundenen Konzepten interessiert war, John sich damit aber nicht die Hände schmutzig machen wollte.

Ich möchte erneut erwähnen, dass ich für die Unterstützung dankbar bin, die ich von allen erhalten habe. Andernfalls würde ich mir immer noch Johns Geschichten ausdenken und keine Zeit darauf verschwenden, sie auch aufzuschreiben. ☺

Wenn Ihnen dieses Buch gefallen hat, dann bewerten Sie es bitte und schreiben Sie eine Rezension!

Folgen Sie Johns weiteren Abenteuern in:
-       Die brennende Küste (Buch 5 der System-Apokalypse)
        https://readerlinks.com/l/1731363

Werfen Sie als Ergänzung doch auch einen Blick auf die weiteren Serien, Adventures on Brad (traditionellere LitRPG-Fantasy), Verbogene Wünsche (eine GameLit-Serie im Bereich Urban Fantasy), und A Thousand Li (eine von chinesischen Wuxia- und Xianxia-Romanen inspirierte Kultivierungs-Serie). Hier ist das jeweils erste Buch dieser Serien:

- A Thousand Li: The First Step
  https://books2read.com/atl-first-step
- A Healer's Gift (Adventures on Brad)
  https://books2read.com/healers-gift
- Eines Gamers Wunsch (Verborgene Wünsche)
  https://books2read.com/eines-gamers-wunsch

Interessante Informationen über LitRPG-Serien finden Sie in diesen Facebook-Gruppen:

- LitRPG Society
  https://www.facebook.com/groups/LitRPGsociety/
- LitRPG Books
  https://www.facebook.com/groups/LitRPG.books/
- Deutschsprachige LitRPG
  https://www.facebook.com/groups/deutsche.litrpg/

Über den Autor

Tao Wong ist ein begeisterter Leser von Fantasy und Science-Fiction, der im Norden Kanadas wohnt und dort schreibt. Er hat viel zu viele Jahre damit verbracht, alle möglichen Kampfsportarten zu trainieren. Da er sich dabei zu oft verletzt hat, verbringt er nun seine Zeit mit der Erschaffung von Fantasy-Welten.

Informationen über diese Serie und andere Bücher von Tao Wong (sowie besondere Kurzgeschichten) finden Sie auf der Website des Autors: http://www.mylifemytao.com

Abonnenten von Taos Mailingliste erhalten exklusiven Zugriff auf Kurzgeschichten in den fiktionalen Universen Thousand Li und System-Apokalypse: https://www.subscribepage.com/taowong

Oder besuchen Sie seine Facebook-Seite: https://www.facebook.com/taowongauthor/

Über den Verlag

Tao Wong ist der alleinige Eigentümer und Betreiber von Starlit Publishing. Dieser Verlag für Science Fiction und Fantasy konzentriert sich auf die Genres LitRPG & „Cultivation". Er will neue, vielversprechende Autoren in diesen Genres fördern, deren Texte die existierenden Stereotypen herausfordern, dabei aber dennoch ein fantastisches Lesevergnügen bieten.

Weitere Informationen über Starlit Publishing finden Sie auf unserer Website: https://www.starlitpublishing.com/

Sie können sich auch in die Mailingliste von Starlit Publishing eintragen, um über neue, aufregende Autoren und Bücher informiert zu werden. https://starlitpublishing.com/newsletter-signup/

Glossar

Fähigkeiten der Erethra-Ehrengarde

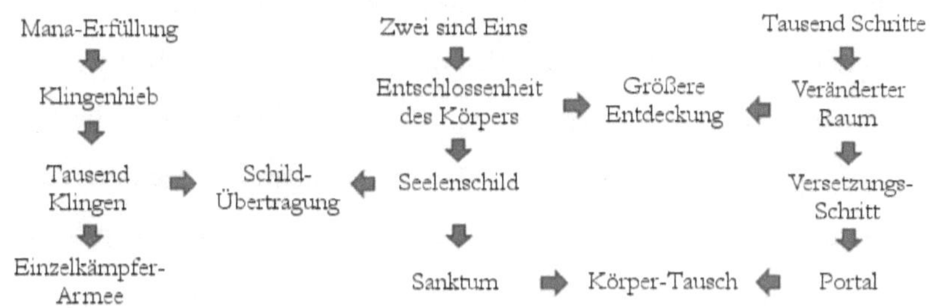

Johns Fertigkeiten

Mana-Erfüllung (Level 2)

Die seelengebundene Waffe ist nun dauerhaft mit Mana erfüllt und wirkt bei jedem Schlag mehr Schaden: +15 Grundschaden (Mana). Ignoriert Rüstung und Widerstände. Manaregeneration permanent um 5 Mana pro Minute reduziert.

Klingenhieb (Level 2)

Indem sie zusätzlich Mana und Ausdauer in einen Schlag leitet, kann die seelengebundene Waffe des Erethra-Ehrengardisten bis zu 3 Meter entfernt treffen.

Preis: 35 Ausdauer + 35 Mana

Tausend Schritte (Level 1)

Solange dies aktiviert ist, erhöht sich das Bewegungstempo des Ehrengardisten und der Verbündeten um 5 %. Diese Fähigkeit kann mit anderen Bewegungs-Skills kombiniert werden.

Preis: 20 Ausdauer + 20 Mana pro Minute

Veränderter Raum (Level 2)

Der Ehrengardist hat nun Zugang zu einem außerdimensionalen Speicherort mit 30 Kubikfuß. Man muss dort gelagerte Objekte berühren, um sie herbeizuwünschen, und das darf keine Lebewesen oder Objekte umfassen, auf die momentan nicht dem Ehrengardisten gehörende Auren einwirken. Manaregeneration permanent um 10 Mana pro Minute reduziert.

Zwei sind Eins (Level 1)

Wirkung: 10 % des sämtlichen Schadens vom Ziel auf sich selbst übertragen

Preis: 5 Mana pro Sekunde

Entschlossenheit des Körpers (Level 3)

Wirkung: Steigert natürliche Gesundheitsregeneration um 35 %. Laufender Gesundheitsstatuseffekt um 33 % reduziert. Ehrengarde kann nun verlorene Gliedmaßen regenerieren. Manaregeneration permanent um 15 Mana pro Minute reduziert.

Größere Entdeckung (Level 1)

Wirkung: Benutzer kann jetzt System-Kreaturen aus bis zu 1 Kilometer Entfernung entdecken. Allgemeine Informationen über die Stärke werden nach der Entdeckung geliefert. Verstohlenheit, Klassen-Fertigkeiten und die Dichte des Mana in der Umgebung beeinflussen die Wirkung dieser Fertigkeit. Manaregeneration permanent um 5 Mana pro Minute reduziert.

Tausend Klingen (Level 1)

Erzeugt zwei Duplikate der gewählten Waffe des Benutzers. Die Duplikate wirken den Grundschaden des kopierten Objekts. Kann mit Mana-Erfüllung und Schild-Übertragung kombiniert werden. Manakosten: 3 Mana pro Sekunde

Seelenschild (Level 2)

Wirkung: Erzeugt veränderbaren Schutzschild, der den Körper des Zauberwirkenden oder des Ziels abdeckt. Schild besitzt 1.000 Trefferpunkte.

Preis: 250 Mana

Versetzungsschritt (Level 2)

Wirkung: Sofortige Teleportation über die Sichtlinie hinweg. Kann Sichtlinie des Geists einschließen. Maximalreichweite – 500 Meter.

Preis: 100 Mana

Raserei (Level 1)

Wirkung: Durch Aktivierung wird der Schmerz um 80 % reduziert, Schaden um 30 % gesteigert und die Ausdauer-Regenerationsrate um 20 % erhöht. Die Mana-Regeneration sinkt um 10 %

Die Raserei endet erst, wenn alle Feinde getötet wurden. Bei aktivierter Raserei können Benutzer nicht fliehen.

Spalten (Level 2)

Wirkung: Physische Angriffe wirken 60 % mehr Grundschaden. Effekt kann mit anderen Klassen-Fertigkeiten kombiniert werden.

Preis: 25 Mana

Elementarhieb* (Level 1 – Eis)

Wirkung: Erfüllt eine Waffe mit Frostschaden. Steigert den Grundschaden von Angreifen um +5 und bietet eine Chance von 10 %, die Geschwindigkeit nach Kontakt um 5 % zu senken. Hält 30 Sekunden an.

Preis: 50 Mana

Sofort-Inventar (Maximiert)

Ermöglicht es dem Benutzer, jedes vom System anerkannte Objekt ins Inventar zu legen oder herauszunehmen, falls genug Platz vorhanden ist. Inklusive automatischer Verschiebung des Inventarplatzes. Benutzer muss Objekt berühren.

Preis: 5 Mana pro Sekunde

Portal (Level 3)

Wirkung: Erzeugt ein 2 mal 2 Meter großes Portal, das mit einem Ort verbindet, an dem der Benutzer früher war. Kann auch von anderen verwendet werden. Die Maximalreichweite von Portalen beträgt 1000 Kilometer.

Preis: 250 Mana + 100 Mana pro Minute (Mindestpreis 350 Mana:)

Geschrumpfte Fußspuren (Level 1)

Reduziert die Systempräsenz des Benutzers und erhöht dadurch die Chance, der Entdeckung durch vom System unterstützten Skills und Geräten zu entgehen. Erhöht auch den Preis von Informationen über den Benutzer. Reduziert Mana-Regeneration permanent um 5.

Tech-Verbindung (Level 2)

Wirkung: Die Tech-Verbindung ermöglicht es dem Benutzer, seine Fähigkeit bei der Verwendung eines technologischen Geräts zu steigern und den Nutzen und die Vielfältigkeit dieser Geräte zu verbessern. Die Effekte unterschieden sich je nach Gerät. Generell liegt die Effizienzsteigerung bei 10 %. Die Mana-Regeneration sinkt um 10 %

Vorgesehene technologische Geräte: Neuralverbindung, Sabre

Zaubersprüche

Verbesserter schwacher Heilzauber (III)

Wirkung: Verleiht 35 Gesundheit pro Einsatz. Ziel muss während der Heilung in Kontakt bleiben. Abklingzeit 60 Sekunden.

Preis: 20 Mana

Verbesserter Manapfeil (IV)

Wirkung: Erzeugt vier Pfeile aus reinem Mana, die auf ein Ziel gerichtet werden können und dieses beschädigen. Jeder Pfeil wirkt 15 Schaden.

Abklingzeit 10 Sekunden

Preis: 25 Mana

Verbesserter Blitzschlag

Wirkung: Ruft die Macht der Götter herbei, den Blitzschlag. Der Blitz kann je nach Nähe, Ladung und anderen vorhandenen leitenden Materialien weitere Ziele treffen. Wirkt 100 Punkte elektrischen Schaden.

Der Blitzschlag kann kontinuierlich kanalisiert werden, um den Schaden um 10 weitere Schadenspunkte pro Sekunde zu steigern.

Preis: 75 Mana.

Preis für kontinuierliche Wirkung: 5 Mana pro Sekunde

Blitzschlag kann durch die Elementar-Affinität der elektromagnetischen Kraft verstärkt werden. Pro Affinitäts-Level wird der Schaden um 20 % erhöht

Größere Regeneration

Wirkung: Steigert natürliche Gesundheitsregeneration des Ziels um 5 %. Auf ein Ziel kann jeweils nur einer dieser Zauber wirken.

Dauer: 10 Minuten

Preis: 100 Mana

Feuerball

Wirkung: Erzeugt eine explodierende Feuerkugel. Alle innerhalb der Kugel erleiden 150 Punkte Feuerschaden. Feuerkugel dehnt sich auf (durchschnittlich) 3 Meter Radius aus. Abklingzeit 60 Sekunden.

Preis: 100 Mana

Polarzone

Wirkung: Erzeugt einen Blizzard mit 30 Meter Durchmesser, in dem alle Ziele einfrieren. Wirkt 10 Punkte Frostschaden pro Minute und reduziert das Tempo der betroffenen Personen um 5 %. Abklingzeit 60 Sekunden.

Preis: 200 Mana

Größere Heilung

Wirkung: Verleiht 75 Gesundheit pro Einsatz. Während der Heilung muss das Ziel nicht berührt werden. Abklingzeit 60 Sekunden pro Ziel.

Preis: 50 Mana

Manatropfen

Wirkung: Steigert natürliche Gesundheitsregeneration des Ziels um 5 %. Auf ein Ziel kann jeweils nur einer dieser Zauber wirken.

Dauer: 10 Minuten

Preis: 100 Mana

Frostklinge

Wirkung: Verzaubert Waffe mit Verlangsamungseffekt. Ein erfolgreicher Treffer bewirkt 5 % Verlangsamung. Dieser Effekt ist kumulativ und hält 1 Minute an. Abklingzeit 3 Minuten

Dauer des Zaubers: 1 Minute

Preis: 150 Mana

Sabre-Ausrüstung

Omnitron III Persönliches Kampffahrzeug der Klasse II (Sabre)

Kern: Omnitron Mana-Maschine der Klasse II

CPU: Klasse D Xylik Core CPU

Panzerstärke: Stufe IV (durch Adaptiven Widerstand modifiziert)

Befestigungspunkte: 5 (5 benutzt)

Software-Anschlüsse: 3 (2 benutzt)

Erfordert: Neuralverbindung für erweiterte Konfiguration

Akkukapazität: 120/120

Attribut-Boni: +35 Stärke, +18 Beweglichkeit, +10 Wahrnehmung

Inlin Typ II Projektilgewehr

Grundschaden: -- (je nach Munition)

Munitionskapazität: 45/45

Verfügbare Munition: 250 Standard, 150 panzerbrechende Patronen, 200 Sprengpatronen, 25 Leuchtpatronen

Ares Typ II Schildgenerator

Schildwirkung: 2.000 HP

Regenerationsrate: 50/Sekunde ohne Verbindung, 200/Sekunde mit Verbindung

Mkylin Typ IV Mini-Raketenwerfer

Grundschaden: -- (je nach verwendeten Raketen)

Akkukapazität: 6/6

Nachladerate mit internen Akkus: 10 Sekunden

Verfügbare Munition: 12 Standard, 12 Sprengraketen, 12 panzerbrechende Raketen, 4 Napalm

Monolam-Zeitmantel

Dieser Zeitmantel spaltete die Zeitlinie des Benutzers und passt seine physische, emotionale und psychische Präsenz an willkürliche gewählte Zeiten an. Dies führt dazu, dass der Benutzer von den meisten Sensoren und Individuen nicht entdeckt werden kann. Der Monolam-Zeitmantel verfügt über mehrere Einstellungen für unterschiedliche Situationen, so dass die Art und die Stärke der Signalverteilung angepasst werden kann.

Anforderungen: 1 Befestigungspunkt, Mana-Maschine der Stufe IV

Dauer: Je nach Tarnstufe unterschiedlich

Typ II Netz-Minirakete

Grundschaden: --

Wirkung: Schleudert nach Aufprall oder Aktivierung sofort wirkendes Netz um sich. Deckt 3 Kubikfuß ab.

Preis: 500 Credits

Shinowa Typ II Schall-Impulsgenerator

Grundschaden: 25 pro Sekunde

Zusätzliche Wirkung: Stört während des Einsatzes den gehörbasierten Gleichgewichtssinn des Gegners. Es gibt eine geringe Chance, dass diese Wirkung auch danach anhält.

Preis: 25.000 Credits

Sonstige Ausrüstung

Silversmith Mark II Strahlenpistole (upgradefähig)

Grundschaden: 18

Akkukapazität: 24/24

Nachladerate: 2 pro Stunde pro GME

Preis: 1.400 Credits

Neuralverbindung Stufe IV

Die Neuralverbindung kann bis zu 5 Anschlüsse unterstützen.

Momentane Anschlüsse: Omnitron III Persönliches Kampffahrzeug der Klasse II

Installierte Software: Rich'lki Firewall Klasse IV, Omnitron III Klasse IV Controller

Ferlix-Doppelstrahlengewehr Typ II (modifiziert)

Grundschaden: 57

Akkukapazität: 17/17

Nachladerate: 1 pro Stunde pro GME (momentan 12)

Schwert Stufe II (Seelengebundene persönliche Waffe eines Erethra-Ehrengardisten)

Grundschaden: 98

Haltbarkeit: -- (persönliche Waffe)

Sonderfähigkeiten: +10 Manaschaden, Klingenhieb

Kryl-Ring der Regeneration

Die oft als Verlobungsringe benutzten Kryl-Ringe sind sehr populär und müssen Monate im Voraus bestellt werden.

Gesundheits-Regeneration: +30

Ausdauer-Regeneration: +15

Mana-Regeneration: +5

Manaspeicher-Armschiene, Stufe III

Diese von einem unbekannten Handwerker geschaffene Armschiene, dient als Akku für das persönliche Mana. Für Magier und andere von Mana abhängige Klassen nützlich. Mana-Speicherverhältnis ist 50 zu 1.

Manakapazität: 0/350

Feenstahl-Dolch

Feenstahl ist eigentlich kein Stahl, sondern eine unbekannte Legierung. Dies ist normalerweise für den Sidhe-Adel reserviert, und jährlich wird nur eine – nach galaktischen Maßstäben – geringe Menge an Feenstahl zum Kauf angeboten. Feenstahl lässt sich ausgezeichnet verzaubern.

Grundschaden: 28

Haltbarkeit: 110/110

Sonderfähigkeiten: Keine

www.ingramcontent.com/pod-product-compliance
Lightning Source LLC
Chambersburg PA
CBHW031739180726
48283CB00005B/1580